经典悦读·初心篇

中共滨州经济技术开发区工委 ◎编
南开大学语文教育研究中心

编 委 会

主　　任： 姚和民
委　　员： 周志强　王广忠　毕吉宁
　　　　　　钱　杰　时志军　周思妤
　　　　　　孙立武　张登峰　宋　敏
　　　　　　王　姮　李　琴
主　　编： 周志强　王　姮
本册主编： 宋　敏

中山大学出版社
·广州·

版权所有　翻印必究

图书在版编目（CIP）数据

经典悦读·初心篇/中共滨州经济技术开发区工委，南开大学语文教育研究中心编. —广州：中山大学出版社，2018.12
ISBN 978-7-306-06467-7

Ⅰ. ①经… Ⅱ. ①中…②南… Ⅲ. ①世界文学—作品综合集 Ⅳ. ①I 11

中国版本图书馆 CIP 数据核字（2018）第 239483 号

出 版 人：	王天琪
策划编辑：	邹岚萍
责任编辑：	邹岚萍
封面设计：	林绵华
插　　图：	王惠国
责任校对：	高　洵　靳晓虹
责任技编：	黄少伟
出版发行：	中山大学出版社
电　　话：	编辑部 020-84111996，84113349，84111997，84110779
	发行部 020-84111998，84111981，84111160
地　　址：	广州市新港西路135号
邮　　编：	510275　传　真：020-84036565
网　　址：	http://www.zsup.com.cn　E-mail:zdcbs@mail.sysu.edu.cn
印　　刷：	湛江日报社印刷厂
规　　格：	787mm×960mm　1/32　总印张：21.25 总字数：406千字
版次印次：	2018年12月第1版　2018年12月第1次印刷
总 定 价：	60.00元（共6册）

如发现本书因印装质量影响阅读，请与出版社发行部联系调换

精神恒久　初心弥坚

时至今年,"经典悦读"丛书走过了八个年头,已成为滨州文化发展的一张靓丽名片。在经典中徜徉,在"悦读"中明志,我们在"经典悦读"中尽情品味着书香,阅读着古今中外的美言名篇,体会着仁人志士的豪气干云,与他们一起壮怀激烈、畅想未来,得到的是跨越时间、横贯历史的精神共鸣,收获的是阅读经典文学作品时特有的喜悦。"经典悦读"丛书一如灼灼燃烧的火炬,照亮着读者前行的道路,为我们带来了欣悦的光明。

作为一套荟萃古今中外文学精华的丛书,在"经典悦读"第八辑中,主要关注了文学中具有正能量作品的精神特质。"初心"之固,志在高远,壮志凌云;"大同"之愿,各美其美,气韵恢弘;"齐家"之道,铁肩担义,力挽狂澜;"天

下"之大，巍巍山河，心系万民；"修身"之慎，内敛沉静，从容优雅；"使命"之重，万人吾往，砥砺前行。这一辑的每一册选文，都是对精神的一次重温与追寻，仿若演奏着一组组悦耳的曲目，它们组合起来有铮铮然之声，回响的是人类命运共同体的精神节律。

习近平总书记指出，读书学习应该有这三种境界：首先，要有"望尽天涯路"那样志存高远的追求，有耐得住"昨夜西风凋碧树"的清冷和"独上高楼"的寂寞，静下心来通读苦读；其次，要勤奋努力，刻苦钻研，舍得付出，百折不挠，下真功夫、苦功夫、细功夫，即使是"衣带渐宽"也"终不悔"，"人憔悴"也心甘情愿；再次，要坚持独立思考，学用结合，学有所悟，用有所得，要在学习和实践中"众里寻他千百度"，最终"蓦然回首"，在"灯火阑珊处"领悟真谛。这三种境界启示我们，读书不仅要有明确的目标、有不移的恒心，还要提高读书的效率和质量，讲求读书的方法和技巧，在爱读书、勤读书、读好书、善读书中提高思想水平、解决实际问题、实现自我超越。在经典的传播之中，能够促进全社

会的精神文明建设，发扬传统文明，引领先进文化。可以说，阅读是一个民族加强软实力的重要方略，是我们实现强国之梦不可或缺的文化要素；是铸造一个人、一个社会、一个时代之精神气度的最佳工序。

欣赏"经典悦读"中的作品，既有助于我们加深对民族文化的理解和感悟，更有助于我们实事求是、与时俱进地开展当下的文化建设工作。唯有文化助力，方可广识增智；唯有继承传统，才能凝聚信念。品阅美文，凝汇先贤才思；传承经典，点燃文明星火。愿各位读者，在"经典悦读"中收获喜悦，愿"经典悦读"丛书成为我们文海撷珠的良伴、薪火相传的纽带，为构筑我们共同的精神家园凝聚力量、辉耀光芒！

中共滨州市委书记、市人大常委会主任

2018 年 11 月 20 日

目　　录

桑弧蓬矢　念兹在兹 ………………………… 1
　为人民服务 …………………… 毛泽东　2
　离骚（节选） ………………… 屈　原　6
　炉中煤 ………………………… 郭沫若　11
　光的赞歌（节选） …………… 艾　青　14
　忧国与爱国 …………………… 梁启超　19
　听听那冷雨（节选） ………… 余光中　21
　绵绵土 ………………………… 牛　汉　29

人之初心　善德真觉 ………………………… 35
　雨后岚山 ……………………… 周恩来　36
　红烛（节选） ………………… 闻一多　38
　神位　官位　心位（节选） … 史铁生　42
　九月初九 ……………………… 木　心　54
　我的心灵告诫我（节选）…… [黎] 纪伯伦　65
　世间最美的坟墓 …………… [奥] 茨威格　71

呖呖其志　功不唐捐 …………………… 76

　　陆游诗二首 ………………………… 陆　游 77

　　南园十三首·男儿何不带吴钩 …… 李　贺 81

　　劝学 ………………………………… 朱　熹 84

　　闻鸡起舞 …………………………… 司马光 85

志在高远　玉汝于成 …………………… 89

　　六国之行·西行 …………………… 陈　毅 90

　　论人的天性 ……………………… [英] 培　根 92

　　诫外甥书 …………………………… 诸葛亮 97

　　囚歌 ………………………………… 叶　挺 100

附　　录 …………………………………… 103

编写说明 …………………………………… 104

桑弧蓬矢　念兹在兹

为人民服务

毛泽东

我们的共产党和共产党所领导的八路军、新四军,是革命的队伍。我们这个队伍完全是为着解放人民的,是彻底地为人民的利益工作的。张思德同志就是我们这个队伍中的一个同志。

人总是要死的,但死的意义有不同。中国古时候有个文学家叫做司马迁的说过:"人固有一死,或重于泰山,或轻于鸿毛。"为人民利益而死,就比泰山还重;替法西斯卖力,替剥削人民和压迫人民的人去死,就比鸿毛还轻。张思德同志是为人民利益而死的,他的死是比泰山还要重的。

因为我们是为人民服务的,所以,我

 初心篇

们如果有缺点,就不怕别人批评指出。不管是什么人,谁向我们指出都行。只要你说得对,我们就改正。你说的办法对人民有好处,我们就照你的办。"精兵简政"这一条意见,就是党外人士李鼎铭先生提出来的;他提得好,对人民有好处,我们就采用了。只要我们为人民的利益坚持好的,为人民的利益改正错的,我们这个队伍就一定会兴旺起来。

我们都是来自五湖四海,为了一个共同的革命目标,走到一起来了。我们还要和全国大多数人民走这一条路。我们今天已经领导着有九千一百万人口的根据地,但是还不够,还要更大些,才能取得全民族的解放。我们的同志在困难的时候,要看到成绩,要看到光明,要提高我们的勇气。中国人民正在受难,我们有责任解救他们,我们要努力奋斗。要奋斗就会有牺牲,死人的事是经常发生的。但是我们想到人民的利益,想到大多数人民的痛苦,

我们为人民而死，就是死得其所。不过，我们应当尽量地减少那些不必要的牺牲。我们的干部要关心每一个战士，一切革命队伍的人都要互相关心，互相爱护，互相帮助。

今后我们的队伍里，不管死了谁，不管是炊事员，是战士，只要他是做过一些有益的工作的，我们都要给他送葬，开追悼会。这要成为一个制度。这个方法也要介绍到老百姓那里去。村上的人死了，开个追悼会。用这样的方法，寄托我们的哀思，使整个人民团结起来。

(选自吴廷勇、吕庆编著：《为人民服务》，中央文献出版社2000年版，第1页)

知识

毛泽东（1893—1976），字润之（原作咏芝，后改润芝），笔名子任。湖南湘潭人。毛泽东同志是伟大的马克思主义者，伟大的无产阶级革命家、战略家、理论家，是马克思主义中国化的伟大开拓者，是近代以来中国伟大的爱国者和民族英雄。毛泽东被视为现代世界历史中最重要的人物之一。

　　1944年，抗日战争进入最艰苦的阶段。针对这一困难形势，毛泽东于9月8日在张思德同志的追悼会上作了《为人民服务》的演讲，号召人们团结起来，坚定"为人民服务"的目标，向着最终的胜利前进。整篇演讲从第一人称"我们"出发，通过引入张思德同志的事迹，要求大家捍卫人民的利益，勇于改正缺点，团结努力奋斗，夺取抗日战争的最后胜利。演讲论点鲜明，论述缜密，层层深入，语言通俗、自然、朴实，饱含着必胜的力量，充溢着革命的激情，为当时处于艰难战局的战士指明了战斗的方向，大大提振了士气，更加坚定了共产党人的初心。

　　为有牺牲多壮志，敢教日月换新天。

——毛泽东

离 骚
（节选）
屈 原

正文

哀民生①之多艰兮，长太息以掩涕。

余虽好修姱②以鞿羁兮，謇朝谇③而夕替。

既替余以蕙纕④兮，又申⑤之以揽茝！

亦余心之所善兮，虽九死其犹未悔！

怨灵修之浩荡兮，终不察乎民心。

众女嫉余之蛾眉兮，谣诼⑥谓余以善淫。

固时俗之工巧兮，偭⑦规矩而改错⑧。

背绳墨以追曲兮，竞周容⑨以为度。

忳郁邑余侘傺⑩兮，吾独穷困乎此时也！

宁溘死以流亡兮，余不忍为此态也。

鸷鸟之不群兮，自前世而固然。

初心篇

何方圜之能周兮？夫孰异道而相安？
屈心而抑志兮，忍尤⑪而攘⑫诟⑬。
伏⑭清白以死直兮，固前圣之所厚。
悔相道之不察兮，延伫乎吾将反。
回朕车以复路兮，及行迷之未远。
步余马于兰皋⑮兮，驰椒丘且焉止息。
进不入以离尤兮，退将复修吾初服⑯。
制芰荷以为衣兮，集芙蓉以为裳。
不吾知⑰其亦已兮，苟余情其信芳。
高余冠之岌岌兮，长余佩之陆离⑱。
芳与泽其杂糅兮，唯⑲昭质其犹未亏。
忽反顾以游目⑳兮，将往观㉑乎四荒。
佩缤纷其繁饰兮，芳菲菲其弥章。
民生各有所乐兮，余独好修以为恒。
虽体解吾犹未变兮，岂余心之可惩㉒？

①民生：万民的生存。
②修姱（kuā）：洁净而美好。
③谇（suì）：进谏。
④纕（xiāng）：佩带。

⑤申:重复。

⑥诼(zhuó):诽谤。

⑦偭(miǎn):违背。

⑧错:通"措",措施,指先圣之法。

⑨周容:苟合取容,指以求容媚为常法。

⑩侘傺(chà chì):失志貌。

⑪尤:过错。

⑫攘:除去。

⑬诟(gòu):耻辱。

⑭伏:通"服",保持,坚守。

⑮皋(gāo):水边高地。

⑯修吾初服:指修身洁行。

⑰不吾知:宾语前置,即"不知吾",不了解我。

⑱陆离:修长而美好的样子。

⑲唯:只有。

⑳游目:纵目瞭望。

㉑往观:前去观望。

㉒惩:惧怕。

(选自文怀沙著:《屈原离骚今绎》,百花文艺出版社2005年版,第23~36页)

知识

屈原(前340—前278),名平,字原,又自云名正

初心篇

则,字灵均,出生于楚国丹阳(今湖北秭归),楚武王熊通之子屈瑕的后代。战国时期楚国诗人、政治家。屈原是中国历史上第一位伟大的爱国诗人,中国浪漫主义文学的奠基人,"楚辞"的创立者和代表作者,开辟了"香草美人"的传统。屈原也是楚国重要的政治家,他提倡"美政"。因遭贵族排挤毁谤,先后被流放至汉北和沅湘流域。公元前278年,秦将白起攻破楚都郢(今湖北江陵),屈原悲愤交加,怀石自沉于汨罗江,以身殉国。主要作品有《离骚》《九歌》《九章》《天问》等。

译文

长长地叹息,止不住我眼泪的倾流。我虽然有高尚的操行,小心行事,然而啊!早上献出的意见晚上又给否定。纵使毁了我芳香的蕙带,我还得用白芷来作为替代。只要是我内心所认为正确的,纵使交付出生命,我也不会有丝毫悔改。怨恨你,先王,这般糊涂,老是不能了解人民的企图。嫉妒我的美好的,是那群小气的女人,她们制造些卑鄙的谣言,说我生性好淫。这批庸俗的人们善于取巧,违背了事物发展的规律,胡作乱为。放弃是与非的标准,从俗浮沉,比赛着他们苟合取容的媚态成为他们的生活惯例。沉重,忧郁,不安,我是这般寂寞。我孤独地被这个不幸的世纪所困厄,宁可早些死掉,或者让灵魂去漂泊也好,我实在是不忍心做那种丑态啊!飞得太高的鹰隼是不能合群的,自古以来便是理所当然。方与圆怎能配合呢?哪有不同的想法能彼此相安的?且耐心地压制住我这颤动的心灵和理想,忍受着谴责并且接受耻辱的流言。我知道,满蕴着清白而死于正义,那本是一切伟大灵魂所赞美的啊!我悔恨压根儿走错了路,停顿了脚步,我将要回去。回转我的车乘走向归途,趁错误的道路还没有走得太远的时候。把马赶上蔓生着兰草的泽畔,让它在长着椒花的小山上自由自在地休息。进取不成反遭受到痛苦的毁谤,我要退下来再尽力修整一下我旧时的衣服。于是,将碧绿的荷叶制成一件上衣,收集洁白的莲花作为裙裳。没有人能了解我也就算了,只要我内在的感情是真正的芬芳。我戴上一顶高高的帽子,系上一条长长的带子。看到芬芳与污垢混杂在一起,只有我清白的本质没有受到损伤。我急忙扭过头来将我的视野驰骋、开放,我打算要到四处游览观光。你瞧我佩戴得多么华丽,馥郁的香味在飘散,向更远的地方……人们生活在世界上各有不同的爱好。爱好修饰,却成为我个人的习尚。我是不能改变的,纵使我的肢体四分五散,难道我的心会由于受了威胁而动摇张皇?

(选自文怀沙著:《屈原离骚今绎》,百花文艺出版社2005年版,第23~36页)

初心篇

《离骚》表现了诗人对美好理想孜孜不倦的追寻,以及为此进行的不懈斗争。全诗可以分为前后两部分,前一部分是诗人对自己大半生斗争历史的回溯,后一部分则是诗人对自己未来道路的探索。屈原的爱国主义思想与他政治上主张的"美政"紧紧地结合在一起,这说明了他爱国理想的深刻性和历史进步性。"香草美人"的意象代表的是诗人对美好政治环境的向往,对未来"上下而求索"的决心,这正是中国文人念兹在兹、没齿不忘的初心。

举世皆浊我独清,众人皆醉我独醒。

——屈原

炉 中 煤

郭沫若

啊,我年青的女郎!
我不辜负你的殷勤,

你也不要辜负了我的思量。
我为我心爱的人儿
燃到了这般模样!

啊,我年青的女郎!
你该知道了我的前身?
你该不嫌我黑奴卤莽?
要我这黑奴底胸中,
才有火一样的心肠。

啊,我年青的女郎!
我想我的前身
原本是有用的栋梁,
我活埋在地底多年,
到今朝才得重见天光。

啊,我年青的女郎!
我自从重见天光,
我常常思念我的故乡,
我为我心爱的人儿,

初心篇

燃到了这般模样!

(选自李朝全主编:《诗歌百年经典(1917～2015)》,中央编译出版社2016年版,第7～8页)

知识

郭沫若(1892—1978),幼名文豹,原名开贞,字鼎堂,号尚武,中国新诗奠基人之一、中国历史剧开创者之一、古文字学家、考古学家、社会活动家、甲骨学四堂之一。著有《中国古代社会研究》《甲骨文字研究》等重要学术著作,1958年9月兼任中国科学技术大学校长。主编作品有《中国史稿》和《甲骨文合集》,全部作品编成《郭沫若全集》38卷。文学代表作有《女神》《长春集》《星空》《潮汐集》等。

解读

诗人将祖国称为"年青的女郎"加以歌颂,对从封建社会中走来的新中国的未来饱含希冀。诗中反复使用"炉中煤"这一意象,将诗人虽身处底层仍急于投身祖国建设的渴望表现得淋漓尽致。全诗充溢着强烈的思乡之情与高昂的爱国热情,激越的语言充满节奏与力量,富有极强的建筑美和音乐美,交错的诗行刻画出了一颗热烈昂扬、乐观积极的赤子之心。

我们只愿在真理的圣坛之前低头,不愿在一切物质的权威之前拜倒。

——郭沫若

光的赞歌
（节选）
艾 青

一

每个人的一生
不论聪明还是愚蠢
不论幸福还是不幸
只要他一离开母体
就睁着眼睛追求光明

世界要是没有光
等于人没有眼睛

初心篇

航海的没有罗盘
打枪的没有准星
不知道路边有毒蛇
不知道前面有陷阱

世界要是没有光
也就没有扬花飞絮的春天
也就没有百花争艳的夏天
也就没有金果满园的秋天
也就没有大雪纷飞的冬天

世界要是没有光
看不见奔腾不息的江河
看不见连绵千里的森林
看不见容易激动的大海
看不见像老人似的雪山
要是我们什么也看不见
我们对世界还有什么留恋

二

只是因为有了光
我们的大千世界
才显得绚丽多彩
人间也显得可爱

光给我们以智慧
光给我们以想象
光给我们以热情
光帮助我们创造出不朽的形象

那些殿堂多么雄伟
里面更是金碧辉煌
那些感人肺腑的诗篇
谁读了能不热泪盈眶

那些最高明的雕刻家
使冰冷的大理石有了体温
那些最出色的画家

初心篇

描出了色授魂与的眼睛

比风更轻的舞蹈
珍珠般圆润的歌声
火的热情、水晶的坚贞
艺术离开光就没有生命

山野的篝火是美的
港湾的灯塔是美的
夏夜的繁星是美的
庆祝胜利的焰火是美的
一切的美都和光在一起

(选自陈铎主编:《诵读红色经典》,上海科学技术文献出版社2011年版,第92～94页)

知识

艾青(1910—1996),出生于浙江金华,现代文学家、诗人。1932年在上海加入中国左翼美术家联盟,从事革命文艺活动。1933年第一次用笔名发表长诗《大堰河——我的保姆》。1935年出版第一本诗集《大堰河》。1979年后,任中国作家协会副主席、国际笔会中心副会

经典悦读

长等职。1985年获法国文学艺术最高勋章。

"光"一直是艾青诗中重要的意象之一。在沉冤20年后,艾青写下这首诗,充满了重见光明的喜悦与希望。在黑暗中挣扎的诗人重见光明之后,一路高歌猛进,对光的探寻热情充溢着全诗。"我是大火中的一点火星/趁生命之火没有熄灭/我投入火的队伍,光的队伍",这句诗是豪情壮志的宣言,表明了诗人将加入人民的队伍,即将投入对光明无限的追求中,对美好、未来、理想等高贵理念的探寻,正是诗人历经挫伤却始终未变的初心。

即使我们是一支蜡烛,也应该"蜡炬成灰泪始干";即使我们只是一根火柴,也要在关键时刻有一次闪耀。

——艾青

初心篇

忧国与爱国

梁启超

有忧国者,有爱国者。爱国者语忧国者曰:汝曷为好言国民之所短?曰:吾惟忧之之故。忧国者语爱国者曰:汝曷为好言国民之所长?曰:吾惟爱之之故。忧国之言,使人作愤激之气,爱国之言,使人厉进取之心,此其所长也;忧国之言,使人堕颓放之志,爱国之言,使人生保守之思,此其所短也。朱子曰:"教学者如扶醉人,扶得东来西又倒。"用之不得其当,虽善言亦足以误天下。为报馆主笔者,于此中消息,不可不留意焉。

今天下之可忧者莫中国若;天下之可爱者,亦莫中国若。吾愈益忧之,则愈益爱之;愈益爱之,则愈益忧之。既欲哭之,

又欲歌之。吾哭矣,谁欤踊者?吾歌矣,谁欤和者?

日本青年有问任公者曰:支那人皆视欧人如蛇蝎,虽有识之士,亦不免,虽公亦不免,何也?任公曰:视欧人如蛇蝎者,惟昔为然耳。今则反是,视欧人如神明,崇之拜之,献媚之,乞怜之,若是者,比比皆然,而号称有识之士者益甚。昔惟人人以为蛇蝎,吾故不敢不言其可爱;今惟人人以为神明,吾故不敢不言其可嫉。若语其实,则欧人非神明、非蛇蝎,亦神明、亦蛇蝎,即神明、即蛇蝎。虽然,此不过就客观的言之耳。若自主观的言之,则我中国苟能自立也,神明将奈何?蛇蝎又将奈何?苟不能自立也,非神明将奈何?非蛇蝎又将奈何?

(选自梁启超著:《自由心影录》,四川文艺出版社1998年版,第217页)

在帝国主义侵略的铁蹄下,中国古老的根基在摇摇欲

初心篇

坠。国家不强大,人民不自信,怎么评价欧洲,成为当时内忧外患冲击下的中国人共同的困惑。本篇详细阐述了忧国与爱国的关系,忧国是纠国之弱,爱国是扬国之威。作者将国民的自信与国家的自强放在重要的位置。在中国人的眼中,欧洲人是"蛇蝎"又是"神明"。而能否客观地看待这些强大的国家,正是国家自信与否的指标。通过层层推进的缜密论述,既表现了作者的爱国之深、忧国之切,也表现了作者急切盼望国家强大的灼灼之心。

心口如一,犹不失为光明磊落丈夫之行也。

——梁启超

听听那冷雨
（节选）
余光中

雨不但可嗅,可亲,更可以听。听听那冷雨。听雨,只要不是石破天惊的台风暴雨,在听觉上总是一种美感。大陆上的

秋天，无论是疏雨滴梧桐，或是骤雨打荷叶，听去总有一点凄凉，凄清，凄楚。于今在岛上回味，则在凄楚之外，再笼上一层凄迷了。饶你多少豪情侠气，怕也经不起三番五次的风吹雨打。一打少年听雨，红烛昏沉。再打中年听雨，客舟中，江阔云低。三打白头听雨的僧庐下，这便是亡宋之痛，一颗敏感心灵的一生：楼上，江上，庙里，用冷冷的雨珠子串成。十年前，他曾在一场摧心折骨的鬼雨中迷失了自己。雨，该是一滴湿漓漓的灵魂，在窗外喊谁。

雨打在树上和瓦上，韵律都清脆可听。尤其是铿铿敲在屋瓦上，那古老的音乐，属于中国。王禹偁在黄冈，破如椽的大竹为屋瓦。据说住在竹楼上面，急雨声如瀑布，密雪声比碎玉。而无论鼓琴，咏诗，下棋，投壶，共鸣的效果都特别好。这样岂不像住在竹筒里面，任何细脆的声响，怕都会加倍夸大，反而令人耳朵过敏吧。

雨天的屋瓦，浮漾湿湿的流光，灰而

温柔,迎光则微明,背光则幽黯,对于视觉,是一种低沉的安慰。至于雨敲在鳞鳞千瓣的瓦上,由远而近,轻轻重重轻轻,夹着一股股的细流沿瓦槽与屋檐潺潺泻下,各种敲击音与滑音密织成网,谁的千指百指在按摩耳轮。"下雨了",温柔的灰美人来了,她冰冰的纤手在屋顶拂弄着无数的黑键啊灰键,把晌午一下子奏成了黄昏。

在古老的大陆上,千屋万户是如此。二十多年前,初来这岛上,日式的瓦屋亦是如此。先是天黯了下来,城市像罩在一块巨幅的毛玻璃里,阴影在户内延长复加深。然后凉凉的水意弥漫在空间,风自每一个角落里旋起,感觉得到,每一个屋顶上呼吸沉重都覆着灰云。雨来了,最轻的敲打乐敲打这城市,苍茫的屋顶,远远近近,一张张敲过去,古老的琴,那细细密密的节奏,单调里自有一种柔婉与亲切,滴滴点点滴滴,似幻似真,若孩时在摇篮里,一曲耳熟的童谣摇摇欲睡,母亲吟哦鼻音与喉音。或是在江南的泽国水乡,一大筐绿油油的桑叶被噬于千百头蚕,细细琐琐屑屑,口器与口器咀咀嚼嚼。雨来了,雨来的时候瓦这么说,一片瓦说千亿片瓦说,说轻轻地奏吧沉沉地弹,徐徐地叩吧挞挞地打,间间歇歇敲一个雨季,即兴演奏从惊蛰到清明,在零落的坟上冷冷奏挽歌,一片瓦吟千亿片瓦吟。

在日式的古屋里听雨,听四月,霏霏不绝的黄梅雨,朝夕不断,旬月绵延,湿黏黏的苔藓从石阶下一直侵到舌底,心底。到七月,听台风台雨在古屋顶一夜盲奏,千寻海底的热浪沸沸被狂风挟来,掀翻整个太平洋只为向他的矮屋檐重重压下,整个海在他的蜗壳上哗哗泻过。不然便是雷雨夜,白烟一般的纱帐里听羯鼓一通又一通,滔天的暴雨滂滂沛沛扑来,强劲的电琵琶忐忐忑忑忐忐忑忑,弹动屋瓦的惊悸腾腾欲掀起。不然便是斜斜的西北雨斜斜,刷在窗玻璃上,鞭在墙上打在阔大的芭蕉

初心篇

叶上，一阵寒潮泻过，秋意便弥漫旧式的庭院了。

在日式的古屋里听雨，春雨绵绵听到秋雨潇潇，从少年听到中年，听听那冷雨。雨是一种单调而耐听的音乐是室内乐是室外乐，户内听听，户外听听，冷冷，那音乐。雨是一种回忆的音乐，听听那冷雨，回忆江南的雨下得满地是江湖下，在桥上和船上，也下在四川在秧田和蛙塘，下肥了嘉陵江下湿布谷咕咕的啼声。雨是潮潮润润的音乐下在渴望的唇上，舔舔那冷雨。

因为雨是最最原始的敲打乐从记忆的彼端敲起。瓦是最最低沉的乐器灰蒙蒙的温柔覆盖着听雨的人，瓦是音乐的雨伞撑起。但不久公寓的时代来临，台北，你怎么一下子长高了，瓦的音乐竟成了绝响。千片万片的瓦翩翩，美丽的灰蝴蝶纷纷飞走，飞入历史的记忆。现在雨下下来，下在水泥的屋顶和墙上，没有音韵的雨季。树也砍光了，那月桂，那枫树，柳树和擎天的巨椰，雨来的时候不再有丛叶嘈嘈切切，闪动湿湿的绿光迎接。鸟声减了啾啾，蛙声沉了咯咯，秋天的虫吟也减了唧唧。七十年代的台北不需要这些，一个乐队接一个乐队便遣散尽了。要听鸡叫，只有去《诗经》的韵里找。现在只剩下一张黑白片，黑白的默片。

　　正如马车的时代去后，三轮车的时代也去了。曾经在雨夜，三轮车的油布篷挂起，送她回家的途中，篷里的世界小得多可爱，而且躲在警察的辖区以外。雨衣的口袋越大越好，盛得下他的一只手里握一只纤纤的手。台湾的雨季这么长，该有人发明一种宽宽的双人雨衣，一人分穿一只袖子，此外的部分就不必分得太苛。而无论工业如何发达，一时似乎还废不了雨伞。只要雨不倾盆，风不横吹，撑一把伞在雨中仍不失古典的韵味。任雨点敲在黑布伞或是透明的塑胶伞上，将骨柄一旋，雨珠向四方喷溅，伞缘便旋成了一圈飞檐。跟

初心篇

女友共一把雨伞，该是一种美丽的合作吧。最好是初恋，有点兴奋，更有点不好意思，若即若离之间，雨不妨下大一点。真正初恋，恐怕是兴奋得不需要伞的，手牵手在雨中狂奔而去，把年轻的长发和肌肤交给漫天的淋淋漓漓，然后向对方的唇上颊上尝凉凉甜甜的雨水。不过那要非常年轻且激情，同时，也只能发生在法国的新潮片里吧。

　　大多数的雨伞想不会为约会张开。上班下班，上学放学，菜市来回的途中。现实的伞，灰色的星期三。握着雨伞。他听那冷雨打在伞上。索性更冷一些就好了，他想。索性把湿湿的灰雨冻成干干爽爽的白雨，六角形的结晶体在无风的空中回回旋旋地降下来。等须眉和肩头白尽时，伸手一拂就落了。二十五年，没有受故乡白雨的祝福，或许发上下一点白霜是一种变相的自我补偿吧。一位英雄，经得起多少次雨季？他的额头是水成岩削成还是火成

岩？他的心底究竟有多厚的苔藓？厦门街的雨巷走了二十年与记忆等长，一座无瓦的公寓在巷底等他，一盏灯在楼上的雨窗子里，等他回去，向晚餐后的沉思冥想去整理青苔深深的记忆。

前尘隔海。古屋不再。听听那冷雨。

(选自朱自清著：《精美散文》，中国华侨出版社2014年版，第180～182页)

知识

余光中（1928—2017），出生于南京，祖籍福建永春。因母亲原籍为江苏武进，故也自称"江南人"。余光中一生从事诗歌、散文、评论、翻译，自称为写作的"四度空间"。余光中被誉为文坛的"璀璨五彩笔"，驰骋文坛逾半个世纪，涉猎广泛，其文学生涯悠远、辽阔、深沉，为当代著名作家、诗人、学者、翻译家、诗坛健将、散文重镇、著名批评家、优秀翻译家。代表作品有《白玉苦瓜》（诗集）、《记忆像铁轨一样长》（散文集）及《分水岭上：余光中评论文集》（评论集）等，其诗作如《乡愁》《乡愁四韵》，散文如《听听那冷雨》《我的四个假想敌》等，广泛收录于内地和港台语文课本。

初心篇

解读

《听听那冷雨》是余光中的一篇著名散文。这篇散文承继了余光中如诗般的语言,长短交错,节奏得当,典故充盈,仿佛如歌的行板。诗人的目光遍历九州,纵横捭阖,用江南柔美的词句,抒发着细腻的乡愁,充溢着爱国的激情。以雨为媒,虽通篇写家乡与乡愁,却毫无怨气,且笔力清新,用古典诗的韵律将思乡不能回的浓浓乡愁,娓娓倾诉。

警句

乡愁是一湾浅浅的海峡,我在这头,大陆在那头。

——余光中

绵 绵 土

牛 汉

正文

那是个不见落日和霞光的灰色的黄昏。天地灰得纯净,再没有别的颜色。

踏上塔克拉玛干大沙漠,我恍惚回到

了失落了多年的一个梦境。几十年来,我从来不会忘记,我是诞生在沙土上的。人们准不信,可这是千真万确的。我的第一首诗就是献给从没有看见过的沙漠。

年轻时,有几年我在深深的陇山山沟里做着遥远而甜蜜的沙漠梦,不要以为沙漠是苍茫而干涩的,年轻的梦都是甜的。由于我家族的历史与故乡人们走西口的有说不完的故事,我的心灵从小就像有着血缘关系似的向往沙漠,我觉得沙漠是世界上最悲壮最不可驯服的野地方。它空旷得没有边沿,而我向往这种陌生的境界。

此刻,我真的踏上了沙漠,无边无沿的沙漠,仿佛天也是沙的,全身心激荡着近乎重逢的狂喜。没有模仿谁,我情不自禁地五体投地,伏在热的沙漠上。我汗湿的前额和手心,沾了一层细细的闪光的沙。

半个世纪以前,地处滹沱河上游苦寒的故乡,孩子都诞生在铺着厚厚的绵绵土的炕上。我们那里把极细柔的沙土叫做绵

初心篇

绵土。"绵绵"是我一生中觉得最温柔的一个词,辞典里查不到,即使查到也不是我说的意思。孩子必须诞生在绵绵土上的习俗是怎么形成的,祖祖辈辈的先人从没有解释过,甚至想都没有想过。它是圣洁的领域,谁也不敢亵渎。它是一个无法解释的活的神话。我的祖先们或许在想:人,不生在土里沙里,还能生在哪里?就像谷子是从土地里长出来一样的不可怀疑。

因此,我从母体降落到人间的那一瞬间,首先接触到的是沙土,沙土在热炕上焙得暖呼呼的。我的润湿的小小的身躯因沾满金黄的沙土而闪着晶亮的光芒,就像成熟的谷穗似的。接生我的仙园老姑姑那双大而灵巧的手用绵绵土把我抚摸得干干净净,还凑到鼻子边闻了又闻,"只有土能洗掉血气。"她常常说这句话。

我们那里的老人们都说,人间是冷的,出世的婴儿当然要哭闹,但一经触到了与母体里相似的温暖的绵绵土,生命就像又

回到了母体里安生地睡去。

我长到五六岁光景,成天在土里沙里厮混。有一天,祖母把我喊到身边,小声说:"限你两天扫一罐绵绵土回来!""做甚用?"我真的不明白。

"这事不该你问。"祖母的眼神和声音异常庄严,就像除夕夜里迎神时那种虔诚的神情,"可不能扫粗的脏的。"她叮咛我一定要扫聚在窗棂上的绵绵土,"那是从天上降下来的净土,别处的不要。"

我当然晓得,连麻雀都知道用窗棂上的绵绵土朴棱棱地清理它们的羽毛。

两三天之后我母亲生下了我的四弟。我看到他赤裸的身躯,红润润的,是绵绵土擦洗成那么红的。他的奶名就叫"红汉"。

绵绵土是天上降下来的净土。它是从远远的地方飘呀飞呀地落到我的故乡的。现在我终于找到了绵绵土的发祥地。

我久久地伏在塔克拉玛干大沙漠的又

厚又软的沙上，百感交集，悠悠然梦到了我的家乡，梦到了与母体一样温暖的我诞生在上面的绵绵土。

我相信故乡现在还有绵绵土，但孩子们多半不会再降生在绵绵土上了。我祝福他们。我写的是半个世纪前的事，它是一个远古的梦。但是我这个有土性的人，忘不了对故乡绵绵土的眷恋之情。原谅我这个痴愚的游子吧。

（选自舒晴主编：《世界上最美的散文》，黄山书社2011年版，第84～86页）

知识

牛汉（1923—2013），原名史承汉，后改为史成汉，曾用笔名"谷风"，山西定襄人，蒙古族。现代著名诗人、文学家和作家，"七月"派代表诗人之一。1940年开始发表文学作品，主要写诗，后20年来同时写散文。曾任《新文学史料》主编、《中国》执行副主编、中国作家协会全国名誉委员、中国诗歌学会副会长。他创作的《悼念一棵枫树》《华南虎》《半棵树》等诗广为传诵，曾出版《牛汉诗文集》等。

《绵绵土》是牛汉的一篇散文作品。故乡的绵绵土，讲述的是故乡母体与游子难以割舍的血肉联系，寄托的是作者对故土的无限感怀，对古老民俗消逝的忧伤。通过对塔克拉玛干沙漠的细致描写，用简单又充满诗意的语言，抒发了对故土的热爱，将作者对于故土的痴迷与眷恋表现得淋漓尽致。

　　人的一生就是这么过的，悔恨常常比生命还不易消亡。

——牛汉

人之初心　善德真觉

雨后岚山
一九一九年四月五日
周恩来

正文

山中雨过云愈暗,
渐近黄昏;
万绿中拥出一丛樱,
淡红娇嫩,惹得人心醉。
自然美,不假人工;
不受人拘束。
想起那宗教,礼法,旧文艺,……粉饰的东西,
还在那讲什么信仰,情感,美观……的制人学说。
登高远望,
青山渺渺,
被遮掩的白云如带;

初心篇

十数电光，射出那渺茫黑暗的城市。
此刻岛民心理，仿佛从情景中呼出：
元老，军阀，党阀，资本家，……
从此后"将何所恃"？

(选自中央文献研究室编：《周恩来青年时代诗集》，中央文献出版社 2008 年版，第 20～21 页)

知识

周恩来（1898—1976），伟大的马克思列宁主义者，无产阶级革命家、政治家、军事家、外交家，中国共产党、中华人民共和国和中国人民解放军的主要缔造者和领导人之一。自 1949 年起担任中华人民共和国国务院总理，1949—1958 年兼任外交部部长。

解读

这首诗运用象征和对比的手法，巧妙地将写景、抒情和议论结合起来。用"一丛樱"象征欣欣向荣的新生事物；用代表"岛民心理"的"十数电光"象征进步的革命的民气；通过赞美未经雕琢的自然美，批判了矫揉造作的旧文化，歌颂顺时应势而生的新文化和新生的革命政权；从黑夜里的电光中看到民心所向以及反动势力消亡的未来。"自然"和"粉饰"，新生和腐朽，革命和反动，形成鲜明的对照,反映了诗人高洁的审美理想和远大的政治抱负。

与有肝胆人共事,从无字句处读书。

——周恩来

红　烛
(节选)
闻一多

红烛啊!
这样红的烛!
诗人啊
吐出你的心来比比,
可是一般颜色?

红烛啊!
是谁制的蜡——给你躯体?
是谁点的火——点着灵魂?

初心篇

为何更须烧蜡成灰,
然后才放光出?
一误再误;
矛盾!冲突!

红烛啊!
不误,不误!
原是要"烧"出你的光来——
这正是自然的方法。

红烛啊!
既制了,便烧着!
烧罢!烧罢!
烧破世人的梦,
烧沸世人的血——
也救出他们的灵魂,
也捣破他们的监狱!

红烛啊!
你心火发光之期,

正是泪流开始之日。

红烛啊!
匠人造了你,
原是为烧的。
既已烧着,
又何苦伤心流泪?
哦!我知道了!
是残风来侵你的光芒,
你烧得不稳时,
才着急得流泪!

红烛啊!
流罢!你怎能不流呢?
请将你的脂膏,
不息地流向人间,
培出慰藉的花儿,
结成快乐的果子!

红烛啊!

初心篇

你流一滴泪,灰一分心。
灰心流泪你的果,
创造光明你的因。

红烛啊!
"莫问收获,但问耕耘。"

(选自闻一多著:《红烛》,华夏出版社2010年版,第5~6页)

知识

闻一多(1899—1946),中国现代伟大的爱国主义者、坚定的民主战士、新月派代表诗人和学者。1912年考入清华大学留美预备学校。1916年开始在《清华周刊》上发表系列读书笔记。1925年3月在美国留学期间创作《七子之歌》。1928年1月出版第二部诗集《死水》。

解读

在闻一多的诗里,"红烛"作为典型意象,成为一颗灼灼跳动的赤子之心,诗人的奉献精神和赤诚在激扬的文字中表现得一览无余。诗人不遗余力地歌颂着红烛,为她的奉献而感动。诗人在红烛身上找到了生活方向:实干、探索、坚毅地为自己的理想努力,不计较结果。他说:"莫问收获,但问耕耘。"诗人以幻想构造了奇幻的主观世界,使用大量的抒情诗句,长短交错,尾字押韵,极富

音乐的韵律美。

诗人最主要的天赋是爱,爱他的祖国,爱他的人民。

——闻一多

神位　官位　心位
(节选)
史铁生

有好心人劝我去庙里烧烧香,拜拜佛,许个愿,说那样的话佛就会救我,我的两条业已作废的腿就又可能用于走路了。

我说:"我不信。"

好心人说:"你怎么还不信哪?"

我说:"我不相信佛也是这么跟个贪官似的,你给他上供他就给你好处。"

好心人说:"哎哟,你还敢这么说哪!"

我说:"有什么不敢?佛总不能也是'顺我者昌,逆我者亡'吧?"

初心篇

好心人说:"哎哟哎哟,你呀,腿还想不想好哇?"

我说:"当然想。不过,要是佛太忙一时顾不上我,就等他有工夫再说吧,要是佛心也存邪念,至少咱们就别再犯一个拉佛下水的罪行。"

好心人苦笑,良久默然,必是惊讶着我的执迷不悟,痛惜着我的无可救药吧。

我忽然心里有点怕。也许佛真的神通广大,只要他愿意就可以让我的腿好起来?老实说,因为这两条枯枝一样的废腿,我确实丢失了很多很多我所向往的生活。梦想这两条腿能好起来,梦想它们能完好如初,二十二年了,我以为这梦想已经淡薄或者已经不在,现在才知道这梦想永远都不会完结,一经唤起也还是一如既往地强烈。唯一的改变是我能够不露声色了。不露声色但心里却有点怕,或者有点慌:那好心人的劝导,是不是佛对我的忠心所做的最后试探呢?会不会因为我的出言不逊,

这最后的机缘也就错过,我的梦想本来可以实现但现在已经彻底完蛋了呢?

果真如此么?

果真如此也就没什么办法:这等于说我就是这么个命。

果真如此也就没什么意思:这等于说世间并无净土,有一双好腿又能走去哪里?果真如此也就没什么可惜:佛之救人且这般唯亲、唯利、唯蜜语,想来我也是逃得过初一逃不过十五。

果真如此也就没什么可怕:无非又撞见一个才高德浅的郎中,无非又多出一个吃贿的贪官或者一个专制的君王罢了。此"佛"非佛。

当然,倘这郎中真能医得好我这双残腿,倾家荡产我也宁愿去求他一次。但若这郎中偏要自称是佛,我便宁可就这么坐稳在轮椅上,免得这野心家一日得逞,众生的人权都要听其摆弄了。

我既非出家的和尚,也非在家的居士,

初心篇

但我自以为对佛一向是敬重的。我这样说绝不是承认刚才的罪过,以期佛的宽宥。我的敬重在于:我相信佛绝不同于图贿的贪官,也不同于专制的君王。我这样说也绝不是拐弯抹角的恭维。在我想来,佛是用不着恭维的。佛,本不是一职官位,本不是寨主或君王,不是有求必应的神明,也不是可卜凶吉的算命先生。佛仅仅是信心,是理想,是困境中的一种思悟,是苦难里心魂的一条救路。

这样的佛,难道有理由向他行贿和谄媚么?烧香和礼拜,其实都并不错,以一种形式来寄托和坚定自己面对苦难的信心,原是极为正当的,但若期待现实的酬报,便总让人想起提着烟酒去叩长官家门的景象。

我不相信佛能灭一切苦难。如果他能,世间早该是一片乐土。也许有人会说:"就是因为你们这些慧根不足、心性不净,执迷不悟的人闹的,佛的宏愿才至今未得实现。"可是，真抱歉——这逻辑岂不有点像庸医无能，反怪病人患病无方么？

我想，最要重视的当是佛的忧悲。常所谓"我佛慈悲"，我以为即是说，那是慈爱的理想同时还是忧悲的处境。我不信佛能灭一切苦难，佛因苦难而产生，佛因苦难而成立，佛是苦难不尽中的一种信心，抽去苦难佛便不在了。佛并不能灭一切苦难，即是佛之悲的处境。佛并不能灭一切苦难，信心可还成立么？还成立！落空的必定是贿赂的图谋，依然还在的就是信心。信心不指向现实的酬报，信心也不依据他人的证词，信心仅仅是自己的信心，是属于自己的面对苦难的心态和思路。这信心除了保证一种慈爱的理想之外什么都不保证，除了给我们一个方向和一条路程之外，并不给我们任何结果。

所谓"证果"，我久思未得其要。我非佛门弟子，也未深研佛学经典，不知在佛教的源头上"证果"意味着什么，单从大

初心篇

众信佛的潮流中取此一义来发问:"果"是什么?可以证得的那个"果"到底是什么?是苦难全数地消灭?还是某人独自享福?是世上再无值得忧悲之事?还是某人有幸独得逍遥,再无烦恼了呢?

苦难消灭自然也就无可忧悲,但苦难消灭一切也就都灭,在我想来那与一网打尽同效,目前有的是原子弹,非要去劳佛不可?若苦难不尽,又怎能了无烦恼?独自享福万事不问,大约是了无烦恼的唯一可能,但这不像佛法倒又像贪官庸吏了。

中国信佛的潮流里,似总有官的影子笼罩。求信佛拜佛者,常抱一个极实惠的请求。求儿子,求房子,求票子,求文凭,求户口,求福寿双全……所求之事大抵都是官的职权所辖,大抵都是求官而不得理会,便跑来庙中烧香叩首。佛于这潮流里,那意思无非一个万能的大官,具不见得就是清官,徇私枉法乃至杀人越货者竟也去烧香许物,求佛保佑不致东窗事发抑或银

铛入狱。若去香火浓烈的地方做一次统计，保险：因为灵魂不安而去反省的、因为信心不足而去求教的，因为理想认同而去礼拜的，难得有几个。

我想，这很可能是因为中国的神位，历来少为人的心魂而设置，多是为君的权威而筹谋。"君权神授"，当然求君便是求神，求官便是求君了，光景类似于求长官办事先要去给秘书送一点礼品。君神一旦同一，神位势必日益世俗得近于衙门。中国的神，看门、掌灶、理财、配药，管红白喜事，管吃喝拉撒，据说连厕所都有专职的神来负责。诸神如此地务实，信徒们便被培养得淡漠了心魂的方位；诸神管理得既然全面，神通广大且点滴无漏，众生除却歌功颂德以求实惠还能何为？大约就只剩下吃大锅饭了，大锅饭吃到不妙时，还有一句"此处不养爷"来泄怨，还有一句"自有养爷处"来开怀。神位的变质和心位的缺失相互促进，以致佛来东土也只

初心篇

热衷俗务,单行其"慈",那一个"悲"字早留在西天。这信佛的潮流里,最为高渺的祈望也还是为来世做些务实的铺陈——今生灭除妄念,来世可入天堂,若问:何为天堂?答曰:无苦极乐之所在。但无苦怎么会有乐呢?天堂是不是妄念?此问则大不敬,要惹来斥责,是慧根不够的征兆之一例。

电视剧《北京人在纽约》,曾引出众口一词的感慨以及嘲骂:"美国也(他妈的)不是天堂。"可,谁说那是天堂了?谁曾告诉你纽约专门儿是天堂了?人家说那儿也是地狱,你怎么就不记着?这感慨和嘲骂,泄露了国产天堂观的真相:无论急于今生,还是耐心来世,那天堂都不是心魂的圣地,仍不过是实实在在的福乐。福不圆满,乐不周到,便失望,便怨愤,便嘲骂,并不反省,便运足了气力去讥贬人家。看来,那"无苦并极乐"的向往,单是比凡夫俗子想念得深远;不图小利,要中一个大彩。

就算天堂真的存在，我的智力还是突破不出那个"证果"的逻辑："无苦并极乐"是什么状态呢？独自享福则似贪官，苦难全消就又与集体服毒同效。还是那电视剧片头的几句话说得好，那儿是天堂也是地狱。是天堂也是地狱的地方，我想是有一个简称的：人间。就心魂的朝圣而言，纽约与北京一样，今生与来世一样，都必是慈与悲的同行，罪与赎的携手，苦难与拯救一致地没有尽头，因而在地球的这边和那边，在时间的此岸和彼岸，都要有心魂应对苦难的路途或方式。这路途或方式，是佛我也相信，是基督我也相信，单不能相信那是官的所辖和民的行贿。

还有"人人皆可成佛"一说，也作怪，值得探讨。怎么个"成"法儿？什么样儿就算"成"呢？"成"了之后再往哪儿走？这问题，我很久以来找不到通顺的解答。说"能成"吧，又想象不出成了之后可怎么办，说"永远不能成"吧，又像是用一

初心篇

把好歹也吃不上的草料去逗引着驴儿转磨。所谓终极发问、终极关怀，总应该有一个终极答案、终板结果吧？否则岂不荒诞？

最近看了刘小枫先生的《走向十字架上的真》，令我茅塞顿开。书中讲述基督性时说：人与上帝有着永恒的距离，人永远不能成为上帝。书中又谈到，神是否存在？神若存在，神便可见、可及，乃至可做，难免人神不辨，任何人就都可能去做一个假冒伪劣的神了；神若不存在，神学即成扯淡，神位一空，人间的造神运动便可顺理成章，肃贪和打假倒没了标准。这可如何是好？我理解那书中的意思是说：神的存在不是由终极答案或终极结果来证明的，而是由终极发问和终极关怀来证明的，面对不尽苦难的不尽发问，便是神的显现，因为恰是这不尽的发问与关怀可以使人的心魂趋向神圣，使人对生命取了崭新的态度，使人崇尚慈爱的理想。

"人人皆可成佛"和"人与上帝有着永

恒的距离",是两种不同的生命态度,一个重果,一个重行,一个为超凡的酬报描述最终的希望,一个为神圣的拯救构筑永恒的路途。但超凡的酬报有可能是一幅幻景,以此来维护信心似乎总有悬危,而永恒的路途不会有假,以此来坚定信心还有什么可怕!

这使我想到了佛的本义,佛并不是一个名词,并不是一个实体,佛的本义是觉悟,是一个动词,是行为,而不是绝顶的一处宝座。这样,"人人皆可成佛"就可以理解了,"成"不再是一个终点,理想中那个完美的状态与人有着永恒的距离,人即可朝向神圣无止地开步了,谁要是把自己披挂起来,摆出一副伟大的完成态,则无论是光芒万丈,还是淡泊逍遥,都像是搔首弄姿。"烦恼即菩提",我信,那是关心,也是拯救。"一切佛法唯在行愿",我信,那是无终的理想之路。真正的宗教精神都是相通的,无论东方还是西方。任何自以

初心篇

为可以提供无苦而极乐之天堂的哲学和神学，都难免落人不能自圆的窘境。

1994年2月2日

（本文最初发表于1994年《读书》）

（选自史铁生著：《灵魂的事：关于生命、爱情和信仰的深思》，百花文艺出版社2005年版，第146～151页）

知识

史铁生，作家、散文家。1951年出生于北京。1967年毕业于清华大学附属中学，1969年去延安一带插队。因双腿瘫痪，于1972年回到北京。后来又患肾病并发展为尿毒症，靠着每周3次透析维持生命。2010逝世。历任中国作家协会全国委员会委员、北京作家协会副主席、中国残疾人联合会副主席。代表作品有《我与地坛》《秋天的回忆》《务虚笔记》等。

解读

此篇短文是史铁生对人生的思考。作者在文中，寥寥数语，深入探讨了神、官与心的微妙关系。由自己对于拜佛的思考入手，思考"慈"与"悲"。作者认为，如果佛单行"慈"事，只求实惠，却忘记"悲"境，追求无苦，则与人间务实的官员们无异。追求无苦极乐的天堂是人的妄念，人生的快乐需要偶然的困苦来陪衬，这恰恰表现出

作者历经挫折却依然积极向上的阳光心态,也表现了对待生活逆境坚忍不拔的意志力。

人的故乡,并不止于一块特定的土地,而是一种辽阔无比的心情,不受空间的限制。这心情一经唤起,就是你已经回到了你的故乡。

——史铁生

九月初九

木 心

中国的"人"和中国的"自然",从《诗经》起,历楚汉辞赋唐宋诗词,连缩表现着平等参透的关系,乐其乐亦宣泄于自然,忧其忧亦投诉于自然。在所谓"三百篇"中,几乎都要先称植物动物之名义,才能开诚咏言;说是有内在的联系,更多的是不相干地相干着。学士们只会用"比""兴"来囫囵解释,不问问何以中国人就这

初心篇

样不涉卉木虫鸟之类就启不了口作不成诗,楚辞又是统体苍翠馥郁,作者似乎是巢居穴处的,穿的也自愿不是纺织品,汉赋好大喜功,把金、木、水、火边旁的字罗列殆尽,再加上禽兽鳞介的谱系,仿佛是在对"自然"说:"知尔甚深。"到唐代,花溅泪鸟惊心,"人"和"自然"相看两不厌,举杯邀明月,非到蜡炬成灰不可,已岂是"拟人""移情""咏物"这些说法所能敷衍。宋词是唐诗的"兴尽悲来",对待"自然"的心态转入颓废,梳剔精致,吐属尖新,尽管吹气若兰,脉息终于微弱了,接下来大概有鉴于"人"与"自然"之间的绝妙好辞已被用竭,懊恼之余,便将花木禽兽幻作妖化了仙,烟魅粉灵,直接与人通款曲共枕席,恩怨悉如世情——中国的"自然"宠幸中国的"人",中国的"人"阿谀中国的"自然"?孰先孰后?孰主孰宾?从来就分不清说不明。

儒家既述亦作,述作的竟是一套"君

王术"；有所说时尽由自己说，说不了时一下子拂袖推诿给"自然"，因此多的是峨冠博带的耿介懦夫。格致学派在名理知行上辛苦凑合理想主义和功利主义，纠缠瓜葛把"自然"架空在实用主义中去，收效却虚浮得自己也感到失望。释家凌驾于"自然"之上，"自然"只不过是佛的舞台，以及诸般道具，是故释家的观照"自然"远景终究有限，始于慈悲为本而止于无边的傲慢——粗粗比较，数道家最乖觉，能脱略，近乎"自然"；中国古代艺术家每有道家气息，或一度是道家的追慕者、旁观者。道家大宗师则本来就是哀伤到了绝望、散佚到了玩世不恭的曝日野叟，使艺术家感到还可共一夕谈，一夕之后，走了（也走不到哪里去，都只在悲观主义与快乐主义的峰回路转处，来来往往，讲究姿态，仍不免与道家作莫逆的顾盼）。然而多谢艺术家终于没有成为哲学家，否则真是太萧条了。

初心篇

"自然"对于"人"在理论上、观念上若有误解曲解,都毫不在乎。野果成全了果园,大河肥沃了大地,牛羊入栏,五粮丰登,然后群莺乱飞,而且幽阶一夜苔生——历史短促的国族,即使是由衷的欢哀,总嫌浮佻庸肤,毕竟没有经识过多少盛世凶年,多少钧天齐乐的庆典、薄海同悲的殇礼,尤其不是朝朝暮暮在无数细节上甘苦与共、休戚相关,即使那里天有时地有利人也和合,而山川草木总嫌寡情乏灵,那里的人是人,自然是自然,彼此尚未涵融尚未钟毓……海外有春风、芳草,深宵的犬吠,秋的丹枫,随之绵衍到煎鱼的油香,邻家婴儿的夜啼,广式、苏式月饼。大家都自言自语:不是这样,不是这样的。心里的感喟:那些都是错了似的。因为不能说"错了的春风,错了的芳草",所以只能说不尽然、不完全……异邦的春风旁若无人地吹,芳草漫不经心地绿,猎犬未知何故地吠,枫叶大事挥霍地红,煎鱼的油一片汪洋，邻家的婴啼似同隔世，月饼的馅儿是百科全书派……就是不符，不符心坎里的古华夏今中国的观念、概念、私心杂念……乡愁，去国之离忧，是这样悄然中来、氤氲不散。

中国的"自然"与中国的"人"，合成一套无处不在的精神密码，欧美的智者也认同其中确有源远流长的奥秘；中国的"人"内充满"自然"，这个观点已经被理论化了，好事家打从"烹饪术"上作出不少印证，有识之士则着眼于医道药理、文艺武功、易卜星相、五行堪舆……然而那套密码始终半解不解。因为，也许更有另一面：中国的"自然"内有"人"——谁莳的花服谁，那人卜居的丘壑有那人的风神，犹如衣裳具备袭者的性情，旧的空鞋都有脚……古老的国族，街头巷尾亭角桥堍，无不可见一闪一烁的人文剧情、名城宿迹，更是重重叠叠的往事尘梦，郁积得憋不过来了，幸亏总有春花秋月等闲度地

初心篇

在那里抚恤纾解,透一口气,透一口气,这已是历史的喘息。稍多一些智能的人,随时随地从此种一闪一烁重重叠叠的意象中,看到古老国族的辉煌而褴褛的整体,而且头尾分明。古老的国族因此多诗、多谣、多脏话、多轶事、多奇谈、多机警的诅咒、多伤心的俏皮绝句。茶、烟、酒的消耗量与日俱增……唯有那里的"自然"清明而殷勤,亘古如斯地眷顾着那里的"人"。大动乱的年代,颓壁断垣间桃花盛开,雨后的刑场上蒲公英星星点点,瓦砾堆边松菌竹笋依然……总有两三行人为之驻足,为之思量。而且,每次浩劫初歇,家家户户忙于栽花种草,休沐盘桓于绿水青山之间——可见当时的纷争都是荒诞的,而桃花、蒲公英、松菌、竹笋的主见是对的。

另外(难免有一些另外),中国人既温暾又酷烈,有不可思议的耐性,能与任何祸福作无尽之周旋。在心上,不在话下,

十年如此，百年不过是十个十年，忽然已是千年了。苦闷逼使"人"有所象征，因而与"自然"作无止境的亲，乃至熟昵而狎黠作狎了。至少可先例两则谐趣：金鱼、菊花。自然中只有鲋、鲫，不知花了多少代人的宝贵而不值钱的光阴，培育出婀娜多姿的水中仙侣，化畸形病态为固定遗传，金鱼的品种叹为观止而源源不止。野菊是很单调的，也被嫁接、控制、盆栽而笼络，作纷繁的形色幻变。菊花展览会是菊的时装表演，尤其是想入非非的题名，巧妙得可耻——金鱼和菊花，是人的意志取代了自然的意志，是人对自然行使了催眠术。中庸而趋极的中国人的耐性和猾癖一至于此。亟待更新的事物却千年不易，不劳费心的行当干了一件又一桩，苦闷的象征从未制胜苦闷之由来，叫人看不下去地看下，看下去。"自然"在金鱼、菊花这类小节上任人摆布，在阡陌交错的大节上，如果用"白发三千丈"的作诗方法来对待庄稼，就

初心篇

注定以颗粒无收告终,否则就不成其为"自然"了。

　　从长历史的中国来到短历史的美国,各自心中怀有一部离骚经,"文化乡愁"版本不一,因人而异,老辈的是木版本,注释条目多得几乎超过正文,中年的是修订本,参考书一览表上洋文林林总总,新潮后生的是翻译本,且是译笔极差的节译本。更有些单单为家乡土产而相思成疾者,那是简略的看图识字的通俗本——这广义的文化乡愁,便是海外华裔人手一册的离骚经,性质上是"人"和"自然"的骈俪文。然而日本人之对樱花、俄罗斯人之对白桦、印度人之对菩提树、墨西哥人之对仙人掌,也像中国人之对梅、兰、竹、菊那样的发呆发狂吗——似乎并非如此,但愿亦复如此则彼此可以谈谈,虽然各谈各的自己。从前一直有人认为痴心者见悦于痴心者,以后会有人认知痴心者见悦于明哲者,明哲,是痴心已去的意思,这种失

却是被褫夺的被割绝的，痴心与生俱来，明哲当然是后天的事。明哲仅仅是亮度较高的忧郁。

中国的瓜果、蔬菜、鱼虾……无不有品性，有韵味，有格调，无不非常之鲜，天赋的清鲜。鲜是味之神，营养之圣，似乎已入灵智范畴。而中国的山山水水花花草草之所以令人心醉神驰，说过了再重复一遍也不致聒耳，那是真在于自然的钟灵毓秀，这个俄而形上俄而形下的谛旨，姑妄作一点即兴漫喻。譬如说树，砍伐者近来，它就害怕，天时佳美，它枝枝叶叶舒畅愉悦，气候突然反常，它会感冒，也许正在发烧，而且咳嗽……凡是称颂它的人用手抚摩枝干，它也微笑，它喜欢优雅的音乐，它所尤其敬爱的那个人殁了，它就枯槁折倒。池水、井水、盆花、圃花、犬、马、鱼、鸟都会恋人，与人共幸蹇，或盈或涸，或茂或凋，或憔悴绝食以殉。当然不是每一花每一犬都会爱你，道理正如不是每个人都会爱你那样——如果说兹事体小，那么体大如崇岳、莽原、广川、密林、大江、巨泊，正因为在汗漫历史中与人曲折离奇地同褒贬共荣辱，故而瑞征、凶兆、祥云、戾气、兴绪、衰象，无不似隐实显，普遍感知。粉饰出来的太平，自然并不认同，深讳不露的歹毒，自然每作昭彰，就是这么一回事，就是这么两回事。中国每一期王朝的递嬗，都会发生莫名其妙的童谣，事后才知是自然借孩儿的歌喉作了预言。所以为先天下之忧而忧而乐了，为后天下之乐而乐而忧了；试想"先天下之忧而忧"大有人在，怎能不跫然心喜呢，就怕"后天下之乐而乐"一直后下去，诚不知后之览者将如何有感于斯文——这些，也都是中国的山川草木作育出来的，迂阔而炽烈的一介乡愿之情。没有离开中国时，未必不知道——离开了，一天天地久了，就更知道了。

(选自木心著：《哥伦比亚的倒影》，广西师范大学出版社

2006年版,第3～10页)

木心(1927—2011),生于浙江桐乡乌镇东栅。本名孙璞,字仰中,号牧心,笔名木心。中国当代文学大师、画家,在中国台湾地区以及纽约华人圈被视为深解中国传统文化的精英和传奇人物。出版多部著作,代表作品有《从前慢》《云雀叫了一整天》等。

中国人笔下和心中的自然,都蕴含着旺盛的生命力与冲淡的愁绪。木心先生的这篇散文主要讨论了中国人与自然的关系。木心先生从文化史出发,梳理出中国独特的文化自然,表现了中国人内化的"天人合一",抒发了自己对故土的思念之情。语言简洁素淡却以韵为骨,语料丰富又说理明晰,体现了中国人对自然物意合一的奇妙理解。

当仁不让,就是当不仁不让,不让其不仁。

——木心

初心篇

我的心灵告诫我

(节选)

[黎] 纪伯伦

我的心灵告诫我,它教我热爱人们所憎恶的事物,真诚对待人们所仇视的人。它向我阐明:爱并非爱者身上的优点,而是被爱者身上的优点。在此之前,爱在我这里不过是两根立柱间一条被拉紧的细线,可现在爱已变成一个光轮,它环绕着每一个存在的事物,慢慢地扩大,以包括每一个即将出现的事物。

我的心灵告诫我,它教我去看被外表遮掩了的美,去仔细审视人们认为丑的东西,直到它变为在我认为是美的东西。在此之前,我所看到的美不过是烟雾间颤抖的火焰。可是现在,烟雾消失了,我看到的只是燃烧着的东西。

我的心灵告诫我,它教我去倾听并非唇舌和喉咙发出的声音。在此之前,我只听到喧闹和呼喊。可是现在,我能倾听寂静,听到正唱着时光的颂歌和太空的赞美诗,宣示着隐幽的奥秘。

我的心灵告诫我,它教我从榨不出汁、盛不进杯、拿不住手、碰不着唇的东西中取饮。在此之前,我的焦渴是我倾尽溪涧浇熄的灰堆上的一颗火星。可是现在,我的思慕已变为我的杯盏,我的焦渴已变为我的饮料,我的孤独已变为我的微醉。我不喝,也决不再喝了。但在这永不熄灭的燃烧中却有永不消失的快乐。

我的心灵告诫我,它教我去触摸并未成形和结晶的东西,让我知道可触知的就是半合理的,我们正在捕捉的正是部分我们想要的。在此之前,我冷时满足于热,热时满足于冷,温和时满足于冷热中的一种。可是现在,我捕捉的触觉已经分散,已变成薄雾,穿过一切显现的存在,和隐

初心篇

幽的存在相结合。

我的心灵告诫我,它教我去闻并非香草和香炉发出的芬芳。在此之前,每当我欲寻馨香时,只能求助于园丁、香水瓶或香炉。可是现在,我胸中充溢的是没经过这个世界任何一座花园,也没被这天空的任何一股空气运载的清新的气息。

我的心灵告诫我,它教我在未知和危险召唤时回答:"我来了!"在此之前,我只在熟悉的声音召唤时才起立,只在我踏遍走熟的道路上行走。可是现在,已知已变成我奔向未知的坐骑,平易已变成我攀登险峰的阶梯。

我的心灵告诫我,它教我不要用自己的语言——"昨天曾经……""明天将会……"——去衡量时间。在此之前,我以为"过去"不过是一段逝而不返的时间,"未来"则是一个我决不可能达到的时代。可是现在,我懂得了,眼前的一瞬间有全部的时间,包括时间中被期待的、被成就的和被证实的一切。

我的心灵告诫我，它教我不要用我的语言——"在这里""在那里""在更远的地方"——去限定空间。在此之前，我立于地球的某一处时，便以为自己远离了所有其他地方。可是现在我已明白，我落脚的地方包括一切地方，我所跋涉的每一段旅程是所有的途程。

我的心灵告诫我，它教我在周围居民酣睡时熬夜，在他们清醒时入睡。在此之前，我在熟睡时看不到他们的梦，他们在困盹中也寻不到我的梦。可是现在，我只是在他们顾盼着我时才展翅翱游于我的梦中，他们只是在我为他们获得自由而高兴时才飞翔于他们的梦中。

我的心灵告诫我，它教我不要因一个赞颂而得意，不要因一个责难而忧伤。在此之前，我一直怀疑自己劳动的价值，直到时间为它们派来一位褒扬者或诋毁者。可是现在，我已明白，树木春天开花夏天

初心篇

结果并不企盼赞扬,秋天落叶冬天凋敝并不害怕责难。

我的心灵告诫我,它教我明白并向我证实:我并不比草莽贫贱者高,也不比强霸伟岸者低。在此之前,我曾以为人分为两类:一类是我怜悯或鄙视的弱者,一类是我追随或反叛的强者。可是现在我已懂得,我是由人类组成的一个集体的一个个体,我的蕴涵就是他们的蕴涵,我的希冀就是他们的希冀。

我的心灵告诫我,它教我知道:我手擎的明灯并不专属于我,我唱着的歌也不是由我谱成。如果说我带着光明行走,那我并不就是光明;如果说我是一把被上好弦的琴,那我并不是弹奏者。

兄弟!我的心灵告诫了我,教育了我。你的心灵也告诫过你,教育过你。因为你我本是彼此相似的。我们之间没有什么不同,除了我谈论着我,在我的话语中有一点争辩;你掩饰着你,在你的隐匿中有一

种美德。

(选自邢涛总主编:《名家美文精粹 冬韵卷》,浙江教育出版社2010年版,第88~90页)

知识

纪·哈·纪伯伦(1883—1931),被称为"艺术天才""黎巴嫩文坛骄子",是阿拉伯文学的主要奠基人,20世纪阿拉伯新文学道路的开拓者之一。其主要作品有《泪与笑》《先知》《沙与沫》等,蕴含了丰富的社会性和东方精神,不以情节为重,旨在抒发丰富的情感。纪伯伦与鲁迅和泰戈尔一样,是近代东方文学走向世界的先驱。

解读

这篇散文是纪伯伦探讨人生的哲理作品之一。通过与"我的心灵"的对话,将人生的美好与高贵的品质一一倾诉给读者。在文中,作者告诫我们要真诚热情,谦虚勇敢,探求本质,冷静客观。短文逻辑清晰简明,语言自然清新,道理深刻隽永,是一篇哲理散文的佳作。

警语

我们走得太远,以至于忘记了为什么而出发。

——[黎]纪伯伦

初心篇

世间最美的坟墓

［奥］茨威格

我在俄国所见到的景物再没有比托尔斯泰墓更宏伟、更感人的了。这将被后代怀着敬畏之情朝拜的尊严圣地,远离尘嚣,孤零零地躺在林荫里。顺着一条羊肠小路信步走去,穿过林间空地和灌木丛,便到了墓冢前;这只是一个长方形的土堆而已,无人守护,无人管理,只有几株大树荫庇。他的外孙女跟我讲,这些高大挺拔、在初秋的风中微微摇动的树木是托尔斯泰亲手栽种的。小的时候,他的哥哥尼古拉和他听保姆或村妇讲过一个古老的传说,传说中提到亲手种树的地方会变成幸福的所在。于是他们俩就在自己庄园的某块地上栽了几株树苗,这个儿童游戏不久也就忘了。

托尔斯泰晚年才想起这桩儿时往事和关于幸福的奇妙许诺,饱经忧患的老人突然从中获得了一个新的、更美好的启示。他当即表示愿意将来埋骨于那些亲手栽种的树木之下。

后事就这样办了,完全按照托尔斯泰的愿望;他的墓成了世间最美的、给人印象最深刻的、最感人的坟墓。它只是树林中的一个小小的长方形土丘,上面开满鲜花—— nullacrux, nullacoroma——没有十字架,没有墓碑,没有墓志铭,连托尔斯泰这个名字也没有。这个比谁都感到受自己的声名所累的伟人,就像偶尔被发现的流浪汉、不为人知的士兵一般,不留名姓地被人埋葬了。谁都可以踏进他最后的安息地,围在四周的稀疏的木栅栏是不关闭的——保护列夫·托尔斯泰得以安息的没有任何别的东西,唯有人们的敬意;而通常,人们却总是怀着好奇,去破坏伟人墓地的宁静。这里,逼人的朴素禁锢住任何

初心篇

一种观赏的闲情，并且不容许你大声说话。风儿在俯临这座无名者之墓的树木之间飒飒地响着，和暖的阳光在坟头嬉戏；冬天，白雪温柔地覆盖这片幽暗的土地。无论你在夏天或冬天经过这儿，你都想象不到，这个小小的，隆起的长方形包容着当代最伟大的人物当中的一个。然而，恰恰是不留姓名，比所有挖空心思置办的大理石和奢华装饰更扣人心弦：在今天这个特殊的日子里，成百上千到他的安息地来的人中间没有一个有勇气，哪怕仅仅从这幽暗的土丘上摘下一朵花留作纪念。人们重新感到，这个世界上再也没有比这最后留下的、纪念碑式的朴素更打动人心的了。残废者大教堂大理石穹隆底下拿破仑的墓穴，魏玛公侯之墓中歌德的灵寝，西敏司寺里莎士比亚的石棺，看上去都不像树林中的这个只有风儿低吟，甚至全无人语声，庄严肃穆，感人至深的无名墓冢那样能剧烈震撼每一个人内心深藏着的感情。

经典悦读

（选自崔钟雷主编：《世界最美的散文》，吉林出版集团有限责任公司2010年版，第157页）

知识

斯蒂芬·茨威格，奥地利小说家、诗人、剧作家、传记作家。茨威格1881年11月28日出生于富裕犹太家庭，青年时代在维也纳和柏林攻读哲学和文学，后周游世界，结交罗曼·罗兰和弗洛伊德等人并深受其影响。创作诗、小说、戏剧、文论、传记，以传记和小说成就最为显著。第一次世界大战期间从事反战工作，1934年遭纳粹驱逐，流亡英国和巴西。1942年2月22日在巴西自杀。代表作有短篇小说《象棋的故事》《一个陌生女人的来信》、长篇小说《心灵的焦灼》、回忆录《昨日的世界》、传记《三大师》《一个政治性人物的肖像》。

解读

这篇短文是茨威格1928年在俄国拜谒托尔斯泰墓地时写下的。表面上看是一篇游记，其实是一篇洋溢着崇敬之情的抒情之作。通篇以平淡冷静的语言，突出托尔斯泰墓地"静"的特点，用类比等写作手法，着重抒写墓地的朴素，反衬托尔斯泰的伟大。作者告诉我们，越是伟大，就越平凡；给予人长久的震慑人心的力量，不是物质的华丽，而是精神的高贵。茨威格用一位游者的目光，观察托尔斯泰的身后事，看似平淡，却富含激情于其中。

初心篇

将无法实现之事付诸实现正是非凡毅力的真正的标志。

——［奥］斯蒂芬·茨威格

呦呦其志　功不唐捐

初心篇

陆游诗二首

陆 游

一、关山月

和戎诏下十五年①,将军不战空临边。
朱门沉沉按歌舞②,厩马肥死弓断弦。
戍楼刁斗催落月,三十从军今白发。
笛里谁知壮士心,沙头空照征人骨。
中原干戈古亦闻,岂有逆胡传子孙?
遗民忍死望恢复,几处今宵垂泪痕!

[选自〔宋〕陆游著:《陆游集》,王增斌解评,三晋出版社2008年版,第50页]

①和戎:原意是与少数民族和睦相处,实指宋朝向金人屈膝求安。十五年:宋孝宗隆兴元年(1163)下诏与金人第二次议和,至作者作此诗时,历时15年。
②朱门:红漆大门,借指豪门贵族。沉沉:形容门房庭院深邃。按:击节拍。

距离与金人议和诏书的下发已经15年了,将军没有作战,来到这里空守边疆。高门大户的贵族府内按着节拍表演歌舞,马棚里的马久不征战,食肥而死;杀敌的弓弦久不启用,早已折断。守望岗楼上报更的刁斗声催促着月落,光阴飞逝,30岁参军到如今已经白了发。纵把横笛吹破,又哪有人知壮士之心?月光惨白地照射着出征人的白骨。中原一带曾经发生过多少次的战争啊,但哪有让异族在中原生息繁衍、世代相传的情形呢?沦陷的人民南望王师,忍痛生存盼望复国,今天晚上有多少地方的民众在暗恨、流泪!

(编者译)

借着千年关山内外的月光,诗人将历史与现实穿插在一起,咏叹国家的命运。通过对激越悲壮的战争气氛的渲染,把长期和戎不战的政治局面表现得淋漓尽致,对南宋统治者避而不战的消极态度更是痛恨至极。语言婉转流畅、晓畅平易、精练自然,平静背后带有无尽的波澜,沉痛悲愤之情充溢字里行间。全诗没有剑拔弩张的激烈语句,却更有一种别样的惊心动魄,一位怒其不争的爱国诗人形象跃然纸上。

初心篇

二、长歌行

人生不作安期生①，醉入东海骑长鲸，
犹当出作李西平②，手枭③逆贼清旧京。
金印煌煌未入手，白发种种来无情。
成都古寺卧秋晚，落日偏傍僧窗明。
岂其马上破贼手，哦诗长作寒螀④鸣？
兴来买尽市桥酒，大车磊落⑤堆长瓶；
哀丝豪竹⑥助剧饮，如钜野受黄河倾。
平时一滴不入口，意气顿使千人惊。
国仇未报壮士老，匣中宝剑夜有声⑦。
何当凯旋宴将士，三更雪压飞狐城！

[选自〔宋〕陆游著：《陆游集》，王增斌解评，三晋出版社2008年版，第37页]

注释

①安期生：传说是秦始皇时的仙人。
②李西平：唐朝名将李晟（成）因平定叛乱有功，封为西平王。
③枭（xiāo）：杀。
④寒螀（jiāng）：寒蝉。似蝉，体较小。

⑤磊落:酒瓶堆叠的样子。
⑥哀丝豪竹:指悲壮的音乐。丝,弦乐器;竹,管乐器。
⑦宝剑夜有声:这是表示壮志难酬的不平之鸣。

译文

为人如若做不成喝醉酒骑鲸遨游东海的安期生,也要做个带兵杀敌、收复沦陷的国土与首都长安的李西平。赫赫的功名还未建立,两鬓早已白发萧骚。傍晚闲躺在成都古寺里,落日斜照在僧房的纱窗上。难道我这个驰骋疆场的杀贼能手,就永远只能吟诗作对,像寒蝉一般悲鸣不成?酒兴一起我就将酒家的酒买光,酒瓶堆满了大车。就着悲壮的音乐开怀畅饮,好比黄河水滔滔倾倒进了钜野泽。我平时滴酒不沾,因此这样的豪情顿使满座震惊。国仇未报壮士已老,辜负了鞘中宝剑夜夜铮啸。什么时候,在大雪的深夜里,飞狐城摆起盛筵,与凯旋的将士欢笑!

(编者译)

知识

陆游诗词文语言平易晓畅、章法整饬谨严,尤以饱含爱国热情对后世影响深远。陆游亦有史才,他的《南唐书》"简核有法",具有很高的史料价值。

解读

陆游在这首诗中抒写了自己平生的意气和抱负,同时也表现了报国无门的愤懑与郁结,表达了以国事为己任的强烈的爱国热情。全诗一气呵成,意气风发,如长江滔滔,倾泻而下,氛围沉郁悲壮,感情热烈充沛,气势雄壮豪迈,是陆游爱国诗歌的代表作品。

警句

壮心未与年俱老,死去犹能作鬼雄。

——陆游

南园十三首·男儿何不带吴钩
李 贺

正文

男儿何不带吴钩①,收取关山五十州?
请君暂上凌烟阁②,若个书生万户侯?

(选自《中国历代文学名篇》编委会编撰:《中国历代诗名篇》,内蒙古人民出版社 2009 年版,第 306 页)

经典悦读

注释

①吴钩：吴地出产的弯形的刀，此处指宝刀。
②凌烟阁：唐太宗为表彰功臣而建的殿阁，上有秦琼等二十四人的画像。唐代凌烟阁二十四功臣排名：左武卫大将军长孙无忌、监校千牛卫大将军李孝恭、左仆射杜如晦、谏议大夫魏徵、右仆射房玄龄、尚书高士廉、尚书尉迟敬德、鹤城太守李靖、尚书令萧瑀、右卫大将军、褒国公，世袭金州刺史段志玄、尚书刘弘基、洛阳郡守屈突通、荆州长史殷开山、右武卫上将军柴绍、京兆尹长孙顺德、洛州长史张亮、扬州郡守侯君集、武威长史张公谨、虎贲将军程知节、尚书虞世南、左令刘政会、右令唐俭、上将军李勣和虎威将军秦琼。

译文

男子汉大丈夫为什么不带宝刀去收复那黄河南北割据关山五十州呢？请你且登上那绘有二十四开国功臣画像的凌烟阁去看，又有哪一个书生曾被封为食邑万户的列侯？

（编者译）

知识

李贺（约791—约817），字长吉，唐代河南福昌（今河南洛阳宜阳县）人，家居福昌昌谷，后世称李昌

初心篇

谷,是继屈原、李白之后,中国文学史上又一位颇享盛誉的浪漫主义诗人。与李白、李商隐称为"唐代三李"。有"太白仙才,长吉鬼才"之说,故有"诗鬼"之称。著有《昌谷集》。李贺长期的抑郁感伤,导致其27岁即英年早逝。

本诗首两句皆为设问,起势险峻,悬念丛生。而连续的问题,使得诗歌主题更加鲜明,情感更加激烈。一个"取"字,把收复失地的重任轻描淡写,却举重若轻、一字千钧。颈联与尾联的问句,更是把气氛推至极点,将一介书生的无奈和无力表现得淋漓尽致,更使诗人满腔热情却报国无门的愤懑久久回荡在诗行之间。

射虎不成重练箭,斩龙不断再磨刀。

——李贺

劝　学

朱　熹

正文

少年易老学难成，一寸光阴不可轻。
未觉池塘春草梦，阶前梧叶已秋声。

（选自陈长根著：《朱熹诗选365鉴赏》，海潮摄影艺术出版社2007版，第120页）

知识

朱熹（1130—1200），号晦庵，晚称晦翁，谥文，又称朱文公。南宋著名的理学家、思想家、哲学家、教育家、诗人、闽学派的代表人物，世称朱子。代表作品有《四书章句集注》《通书解说》《楚辞集注》。

译文

青春的岁月极易逝去，学问却很难取得成果，所以每一寸光阴都要倍加珍惜，不能轻易放过。倏忽之间，青草的"春梦"未醒，院子里的梧桐树叶就已飘落到地上，在秋风里沙沙作响了。

（编者译）

初心篇

全诗开门见山,点题迅速,接着活用典故,将美好易逝的青春时光比作美好却易碎的美梦,从劝说的角度,讲述青春的易逝与学成的艰难,提醒青年人珍惜时光、勤学不息。语言明白晓畅,形象贴切生动,倍增劝勉的力量。

读而未晓则思,思而未晓则读。

——朱熹

闻鸡起舞

司马光

初,范阳祖逖,少有大志,与刘琨俱为司州主簿①,同寝,中夜闻鸡鸣,蹴②琨觉曰:"此非恶声③也!"因起舞。及渡江,左丞相睿以为军谘祭酒。

逖居京口,纠合骁健,言于睿曰:"晋室之乱,非上无道而下怨叛也,由宗室争权,自相鱼肉,遂使戎狄乘隙,毒流中土。今遗民既遭残贼,人思自奋,大王诚能命将出师,使如逖者统之以复中原,郡国豪杰,必有望风响应者矣!"睿素无北伐之志,以逖为奋威将军、豫州刺史,给千人廪④,布三千匹,不给铠仗,使自召募。

逖将其部曲百余家渡江,中流,击楫而誓曰:"祖逖不能清中原而复济者,有如大江⑤!"遂屯淮阴,起冶铸兵⑥,募得二千余人而后进。

(选自李家发解读:《〈资治通鉴〉选读》,甘肃人民出版社2002年版,第310~311页)

注释

①主簿:州、府长官的佐僚,主管文书的官员。
②蹴:用脚踢。成语有"一蹴而就",此"蹴"引申为轻易地举动。
③此非恶声:古人认为半夜鸡鸣是不祥之兆,祖逖不这么认为。
④给千人廪(lǐn):供给一千人的军粮。
⑤有如大江:让大江来作证。古人常以"有如"发誓。
⑥起冶铸兵:兴建冶炼工厂铸造兵器。

初心篇

知识

司马光（1019—1086），西晋安平献王司马孚之后。北宋政治家、史学家、文学家。宋仁宗宝元元年（1038）登进士第，累进龙图阁直学士。宋神宗时，因反对王安石变法，离开朝廷15年，主持编纂了中国历史上第一部编年体通史《资治通鉴》。生平著作甚多，主要有《温国文正司马公文集》《稽古录》《涑水记闻》《潜虚》等。

译文

当初，范阳人祖逖，年轻即有壮志，曾与刘琨一起担任司州的主簿。与刘琨在一起睡觉时，夜半听到鸡鸣，他踢醒刘琨说："这并不是不祥之兆。"就起床开始舞剑。在晋室渡江之后，左丞相司马睿让他担任军谘祭酒。

祖逖住在京口，聚集起骁勇强健的壮士，对司马睿说："晋朝的变乱，不是因为君主无道而使臣下怨恨叛乱，而是皇亲宗室之间争夺权力，自相残杀，这样就使戎狄钻了空子，祸害遍及中原。现在晋朝的遗民遭到摧残伤害后，大家都想着自强奋发，大王您若能够派遣将领率兵出师，使像我一样的人统领军队来光复中原，各地的英雄豪杰，一定会有闻风响应的人！"司马睿一直没有北伐的志向，他听了祖逖的话以后，就任命祖逖为奋威将军、豫州刺史，仅仅拨给他千人的口粮、三千匹布，不供给兵器，让祖逖自己想办法募集。

祖逖带领自己的私家军队共一百多户人家渡过长江，在江中敲打着船桨说："祖逖如果不能使中原清明而光复成功，就像大江一样有去无回！"于是到淮阴驻扎，建造熔炉冶炼浇铸兵器，又招募了两千多人然后继续前进。

司马光直笔史实，塑造了祖逖勤奋努力、严于律己的形象。成语"闻鸡起舞"就出自此处，形容发奋有为，只有不断努力，才有可能获得成功，也比喻有志之士及时振作。这个故事激励了一代又一代的有志青年奋发有为，以国家的命运为自己的使命去不懈奋斗，励志报国。

不宝金玉，而忠信以为宝。

——司马光

志在高远　玉汝于成

六国之行·西行

陈　毅

万里西行急，乘风御太空。
不因鹏翼展，哪得鸟途通？
海酿千钟酒，山栽万仞葱。
风雷驱大地，是处有亲朋。

（选自何云春主编：《中华红诗精选：珍藏版》，线装书局2013年版，第29页）

一直向西急行万里，扶摇直上凭御天空。如不是因为大鹏如"垂天之云"的翅膀，怎会有此险途通畅？奔腾汹涌的大海像正在酿造的千钟美酒，耸立挺拔的山如同生机勃发的万仞青葱。和平发展的时代风雷驱动着大地，新中国的大地上处处有亲朋。

（编者译）

初心篇

知识

陈毅（1901—1972），名世俊，字仲弘，四川乐至人，中国共产党党员，久经考验的无产阶级革命家、政治家、军事家、外交家，诗人；中国人民解放军的创建者和领导者之一、中华人民共和国十大元帅之一、党和国家的卓越领导人，曾任中共中央军委副主席、第一至三届国防委员会副主席。1958年2月起兼任外交部部长。

解读

本诗是陈毅在任外交部部长期间访问国外时所作。全诗感情饱满，爱国热情高涨，前进的力量喷薄而出，豪迈雄壮，颇有大将之风。诗人将迅速发展的新中国比作展翅腾飞的大鹏，看着在外交舞台上的祖国，愈加自豪与乐观，对中国的未来充满着希冀，向整个世界发出了和平与自由的呼唤。全诗大气磅礴、豪情万丈，表现了诗人的乐观与自信。

警句

大雪压青松，青松挺且直。
要知松高洁，待到雪化时。

——陈毅

论人的天性

[英] 培根

天性常常是隐而不露的,有时可以压伏,而很少能完全熄灭的。压力之于天性,使它在压力减退之时更烈于前;但是习惯却真能变化气质,约束天性。凡是想征服自己的天性的人,不要给自己设下过大或过小的工作;因为过大的工作将因为常常失败的原故而使他灰心;而过小的工作,虽然能使他常常成功,但是将使他成为一个进步甚小的人。还有,在开始的时候他应当用些帮忙的事务来练习,就好像学游泳的人用浮胞和苇筏一样;但是过了些时候以后,他应当与困难相搏以为练习,就好像舞蹈家之穿着厚鞋练习一样。因为,假如练习比实用还难,那么其结果就更为完美了。凡是天性甚强,因之不容易克服

初心篇

的地方,其克服的工夫就必须如此方可:第一,在时间方面要阻止天性,不要放纵,就好像有的人在生气的时候默诵26个字母的名字以抑怒气一样;这段工夫做到了,然后在量的方面应该减少,就好像要戒酒的人,从引觞互视减到每餐一饮一样;最后,才可以完全戒绝,但是假如一个人有那种毅力和决心,能够一举而解放自己,那是最好的,最能坚持灵魂的自由的人,就是那挣断磨胸的锁链,一举而永免受罪的人。

还有古人的遗训说应当把天性屈到相反的另一极端去,就是矫枉可以过正,好像一根杆杖似的,以便它再反过来的时候可以适中,这句话也是不错的;不过我们须要明白,此处所谓的另一极端当然要不是恶德才行或者是造成另一种不良习惯为好。

一个人不可强给自己加上一种不断的继续的习惯,而应当稍有间歇。因为一则

这种休息或间歇可以帮助新的尝试；二则，假如一个德行不完全的人永远继续练习的话，他不仅练习了他的优点，连谬误也一定要练习了，并且使优点与谬误将同具一种习惯。这种情形，没有别的补救之策，除了用合时的间歇和休止。但是一个人也不可过于相信他对于自己的天性的胜利，因为天性能够长期潜伏着，而到有了机会或诱惑的时候复活起来。就好像《伊索寓言》中的猫变的女子一样，她坐在餐桌的一头，坐得端端正正地，可是有一只小老鼠在她面前跑过的时候，她就马上扑过去了。因此一个人应当或者完全躲避这种机会，或者常常与这种机会接触，以便少被牵动。

　　人的天性在私生活里最易看出，因为在那种生活里是没有虚饰的；在热情里也最易看出，因为热情使人把平日的教训忘了；在一种新的事情或尝试之中也最易看出，因为在这种情形里是无惯例可援引的。

初心篇

凡是天性与职业匹配的人是有福的人；反之，那些从事于他们本不想做的事业的人，他们可以说："我的灵魂曾久与天性不合之事物周旋"。在学问方面，一个人对于与他的天性不合而勉强去学的学科，应当有固定的时间；但是凡是与天性相合的学科，那就不必有什么规定的时间；因为他的思想会自己做主，飞到那方面去的；只要别的事情或学科所剩下来的时间足够研究这些学问就行。一个人的天性好比种子，不长成香花药草，就长成毒草莠草；所以他应当时时灌溉前者而芟除后者。

（选自［英］弗兰西斯·培根著：《培根文集》，江文编译，中国戏剧出版社2008年版，第81页）

弗朗西斯·培根（1561—1626），第一代圣阿尔本子爵，英国文艺复兴时期最重要的散文家、哲学家。作为实验科学的创始人，培根既是近代归纳法的创始人，又是对科学研究程序进行逻辑组织化的先驱，被马克思誉为"英国唯物主义和整个近代实验科学的真正始祖"，是"实验哲学之父""近代自然科学直接的或感性的缔造者",也是现代生活精神的伟大先驱。主要著作有《新工具》《论科学的增进》《学术的伟大复兴》等。培根是一位理性主义者而不是迷信的崇拜者,是一位经验论者而不是诡辩学者;在政治上,他是一位现实主义者而不是理论家。他曾说过:"知识就是力量。"

培根的哲理散文向来以精练隽永著称,他对人生的通透洞察和思考将理性道德与浪漫感性完美地结合了在一起。这篇散文从阻碍实现远大志向的最强大的敌人——天性入手,详细阐释怎样在天性之下合理地确立远大的志向,建立优良的习惯,选择适合的职业与学科,如何躲过天性的干扰,摆脱惰性的压制,从而成为"挣断磨胸的锁链"的"灵魂的自由的人"。本文精妙地阐释了天性与志向的关系,文笔优美,语句婉转,说理深刻,议论与说理穿插有序又不失趣味,是一篇带有鲜明的"培根色彩"的哲理短文。

天赋如同自然花木,要用学习来修剪。

——[英]培根

诫外甥书

诸葛亮

夫志当存①高远，慕先贤，绝情欲，弃疑滞②，使庶几之志③揭然④有所存，恻然⑤有所感；忍屈伸，去细碎⑥，广咨问，除嫌吝⑦，虽有淹留⑧，何损于美趣，何患于不济⑨。若志不强毅⑩，意气不慷慨，徒碌碌滞于俗，默默束于情，永窜伏⑪不庸，不免于下流⑫矣！

（选自姜正成主编：《千古智圣——诸葛亮》，海潮出版社2013年版，第236页）

①存：怀有，怀着。
②疑滞：心思局限于某个范围；拘泥。
③庶几之志：接近或近似于先贤的志向。
④揭然：高的样子。
⑤恻然：恳切的样子。
⑥细碎：琐碎的杂念。

⑦嫌吝：怨恨耻辱。
⑧淹留：德才不显于世。
⑨济：成功，实现。
⑩强毅：坚强果断。
⑪窜伏：逃避，藏匿。
⑫下流：比喻低下的地位。

（编者注）

知识

作为散文家的诸葛亮，其散文代表作有《出师表》《诫子书》等。作为发明家，他曾发明木牛流马、孔明灯等，并改造连弩，叫作诸葛连弩，可一弩十矢俱发。于建兴十二年（234）在五丈原（今宝鸡岐山境内）逝世。诸葛亮一生鞠躬尽瘁、死而后已，是中国传统文化中忠臣与智者的代表人物。

译文

一个人要树立远大的志向，思慕先贤，节制情欲，弃绝心中局限的观念，使自己的志向几乎接近圣贤那样高尚，在身上可以明显地体现出来，也可以在内心恳切地感受得到。要能屈能伸，适应各种环境，革除杂念与嫉妒，广泛地向人请教询问，根除怨恨与耻辱的情绪。做到这些以后，即使也有可能在事业上暂时停步不前，也不会损毁自己美好的情趣，又何必担心事业会不成功呢！如果志向初心篇

不坚强果断，思想境界不壮大开阔，只是徒然地沉溺于世间俗情，碌碌无为，永远藏匿在平庸的人之中，就难免会沦落到下流，成为没有成就之人。

（编者译）

在这篇仅仅80余字的短文中，诸葛亮以先辈的角度，鞭辟入里地阐释了"志当存高远"的重要性，并教会年轻人树立远大志向后具体实行的措施与方法。想实现自己的宏远目标，一要克服局限的心境，开阔自己的视野与思想；二要适应各种环境，要有坚强弘毅的意志，避免理想在漫长的忙碌中消磨殆尽；三要剪除心中的杂念，不困扰于世俗之情与嫉妒之心。如此这般，方可保持志向纯净与心态平和，行稳致远，实现宏愿。立志做人的重要性在本文中体现得淋漓尽致，长辈的谆谆教诲也犹在耳畔，激励着无数后世青年立志奋发。

恢弘志士之气，不宜妄自菲薄。

——诸葛亮

囚 歌

叶 挺

正文

为人进出的门紧锁着,
为狗爬走的洞敞开着,
一个声音高叫着:
爬出来呵,给你自由!
我渴望着自由,
但也深知道——
人的躯体哪能由狗的洞子爬出!
我只能期待着,
那一天——
地下的烈火冲腾,
把这活棺材和我一齐烧掉,
我应该在烈火和热血中得到永生。

(选自石叟、刘慧勇选编:《中华民国诗千首》,海南出版社2013年版,第45页)

初心篇

知识

叶挺（1896—1946），原名叶洵，字希夷，广东惠阳秋长人，北伐名将，中国人民解放军创始人及新四军重要领导人之一，闻名国内外的军事家。他参与指挥南昌起义并出任前敌总指挥，参加广州起义时任起义军工农红军总司令，抗日战争中又出任新四军军长，后在皖南事变中被国民党扣押。在狱中，他拒绝蒋介石的威逼利诱，写下著名的《囚歌》以明志。抗日战争胜利后，与夫人李秀文以及秦邦宪、邓发、王若飞等同志在返回延安途中不幸遇难。

解读

这首作于狱中的白话述志诗，将共产党人追寻真理的初心发挥到了极致。诗中揭露了国民党极度虚伪、残忍至极的本质，表现了作者为了自由与尊严可以燃烧一切的革命热情。全诗语言明白晓畅，不落一典，虽没有繁复的形式和修饰，却情感充沛、意境悲壮，发出了革命最嘹亮的呼号，读者读后无不为作者坚定的理想信念与视死如归的决心所震撼，其表达出崇高的革命理想以及激昂的爱国热情激励了一代又一代的人。

不辞艰难那辞死,生死原来相游戏。
只问此心无愧作,赤条条来光棍逝。

——叶挺

附　录

拓展阅读书目

文怀沙著:《屈原离骚今绎》,百花文艺出版社2005年版

李朝全编:《诗歌百年经典（1917—2015）》,中央编译出版社2016年版

闻一多著:《红烛》,华夏出版社2010年版

史铁生著:《向死而生》,江苏文艺出版社2016年版

木心著:《哥伦比亚的倒影》,广西师范大学出版社2013年版

陆游著:《陆游集》,三晋出版社2008年版

何云春主编:《中华红诗精选：珍藏版》,线装书局2013年版

姜正成主编:《千古智圣——诸葛亮》,海潮出版社2013年版

［英］弗兰西斯·培根著:《培根文集》,中国戏剧出版社2008年版

编写说明

初心,即最初的心意,是事情一开始时所抱持的信念。人生在世,江流东去,红尘滚滚,人心难测,情感纠缠,是否已经被时间磨损了善意,已然忘记一开始的纯洁与宁静?路途迢迢,行得太急,走得太远,是否已经偏离开始的航线,早已忘记最初的目标?挫折挑战,屡战屡败,是否已经一蹶不振、碌碌一生,再也捡不起当年意气风发的锐利?初心,是面对污秽横流却始终未变的善良,是风疾雨骤时毅然矗立的理想,是屡败屡战间不曾磨灭的信念,也是功有所成后不骄不躁、志在四方的豪壮。

本篇希望在贯穿古今的伟人名人的文字中发现初心的印记,沿着历史的足迹找

初心篇

寻他们在国家与个人的命运关头做出的选择。选文分为四部分:"桑弧蓬矢 念兹在兹",着重表现初心中念念不忘的理想,在演讲、抒情与说理中,重温理想的热度,再次传达理想的力量;"人之初心 善德真觉",是初心中未曾改变的善良与坚定,无论是国家、人生还是文化,都有其最初出发时的美好品质;"呖呖其志 功不唐捐",是渴望建功立业之人的宏大志愿,在持续不断的努力下,他们的理想最终会在向着志愿迈进的过程中不知不觉地实现;"志在高远 玉汝于成",旨在说明,即使"敌军围困千重",初心燃烧了自信,"我自岿然不动",因此,再多的挫折与失败,只要志存高远脚踏实地,成功自在前方。

　　总而言之,希望借助本册选文,为您重温初心的力量,找回失落的信念与理想。只有这样,方能有"不管风吹雨打,胜似闲庭信步"的从容与淡然,在人生路途中目标坚定,行稳致远。

编者

2018 年 8 月

经典悦读·使命篇

中共滨州经济技术开发区工委
南开大学语文教育研究中心 ◎编

编 委 会

主　　任：姚和民
委　　员：周志强　王广忠　毕吉宁
　　　　　　钱　杰　时志军　周思好
　　　　　　孙立武　张登峰　宋　敏
　　　　　　王　姮　李　琴
主　　编：周志强　王　姮
本册主编：王　姮

·广州·

版权所有　翻印必究

图书在版编目（CIP）数据

经典悦读·使命篇/中共滨州经济技术开发区工委，南开大学语文教育研究中心编．—广州：中山大学出版社，2018.12
ISBN 978-7-306-06467-7

Ⅰ.①经… Ⅱ.①中…②南… Ⅲ.①世界文学—作品综合集 Ⅳ.①I11

中国版本图书馆CIP数据核字（2018）第239450号

出 版 人：	王天琪
策划编辑：	邹岚萍
责任编辑：	邹岚萍
封面设计：	林绵华
插　　图：	黄泽民
责任校对：	高　洵　靳晓虹
责任技编：	黄少伟
出版发行：	中山大学出版社
电　　话：	编辑部 020-84111996，84113349，84111997，84110779 发行部 020-84111998，84111981，84111160
地　　址：	广州市新港西路135号
邮　　编：	510275　　传　真：020-84036565
网　　址：	http://www.zsup.com.cn　　E-mail:zdcbs@mail.sysu.edu.cn
印 刷 者：	湛江日报社印刷厂
规　　格：	787mm×960mm　1/32　总印张：21.25　总字数：406千字
版次印次：	2018年12月第1版　2018年12月第1次印刷
总 定 价：	60.00元（共6册）

如发现本书因印装质量影响阅读，请与出版社发行部联系调换

精神恒久　初心弥坚

时至今年,"经典悦读"丛书走过了八个年头,已成为滨州文化发展的一张靓丽名片。在经典中徜徉,在"悦读"中明志,我们在"经典悦读"中尽情品味着书香,阅读着古今中外的美言名篇,体会着仁人志士的豪气干云,与他们一起壮怀激烈、畅想未来,得到的是跨越时间、横贯历史的精神共鸣,收获的是阅读经典文学作品时特有的喜悦。"经典悦读"丛书一如灼灼燃烧的火炬,照亮着读者前行的道路,为我们带来了欣悦的光明。

作为一套荟萃古今中外文学精华的丛书,在"经典悦读"第八辑中,主要关注了文学中具有正能量作品的精神特质。"初心"之固,志在高远,壮志凌云;"大同"之愿,各美其美,气韵恢弘;"齐家"之道,铁肩担义,力挽狂澜;"天

下"之大，巍巍山河，心系万民；"修身"之慎，内敛沉静，从容优雅；"使命"之重，万人吾往，砥砺前行。这一辑的每一册选文，都是对精神的一次重温与追寻，仿若演奏着一组组悦耳的曲目，它们组合起来有铮铮然之声，回响的是人类命运共同体的精神节律。

习近平总书记指出，读书学习应该有这三种境界：首先，要有"望尽天涯路"那样志存高远的追求，有耐得住"昨夜西风凋碧树"的清冷和"独上高楼"的寂寞，静下心来通读苦读；其次，要勤奋努力，刻苦钻研，舍得付出，百折不挠，下真功夫、苦功夫、细功夫，即使是"衣带渐宽"也"终不悔"，"人憔悴"也心甘情愿；再次，要坚持独立思考，学用结合，学有所悟，用有所得，要在学习和实践中"众里寻他千百度"，最终"蓦然回首"，在"灯火阑珊处"领悟真谛。这三种境界启示我们，读书不仅要有明确的目标、有不移的恒心，还要提高读书的效率和质量，讲求读书的方法和技巧，在爱读书、勤读书、读好书、善读书中提高思想水平、解决实际问题、实现自我超越。在经典的传播之中，能够促进全社

经典悦读

会的精神文明建设，发扬传统文明，引领先进文化。可以说，阅读是一个民族加强软实力的重要方略，是我们实现强国之梦不可或缺的文化要素；是铸造一个人、一个社会、一个时代之精神气度的最佳工序。

欣赏"经典悦读"中的作品，既有助于我们加深对民族文化的理解和感悟，更有助于我们实事求是、与时俱进地开展当下的文化建设工作。唯有文化助力，方可广识增智；唯有继承传统，才能凝聚信念。品阅美文，凝汇先贤才思；传承经典，点燃文明星火。愿各位读者，在"经典悦读"中收获喜悦，愿"经典悦读"丛书成为我们文海撷珠的良伴、薪火相传的纽带，为构筑我们共同的精神家园凝聚力量、辉耀光芒！

中共滨州市委书记、市人大常委会主任

2018 年 11 月 20 日

目　　录

持节秉义　坚守自我 …………………………………… 1
　希望 ………………………………… 鲁　迅　2
　我们去寻找一盏灯 ………………… 顾　城　6
　狼之独步 …………………………… 纪　弦　9
　人人都应该知道的四个人生
　　药方（节选）…………………… 胡　适　12
栉风沐雨　砥砺前行 …………………………………… 20
　Bolshevism 的胜利（节选）……… 李大钊　21
　《新青年》宣言 …………………… 陈独秀　25
　中国人的命 ………………………… 陶行知　31
　三思而行 …………………………… 季羡林　35
万人吾往　不辱使命 …………………………………… 39
　唐雎不辱使命 ………………………………… 40
　齐国佐不辱命 ………………………………… 46
　晏子不死君难 ………………………………… 53
　大宛列传（节选）………………… 司马迁　57

精神赓续　共同发展 …………………………… 64
　光荣的荆棘路 ………………… ［丹］安徒生　65
　要么庸俗，要么孤独 ……… ［德］叔本华　77
　人生是伟大的奇迹 ………… ［英］雪　莱　85
　巴尔扎克葬词 ………………… ［法］雨　果　95
附　　录 ……………………………………… 103
编写说明 ……………………………………… 105

持节秉义　坚守自我

希 望

鲁 迅

我的心分外地寂寞。

然而我的心很平安:没有爱憎,没有哀乐,也没有颜色和声音。

我大概老了。我的头发已经苍白,不是很明白的事么?我的手颤抖着,不是很明白的事么?那么,我的魂灵的手一定也颤抖着,头发也一定苍白了。

然而这是许多年前的事了。

这以前,我的心也曾充满过血腥的歌声:血和铁,火焰和毒,恢复和报仇。而忽而这些都空虚了,但有时故意地填以没奈何的自欺的希望。希望,希望,用这希望的盾,抗拒那空虚中的暗夜的袭来,虽然盾后面也依然是空虚中的暗夜。然而就是如此,陆续地耗尽了我的青春。

使命篇

　　我早先岂不知我的青春已经逝去？但以为身外的青春固在：星，月光，僵坠的胡蝶，暗中的花，猫头鹰的不祥之言，杜鹃的啼血，笑的渺茫，爱的翔舞……。虽然是悲凉漂渺的青春罢，然而究竟是青春。

　　然而现在何以如此寂寞？难道连身外的青春也都逝去，世上的青年也多衰老了么？

　　我只得由我来肉薄这空虚中的暗夜了。我放下了希望之盾，我听到 Petöfi Sándor（1823—49）①的"希望"之歌：

希望是什么？是娼妓：
她对谁都蛊惑，将一切都献给；
待你牺牲了极多的宝贝——
你的青春——她就弃掉你。

　　这伟大的抒情诗人，匈牙利的爱国者，为了祖国而死在可萨克兵的矛尖上，已经七十五年了。悲哉死也，然而更可悲的是他的诗至今没有死。

　　但是，可惨的人生！桀骜英勇如

Petöfi,也终于对了暗夜止步,回顾茫茫的东方了。他说:

绝望之为虚妄,正与希望相同。

倘使我还得偷生在不明不暗的这"虚妄"中,我就还要寻求那逝去的悲凉漂渺的青春,但不妨在我的身外。因为身外的青春倘一消灭,我身中的迟暮也即凋零了。

然而现在没有星和月光,没有僵坠的胡蝶以至笑的渺茫,爱的翔舞。然而青年们很平安。

我只得由我来肉薄这空虚中的暗夜了,纵使寻不到身外的青春,也总得自己来一掷我身中的迟暮。但暗夜又在那里呢?现在没有星,没有月光以至笑的渺茫和爱的翔舞;青年们很平安,而我的面前又竟至于并且没有真的暗夜。

绝望之为虚妄,正与希望相同!

一九二五年一月一日

(选自鲁迅著:《鲁迅散文精选》,作家出版社2016年版,第122~124页)

使命篇

注释

①Petöfi Sándor：裴多菲·山陀尔，匈牙利的爱国诗人和英雄，也是匈牙利民族文学的奠基人，在瑟克什堡大血战中同沙俄军队作战时牺牲，年仅26岁。

（编者注）

知识

鲁迅（1881—1936），原名周樟寿，后改名周树人；字豫山，后改豫才。浙江绍兴会稽县人，是中国现代伟大的无产阶级文学家、思想家和革命家。1921年发表中篇白话小说《阿Q正传》。1918年5月15日发表《狂人日记》，是中国第一部现代白话文小说。1936年10月19日因肺结核病逝于上海。鲁迅的作品以小说、杂文为主，代表作有小说集《呐喊》《彷徨》《故事新编》等，散文集《朝花夕拾》，散文诗集《野草》，杂文集《坟》《热风》《华盖集》《华盖集续编》《南腔北调集》《三闲集》《二心集》《而已集》《且介亭杂文》等。他的作品有数十篇被选入中小学语文课本，并有多部小说先后被改编成电影，其作品对于五四运动以后的中国文学产生了深刻的影响。鲁迅以笔代戈，奋笔疾书，战斗一生，被誉为"民族魂"。"横眉冷对千夫指，俯首甘为孺子牛"是鲁迅一生的写照。

《希望》是鲁迅于1925年创作的一首散文诗。这首诗以直抒胸臆为基本笔法,通过象征、隐喻,生动地呈现了主体的情感体验。其中,"然而"等转折词语的多次使用,制造出委婉曲折的抒情语调,淋漓尽致地表现了抒情主人公错综复杂的心情和思想矛盾。著名学者汪晖曾解释,鲁迅以"虚妄"的真实性同时否定了"绝望"与"希望",把生命的全部意义归结为人的现实抉择:"肉薄这空虚中的暗夜",从而构建了一套即便面对双重"绝望"和"虚无"也能据以生存和抗争的这些——"反抗绝望"的人生哲学。

  寄意寒星荃不察,我以我血荐轩辕。

——鲁迅

我们去寻找一盏灯

顾 城

  走了那么远
  我们去寻找一盏灯

使命篇

你说
它在窗帘后面
被纯白的墙壁围绕
从黄昏迁来的野花
将变成另一种颜色

走了那么远
我们去寻找一盏灯

你说
它在一个小站上
注视着周围的荒草
让列车静静驰过
带走温和的记忆

走了那么远
我们去寻找一盏灯

你说
它就在大海旁边

像金橘那么美丽
所有喜欢它的孩子
都将在早晨长大

走了那么远
我们去寻找一盏灯

(选自顾城著:《顾城精选集》,北京燕山出版社2015年版,第95~96页)

知识

顾城(1956—1993),中国朦胧诗派的代表诗人,被称为当代的"唯灵浪漫主义诗人"。顾城在新诗、旧体诗和寓言故事诗上都有很高的造诣,其《一代人》中的一句"黑夜给了我黑色的眼睛/我却用它寻找光明"成为中国新诗的经典名句。

解读

《我们去寻找一盏灯》的主题是"寻找"和"灯"。灯是光明和温暖的象征,也是主人公追求的一种理想。在这首诗中,"灯"出现了三次,分别是在窗帘后面、小站上和大海旁边。出现在"窗帘后面",也就是出现在家里面。家里有了一盏灯,就有了光亮和温暖,便成为一个温馨美好的世界。"灯"在某个不知名的小站上出现,或许

使命篇

是车站的信号灯,在它的指引下,列车稍作停留后继续启程或者返乡,单调又熟悉的旅途画面触动了游子的乡愁,留下了不能磨灭的"温和的记忆"。"灯"出现在大海旁边,暗示着灿烂的朝阳,即清晨。而清晨是崭新一天的开始,希望与美好由此诞生,太阳之下的人们都可以像孩子一样健康生长。同时,"走了那么远/我们去寻找一盏灯",这句话在诗歌中反复咏唱,增添了诗歌的韵律美,也预示着追求理想之路的漫长艰辛和诗人坚定的信念。

我愿作一枚白昼的月亮,不求眩目的荣华,不淆世俗的潮浪。

——顾城

狼之独步

纪　弦

正文

我乃旷野里独来独往的一匹狼。
不是先知,没有半个字的叹息
而恒以数声凄厉已极之长嗥

摇撼彼空无一物之天地，
使天地战栗如同发了疟疾，
并刮起凉风飒飒的，飒飒飒飒的：
这就是一种过瘾。

（选自李少君、陈卫编：《台湾现代诗选》，现代出版社 2017 年版，第 8～9 页）

知识

纪弦（1913—2013）是台湾诗坛的三位元老之一（另两位为覃子豪与钟鼎文），在台湾诗坛享有极高的声誉。纪弦不仅创作极丰，在理论上亦极有建树。他是现代派诗歌的倡导者，主张写"主知"的诗，强调"横的移植"。纪弦的诗风明快，善嘲讽，乐戏谑。他的诗极富韵味，且注重创新，令后学者竞相仿效，成为台湾诗坛的一面旗帜。当代著名诗人伊沙认为，如果说胡适、郭沫若开创了现代诗，艾青让现代诗更为本土化、更有时代感，那么纪弦则让中国的现代诗走进了现代主义，"他在整个中国文学史的地位是至高无上的，他的离去标志着一个时代结束了"。

使命篇

解读

在本诗中,诗人以狼自比,正是化丑陋为神奇,表现了一种傲视天地、独往独来的精神境界。诗一开头就直截了当地点出"我乃旷野里独来独往的一匹狼",形象突兀,使得抒情主人公与作为动物的"狼"这两个完全不同的形象发生了令人惊异的联系。在旷野里独来独往,仿佛是诗人与众不同、超凡脱俗的写照,进而"长嗥"便理所当然地展现了一种自我表现的生命之原欲。这种"长嗥"并非仅仅存在于潜意识之中,它也是一种已经付诸行动的"声音"。这种声音不同于预言或者赞歌,它象征了独领风骚、傲岸不驯、无所畏惧的精神状态。1985年,著名音乐制作人齐秦改编该诗,加以编曲,创作出风靡华人社会的经典作品《狼》,在歌曲中营造了一种独来独往、不与世俗同流合污的孤独感,堪称大陆流行音乐的启蒙歌曲之一,在华语乐坛具有里程碑式的意义。

警语

火是永远追不到的,他只照着你。或有一朝抓住了火,他便烧死你。

——纪弦

人人都应该知道的四个人生药方

（节选）

胡 适

问题、兴趣、信心与反省
——赠与今年的大学毕业生
（一九三四年六月）

两年前的六月底，我在《独立评论》（第七号）上发表了一篇《赠与今年的大学毕业生》，在那篇文字里我曾说，我要根据我个人的经验，赠三个防身的药方给那些大学毕业生。

第一个方子是："总得时时寻一个两个值得研究的问题。"一个青年人离开了做学问的环境，若没有一个两个值得解答的疑难问题在脑子里打旋，就很难保持学生时代的追求知识的热心。"可是，如果你有了

使命篇

一个真有趣的问题天天逗你去想他,天天引诱你去解决他,天天对你挑衅笑,你无可奈何他——这时候,你就会同恋爱一个女子发了疯一样,没有书,你自会变卖家私去买书;没有仪器,你自会典押衣服去置办仪器;没有师友,你自会不远千里去寻师访友。没有问题可以研究的人,关在图书馆里也不会用书,锁在试验室里也不会研究。

第二个方子是:"总得多发展一点业余的兴趣。"毕业生寻得的职业未必适合他所学的;或者是他所学的,而未必真是他所心喜的。最好的救济是多发展他的职业以外的正当兴趣和活动。一个人的前程往往全看他怎样用他的闲暇时间。他在业余时间做的事业往往比他的职业还更重要。英国哲人弥儿(J. S. Mill)的职业是东印度公司的秘书,但他的业余工作使他在哲学上,经济学上,政治思想上都有很重要的贡献。乾隆年间杭州魏之琇在一个当铺了做了二十几年的伙计,"昼营所职,至夜篝灯读书"。后来成为一个有名的诗人与画家(有柳州遗稿,岭云集)。

第三个方子是:"总得有一点信心。"我们应该信仰:今日国家民族的失败都由于过去的不努力;我们今日的努力必定有将来的大收成。一粒一粒的种,必有满仓满屋的收。成功不必在我,而功力必然不会白费。

这是我对两年前的大学生说的话,今年又到各大学办毕业的时候了。前两天我在北平参加了两个大学的毕业典礼,我心里要说的话,想来想去,还只是这三句话:要寻问题,要培养业余兴趣,要有信心。

但是,我记得两年前,我发表了那篇文字之后,就有一个大学毕业生写信来说:"胡先生,你错了。我们毕业之后,就失业了!吃饭的问题不能解决,那能谈到研究的问题?职业找不到,那能谈到业余?求了十几年的学,到头来不能糊自己一张嘴,

使命篇

如何能有信心?所以你的三个药方都没有用处!"

对于这样失望的毕业生,我要贡献第四个方子:"你得先自己反省:不可专责备别人,更不必责备社会。"你应该想想:为什么同样一张文凭,别人拿了有效,你拿了就无效呢?还是仅仅因为别人有门路有援助而你没有呢?还是因为别人学到了本事而你没学到呢?为什么同叫做"大学",他校的文凭有价值,而你的母校的文凭不值钱呢?还是仅仅因为社会只问虚名而不问实际呢?还是因为你的学校本来不够格呢?还是因为你的母校的名誉被你和你的同学闹得毁坏了,所以社会厌恶轻视你的学堂呢?——我们平心观察,不能不说今日中国的社会事业已有逐渐上轨道的趋势,公私机关的用人已渐渐变严格了。凡功课太松,管理太宽,教员不高明,学风不良的学校,每年尽管送出整百的毕业生,他们在社会上休想得着很好的位置。偶然有了位置,他们也不会长久保持的。反过来看那些认真办理而确能给学生一种良好训练的大学——尤其是新兴的清华大学与南开大学——他们的毕业生很少寻不着好的位置的。……今日的中国社会已不是一张大学文凭就能骗得饭吃的了。拿了文凭而找不着工作的人们,应该要自己反省:社会需要的是人才,是本事,是学问,而我自己究竟是不是人才,有没有本领?从前在学校挑容易的功课,拥护敷衍的教员,打倒严格的教员,旷课,闹考,带夹带,种种躲懒取巧的手段到此全失了作用。躲懒取巧混来的文凭,在这新兴的严格用人的标准之下,原来只是一张废纸。即使这张文凭能够暂时混得一只饭碗,分得几个钟点,终究是靠不住保不牢的,终究要被后起的优秀人才挤掉的。打破"铁饭碗"不是父兄的势力,不是阔校长的荐书,也不是同学党派的援引,只是真实的学问与训练。能够如此,才是反省。能够如此反

使命篇

省，方才有救援自己的希望。

"毕了业就失业"的人们怎样才可以救援自己呢？没有别的法子，只有格外努力，自己多学一点可靠的本事。二十多岁的青年，若能自己勉力，没有不能长进的。这个社会是最缺乏人才又是需要人才的。一点点的努力往往就有十倍百倍的奖励，一分的成绩往往可以得着十分百分的虚声。社会上的奖掖只有远超过我们所应得的，决没有真正的努力而不能得着社会的承认的。没有工作机会的人，只有格外努力训练自己可以希望得着工作，有工作机会的人而嫌待遇太薄地位太低的人，也只有格外努力工作可以靠成绩来抬高他的地位。只有责己是生路，因为只有自己的努力最靠得住。

（选自刘运峰选编：《读书与做人 近代名人大学演讲录》，天津教育出版社2008年版，第139～142页）

胡适（1891—1962），字希疆，笔名胡适，字适之。

著名思想家、文学家、哲学家。徽州绩溪人,以倡导白话文、领导新文化运动闻名于世。1918年加入《新青年》编辑部,大力提倡白话文,宣扬个性解放、思想自由,与陈独秀同为新文化运动的领袖。他的文章从创作理论的角度阐述新旧文学的区别,提倡新文学创作,翻译法国都德、莫泊桑以及挪威易卜生的部分作品,又率先从事白话文学的创作。他于1917年发表的白话诗是现代文学史上的第一批新诗。胡适一生的学术活动主要在文学、哲学、史学、考据学、教育学、红学等领域,主要著作有《中国哲学史大纲》《尝试集》《白话文学史》《胡适文存》等。他在学术上影响最大的是提倡"大胆的假设、小心的求证"的治学方法。

作为新文学运动的先驱者,胡适十分关心青年的成长和发展。这篇给青年人的忠告主要有以下四条:一是有"时时寻一个两个值得研究的问题",二是"多发展一点业余的兴趣",三是"总得有一点信心",四是"自己先反省"。这些观点言简意赅,环环相扣,从做学问到做人,涉及青年人发展的方方面面。今天,虽然与胡适的时代有些距离,但胡适的毕业忠告似乎也适合当下的年轻人,鼓励他们在即将走出校门之际,努力调整好状态,勇敢肩负起历史使命,不断反思,拒绝堕落,奋勇向前。

使命篇

大胆的假设,小心的求证;认真的做事,严肃的做人。

——胡适

栉风沐雨　砥砺前行

使命篇

Bolshevism 的胜利

（节选）

李大钊

正文

　　以上所举，都是战争终结以前的话，德、奥社会的革命未发以前的话。到了今日，陀氏的责言，已经有了反响。威、哈二氏的评论，也算有了验证。匈奥革命，德国革命，勃牙利革命，最近荷兰、瑞典、西班牙也有革命社会党奋起的风谣。革命的情形，和俄国大抵相同。赤色旗到处翻飞，劳工会纷纷成立，可以说完全是俄罗斯式的革命，可以说是二十世纪式的革命。像这般滔滔滚滚的潮流，实非现在资本家的政府所能防遏得住的。因为二十世纪的群众运动，是合世界人类全体为一大群众。这大群众里边的每一个人、一部分人的暗示模仿，集中而成一种伟大不可抗的社会力。这种世界的社会力，在人间一有动荡，世界各处都有风靡云涌、山鸣谷应的样子。在这世界的群众运动的中间，历史上残余的东西，什么皇帝咧，贵族咧，军阀咧，官僚咧，军国主义咧，资本主义咧——凡可以障阻这新运动的进路的，必挟雷霆万钧的力量摧拉他们。他们遇见这种不可当的潮流，都像枯黄的树叶遇见凛冽的秋风一般，一个一个的飞落在地。由今以后，到处所见的，都是 Bolshevism① 战胜的旗。到处所闻的，都是 Bolshevism 的凯歌的声。人道的警钟响了！自由的曙光现了！试看将来的环球，必是赤旗的世界！

我尝说过："历史是人间普遍心理表现的记录。人间的生活，都在这大机轴中息息相关，脉脉相通。一个人的未来，和人间全体的未来相照应。一件事的朕兆，和世界全局的朕兆有关联。一七八九年法兰西的革命，不独是法兰西人心变动的表征，实是十九世纪全世界人类普遍心理变动的表征。一九一七年俄罗斯的革命,不独是俄罗斯人心变动的显兆,实是二十世纪全世界人类普遍心理变动的显兆。"俄国的革命,不过是使天下惊秋的一片桐叶罢了。Bolshevism 这个字,虽为俄人所创造,但是他的精神,可是二十世纪全世界人类人人心中共同觉悟的精神。所以 Bolshevism 的胜利,就是二十世纪世界人类人人心中共同觉悟的新精神的胜利!

(选自汪晖著:《文化与政治的变奏——一战和中国的"思想战"》,上海人民出版社 2014 年版,第 243~244 页)

注 释

①Bolshevism:布尔什维主义,指的是布尔什维克的政策和思想。"布尔什维克"是俄文"多数派"的音译。1903 年俄国社会民主工党第二次代表大会在选举党的中央领导机关时,以列宁为首的马克思主义者获得多数票,称"布尔什维克",从此,人们就把布尔什维克所主张的观点体系称作"布尔什维主义"。它实际上是列宁主义的同义语。

(编者注)

经典悦读

知识

李大钊（1889—1927），字守常，河北乐亭人，伟大的马克思主义者，杰出的无产阶级革命家，中国共产党的主要创始人之一。李大钊不仅是中国共产党早期卓越的领导人，而且是学识渊博、勇于开拓的著名学者，在民族解放事业和文化知识解放中占有崇高的历史地位。20世纪20年代，李大钊与陈独秀等一批先进知识分子合办的《新青年》，成为当时中国最具影响力的革命杂志，在五四运动期间发挥了重要作用。《新青年》自1915年9月15日创刊号至1926年7月终刊，共出9卷54号，宣传倡导科学（赛先生，Science）、民主（德先生，Democracy）和新文学，成为新文学运动的重要推动力，给予一代知识分子知识启蒙。

解读

本文节选自李大钊《Bolshevism 的胜利》，全文于1918年11月载于《新青年》。俄国十月革命胜利后，在中国思想界引起了强烈的反应。李大钊最先对此次革命予以赞颂，认为这是民主主义的胜利，是布尔什维的胜利，是世界劳工阶级的胜利。他认为，十月革命将一切权力"全收于民众之身"，是"立于社会主义上之革命"，对革命的性质做出了精准的定位。同时，在文中，李大钊激情澎湃地写下"试看将来的环球，必是赤旗的世界"，热切希冀布尔什维主义在全世界取得胜利。这篇文章也标志着新文化运动开始宣传马克思主义。

青年呵！你们临开始活动之前，应该定定方向。比如航海远行的人，必先定个目的地，中途的指针，只是指着这个方向走，才能有达到目的地的那一天。若是方向不定，随风飘转，恐永无达到的日子。

——李大钊

《新青年》宣言

陈独秀

本志具体地主张，从来未曾完全发表。社员各人持论，也往往不能尽同。读者诸君或不免怀疑，社会上颇因此发生误会。现当第七卷开始，敢将全体社员的共同意见，明白宣布。就是后来加入的社员，也共同担负此次宣言的责任。但"读者言论"一栏，乃为容纳社外异议而设，不在此例。

经典悦读

我们相信世界上的军国主义和金力主义，已经造了无穷罪恶，现在是应该抛弃了。

我们相信世界各国政治上、道德上、经济上因袭的旧观念中，有许多阻碍进化而且不合情理的部分。我们想求社会进化，不得不打破"天经地义""自古如斯"的成见；决计一面抛弃此等旧观念，一面综合前代贤哲当代贤哲和我们自己所想的，创造政治上、道德上、经济上的新观念，树立新时代的精神，适应新社会的环境。

我们理想的新时代新社会，是诚实的、进步的、积极的、自由的、平等的、创造的、美的、善的、和平的、相爱互助的、劳动而愉快的、全社会幸福的。希望那虚伪的、保守的、消极的、束缚的、阶级的、因袭的、丑的、恶的、战争的、轧轹不安的、懒惰而烦闷的、少数幸福的现象，渐渐减少，至于消灭。

我们新社会的新青年，当然尊重劳动；

使命篇

但应该随个人的才能兴趣,把劳动放在自由愉快艺术美化的地位,不应该把一件神圣的东西当做维持衣食的条件。

我们相信人类道德的进步,应该扩张到本能(即侵略性及占有心)以上的生活;所以对于世界上各种民族,都应该表示友爱互助的情谊。但是对于侵略主义、占有主义的军阀、财阀,不得不以敌意招待。

我们主张的是民众运动社会改造,和过去及现在各摄政党,绝对断绝关系。

我们虽不迷信政治万能,但承认政治是一种重要的公共生活;而且相信真的民主政治,必会把政权分配到人民全体,就是有限制,也是拿有无职业做标准,不拿有无财产做标准。这种政治,确是造成新时代一种必经的过程,发展新社会一种有用的工具。至于政党,我们也承认他是运用政治应有的方法;但对于一切拥护少数人私利或一阶级利益,眼中没有全社会幸福的政党,永远不忍加入。

我们相信政治、道德、科学、艺术、宗教、教育，都应该以现在及将来社会生活进步的实际需要为中心。

我们因为要创造新时代新社会生活进步所需要的文学道德，便不得不抛弃因袭的文学道德中不适用的部分。

我们相信尊重自然科学实验哲学，破除迷信妄想，是我们现在社会进化的必要条件。

我们相信尊重女子的人格和权利，已经是现在社会生活进步的实际需要；并且希望他们个人自己对于社会责任有彻底的觉悟。

我们因为要实验我们的主张，森严我们的壁垒，宁欢迎有意识有信仰的反对，不欢迎无意识无信仰的随声附和。但反对的方面没有充分理由说服我们以前，我们理当大胆宣传我们的主张，出于决断的态度；不取乡愿的、紊乱是非的、助长惰性的、阻碍进化的、没有自己立脚地的调和

论调；不取虚无的、不着边际的、没有信仰的、没有主张的、超实际的、无结果的绝对怀疑主义。

(选自蒋舒、黄莺编著：《读懂陈独秀》，广西人民出版社2015年版，第243～245页)

知识

陈独秀（1879—1942），原名乾生，字仲甫，号实庵，安徽怀宁人。早年参加辛亥革命，是文学革命的先驱，也是著名的文艺理论家和教授。1915年陈独秀自日本回国后，创办《青年杂志》（第2卷起改名为《新青年》），成为五四新文化运动的重要阵地。1917年2月，陈独秀在《新青年》上发表《文学革命论》，提出文学革命"三大主义"，正式举起文学革命大旗。1917—1920年陆续在《新青年》上发表《复辟与尊孔》《偶像破坏论》《本志罪案之答辩书》《新文化运动是什么?》《关于社会主义讨论》等文章，在新文化运动的各个阶段都发挥过巨大的作用。

解读

本文发表于1919年12月1日《新青年》第7卷第一号，陈独秀作为五四运动第一领袖的地位不可小觑，他的思想犀利而深刻，直到今天也不过时。在这篇《〈新青年〉宣言》中,他对封建制度的批评极为严厉,对偶像给予极为凌厉的否决,而支撑他恣肆行文的是对国家极为率真的热爱。以陈独秀、李大钊为代表的一代知识分子,打破了自古以来封建伦理的权威,以进步的思想和真挚的人格为祖国的未来呐喊奋斗,前仆后继。

在《新青年》杂志开辟的自由土地上,陆续发表了胡适的《文学改良刍议》、李大钊的《庶民的胜利》《Bolshevism的胜利》、鲁迅的《狂人日记》《我之节烈观》《随感录》、蔡元培的《劳工神圣》,以及刘半农、沈尹默等知识青年所作的中国文学史上第一批白话诗、白话文,直截了当地向旧伦理道德、旧社会体制发起了挑战。

青春如初春,如朝日,如百卉之萌动,如利刃之新发于硎,人生最宝贵之时期也。青年之于社会,犹新鲜活泼细胞之在身。

——陈独秀

使命篇

中国人的命

陶行知

我在太平洋会议的许多废话中听到了一句警语。劳耳说:"中国没有废掉的东西,如果有,只是人的生命!"

人的生命!你在中国是耗废得太多了。垃圾堆里的破布烂棉花有老太婆们去追求,路边饿得半死的孩子没有人过问。

花十来个铜板坐上人力车要人家拼命跑,跑得吐血倒地,望也怕望,便换了一部车儿走了。

太太生孩子,得雇一个奶妈。自己的孩子白而胖,奶妈的孩子瘦且死。童养媳偷了一块糖吃要被婆婆逼得上吊。做徒弟好比是做奴隶,连夜壶也要给师傅倒,倒得不干净,一烟袋打得脑袋开花。煤矿里是五个人当中要残废一个。日本人来了,

一杀是几百。大水一冲是几万。一年之中死的人要装满二十多个南京城。(说得正确些,是每年死的人数等于首都人口之二十多倍。)当我写这篇短文的时候,每个字出世是有三个人进棺材。

"中国没有废掉的东西,如果有,只是人的生命!"

您却不可作片面的观察。一个孩子出天花,他的妈妈抱他在怀里七天七夜,毕竟因为卓绝的坚忍与慈爱她是救了他的小命。在这无废物而有废命的社会里,这伟大的母爱是同时存在着。如果有一线的希望,她是愿意为她的小孩的生命而奋斗,甚而至于牺牲自己的生命,也是甘心情愿的。

这伟大的慈爱与冷酷的无情如何可以并立共存?这矛盾的社会有什么解释?他是我养的,我便爱他如同爱我,或者爱他甚于爱我自己。若不是我养的,虽死他几千万,与我何干?这个态度解释了这奇怪

使命篇

的矛盾。

中国要到什么时候才能翻身？要等到人命贵于财富，人命贵于机器，人命贵于安乐，人命贵于名誉，人命贵于权位，人命贵于一切，只有等到那时，中国才站得起来！

（选自段勇编：《思想的锐利——名家杂文》，华中科技大学出版社2014年版，第110～111页）

知识

1905年，陶行知进入歙县基督教内地会所办的崇一学堂，在宿舍墙上，挥笔写下了"我是一个中国人，应该为中国做出一些贡献来"的豪言壮语，抒发他满腔的爱国热情，激励自己为祖国早日走向现代化而发奋学习。1929年圣约翰大学授予他荣誉科学博士学位，表彰他为中国教育改造事业作出的贡献。在中国共产党《八一宣言》的感召下积极投身抗日救亡运动，并于1945年当选中国民主同盟中央常委兼教育委员会主任委员，兼教育委员会主任委员。

解读

本文原载《斋夫自由谈》，1932年4月初版。作为教育家的陶行知在投身平民教育时，也时刻关注社会上的政治运动。面对外患日深和国内的黑暗统治,陶行知感到不能只坐在校园书斋,而应该把眼光放置于社会视野之下,探寻救国救民的出路。本文立足于当时中国不把劳动者性命放在心上的残酷社会现实,秉承了孟子"老吾老以及人之老,幼吾幼以及人之幼"的传统思想,指出旧中国长久以来被忽视的人权问题,认为国家发展的关键在于关心人民群众最基本的生命权益,将爱自己、爱家人的热情延展开来,共同营建和谐的社会氛围。本文颇能反映陶行知的行文特点,即刚劲有力、气派万千,又娓娓道来,仿佛一位温和又不失威严的师长在与你讲述对人生的体悟和对未来的希冀。

在劳力上劳心,是一切发明之母。事事在劳力上劳心,便可得事物之真理。

——陶行知

 使命篇

三思而行

季羡林

"三思而行",是我们现在常说的一句话,是劝人做事不要鲁莽,要仔细考虑,然后行动,则成功的可能性会大一些,碰壁的可能性会小一些。

要数典而不忘祖,也并不难。这个典故就出在《论语·公冶长第五》:"季文子三思而后行。子闻之曰:'再,斯可矣。'"这说明,孔老夫子是持反对意见的。吾家老祖宗文子(季孙行父)的三思而后行的举动,二千六七百年以来,历代都得到了几乎全天下人的赞扬,包括许多大学者在内。查一查《十三经注疏》,就能一目了然。《论语正义》说:"三思者,言思之多,能审慎也。"许多书上还表扬了季文子,说他是"忠而有贤行者"。甚至有人认为三思

还不够。《三国志·吴志·诸葛恪传注》中说：有人劝恪"每事必十思"。可是我们的孔圣人却冒天下之大不韪，批评了季文子三思过多，只思二次（再）就够了。

这怎么解释呢？究竟谁是谁非呢？

我们必须先弄明白，什么叫"三思"。总起来说，对此有两个解释。一个是"言思之多"，这在上面已经引过。一个是"君子之谋也，始衷（中）终皆举之而后入焉。"这话虽为文子自己所说，然而孔子以及上万上亿的众人却不这样理解。他们理解，一直到今天，仍然是"多思"。

多思有什么坏处呢？又有什么好处呢？根据我个人几十年来的体会，除了下围棋、象棋等等以外，多思有时候能使人昏昏，容易误事。平常骂人说是"不肖子孙"，意思是与先人的行动不一样的人。我是季文子的最"肖"子孙。我平常做事不但三思，而且超过三思，是否达到了人们要求诸葛恪做的"十思"，没做统计，不敢乱说。反

使命篇

正是思过来,思过去,越思越糊涂,终而至于头昏昏然,而仍不见行动,不敢行动。我这样一个过于细心的人,有时会误大事的。我觉得,碰到一件事,决不能不思而行,鲁莽行动。记得当年在德国时,法西斯统治正如火如荼。一些盲目崇拜希特勒的人,常常使用一个词儿 Darauf-galngertum,意思是"说干就干,不必思考"。这是法西斯的做法,我们必须坚决扬弃。遇事必须深思熟虑。先考虑可行性,考虑的方面越广越好。然后再考虑不可行性,也是考虑的方面越广越好。正反两面仔细考虑完以后,就必须加以比较,做出决定,立即行动。如果你考虑正面,又考虑反面之后,再回头来考虑正面,又再考虑反面,那么,如此循环往复,终无宁日,最终成为考虑的巨人,行动的侏儒。

所以,我赞成孔子的"再,斯可矣"。

(选自季羡林著:《季羡林真实人生》,新世界出版社2012年版,第125~126页)

季羡林的一生是在不断地学习中度过的。不同于年少成名者昙花一现般的人生境况,季老有着踏实的学习和工作风格,这都得益于他的"多思"。文章首先指出,"二千六七百年以来","三思而后行"几乎得到了历代天下人的赞扬。接着从正反对比入手,指出深思熟虑、正反对比、理智行事的作风不同于胆小怕事、游移不定,从而教导我们做事情要目标明确、逻辑清晰。同时,还要多方面考虑事情的优劣,不能凭一时冲动或听信别人一家之言。文章立意鲜明,言简意赅,仿佛一位历经世事沧桑的老人将自己的人生经验与你娓娓道来,教导年青一代,"遇事必须深思熟虑……正反两面都仔细考虑以后,就必须加以比较,做出决定,立即行动"。

我相信,一个在沧海中失掉了笑的人,决不能做任何的事情。我也相信,一个曾经沧海又把笑找回来的人,却能胜任任何的艰巨。

——季羡林

万人吾往　不辱使命

唐雎不辱使命

秦王①使人谓安陵君②曰:"寡人欲以五百里之地易安陵,安陵君其许寡人!"安陵君曰:"大王加惠,以大易小,甚善。虽然③,受地于先王,愿终守之,弗④敢易。"秦王不说。安陵君因使唐雎⑤使⑥于秦。

秦王谓唐雎曰⑦:"寡人以⑧五百里之地易安陵,安陵君不听寡人,何也?且秦灭韩亡魏,而君以五十里之⑨地存者,以君为长者,故不错意也。今吾以十倍之地,请广于君,而君逆寡人者,轻寡人与?"

唐雎对曰:"否,非若是也。安陵君受地于先王而守⑩之,虽千里不敢易⑪也,岂直⑫五百里哉?"秦王怫然⑬怒,谓唐雎曰:"公⑭亦尝闻天子之怒乎?"唐雎对曰:"臣未尝闻也。"秦王曰:"天子之怒,伏尸百万,流血千里。"唐雎曰:"大王尝闻布

使命篇

衣⑮之怒乎?"秦王曰:"布衣之怒,亦免冠徒跣,以头抢地耳。⑯"唐雎曰:"此庸夫⑰之怒也,非士⑱之怒也。夫专诸之刺王僚也,彗星袭月⑲;聂政之刺韩傀也,白虹贯日⑳;要离之刺庆忌也,仓鹰击于殿上㉑。此三子者,皆布衣之士也,怀怒未发,休祲降于天,与臣而将四矣㉒。若㉓士必㉔怒,伏尸二人,流血五步,天下缟素㉕,今日是㉖也。"挺剑而起。

秦王色挠㉗,长跪而谢之曰㉘:"先生坐,何至于此!寡人谕㉙矣。夫韩、魏灭亡,而安陵以㉚五十里之地存㉛者,徒㉜以㉝有先生也。"

(选自〔清〕吴楚材、〔清〕吴调侯编选:《古文观止全鉴》,东篱子解译,中国纺织出版社2014年版,第87~88页)

注释

①秦王:即秦始皇嬴政,当时他还没有称皇帝。
②安陵君:安陵国的国君。安陵是当时的一个小国,在河南鄢陵西北,原是魏国的附属国。战国时魏襄王封其弟为安陵君。

经典悦读

③虽然：即便是这样。然，这样。

④弗：怎么。

⑤唐雎（jū）：也作唐且，人名。

⑥使：派遣，派出。

⑦谓……曰：对……说。

⑧以：用，用作介词。

⑨之：的。

⑩守：守护。

⑪易：交换。

⑫直：只，仅仅。

⑬怫然：盛怒的样子。然，……的样子。

⑭公：相当于"先生"，古代对人的客气称谓。

⑮布衣：指平民。古代没有官职的人都穿布制的衣服，所以称"布衣"。

⑯亦免冠徒跣（xiǎn），以头抢（qiāng）地耳：也不过是摘掉帽子，光着脚，把头往地上撞罢了。徒，光着。抢，撞。

⑰庸夫：平庸无能的人。

⑱士：这里指有才能、有胆识的人。

⑲专诸之刺王僚也，彗星袭月：专诸刺杀吴王僚（的时候），彗星的尾巴扫过月亮。

⑳聂政之刺韩傀（guī）也，白虹贯日：聂政刺杀韩傀（的时候），一道白光直冲上太阳。

㉑要离之刺庆忌也，仓鹰击于殿上：要离刺杀庆忌（的时

使命篇

候),苍鹰扑到宫殿上。仓,通"苍",苍鹰。

㉒怀怒未发,休祲(jìn)降于天,与臣而将(jiāng)四矣:心里的愤怒还没发作出来,上天就降示了征兆。(专诸、聂政、要离)加上我,将成为四个人了。这是唐雎暗示秦王,他将效仿专诸、聂政、要离三人,刺杀秦王。休祲,吉凶的征兆。休,吉祥。祲,不祥。于,从。

㉓若:如果。

㉔必:将要。

㉕缟(gǎo)素:白色的丝织品,这里指穿丧服。

㉖是:此,这样。

㉗秦王色挠:秦王变了脸色。挠,屈服。

㉘长跪而谢之:长跪,古人席地而坐,两膝着地,臀部压在脚跟上。如果跪着则耸身挺腰,身体就显得高(长)起来,所以叫"长跪"。谢,认错,道歉。

㉙谕:通"喻",明白,懂得。

㉚以:凭借。

㉛存:幸存。

㉜徒:只。

㉝以:因为。

(编者注)

秦王派人对安陵国的国君说:"我想要用方圆五百里的土地交换安陵,安陵君可要答应我啊!"安陵君说:

"大王加以恩惠，想用大的地盘交换我们小的地盘，这再好不过了。即便是这样，但是我从先王那继承了这封地，愿意用一生守护它，不敢轻易交换。"秦王知道后很不高兴。于是安陵君就派遣唐雎出使秦国说明情况。

秦王对唐雎说："我用方圆五百里的土地交换安陵，安陵君却不接受我的好意，这是为什么？况且秦国灭绝了韩、魏两国，而安陵却凭借方圆五十里的土地幸存下来，究其原因，在于我把安陵君看作忠厚的长者，所以不打他的主意。现在我用比安陵大十倍的土地，让安陵君扩大自己的领土，他却违背我的意愿，难道是看不起我吗？"

唐雎回答说："不，并不是这样的。安陵君从先王那里继承了封地，只想守护它，即便是方圆千里的土地也不敢拿来交换，更何况只是方圆五百里的土地呢？"秦王勃然大怒，对唐雎说："先生曾经听说过天子发怒吗？"唐雎回答说："我未曾听说过。"秦王说："天子发怒的时候，会倒下百万人的尸体，血流成河。"唐雎说："大王曾经听说过平民发怒吗？"秦王说："平民发怒，也不过就是摘了帽子光着脚，把头往地上撞罢了。"唐雎说："这是平庸无能的人发怒，而非有胆识的人发怒。当年专诸刺杀吴王僚的时候，彗星的尾巴扫过月亮；聂政刺杀韩傀的时候，一道白光直冲上太阳；要离刺杀庆忌的时候，苍鹰扑到宫殿上。他们三个人都是平民中有才能、有胆识的人，心里的愤怒还没发作出来，上天就降示了吉凶的征兆。现在专诸、聂政、要离加上我，将成为四个人了。假

使命篇

若有胆识、有能力的人被逼得一定要发怒,那么只会倒下两个人的尸体,五步之内淌满鲜血,天下百姓因此穿着丧服,今天的情形就是这样了。"说完便拔剑而起。

秦王变了脸色,直身而跪,向唐雎道歉说:"先生请坐,怎么会到这种地步!我明白了,韩国、魏国灭亡,但安陵却凭借方圆五十里的土地保全下来,只是因为有先生您啊!"

(编者译)

《战国策》是一部国别体史学著作,又称《国策》。该书记载了西周、东周及秦、齐、楚、赵、魏、韩、燕、宋、卫、中山各国之事,记事年代起于战国初年,止于秦灭六国,约有240年的历史,共分为12策、33卷,共497篇,主要记述了战国时期的游说之士的政治主张和言行策略,也可以说是游说之士的实战演习手册。它展示了东周战国时代的历史特点和社会风貌,是研究战国历史的重要典籍。作者并非一人,成书并非一时,书中文章作者大多不知是谁。到西汉时,刘向将其编定为33篇,书名亦为刘向所拟定。宋时已有缺失,由曾巩做了订补。元代吴师道作《战国策校注》,近代人金正炜有《战国策补释》,今人缪文远有《战国策新校注》。

经典悦读

《唐雎不辱使命》选自《战国策·魏策四》,题目为后人所加。秦始皇二十二年(前225),秦国灭掉魏国之后,想以"易地"之名占领安陵,安陵君派唐雎出使秦国,最终折服秦王,这篇文章写的就是唐雎完成使命的经过。文章内容精彩,情节完整,引人入胜;人物形象生动,秦王的色厉内荏、前倨后恭,唐雎的不畏强暴、英勇沉着,都写得栩栩如生。

前事不忘,后事之师。

——《战国策》

齐国佐不辱命

晋师从齐师,入自丘舆①,击马陉②。齐侯使宾媚人③赂④以⑤纪甗⑥、玉磬⑦与地。"不可,则听客之所为。"

宾媚人致赂,晋人不可,曰:"必以萧

使命篇

同叔子⑧为质⑨,而使齐之封内⑩尽东其亩⑪。"对曰:"萧同叔子非他,寡君之母也。若以匹敌,则亦晋君之母也。吾子布大命于诸侯,而曰必质其母以为信,其若王命⑫何?且是以不孝令也。《诗》曰:'孝子不匮,永锡尔类。'若以不孝令于诸侯,其无乃非德类也乎?

"先王疆理⑬天下,物土之宜而布其利。故《诗》曰:'我疆我理,南东其亩。'今吾子疆理诸侯,而曰'尽东其亩'而已,唯吾子戎车是利,无顾土宜,其无乃非先王之命也乎?反先王则不义,何以为盟主?其晋实有阙⑭。四王⑮之王也,树德而济⑯同欲⑰焉;五伯⑱之霸也,勤而抚之,以役王命⑲。今吾子求合诸侯,以逞无疆之欲。《诗》曰:'敷政优优⑳,百禄㉑是遒㉒。'子实不优,而弃百禄,诸侯何害焉?不然,寡君之命使臣,则有辞㉓矣。曰:'子以君师辱于敝邑,不腆㉔敝赋,以犒从者。畏君之震,师徒桡㉕败,吾子惠徼㉖齐国之福,不泯其社稷，使继旧好。唯是先君之敝器、土地不敢爱。子又不许，请收合余烬㉗，背城借一㉘。敝邑之幸，亦云从也；况其不幸，敢不唯命是听？'"

（选自〔清〕吴楚材、〔清〕吴调侯编选：《古文观止全鉴》，东篱子解译，中国纺织出版社2014年版，第29～30页）

注释

①丘舆：地名，齐国境内，在今山东省益都县内。

②马陉（xíng）：地名，齐邑名，在益都县的西南。

③宾媚人：齐国上卿，即国佐。

④赂：赠送财物。

⑤以：用。

⑥纪甗（yǎn）：纪，古国名，为齐所灭。甗，陶器，甑的一种，是一种礼器。

⑦玉磬：乐器。纪甗、玉磬，是齐灭纪时所得到的珍宝。

⑧萧同叔子：萧，小国名；同叔，国王的名称；子，女儿。萧君同叔的女儿，即齐顷公的母亲。

⑨质：人质。

⑩封内：国境内。

⑪尽东其亩：田地垄亩全改为东西向，道路沟渠也相应地变为东西向，因为齐晋东西相邻，这样一改，以后晋国的兵车过入齐境便于通行。古代田亩制，一亩宽一步，

使命篇

长百步，有东西向和南北向的不同。

⑫王命：先王以孝治天下的遗命。先王，已去世的君王。

⑬疆理：指划分疆界和沟渠小路。

⑭阙：缺点，过失。

⑮四王：指夏禹、商汤、周文王和周武王。

⑯济：满足。

⑰同欲：共同的欲望。

⑱五伯（bà）：五伯之称有二：有三代之五伯，有春秋之五伯。《左传·成公二年》，齐国佐曰："五伯之霸也，勤而抚之，以役王命。"杜元凯云："夏伯昆吾，商伯大彭、豕韦，周伯齐桓、晋文。"《孟子》："五霸者，三王之罪人也。"赵台卿注："齐桓、晋文、秦缪、宋襄、楚庄。"二说不同。据国佐对晋人言，其时楚庄之卒甫二年，不当遂列为五伯。

⑲役王命：从事于王命。

⑳优优：和缓宽大的样子。

㉑百禄：百福，百种福禄。

㉒遒：聚。

㉓辞：言辞，话。

㉔腆（tiǎn）：丰厚。

㉕桡（ráo）：弯曲，屈从。

㉖徼（yāo）：求取，招致。

㉗余烬：指残余的军队。烬，火灰。

㉘背城借一：背靠着城，再打一仗。意即在城下决一

死战。

（编者注）

晋军追赶齐军，从丘舆进入齐国境内，攻打马陉。齐顷公派宾媚人将纪国的炊器、玉磬赠送给晋国，并归还鲁、卫两国的土地。"不行，就任凭他们所为。"

宾媚人送上礼物，晋国人郤克不答应，说："必须以萧同叔的女儿做人质，同时把齐国境内的田亩全部改为东西向。"

宾媚人回答说："萧同叔的女儿不是别人，正是敝国国君的母亲。如果以对等相待，也就是晋国国君的母亲。您向诸侯颁布天子的命令，却说一定要让人家的母亲做人质作为凭信，将怎么对待天子的命令呢？这是以不孝来命令诸侯啊。《诗经》说：'孝子的心从不衰竭，上天将会永远赐福于你的同类。'如果以不孝来命令诸侯，恐怕不是施恩德于同类的行为吧？

"先王划定天下的疆界，治理天下的道路、河流，考察土地的特性来指定分派它们的使用。所以《诗经》说：'划定疆界，治理沟垄，朝南朝东修起田埂。'现在您划分和治理诸侯的土地，却简单地说'全部将田垄改为东西向'，这样只会有利于您的战车出入，而不顾土性所宜，恐怕不是先王的遗命吧？违反先王的政令就是不义，怎么做诸侯的领袖呢？恐怕晋国的确有过错。四王统一天下的

时候,树立德行,帮助大家实现共同愿望。五伯称霸诸侯的时候,勤劳王事,安抚诸侯,奉行天子的命令。现在您却谋求会合诸侯,以满足无止境的贪欲。《诗经》说:'施政宽和,百福聚集。'您实在不肯宽大,这样的政策背弃了上天的福禄,有什么好处呢?如果您不同意,敝国国君命令使臣,已有言辞在先了,说:'您率领贵国国君的军队光临敝国,敝国将以微薄的兵赋来犒劳您的随从。这是因为畏惧您的威严,并且我们的军队遭到了挫败。承蒙您为求取齐国的福佑,不灭绝它的社稷,使其继续同贵国保持旧日的友好关系,敝国绝不敢吝惜先君这些破旧的器物和土地。可是您又不答应,那就请允许我们收集残余,在敝国城下决一死战。即使敝国侥幸取胜,也要服从贵国;倘若不幸战败,又怎么敢不完全听从贵国的命令呢?'"

(编者译)

知识

《春秋左氏传》,原名《左氏春秋》,汉朝时又名《春秋左氏》《春秋内传》,汉朝以后才多称《左传》。相传是春秋末年鲁国的左丘明为《春秋》做注解的一部史书,主要记载了东周前期254年间各国政治、经济、军事、外交和文化方面的重要事件和重要人物,是研究中国先秦历史很有价值的文献,也是优秀的散文著作,与《公羊传》《穀梁传》合称"春秋三传"。它是中国第一部叙事详细的编年体史书，共35卷，是儒家经典之一且为十三经中篇幅最长者，在四库全书中列为经部。

解读

《齐国佐不辱命》是春秋时期创作的散文，作者相传为左丘明。齐晋之战，齐国惨败，只好派出使臣求和。但是晋国却提出苛刻的条件：一是要求齐君的母亲作为人质，二是要求改变齐国田垄的方向，其用意是方便晋国仅供，分明是不想接受求和。在这样的条件下，齐国佐奉命出使求和，从容不迫地逐条驳斥。辞令中多次引援《诗经》，委婉而严正地驳斥了晋国的无理，使对方陷于被动；并且用齐顷公的口气表示，若无和解的可能，则破釜沉舟奉陪到底。措辞委婉，使晋国不得不和。没有战败国的摇尾乞怜，又出色地完成使命，是本篇辞令的最大亮点。

警语

居安思危，思则有备，有备无患。

——《左传》

使命篇

晏子不死君难

崔武子①见棠姜②而美之,遂取③之。庄公④通⑤焉,崔子弑⑥之。

晏子⑦立于崔氏之门外,其人⑧曰:"死乎?"曰:"独吾君也乎哉,吾死也?"曰:"行乎?"曰:"吾罪也乎哉,吾亡也?"曰:"归乎?"曰:"君死,安归?君民者⑨,岂以陵民?社稷是主。臣君者,岂为其口实⑩,社稷是养。故君为社稷死,则死之;为社稷亡,则亡之。若为己死,而为己亡,非其私昵⑪,谁敢任之?且人有君而弑之,吾焉得死之?而焉得亡之?将庸何⑫归?"

门启而入,枕尸股而哭。兴⑬,三踊⑭而出。人谓崔子:"必杀之!"崔子曰:"民之望⑮也,舍⑯之,得民。"

(选自〔清〕吴楚材、〔清〕吴调侯编选:《古文观止全鉴》,

东篱子解译，中国纺织出版社 2014 年版，第 35～36 页）

注释

①崔武子：齐卿，即崔杼。
②棠姜：棠公的妻子。棠公是齐国棠邑大夫。
③取：同"娶"。棠公死，崔杼去吊丧，见棠姜美，就娶了她。
④庄公：齐庄公。
⑤通：私通。
⑥弑：臣杀君、子杀父为弑。
⑦晏子：即晏婴，字平仲，齐国大夫。历仕灵公、庄公、景公三世。
⑧其人：晏子左右的家臣。
⑨君民者：做君主的人。
⑩口实：指俸禄。
⑪昵：亲近。
⑫庸何：即"何"，哪里。
⑬兴：起立。
⑭三踊：跳跃了三下，表示哀痛。
⑮望：为人所敬仰。
⑯舍：释放，宽大处理。

（编者注）

使命篇

译文

崔武子看见棠家遗孀就喜欢上她,便娶了她。齐庄公与她私通。崔武子因此弑君。

晏子站在崔家的门外。左右的家臣问:"你打算去死吗?"晏子回答说:"国君只是我一人的君主吗,我干吗死啊?"家臣又问:"我们要离开齐国吗?"晏子回答道:"我有什么罪吗,我为什么要逃亡?"家臣继续问:"回家吗?"晏子接着说:"君主死了我们回到哪里呢?君主是民众的君主,难道还是凌驾于民众之上的君主吗?君主的职责是要主掌国家。君主的臣子,难道是为了俸禄?臣子的职责是要保护国家。因此,君主为国家社稷死就该随他死,为国家社稷逃亡就该随他逃亡。如果是为他自己死为他自己逃亡,不是他的私密昵友,谁去担这份责呢?况且他人立了君主却要将他杀死,我怎么能随他去死,随他去逃亡呢?我将回什么地方啊?"

崔家把门打开,晏子进入,将国君尸体放在腿上哭,哭完后站起来,一再顿足离去。

别人告诉崔武子,一定要杀了晏子。崔武子回答说:"他为民众所敬仰啊,放了他会更得民心。"

(编者译)

知识

《左传》的作者相传为左丘明。左丘明(约前502—

约前422),姓左,名丘明(一说复姓左丘,名明;也有人说姓丘,名明,因其父曾任左史官,故称左丘明),春秋末期鲁国人,曾任鲁国史官。左丘明知识渊博、品德高尚。孔子曾说过:"巧言、令色、足恭,左丘明耻之,丘亦耻之;匿怨而友其人,左丘明耻之,丘亦耻之。"可见孔子把他引为同道。汉代史家司马迁称其为"鲁君子"。

齐庄公因为与有夫之妇私通而被杀,死得下贱。晏子既不为他而去死,也不因他而逃亡;在他看来,无论国君或臣子,都应为国家负责。如果国君失职,臣子就不必为他尽忠,这在当时是很有进步意义的。文章三问三答,答中有反问,最后归结到"社稷"二字,波澜起伏,论旨鲜明。

从善如登,从恶如崩。

——《左传》

使命篇

大宛列传
（节选）
司马迁

大宛之迹，见自张骞①。张骞，汉中人。建元中为郎。是时天子问匈奴降者，皆言匈奴破月氏②王，以其头为饮器，月氏遁逃而常怨仇匈奴，无与共击之。汉方欲事灭胡，闻此言，因欲通使。道必更匈奴中，乃募能使者。骞以郎应募，使月氏，与堂邑氏③故④胡奴⑤甘父⑥俱出陇西。经匈奴，匈奴得之，传诣单于。单于留之，曰："月氏在吾北，汉何以得往使？吾欲使越，汉肯听我乎？"留骞十馀岁⑦，与妻，有子，然骞持汉节不失。

居匈奴中，益宽，骞因与其属亡乡月氏，西走数十日至大宛。大宛闻汉之饶财，欲通不得，见骞，喜，问曰："若欲何之？"

骞曰:"为汉使月氏,而为匈奴所闭道。今亡,唯王使人导送我。诚得至,反⑧汉,汉之赂遗⑨王财物不可胜言。"大宛以为然,遣骞,为发导绎⑩,抵康居,康居传致大月氏。大月氏王已为胡所杀,立其太子为王。既臣大夏而居,地肥饶,少寇,志安乐,又自以远汉,殊无报胡之心。骞从月氏至大夏,竟不能得月氏要领。

留岁馀,还,并⑪南山⑫,欲从羌中归,复为匈奴所得。留岁馀,单于死,左谷蠡王攻其太子自立,国内乱,骞与胡妻⑬及堂邑父俱亡归汉。汉拜骞为太中大夫,堂邑父为奉使君。

骞为人强力⑭,宽大信人,蛮夷爱之。堂邑父故胡人,善射,穷急射禽兽给食。初,骞行时百馀人,去十三岁,唯二人得还。

(选自〔汉〕司马迁著:《史记》,张志英译注,北京时代华文书局2014年版,第264~265页)

使命篇

注释

①张骞（前164—前114），字子文，汉中郡城固（今陕西省汉中市城固县）人，中国汉代杰出的外交家、旅行家、探险家，丝绸之路的开拓者，故里在陕西省汉中市城固县城南两千米处汉江之滨的博望村。
②月氏（yuèzhī，旧读 rùzhī 或 ròuzhī）：匈奴崛起以前居于河西走廊、祁连山的古代游牧民族，亦称"月支""禺知"。
③堂邑氏：姓。
④故：之前的，曾经的。
⑤胡奴：指一位匈奴奴隶。
⑥甘父：胡奴的名字。
⑦岁：年。
⑧反：通"返"，返回。
⑨赂遗：馈赠。
⑩导绎：又作"导译"，即向导兼翻译。
⑪并（bàng）：同"旁"，靠近。
⑫南山：指昆仑山、阿尔金山、祁连山山脉。
⑬胡妻：指张骞的匈奴妻子。
⑭强力：强壮而有力量。

（编者注）

经典悦读

大宛这地方是由张骞发现的。张骞是汉中人,建元年间被任命为郎官。那时匈奴投降过来的人都说匈奴攻破月氏王,并且用月氏王的头颅做酒器,月氏一族逃跑并一直怨恨匈奴,但是苦于没有人和他们一起攻打匈奴。汉朝正想消灭匈奴,听说了这样的言论,就想派人出使月氏,但出使的路线一定会经过匈奴。于是朝廷就招募能够出使的人。张骞以郎官的身份应募出使月氏,与曾为胡人的堂邑氏奴仆甘父一起离开陇西。途经匈奴,被匈奴人截获并送到单于那里。单于说:"月氏在我的北边,汉朝人怎么能往那儿出使呢?我如果想派人出使南越,汉朝肯任凭我们的人经过吗?"于是便扣留张骞十多年,给他娶妻并生了儿子,然而张骞仍持汉节不失使者身份。

张骞长期住在匈奴国西部,因此对他的监视也逐渐放松,张骞便趁机带领他的部属一起向月氏逃亡。往西跑了几十天,到了大宛。大宛听说汉朝财物丰富,一直想和汉朝交往却苦于找不到机会。他们见到张骞非常高兴,问他要到哪里去。张骞说:"当初我受命于汉朝出使月氏,但是被匈奴封锁道路,不让通行。现在逃亡到贵国,希望大王能派人带路,送我们去月氏。假如能够到达月氏,我们返回汉朝后,汉朝送给大王的财物,一定多得不可尽言。"大宛认为可以,就送他们过去,并给他们派了翻译和向导。送到康居,康居又将他们转送到大月氏。这时,原来

使命篇

的大月氏王已被匈奴所杀，立了他的太子为王。大月氏已经征服大夏并居住于此。那里土地肥沃，出产丰富，没有外敌侵扰，人民志在安乐，又觉得距离汉朝遥远而不想亲近汉朝，全然没有向匈奴报仇的意思。张骞从月氏到大夏，始终得不得月氏王的明确表示。

逗留一年多后，张骞只得返程。沿着南山行走，张骞一行想从羌人居住的地方回到汉朝，但又被匈奴截获。被扣留一年多后，单于死了，左谷蠡王攻打下单于的太子，匈奴国内混乱，张骞便带着他的匈奴妻子以及堂邑甘父一起逃回了汉朝。朝廷授予他太中大夫的官职。堂邑甘父也被封为奉使君。

张骞为人性格坚强而有毅力，心胸宽厚，对人讲信用，蛮人也很喜欢他。堂邑甘父是匈奴人，善于射箭，大家处境窘迫的时候，他就射捕禽兽来提供饮食。当初张骞出发时有一百多人，离汉十三年，只有他们二人得以回还。

（编者译）

《史记》是西汉史学家司马迁撰写的纪传体史书，是中国历史上第一部纪传体通史，记载了上至上古传说中的黄帝时代下至汉武帝太初四年间共3000多年的历史。《史记》全书包括十二本纪（记历代帝王政绩）、三十世家（记诸侯国和汉代诸侯、勋贵兴亡）、七十列传（记重要人物的言行事迹，主要叙人臣，其中最后一篇为自序）、

十表（大事年表）、八书（记各种典章制度，记礼、乐、音律、历法、天文、封禅、水利、财用），共一百三十篇，526500余字。《史记》被列为"二十四史"之首，与后来的《汉书》《后汉书》《三国志》合称"前四史"，对后世史学和文学的发展都产生了深远的影响。其首创的纪传体编史方法为后来历代正史所传承。《史记》还被认为是一部优秀的文学著作，有很高的文学价值，在中国文学史上有重要地位，被鲁迅誉为"史家之绝唱，无韵之《离骚》"。刘向等人认为此书"善序事理，辩而不华，质而不俚"。

本文节选自《史记·大宛列传》。《大宛列传》是西汉史学家司马迁创作的一篇文言文，可谓中国最早的边疆和域外地理专篇。列传所记亦以大宛为中心，旁及周围一些国家、部落，远至今西亚南部、南亚一些地方，也涉及中国新疆和川、滇部分地区。列传叙述了这些地区的地理和历史情况，包括位置、距离、四邻、农牧业、物产、人口、兵力与城邑等，言简意赅，不仅叙述了开辟丝绸之路的艰苦历程，还反映出中国古代人民地理知识与视野的不断扩大，是研究中国地理学史和中亚等地历史地理的重要文献。

本文记述张骞首次出使西域的情况。他奉汉武帝之命出使大月氏，历尽艰险，两次被匈奴单于扣留，最终与胡

使命篇

妻及堂邑甘父回到大汉。张骞打通了汉朝通往西域的南北道路，即赫赫有名的丝绸之路，汉武帝以军功封其为博望侯。司马迁称赞张骞出使西域为"凿空"，意思是"开通大道"。张骞被誉为伟大的外交家、探险家，是"丝绸之路的开拓者""东方的哥伦布"，他将中原文明传播至西域，又从西域诸国引进了汗血马、葡萄、苜蓿、石榴、胡麻等物种到中原，促进了东西方文明的交流。

精神赓续　共同发展

使命篇

光荣的荆棘路

[丹] 安徒生

从前有一个古老的故事:"光荣的荆棘路:一个叫做布鲁德的猎人得到了无上的光荣和尊严,但是他却长时期遇到极大的困难和冒着生命的危险。"我们大多数的人在小时已经听到过这个故事,可能后来还谈到过它,并且也想起自己没有被人歌诵过的"荆棘路"和"极大的困难"。故事和真事没有什么很大的分界线。不过故事在我们这个世界里经常有一个愉快的结尾,而真事常常在今生没有结果,只好等到永恒的未来。

世界的历史像一个幻灯。它在现代的黑暗背景上,放映出明朗的片子,说明那些造福人类的善人和天才的殉道者在怎样走着荆棘路。

经典悦读

这些光耀的图片把各个时代，各个国家都反映给我们看。每张片子只映几秒钟，但是它却代表整个的一生——充满了斗争和胜利的一生。我们现在来看看这些殉道者行列中的人吧——除非这个世界本身遭到灭亡，这个行列是永远没有穷尽的。

我们现在来看看一个挤满了观众的圆形剧场吧。讽刺和幽默的语言像潮水一般地从阿里斯托芬①的"云"喷射出来。雅典最了不起的一个人物，在人身和精神方面，都受到了舞台上的嘲笑。他是保护人民反抗三十个暴君的战士。他名叫苏格拉底②，他在混战中救援了阿尔西比亚得和生诺风，他的天才超过了古代的神仙。他本人就在场。他从观众的凳子上站起来，走到前面去，让那些正在哄堂大笑的人可以看看，他本人和戏台上嘲笑的那个对象究竟有什么相同之点。他站在他们面前，高高地站在他们面前。

你，多汁的，绿色的毒胡萝卜，雅典

使命篇

的阴影不是橄榄树而是你!

七个城市国家③在彼此争辩,都说荷马是在自己城里出生的——这也就是说,在荷马死了以后!请看看他活着的时候吧!他在这些城市里流浪,靠朗诵自己的诗篇过日子。他一想起明天的生活,他的头发就变得灰白起来。他,这个伟大的先知者,是一个孤独的瞎子。锐利的荆棘把这位诗中圣哲的衣服撕得稀烂。

但是他的歌仍然是活着的;通过这些歌,古代的英雄和神仙也获得了生命。

图画一幅接着一幅地从日出之国,从日落之国现出来。这些国家在空间和时间方面彼此的距离很远,然而它们却有着同样的光荣的荆棘路。生满了刺的蓟只有在它装饰着坟墓的时候,才开出第一朵花。

骆驼在棕榈树下面走过。它们满载着靛青和贵重的财宝。这些东西是这国家的君主送给一个人的礼物——这个人是人民的欢乐,是国家的光荣。嫉妒和毁谤逼得

经典悦读

他不得不从这国家逃走,只有现在人们才发现他。这个骆驼队现在快要走到他避乱的那个小镇。人们抬出一具可怜的尸体走出城门,骆驼队停下来了。这个死人就正是他们所要寻找的那个人:费尔杜西④——光荣的荆棘路在这儿告一结束!

在葡萄牙的京城里,在王宫的大理石台阶上,坐着一个圆面孔、厚嘴唇、黑头发的非洲黑人,他在向人求乞。他是加莫恩⑤的忠实的奴隶。如果没有他和他求乞得到的许多铜板,他的主人——叙事诗"路西亚达"的作者——恐怕早就饿死了。

现在加莫恩的墓上立着一座贵重的纪念碑。

还有一幅图画!

铁栏杆后面站着一个人。他像死一样的惨白,长着一脸又长又乱的胡子。

"我发明了一件东西——一件许多世纪以来最伟大的发明",他说,"但是人们却把我放在这里关了二十多年!"

使命篇

"他是谁呢?"

"一个疯子!"疯人院的看守说,"这些疯子的怪想头才多呢!他相信人们可以用蒸汽推动东西!"

这人名叫萨洛蒙·得·高斯⑥,黎显留⑦读不懂他的预言性的著作,因此他死在疯人院里。

现在哥伦布出现了。街上的野孩子常常跟在他后面讥笑他,因为他想发现一个新世界——而且他也就居然发现了。欢乐的钟声迎接着他的胜利的归来,但嫉妒的钟敲得比这还要响亮。他,这个发现新大陆的人,这个把美洲黄金的土地从海里捞起来的人,这个把一切贡献给他的国王的人,所得到的酬报是一条铁链。他希望把这条链子放在他的棺材上,让世人可以看到他的时代所给予他的评价。

图画一幅接着一幅地出现,光荣的荆棘路真是没有尽头。

在黑暗中坐着一个人,他要量出月亮

里山岳的高度。他探索星球与行星之间的太空。他这个巨人懂得大自然的规律。他能感觉到地球在他的脚下转动。这人就是伽利略⑧。老迈的他，又聋又瞎，坐在那儿，在尖锐的苦痛中和人间的轻视中挣扎。他几乎没有气力提起他的一双脚：当人们不相信真理的时候，他在灵魂的极度痛苦中曾经在地上跺着这双脚，高呼道："但是地在转动呀！"

这儿有一个女子，她有一颗孩子的心，但是这颗心充满了热情和信念。她在一个战斗的部队前面高举着旗帜；她为她的祖国带来胜利和解放。空中起了一片狂乐的声音，于是柴堆烧起来了：大家在烧死一个巫婆——冉·达克⑨。是的，在接着的一个世纪中人们唾弃这朵纯洁的百合花，但智慧的鬼才伏尔泰却歌颂"拉·比塞尔"⑩。

在微堡的宫殿里，丹麦的贵族烧毁了国王的法律。火焰升起来，把这个立法者和他的时代都照亮了，同时也向那个黑暗的囚楼送进一点彩霞。他的头发斑白，腰也弯了；他坐在那儿，用手指在石桌上刻出许多线条。他曾经统治过三个王国。他是一个民众爱戴的国王；他是市民和农民的朋友：克利斯仙二世⑪。他是一个莽撞时代的一个有性格的莽撞人。敌人写下他的历史。我们一方面不忘记他的血腥的罪过，一方面也要记住：他被囚禁了二十七年。

有一艘船从丹麦开出去了。船上有一个人倚着桅杆站着，向汶岛作最后的一瞥。他是杜却·布拉赫⑫。他把丹麦的名字提升到星球上去，但他所得到的报酬是讥笑和伤害。他跑到国外去。他说："处处都有天，我还要求什么别的东西呢？"他走了；我们这位最有声望的人在国外得到了尊荣和自由。

"啊，解脱！只愿我身体中不可忍受的痛苦能够得到解脱！"好几世纪以来我们就听到这个声音。这是一张什么画片呢？这是格里芬菲尔德⑬——丹麦的普洛米修士——被铁链锁在木克荷尔姆石岛上的一幅图画。

我们现在来到美洲,来到一条大河的旁边。有一大群人集拢来,据说有一艘船可以在坏天气中逆风行驶,因为它本身具有抗拒风雨的力量。那个相信能够做到这件事的人名叫罗伯特·富尔登⑭。他的船开始航行,但是它忽然停下来了。观众大笑起来,并且还"嘘"起来——连他自己的父亲也跟大家一起"嘘"起来:

"自高自大!糊涂透顶!他现在得到了报应!就该把这个疯子关起来才对!"

一根小钉子摇断了——刚才机器不能动就是因了它的缘故。轮子转动起来了,轮翼在水中向前推进,船在开行;蒸汽机的杠杆把世界各国间的距离从钟头缩短成为分秒。

人类啊,当灵魂懂得了它的使命以后,你能体会到在这清醒的片刻中所感到的幸福吗?在这片刻中,你在光荣的荆棘路上

使命篇

所得到的一切创伤——即使是你自己所造成的——也会痊愈，恢复健康、力量和愉快；嘈音变成谐声；人们可以在一个人身上看到上帝的仁慈，而这仁慈通过一个人普及到大众。

光荣的荆棘路看起来像环绕着地球的一条灿烂的光带。只有幸运的人才被送到这条带上行走，才被指定为建筑那座联接上帝与人间的桥梁的、没有薪水的总工程师。

历史拍着它强大的翅膀，飞过许多世纪，同时在光荣的荆棘路的这个黑暗背景上，映出许多明朗的图画，来鼓起我们的勇气，给予我们安慰，促进我们内心的平安。这条光荣的荆棘路，跟童话不同，并不在这个人世间走到一个辉煌和快乐的终点，但是它却超越时代，走向永恒。

（选自陈慧君编著：《外国散文名篇鉴赏》，贵州人民出版社1986年版，第158～165页）

注释

①阿里斯托芬(约前446—前385):古代希腊喜剧家,他在剧本《云》里猛烈攻击苏格拉底。

②苏格拉底(前470—前399):古希腊著名的思想家、哲学家、教育家。苏格拉底和他的学生柏拉图以及柏拉图的学生亚里士多德并称为"古希腊三贤",被后人广泛地认为是西方哲学的奠基者。据记载,苏格拉底最后被雅典法庭以侮辱雅典神、引进新神论和腐蚀雅典青年思想之罪名判处死刑。尽管苏格拉底曾获得逃亡的机会,但他仍选择饮下毒堇汁而死,因为他认为逃亡只会进一步破坏雅典法律的权威。

③古代希腊的每个城市都是一个国家。

④费尔杜西:波斯诗人 Abul Kasim Mansur (940—1020?)的笔名,其代表作为叙事诗《王书》(*Shahnama*)。这部诗有6万行,是当时波斯国王请他创作的,并且答应给他每行一块金币。但是诗完成后,国王的大臣却给他每行一块银币。他在盛怒之下写了一首诗讽刺国王的恶劣,该诗现在成为《王书》的序言。

⑤加莫恩:全名 Luiz Yaz de Camoes (1524?—1580),伟大的葡萄牙诗人。代表作为叙事诗《卢济塔尼亚人之歌》(*Os Lusiadas*),是葡萄牙最伟大的史诗。

⑥萨洛蒙·得·高斯:全名 Salomon de Caus (1576—1626),法国科学家,著作有《动力与各种机器的关

系》(*Raisons des forces mouvantes avec diverses machines*)，讲述蒸汽的原理。

⑦黎显留：全名 Richelieu（1585—1642），曾任法国首相，拥有国家最高的权力。

⑧伽利略（1564—1642），意大利著名的天文学家。

⑨冉·达克：全名 Jeanne d'Arc，即圣女贞德（1412—1431），又名拉·比塞尔（La Pucelle），法国女英雄。她在1429年带领6000人打退英国侵略者，后来被人出卖给英国人，被当作巫婆烧死。

⑩法国作家伏尔泰曾写了一本关于贞德的史诗《拉·比塞尔》。

⑪丹麦的国王克利斯仙二世（1481—1559），联合农民和市民反对贵族的专权，但最终被贵族推翻囚禁。

⑫杜却·布拉赫（1546—1601），丹麦著名的天文学家，发现"杜却星球"，建立了丹麦在汶岛（Hveen）的天文台。

⑬格里芬菲尔德（1635—1699），丹麦大政治家。他的政策是发展工商业以增加国家财富，但首要的条件就是保持国际的和平，特别是与丹麦的邻邦瑞典保持和平。1675年，丹麦对瑞典宣战。1676年3月，格里芬菲尔德被捕，被判处死刑，后改为终身囚禁。

⑭富尔登（1765—1815），美国发明家，他设计和建造了美国第一艘用蒸汽机推动的轮船。

（编者注）

经典悦读

知识

安徒生（1805—1875），全名汉斯·克里斯汀·安徒生，19世纪丹麦著名童话作家，被誉为"世界儿童文学的太阳"。安徒生出生于丹麦奥登塞一个贫穷的鞋匠家庭，童年生活贫苦。为追求艺术，14岁时只身来到首都哥本哈根。经过8年奋斗，终于在诗剧《阿尔芙索尔》中崭露才华，被皇家艺术剧院送进斯拉格尔塞文法学校和赫尔辛欧学校免费就读。1828年，安徒生升入哥本哈根大学。安徒生的文学生涯始于1822年的编写剧本。进入大学后，其创作日趋成熟。曾发表游记和歌舞喜剧，出版诗集和诗剧。1833年出版的长篇小说《即兴诗人》为他赢得了国际声誉，是他成人文学的代表作。他的作品《安徒生童话》已经被译为150多种语言，在全球各地出版和发行。代表作有《小锡兵》《海的女儿》《拇指姑娘》《卖火柴的小女孩》《丑小鸭》《皇帝的新装》等。为纪念安徒生在童话领域的杰出贡献，国际少年儿童读物联盟（IBBY）于1956年设立国际安徒生奖，该奖项由丹麦女王玛格丽特二世赞助，每两年评选一次，以奖励世界范围内优秀的儿童图书作家和插图画家。

解读

童话大师安徒生不仅会写童话，在散文、诗剧等方面也颇有建树。《光荣的荆棘路》是安徒生的一篇经典散

使命篇

文。安徒生的一生不断地面临困境、解决困境,他本人也是走在光荣荆棘路上的为数不多的一员。本文援引了诸多名人的真实事迹,试图告诉读者,我们每个人都走在一条荆棘路上,获得光荣的却寥寥无几。不过,是否获得光荣实在算不得什么,重要的是行走在荆棘丛生的道路上时不用害怕和气馁,因为还有许多人在这条路上与我们做伴,诚如文中所说,他们"鼓起我们的勇气,给予我们安慰,促进我们内心的平安"。阅读这篇文章,可以让我们更好地理解安徒生细腻灵动的文字,并重新看待眼前的这个世界。

攀登上一个阶梯,这固然很好,只要还有力气,那就意味着必须再继续前进一步。

——[丹]安徒生

要么庸俗,要么孤独

[德]叔本华

获取幸福的错误方法莫过于追求花天酒地的生活,原因就在于我们企图把悲惨的人生变成接连不断的快感、欢乐和享受。这样，幻灭感就会接踵而至；与这种生活必然伴随而至的还有人与人的相互撒谎和哄骗。

首先，生活在社交人群当中必然要求人们相互迁就和忍让；因此，人们聚会的场面越大，就越容易变得枯燥乏味。只有当一个人独处的时候，他才可以完全成为自己。谁要是不热爱独处，那他也就是不热爱自由，因为只有当一个人独处的时候，他才是自由的。拘谨、掣肘不可避免地伴随着社交聚会。社交聚会要求人们做出牺牲，而一个人越具备独特的个性，那他就越难做出这样的牺牲。因此，一个人逃避、忍受抑或喜爱独处是和这一个人自身具备的价值恰成比例。因为在独处的时候，一个可怜虫就会感受到自己的全部可怜之处，而一个具有丰富思想的人只会感觉到自己丰富的思想。一言以蔽之：一个人只会感觉到自己的自身。进一步而言，一个人在

使命篇

大自然的级别中所处的位置越高,那他就越孤独,这是根本的,同时也是必然的。如果一个人身体的孤独和精神的孤独互相对应,那反倒对他大有好处。否则,跟与己不同的人进行频繁的交往会扰乱心神,并被夺走自我,而对此损失他并不会得到任何补偿。大自然在人与人之间的道德和智力方面定下了巨大差别,但社会对这些差别视而不见,对每个人都一视同仁。更有甚者,社会地位和等级所造成的人为的差别取代了大自然定下的差别,前者通常和后者背道而驰。受到大自然薄待的人受益于社会生活的这种安排而获得了良好的位置,而为数不多得到了大自然青睐的人,位置却被贬低了。因此,后一种人总是逃避社交聚会。而每个社交聚会一旦变得人多势众,平庸就会把持统治的地位。社交聚会之所以会对才智卓越之士造成伤害,就是因为每一个人都获得了平等的权利,而这又导致人们对任何事情都提出了同等的权利和要求,尽管他们的才具参差不一。接下来的结果就是:人们都要求别人承认他们对社会作出了同等的成绩和贡献。所谓的上流社会承认一个人在其他方面的优势,却唯独不肯承认一个人在精神思想方面的优势;他们甚至抵制这方面的优势。社会约束我们对愚蠢、呆笨和反常表现出没完没了的耐性,但具有优越个性的人却必须请求别人对自己的原谅;或者,他必须把自己的优越之处掩藏起来,因为优越突出的精神思想的存在,本身就构成了对他人的损害,尽管它完全无意这样做。因此,所谓"上流"的社交聚会,其劣处不仅在于它把那些我们不可能称道和喜爱的人提供给我们,同时,还不允许我们以自己的天性方式呈现本色;相反,它强迫我们为了迎合别人而扭曲、萎缩自己。具有深度的交谈和充满思想的话语只能属于由思想丰富的人所组成的聚会。在泛泛和平庸的社交聚会中,人们对充满思想见识的

使命篇

谈话绝对深恶痛绝。所以,在这种社交场合要取悦他人,就绝对有必要把自己变得平庸和狭窄。因此,我们为达到与他人相像、投契的目的就只能拒绝大部分的自我。当然,为此代价,我们获得了他人的好感。但一个人越有价值,那他就越会发现自己这样做实在是得不偿失,这根本就是一桩赔本的买卖。人们通常都是无力还债的;他们把无聊、烦恼、不快和否定自我强加给我们,但对此却无法作出补偿。绝大部分的社交聚会都是这样的实质。放弃这种社交聚会以换回独处,那我们就是做成了一桩精明的生意。另外,由于真正的、精神思想的优势不会见容于社交聚会,并且也着实难得一见,为了代替它,人们就采用了一种虚假的、世俗常规的、建立在相当随意的原则之上的东西作为某种优越的表现——它在高级的社交圈子里传统般地传递着,就像暗语一样地可以随时更改。这也就是人们名之为时尚或时髦的东西。

经典悦读

但是,当这种优势一旦和人的真正优势互相碰撞,它就马上显示其弱点。并且,"当时髦进入时,常识也就引退了"。

大致说来,一个人只能与自己达致最完美的和谐,而不是与朋友或者配偶,因为人与人之间在个性和脾气方面的差异肯定会带来某些不相协调,哪怕这些不协调只是相当轻微。因此,完全、真正的内心平和和感觉宁静——这是在这尘世间仅次于健康的至高无上的恩物——也只有在一个人孤身独处的时候才可觅到;而要长期保持这一心境,则只有深居简出才行。这样,如果一个人自身既伟大又丰富,那么,这个人就能享受到在这一贫乏的世上所能寻觅得到的最快活的状况。确实,我们可以这样说:友谊、爱情和荣誉紧紧地把人们联结在一起,但归根到底人只能老老实实地寄望于自己,顶多寄望于他们的孩子。由于客观或者主观的条件,一个人越不需要跟人们打交道,那么,他的处境也就越好。孤独的坏处就算不是一下子就被我们感觉得到,也可以让人一目了然;相比之下,社交生活的坏处却是隐蔽的:消遣、闲聊和其他与人交往的乐趣掩藏着巨大的,通常是难以弥补的祸害。青年人首上的一课,就是要学会承受孤独,因为孤独是幸福、安乐的源泉。据此可知,只有那些依靠自己,能从一切事物当中体会到自身的人才是处境最妙的人。所以,西塞罗说过:"一个完全依靠自己,一切称得上属于他的东西都存在于他的自身的人是不可能不幸福的。"

(选自[德]叔本华著:《人生的智慧》,韦启昌译,上海人民出版社2016年版,第134~137页)

知识

叔本华(1788—1860),德国著名哲学家。他是第一位公开反对理性主义哲学的哲学家,开创了非理性主义哲学的先河,也是唯意志论的创始人和主要代表之一,认为生命意志是主宰世界运作的力量。叔本华还是一位涉猎广泛的美学家,他对音乐、绘画、诗歌和歌剧等都有研究,把艺术看作解除人类存在的痛苦的一个可能的途径。在《作为意志和表象的世界》等作品中，他讨论了艺术以及艺术的积极意义，指出艺术是独立于充足理由律之外的表象，所以它能摆脱意志无处不在的诉求。

本文节选自叔本华的著作《人生的智慧》中《我们对待自己的态度》一节，标题为编者添加。本文文字精练，逻辑鲜明地提出了一个值得所有人考虑的问题：个人如何在群体中保存和发展自我。较之以往哲学家关注人与社会、集体、国家之间的关系，叔本华则独辟蹊径地点出人更应该处理好与自己的关系，在安静、孤独的环境中自我反思，不断思考。比起迎合他人、获得外界的肯定，在纷乱的世界中坚守自我，不被花花绿绿的外部世界干扰，实现与自我的和解显得尤为可贵。

世上的每一朵玫瑰花都是有刺，如果因为怕扎手，就此舍之，那么你永远也不能得到玫瑰芬芳。

——［德］叔本华

使命篇

人生是伟大的奇迹

[英] 雪莱

人,就是生活;我们所感受的一切,即为宇宙。生活和宇宙是神奇的。然而,对万物的熟视无睹,犹如一层薄薄的雾,遮蔽了我们,使我们看不到自身的神奇。我们对人生倏忽不定的变幻赞叹不已,然而,它本身难道不正是伟大的奇迹?同人生相比,帝国兴衰、王朝更迭何足挂齿!同人生相比,宗教体系、政治体制的兴亡又何足轻重!同人生相比,我们所定居的星球的演变算得了什么?同人生相比,日月星辰的运转与归宿又算得了什么?人生,这伟大的奇迹,我们叹为观止,只因你如此奇妙无比!我们姑且就让那薄薄的雾(我们对这层雾,既了如指掌,却又感到变幻叵测),遮蔽我们的视线吧,否则,我们的惊异感会吞没、惊慑那引起惊异的客体!

倘若有任何一位艺术家,仅仅在心目中想象出太阳、恒星、行星诸星系(假设它们不曾在世间存在过),又用语言或画笔描绘出今夜的天穹所呈现的景观,然后以天文学的智慧对诸星系进行阐述解释,那么,我们会对他推崇备至的;如果有任何一位艺术家,凭他的想象勾勒出地球的景致:山峦、海洋、河流、草木、花朵,森林中形形色色的叶子,日落日出时的云蒸霞蔚,混浊清明的大气中的色彩层次(假设这一切以前也不曾在世间存在过),那么,毫无疑问我们会对他惊叹不已。如果以"除了上帝与诗人,无人配称创造者"来称赞这位艺术家,这实在不是出于虚浮的吹捧。然而,此刻,人们只是不经意地打量着这一切——日月、星辰、山川、河流、山脉……而以极度的快乐意识到这一切的人则被盛赞为"教养良好""卓而不群",芸芸众生对此是漠不关心的。这就是

使命篇

人生,包容一切的人生在人间所受的待遇。

什么是人生?我们的思想与情感有意识的或无意识的都会在脑海中涌现,而我们便运用言辞来表达它们;我们降临到世间,然而,呱呱坠地的时刻早已被我们淡忘,婴孩时代不过是记忆中破碎的残片。我们活下来了,可在生活中,我们失却了对生活的领悟。如果以为透过我们的言辞便能洞穿人生的秘密,这是何等狂妄自大!诚然,言辞倘若运用得当,的确能使我们明白自身的无知,不过仅此而已,而这已足人愿了!因为,我们无法回答:我们究竟是什么,我们来自何处,又欲往何方?降临世间是否即为存在之始,而死亡是否即为存在之终?诞生是什么?死亡又是什么呢?

精密抽象的逻辑学,抹去了涂在人生表面的那层油彩,为我们展现出一幅惊心动魄的人生画面。然而,面对如此惊心动魄的画面,人们却已经习以为常,只感到它年复一年,周而复始。有哲学家宣称,只有被感知的事物才存在。我要承认,我自己就是这一学说的赞同者。

然而,由于这一论断与我们固有的信念背道而驰,我们固有的信念便千方百计地与它抗衡。在我们心悦诚服之前,我们的脑海里早已有这样一种定论:外在的世界是由"梦幻的物质"构成的。通俗哲学这种荒谬绝伦的意识观与物质观,在伦理道德观念上产生了致命的后果。这一切以及这种哲学在万物本原问题上极端的教条主义,曾使我一度陷入唯物论。这种唯物论对于年轻肤浅的心灵是一个富有诱惑力的体系。它允许信徒谈论,却"豁免"了其思索权。不过,我所不满足的是它的物质观。我认为,人是一种志存高远的存在,他"前见古人,后观来者",他的"思想,徜徉于永恒之中",与倏忽无常、瞬息即逝绝缘。他无法想象万物的湮灭;他只在"未来"与"过去"中存在;无论他真正的、最终的归宿如何，在他心中永远存在着一个精灵，与虚无、死亡为敌。这是一切生命、一切存在的特征。每一个生命与存在既是圆心，同时又是圆周；既是万物所指向的点，又是包含万物的线。这种观照为唯物论及通俗哲学的物质观、意识观所不容，然而，它与智力体系却是相投的。

冗长地介绍早已为探索的心灵所熟知的观点显得可笑。一个论题深奥的作者尽可以对他们发表演说，或许在威廉·德拉蒙德的《学术问题》中，我们可以找到对智力体系最清晰有力的论证。经过他的一番讲评，再用其他言语来转译就显得徒劳无益了，这种转译只能丧失原作的生动与贴切。如果人们一个论点一个论点、一字一句地审度德拉蒙德论著的整个推理过程，最明智的人不难发现他思想的混乱，他的推理并不最终导向论述过的结论。

然而，承认智力体系可以成立之后，接下来又是什么呢？智力体系并没有建立新的真理，对于人的天性的外在表现或天性本身也没有更新的发现。它旨在形成一种哲学。作为这个日益更新的时代之先驱，这种哲学任重而道远。智力体系朝着它的目标前进了一步，它致力于消除谬误及其根源。它留下的空白，往往是政治、伦理问题的改革者所应留下的。它使人的意识获得一种自由，倘若不是由于人们对于言语及符号——人的意识本身创造出来的工具的误用，这种自由就会发挥作用。符号，这里作广义理解，既包括该词通常的意义，还包含我所特指的意义。在特指意义中，几乎一切熟悉的客体都是符号，不是象征这些客体本身，而是代表其他事物。这些事物具有启示一种思想的能力，从这种思想中，可导引出一连串的思想。因而，在这个意义上说，我们整个的人生就是一场关于谬误的教育。

我们不妨回想一下儿时对事物的感受力。那时，对于世界和自身，我们抱有怎样独特而热切的理解啊！今天，许多当初对我们至关重要的社会情境已时过境迁。不过，这不是我执意对比的要点。那时候，我们并不像今日这般习惯性地在我们的所见所感与我们自身之间划一道分界线，似乎它们已经融为一体。就这点而言，有些人永远是孩子，他们沉湎于一种梦幻状态，在这种"出神入化"的状态下，他们感到天性仿佛已返璞归真，融入周围的宇宙中，或者周围的宇宙已经与其自身同化。天人合一，物我两忘——他们意识不到差别。这种状态往往是对人生热切而生动的理解的序曲、间奏或尾声。随着人们年龄的增长，这种力量渐渐衰退，变成机械性的、习惯性的力量。这样，感情与推理渐渐演变成一堆缠结不清的思想以及因反复重现所形成的所谓印象。

智力体系最精密的演绎所展示的人生观是统一的。万物以其被感知的方式存在着，人们以"观念"与"外在客体"之名粗浅地对思维的两种类型加以区分，然而，这两者之间的差别只是名义上的。同理，依照这种演绎方式，各不相同的个体的意识（它与我们现在正在使用以审度自身之本性的东西相类似）也同样可能只是一种幻觉。"我""你""他们"这些词语并不是标志观念集合体实际区别的符号，而不过是人们用来指示一个心灵的不同变体的修饰语与符号。

不过，请不要误以为这种学说导致了这样一个狂妄的推论，即：我，一个现在正在写作、思考的人，就代表那"一个心灵"。我，只不过是它的一部分。"我""你""他们"这些词语不过是为了排列组合而创设的语法手段，根本不带通常附属于它们的那种严格、专一的意义。找到合适的名称来表达"理性哲学"所传递给我们的那种微妙的观念是很难的。我们正濒临为词语抛弃的边缘。如果我们俯视一下自身无知的黑暗深渊，我们会头晕目眩，

我们将何等惊异!

不过,事物之间的关系没有因任何"体系"而变更。所谓"事物"一词,我们可理解为思想的任何客体,也可以是任何一个以明澈的分辨力对之进行思考的思想。这些事物之间的关系仍然未变,并成为我们所获得的知识的原材料。

人生的起因究竟是什么?或者说,人生究竟是如何产生的?是什么样的力量在主宰人生?有史以来,人类煞费苦心地试图对这一问题作出解答,其结果为——诉诸宗教。然而,万物的基础不可能是通俗哲学所宣称的意识,这一点是显而易见的。意识(倘若我们逾越了对意识属性切实体验这一范畴,一切论证将显得多么徒劳无益!)不可能创造,它只能感知。尽管意识被说成是人生的原因,然而,"原因"一词不过反映出人类意识的一种状态。它表达的是人们所理解的彼此相关的两个观念相互关联的一种方式。倘若任何人想知运用通俗哲学来解答这一重大问题是何等力不从心，那么他们只需不带偏见地回顾一下自己意识中的各种观念是如何发展的就可以了。意识的来源，也即存在的来源，是和意识本身毫不相同的。

（选自崔宝衡主编：《外国散文鉴赏辞典1　古近代卷》，上海辞书出版社2010年版，第834～837页）

知识

雪莱（1792—1822），全名珀西·比希·雪莱，英国著名作家、浪漫主义诗人，被认为是历史上最出色的英语诗人之一。同时，他也是第一位社会主义诗人、小说家、哲学家、散文随笔和政论作家、改革家、柏拉图主义者和理想主义者，受空想社会主义思想影响颇深。雪莱生于英格兰萨塞克斯郡霍舍姆附近的沃恩汉，12岁进入伊顿公学，1810年进入牛津大学，1811年3月25日由于散发《无神论的必然》，入学不足一年就被牛津大学开除。1813年11月完成叙事长诗《麦布女王》，1818—1819年完成了两部重要的长诗《解放了的普罗米修斯》和《倩契》，以及不朽名作《西风颂》。恩格斯称他为"天才预言家"。

解读

雪莱的文字一向以优雅温柔著称，在本文中也可领略

使命篇

一番。在"人是什么"这一问题上,不同于逻辑严密的理性分析,雪莱从较为感性的方面入手,在一开头就明确地给"人"和"人生"下了定义:"人,就是生活",人生就是伟大的奇迹。从先验的情感出发,而非通过逻辑论证一步步得出结论,雪莱在文章一开始就奠定了全文的感情基调,即推崇天然的感受力,在更大的自然体系中审视人这一独特产物。他承认智力体系,同时也希望能够恢复我们孩童时期的感知力,在纷扰的物质社会依然可以用真诚的眼光审视这个社会,打量自己的内心。

警语

让预言的号角奏鸣!哦,风啊,如果冬天来了,春天还会远吗?

——[英]雪莱

巴尔扎克葬词

[法] 雨果

现在被葬入坟墓的这个人,举国哀悼他。对我们来说,一切虚构都消失了。从今以后，众目仰望的将不是统治者，而是思想家。一位思想家不存在了，举国为之震惊。今天，人民哀悼一位天才之死，国家哀悼一位天才之死。

诸位先生，巴尔扎克这个名字将长留于我们这一时代，也将流转于后世的光辉业绩之中。巴尔扎克先生属于19世纪拿破仑之后的、强有力的作家之列。正如17世纪，一群显赫的作家涌现在黎塞留之后一样——就像文明发展中，出现了一种规律，促使武力统治者之后，出现精神统治者一样。

在最伟大的人物中间，巴尔扎克是名列前茅者；在最优秀的人物中间，巴尔扎克是佼佼者之一。他才华卓越，至善至美，但他的成就不是眼下说得尽的。他的所有作品仅仅形成了一部书，一部有生命的、光亮的、深刻的书。我们在这里看见，我们的整个现代文明的走向，带着我们说不清楚的、同现实打成一片的惊惶与恐怖。

使命篇

一部了不起的书,他题作"喜剧",其实就是题作"历史"也没有什么,这里有一切的形式和一切的风格,超过塔西陀,上溯到苏埃通,越过博马舍,直达拉伯雷;一部既是观察又是想象的书,这里有大量的真实、亲切、家常、琐碎、粗鄙。但是,有时通过突然撕破表面、充分揭示形形色色的现实,让人马上看到最阴沉和最悲壮的理想。

愿意也罢,不愿意也罢,同意也罢,不同意也罢,这部庞大而又奇特的作品的作者,不自觉地加入了革命作家的强大行列。巴尔扎克笔直地奔向目标,抓住了现代社会进行肉搏。他从各方面揪过来一些东西,有虚像,有希望,有呼喊,有假面具。他发掘内心,解剖激情。他探索人、灵魂、心、脏腑、头脑和各个人的深渊。巴尔扎克由于他自由的天赋和强壮的本性,由于他具有我们时代的聪明才智,身经革命,更看出了什么是人类的末日,也更了解什么是无意。于是面带微笑，泰然自若，进行了令人生畏的研究，但仍然游刃有余。他的这种研究不像莫里哀那样陷入忧郁，也不像卢梭那样愤世嫉俗。

这就是他在我们中间的工作。这就是他给我们留下来的作品，崇高而又扎实的作品，金刚岩层堆积起来的雄伟的纪念碑！从今以后，他的声名在作品的顶尖熠熠发光。伟人们为自己建造了底座，未来负起安放雕像的责任。

他的去世惊呆了巴黎。他回到法兰西有几个月了。他觉得自己不久于人世，希望再看一眼他的祖国，就像一个人出门远行之前，再来拥抱一下自己的母亲一样。

他的一生是短促的，然而也是饱满的，作品比岁月还多。

唉！这位惊人的、不知疲倦的作家，这位哲学家，这位思想家，这位诗人，这位天才，在同我们一起旅居在这世上的期间，经历了充满风暴和斗争的生活，这是

使命篇

一切伟大人物的共同命运。今天，他安息了，他走出了冲突与仇恨。在他进入坟墓的这一天，他同时也步入了荣誉的宫殿。从今以后，他将和祖国的星星一起，熠熠闪耀于我们上空的云层之上。

站在这里的诸位先生，你们心里不羡慕他吗？

各位先生，面对着这样一种损失，不管我们怎样悲痛，就忍受一下这样的重大打击吧。打击再伤心，再严重，也先接受下来再说吧。在我们这样一个时代里，一个伟人的逝世，不时地使那些疑虑重重、受怀疑论折磨的人，对宗教产生动摇。这也许是一桩好事，这也许是必要的。上天在让人民面对崇高的奥秘，并对死亡加以思考的时候，知道自己做的是什么；死亡是伟大的平等，也是伟大的自由。

上天知道自己做的是什么，因为这是最高的教训。当一个崇高的英灵，庄严地走进另一世界的时候；当一个人张开他的有目共睹的、天才的翅膀，久久飞翔在群众的上空，忽而展开另外的、看不见的翅膀，消失在未知之乡的时候。我们的心中，只能充满严肃和诚挚。

不，那不是未知之乡！我在另一个沉痛的场合已经说过，现在我也永不厌烦地还要再说——这不是黑夜，而是光明！这不是结束，而是开始！这不是虚无，而是永恒！我说的难道不是真话吗，听我说话的诸位先生？这样的坟墓，就是不朽的明证！面对某些鼎鼎大名的、与世长辞的人物，人们更清晰地感到这个睿智的人的神圣使命，他经历人世是为了受苦和净化，大家称他为大丈夫。而且心想，生前凡是天才的人，死后就不可能不化作灵魂！

（选自王立柱、张伟主编：《马克思主义箴言　经典背诵荟萃》，天津人民出版社2012年版，第85～89页）

知识

雨果（1802—1885），法国作家，19世纪前期积极浪漫主义文学的代表作家，法国文学史上卓越的资产阶级民

主作家，被人们称为"法兰西的莎士比亚"。雨果一生写过多部诗歌、小说、剧本、各种散文和文艺评论及政论文章，在法国及世界有着广泛的影响力。

巴尔扎克（1799—1850），法国小说家，被称为"现代法国小说之父"。巴尔扎克一生创作甚丰，写出了91部小说，塑造了2472个栩栩如生的人物形象，合称《人间喜剧》。《人间喜剧》被誉为"资本主义社会的百科全书"。

雨果在巴尔扎克的葬礼上的讲话，旗帜鲜明地指出，在这个时代，备受世人关注和敬仰的不再是统治者，而是思想家。以巴尔扎克为代表的小说家用生动的文字刻画现实生活的种种境况。他们自觉肩负起时代的使命，改变了以往文人歌功颂德、求取功名钱财的生活追求，将揭示百姓特别是下层劳动群众的生活作为自己的人生目标。雨果指出，巴尔扎克的《人间喜剧》"既是观察又是想象的书，这里有大量的真实、亲切、家常、琐碎、粗鄙。但是，有时通过突然撕破表面、充分揭示形形色色的现实，让人马上看到最阴沉和最悲壮的理想"，这是长久以来对巴尔扎克及其作品的最中肯的评价。

世界上最宽阔的是海洋,比海洋更宽阔的是天空,比天空更宽阔的是人的胸怀。

——[法]雨果

附　录

拓展阅读书目

鲁迅著:《鲁迅散文精选》,作家出版社 2016 年版

顾城著:《顾城诗精选》,北京燕山出版社 2015 年版

李少君主编:《台湾现代诗选》,现代出版社 2017 年版

汪晖著:《文化与政治的变奏——一战和中国的思想站》,上海人民出版社 2014 年版

朱志敏著:《李大钊传》,红旗出版社 2009 年版

蒋舒编:《读懂陈独秀》,广西人民出版社 2015 年版

季羡林著:《留德十年》,北京理工大学出版社 2015 年版

〔清〕吴楚材、〔清〕吴调侯编选:《古文观

止全鉴》,东篱子解译,中国纺织出版社2014年版

司马迁著:《史记》(套装共4册),中华书局出版社2011年版

[美]周策纵著:《五四运动史:现代中国的知识革命》,陈永明、张静译,北京联合出版公司2016年版

[德]叔本华著:《人生的智慧》,韦启昌译,上海人民出版社2016年版

[英]雪莱著:《雪莱诗选》,江枫译,外语教学与研究出版社2016年版

编 写 说 明

"使命"一词有两个基本内涵:一是指具体应负的责任,二是指出使的人所领受的任务。根据"使命"的内涵,入选的文章具有以下特色的一种或几种:就责任来说,个人对自己生命和未来负责的相关内容;就任务来说,历经艰难险阻终于完成国家或集体所派遣任务的相关内容;在执行过程中不断反思,引领时代发展,是"使命"的最终目标;使节也具有信息传播的作用,因此也选取了与文化沟通与传播相关的文章。奉命出行,也许路途漫漫不见天日,也难免污言秽语中伤心灵,只有当走过一段段日升日落,看过一次次潮起潮落,最初的热情遭遇一次次突袭却仍然烈烈燃烧的时候,您才晓得一切的坚持终

经典悦读

有温暖的回报,一切的坚守都是值得的。使命,就是无论身处何种境遇,依旧坚守作为人自身的准则,坚持履行作为社会人的职责。

本篇分为四个部分。"持节秉义 坚守自我",仿佛道德的使臣手持符节、秉承正义,在繁复的世界中坚守自我。所选文章有杂文也有诗歌,在精妙的文字中展现承接社会使命的第一步,即处理好与自我的关系。"栉风沐雨 砥砺前行",展现了在风云变幻的年代,肩负历史使命的先进知识分子如何求新求变。"万人吾往 不辱使命",选取了四篇古文,展现了古代使臣奉命出使、历经世事波折之后的不辱使命,刚劲有力的文字时至今日依然掷地有声,引发后辈无限敬仰。"精神赓续 共同发展",选取的是西方文学的经典之作,旨在说明不管东西方地理环境、风俗信仰差异如何,使臣的坚韧不拔最终获得了美好的

使命篇

结果,即坚持自我、勇于承担并履行好社会职责的精神是相通的,在每一个艰难时刻,无论是内心的犹疑还是外界的摧折,对使命的坚守都可以化作披荆斩棘之利刃,打败坎坷险恶,捍卫原初的梦想与希望。

希望能够透过本篇选文古今中外的优美文字,真实地打开历史画卷,让读者领略沉着使命之刚毅,在纷繁复杂的现实生活,让漂浮不定的心灵获得坚实的依靠。

编者

2018年8月

经典悦读·天下篇

中共滨州经济技术开发区工委 ◎编
南开大学语文教育研究中心

编委会

主　　任： 姚和民
委　　员： 周志强　王广忠　毕吉宁
　　　　　　钱　杰　时志军　周思妤
　　　　　　孙立武　张登峰　宋　敏
　　　　　　王　姮　李　琴
主　　编： 周志强　王　姮
本册主编： 张登峰

中山大学出版社
SUN YAT-SEN UNIVERSITY PRESS
·广州·

版权所有　翻印必究

图书在版编目（CIP）数据

经典悦读·天下篇/中共滨州经济技术开发区工委，南开大学语文教育研究中心编．—广州：中山大学出版社，2018.12
ISBN 978-7-306-06467-7

Ⅰ．①经… Ⅱ．①中…②南… Ⅲ．①世界文学—作品综合集 Ⅳ．①I11

中国版本图书馆 CIP 数据核字（2018）第 239449 号

出 版 人：	王天琪
策划编辑：	邹岚萍
责任编辑：	邹岚萍
封面设计：	林绵华
插　　图：	王培忠
责任校对：	高　洵　靳晓虹
责任技编：	黄少伟
出版发行：	中山大学出版社
电　　话：	编辑部 020-84111996，84113349，84111997，84110779
	发行部 020-84111998，84111981，84111160
地　　址：	广州市新港西路 135 号
邮　　编：	510275　　传　真：020-84036565
网　　址：	http://www.zsup.com.cn　E-mail:zdcbs@mail.sysu.edu.cn
印 刷 者：	湛江日报社印刷厂
规　　格：	787mm×960mm　1/32　总印张：21.25　总字数：406 千字
版次印次：	2018 年 12 月第 1 版　2018 年 12 月第 1 次印刷
总 定 价：	60.00 元（共 6 册）

如发现本书因印装质量影响阅读，请与出版社发行部联系调换

精神恒久　初心弥坚

时至今年,"经典悦读"丛书走过了八个年头,已成为滨州文化发展的一张靓丽名片。在经典中徜徉,在"悦读"中明志,我们在"经典悦读"中尽情品味着书香,阅读着古今中外的美言名篇,体会着仁人志士的豪气干云,与他们一起壮怀激烈、畅想未来,得到的是跨越时间、横贯历史的精神共鸣,收获的是阅读经典文学作品时特有的喜悦。"经典悦读"丛书一如灼灼燃烧的火炬,照亮着读者前行的道路,为我们带来了欣悦的光明。

作为一套荟萃古今中外文学精华的丛书,在"经典悦读"第八辑中,主要关注了文学中具有正能量作品的精神特质。"初心"之固,志在高远,壮志凌云;"大同"之愿,各美其美,气韵恢弘;"齐家"之道,铁肩担义,力挽狂澜;"天

下"之大，巍巍山河，心系万民；"修身"之慎，内敛沉静，从容优雅；"使命"之重，万人吾往，砥砺前行。这一辑的每一册选文，都是对精神的一次重温与追寻，仿若演奏着一组组悦耳的曲目，它们组合起来有铮铮然之声，回响的是人类命运共同体的精神节律。

习近平总书记指出，读书学习应该有这三种境界：首先，要有"望尽天涯路"那样志存高远的追求，有耐得住"昨夜西风凋碧树"的清冷和"独上高楼"的寂寞，静下心来通读苦读；其次，要勤奋努力，刻苦钻研，舍得付出，百折不挠，下真功夫、苦功夫、细功夫，即使是"衣带渐宽"也"终不悔"，"人憔悴"也心甘情愿；再次，要坚持独立思考，学用结合，学有所悟，用有所得，要在学习和实践中"众里寻他千百度"，最终"蓦然回首"，在"灯火阑珊处"领悟真谛。这三种境界启示我们，读书不仅要有明确的目标、有不移的恒心，还要提高读书的效率和质量，讲求读书的方法和技巧，在爱读书、勤读书、读好书、善读书中提高思想水平、解决实际问题、实现自我超越。在经典的传播之中，能够促进全社

会的精神文明建设，发扬传统文明，引领先进文化。可以说，阅读是一个民族加强软实力的重要方略，是我们实现强国之梦不可或缺的文化要素；是铸造一个人、一个社会、一个时代之精神气度的最佳工序。

欣赏"经典悦读"中的作品，既有助于我们加深对民族文化的理解和感悟，更有助于我们实事求是、与时俱进地开展当下的文化建设工作。唯有文化助力，方可广识增智；唯有继承传统，才能凝聚信念。品阅美文，凝汇先贤才思；传承经典，点燃文明星火。愿各位读者，在"经典悦读"中收获喜悦，愿"经典悦读"丛书成为我们文海撷珠的良伴、薪火相传的纽带，为构筑我们共同的精神家园凝聚力量、辉耀光芒！

中共滨州市委书记、市人大常委会主任

张光峰

2018 年 11 月 20 日

目　　录

铸剑为犁　共命同运 …………………………… 1
　国际歌 ……………… [法] 欧仁·鲍狄埃 2
　七哀诗 …………………………… 王　粲 5
　杜甫诗三首 ……………………… 杜　甫 8
　古从军行 ………………………… 李　颀 13
　吊古战场文 ……………………… 李　华 16

自由解放　天下为家 ……………………………　25
　致云雀 …………………… [英] 雪　莱 26
　为了看看阳光，我来到世上
　　……………………… [俄] 巴尔蒙特 33
　如果我不曾见过太阳 … [俄] 狄金森 36
　普罗米修斯 ……………… [英] 拜　伦 38
　不自由，母宁死 … [美] 帕特里克·亨利 44
　土地的誓言 ……………………… 端木蕻良 51

革命礼赞　慨当以慷 …………………………… 57
　就义诗 …………………………… 吉鸿昌 58

为了遥远祖国的海岸……
………………………………〔俄〕普希金 60
感愤 ………………………………… 秋　瑾 63
巨像 ………………………………… 聂绀弩 65
咏志 ………………………………… 孙中山 72
"一二·一"运动始末记（节选）
……………………………………… 闻一多 74

吟鞭天涯　壮志在胸 …………………… 80
书愤二首（其一）………………… 陆　游 81
无题 ………………………………… 周恩来 83
相信未来 …………………………… 食　指 85
言志 ………………………………… 徐特立 89
论气节（节选）…………………… 陈　然 91
松树的风格 ………………………… 陶　铸 98

附　录 …………………………………… 105
编写说明 ………………………………… 106

铸剑为犁　共命同运

国 际 歌

［法］欧仁·鲍狄埃

起来,饥寒交迫的奴隶!
起来,全世界受苦的人!
满腔的热血已经沸腾,
要为真理而斗争!
旧世界打个落花流水,
奴隶们起来,起来!
不要说我们一无所有,
我们要做天下的主人!

从来就没有什么救世主,
也不靠神仙皇帝!
要创造人类的幸福,
全靠我们自己!
我们要夺回劳动果实,

天下篇

让思想冲破牢笼!
快把那炉火烧得通红,
趁热打铁才能成功!

是谁创造了人类世界?
是我们劳动群众!
一切归劳动者所有,
哪能容得寄生虫?
最可恨那些毒蛇猛兽,
吃尽了我们的血肉!
一旦把它们消灭干净,
鲜红的太阳照遍全球!

这是最后的斗争,团结起来到明天,
英特纳雄耐尔就一定要实现!
这是最后的斗争,团结起来到明天,
英特纳雄耐尔就一定要实现!

(选自孙朦编著:《微思想——世界名著经典名言名段必读》,北京工业大学出版 2013 年版,第 49 页)

知识

1871年"普法战争"失败以后,法国政府对外屈膝投降,对内准备镇压人民。同年3月,政府军队同巴黎市民武装——国民自卫军发生冲突,导致巴黎工人起义爆发。起义工人很快占领全城,赶走了资产阶级政府。不久,人民选举产生了自己的政权——巴黎公社。公社失败后不久,公社的领导人之一欧仁·鲍狄埃创作了诗歌《英特纳雄耐尔》(又译《国际工人联盟》)。该诗曾使用《马赛曲》的曲调演唱。1888年,法国工人作曲家皮埃尔·狄盖特为《国际歌》谱写了曲子。《国际歌》曾是第一国际和第二国际的会歌。1923年,由萧三在莫斯科根据俄文转译、陈乔年配唱的《国际歌》开始在中国传唱。

解读

《国际歌》是一首慷慨激昂、鼓舞人心的歌曲,它热情讴歌了巴黎公社战士崇高的共产主义理想和英勇不屈的革命气概。歌曲向资本主义宣战,充分表现了无产阶级不屈的豪迈气魄。它鼓励广大无产阶级依靠自己的双手求得解放,不怕流血、不怕牺牲,通过艰苦的奋斗,全人类的幸福一定可以到来。到那一天,人人皆自由、平等,一切压迫都将消除,一切奴役都将消失不见。《国际歌》是全世界无产阶级的豪迈宣言,表现了无产阶级对美好的共产主义社会的无比向往和殷切期待,预示着共产主义理想一定会实现。

天下篇

七哀诗

王 粲

正文

西京乱无象，豺虎①方遘患②。
复弃中国③去，委身适荆蛮。
亲戚对我悲，朋友相追攀。
出门无所见，白骨蔽平原。
路有饥妇人，抱子弃草间。
顾闻号泣声，挥涕独不还。
"未知身死处，何能两相完？"
驱马弃之去，不忍听此言。
南登霸陵④岸，回首望长安，
悟彼下泉⑤人，喟然⑥伤心肝。

（选自张丽丽主编：《古诗三百首》，北京教育出版社 2015 年版，第 97 页）

注释

①豺虎：指当时董卓的部将。
②遘患：给人民造成灾难。

③中国：中原地区。
④霸陵：汉文帝刘恒的陵墓，在今陕西省长安区东。
⑤下泉：流入地下的泉水。
⑥喟然：伤心的样子。

（编者注）

知识

王粲（177—217），字仲宣。山阳郡高平县（今山东微山两城镇）人。东汉末年文学家，太尉王龚曾孙、司空王畅之孙，少有才名。在文学上，王粲与孔融、徐干、陈琳、阮瑀、应玚、刘桢并称为"建安七子"。而王粲不仅名列七子，而且在这其中也是出类拔萃的，与曹植并称"曹王"。

王粲前期诗歌沉郁悲愤，多抒发自己在政治生涯中的坎坷艰辛、怀才不遇；后期在政治上得志，诗歌风格开始转向明朗、慷慨，多抒发自己豪迈的志向。王粲的诗歌中以五言诗成就最高，其五言诗改变了传统五言诗质朴粗粝的诗风，开始变得精致细密、结构繁复。诗中善于使用新奇的意象并加以铺陈渲染，语言华美，诗情飞扬。

《七哀诗》一共三首，其中，第一首诗描写诗人离开长安时目睹战祸带来的人间惨象，期盼盛世的到来。第二首诗写诗人客居荆州，不禁哀怜自己飘零的身世，思乡心切，同时还表达了对自己政治生涯坎坷不幸的苦闷。第三首诗写边塞的荒芜景象以及汉末动乱给人民带来的深重灾

天下篇

难,强烈倾诉了诗人对社会现状的哀思。本诗即是第一首,写于初平三年(192)。这年6月,董卓部将李催、郭汜在长安作乱,大肆烧杀劫掠,王粲逃往荆州,依靠刘表以避难。本诗是王粲初离长安逃往荆州时所作,时年16岁。

这首诗描绘了战乱时期长安城的惨状。诗人在这时候因避乱被迫离开长安,心中依依不舍,亲戚朋友亦是悲伤莫名。在诗中,诗人描绘出一幕幕触目惊心的景象:白骨遍野,死气沉沉,到处都是哭嚎的声音。诗人通过呈现几组战乱时期典型的社会现象——"白骨""饥妇"等,充分表现了战争给人民带来的痛苦和灾难,使得全诗充满感人肺腑的力量。诗人借此鞭挞了战争的罪行,渴望一个和平美好的时代的到来。

生为百夫雄,死为壮士规。

——王粲

杜甫诗三首

杜 甫

一、潼关吏

士卒何草草①,筑城潼关道。
大城铁不如,小城万丈馀②。
借问潼关吏:"修关还备胡③?"
要④我下马行,为我指山隅:
"连云列战格,飞鸟不能逾。
胡来但自守,岂复忧西都⑤。
丈人⑥视要处,窄狭容单车。
艰难⑦奋长戟,万古用一夫。"
"哀哉桃林战,百万化为鱼。
请嘱防关将,慎勿学哥舒⑧!"

(选自上海辞书出版社文学鉴赏辞典编纂中心编著:《杜甫诗歌鉴赏辞典》,上海辞书出版社2012年版,第109页)

天下篇

注释

①草草：疲惫不堪的样子。
②"小城"句：指城墙加固和加高。
③备胡：防备安史叛军。
④要：同"邀"，邀请。
⑤西都：指长安。
⑥丈人：关吏对杜甫的尊称。
⑦艰难：战事紧急之时。
⑧哥舒：指哥舒翰。

（编者注）

解读

这首诗以诗人在潼关边所见、所问、所想结构全篇。诗的前半段借士兵之口描绘了潼关险峻的地势和作为军事要塞易守难攻的特点。"飞鸟不能逾"，"万古用一夫"，"窄狭容单车"，均体现了潼关稳固坚实的优势。士兵的语气轻松而自豪，充满了对守住潼关、抵御外敌的无比信心，同时也表现出士兵们高昂的战斗意志。修关何为其实是不言自明的，诗人故意发问，一个"还"字，表露了诗人因为三年前失守的教训而对如今士兵们的自信表示出的担心和疑虑，故而在最后劝告士兵们一定要小心谨慎，千万不要学哥舒翰。全篇体现了诗人忧国忧民、心系天下的情怀。

二、新安吏

客行新安道,喧呼闻点兵。
借问新安吏:"县小更无丁?"
"府帖昨夜下,次①选中男②行。"
"中男绝短小,何以守王城?"
肥男有母送,瘦男独伶俜③。
白水暮东流,青山犹哭声。
"莫自使眼枯,收汝泪纵横。
眼枯即见骨,天地终无情!
我军取相州,日夕望其平④。
岂意贼难料,归军星散营。⑤
就粮近故垒,练卒依旧京⑥。
掘壕不到水,牧马役亦轻。⑦
况乃王师顺⑧,抚养甚分明。
送行勿泣血,仆射如父兄。

(选自海兵编著:《杜甫全集详注》,新疆人民出版社2000年版,第115~116页)

天下篇

注释

①次：依次。
②中男：指18岁以上、20岁以下的男丁。
③伶俜：形容孤独落魄。
④望其平：指收复失地。
⑤"归军"句：形容战事失利之后狼狈的样子。
⑥旧京：指东都洛阳。
⑦"掘壕"二句：挖的战壕不深，放牧军马的劳役较轻，形容士兵的劳动不是太辛苦。
⑧王师顺：朝廷出征名正言顺。

（编者注）

解读

这首诗开头以诗人和士兵之间的对话展开，诗人开始就反问道："县小更无丁？"县城这么小，应该没有男丁了吧？但是士兵拿出官府的府帖回应质疑。接着，诗人的目光转移到了眼前征兵的场景中，母子忍痛分别，哭声响彻大地。诗人看到此景，安慰即将出征的士兵，让他们收起眼泪，并告诉士兵，他们的劳役不会特别辛苦，战事也很顺利，军中将士也如同父兄一样。诗人内心慈悲，对被征入伍的士兵极为同情，同时表达了对繁重徭役的苛责与不满。

三、石壕吏

暮投石壕村,有吏夜捉人。
老翁逾墙走,老妇出门看。
吏呼一何怒,妇啼一何苦。
听妇前致词,三男邺城①戍②。
一男附书至,二男新战死。
存者且偷生,死者长已矣。
室中更无人,惟有乳下孙。
有孙母未去,出入无完裙。
老妪力虽衰,请从吏夜归。
急应河阳役,犹得备晨炊。
夜久语声绝,如闻泣幽咽。
天明登前途,独与老翁别。

(选自海兵编著:《杜甫全集详注》,新疆人民出版社 2000 年版,第 118~119 页)

①邺城:指现在的河南安阳。
②戍:指士兵入伍服役。

(编者注)

天下篇

 解读

这首诗描绘了官吏来一对老人家中征兵的场景。官吏"捉人""一何怒"与"老翁逾墙走""妇啼一何苦"形成了强烈的对比,突出了官吏的暴戾给百姓带来的恐慌。老妇的应答进一步揭露了兵役制度给人民带来的苦难:三个儿子中的两个已经战死沙场,另外一个也随时可能牺牲。家中已无男丁,老妇人愿意跟随官吏入伍,帮他们做饭,她这样做,其实是为了保护自己的儿媳妇,让她可以在家抚养孙子。一个老妇人竟然都被征兵入伍,足见兵役制度的残暴无情。在最后一句中,老妇人走后,说话的声音消失了,只有断断续续的呜咽声,表明这一家人(其实是老翁和儿媳)内心的悲痛。全诗运用朴素的语言,将征兵的场景描绘得历历在目,寄寓了诗人对民众深切的同情。

古从军行

李 颀

 正文

白日登山望烽火,黄昏饮马①傍②交河。

行人刁斗风沙暗,公主琵琶幽怨多。
野云万里无城郭,雨雪纷纷连大漠。
胡雁哀鸣夜夜飞,胡儿眼泪双双落。
闻道玉门犹被遮,应将性命逐轻车。③
年年战骨埋荒外,空见蒲桃④入汉家。

(选自萧少卿编著:《古代登临诗词三百首》,中国国际广播出版社2014年版,第28页)

注释

①饮马:给马喂水。
②傍:顺着。
③"闻道"二句:汉武帝曾命李广利攻大宛,欲至贰师城取良马,战不利,广利上书请罢兵回国,武帝大怒,发使至玉门关,曰:"军有敢入,斩之!"这二句意谓边战还在进行,只得随着将军去拼命。
④蒲桃:指葡萄。

(编者注)

知识

李颀(690—751),东川(今四川三台)人,唐代诗人。少年时曾寓居河南登封。开元十三年(725)进士,做过新乡县尉的小官,其诗以边塞题材为主,风格豪放,慷慨悲凉,七言歌行尤具特色。

天下篇

此诗作于唐天宝（742—756）初年。据《资治通鉴·天宝元年》记载："是时，天下声教所被之州三百三十一，羁縻之州八百，置十节度、经略使以备边。……凡镇兵四十九万人，马八万馀匹。开元之前，每岁供边兵衣粮，费不过二百万；天宝之后，边将奏益兵浸多，每岁用衣千二十万匹，粮百九十万斛，公私劳费，民始困苦矣。"由此看出，此诗以汉喻唐，借写汉武帝的开边，讽刺当时唐玄宗的开边，对唐玄宗穷兵黩武、好大喜功极为不满并进行批判，整首诗充满反战思想。

"从军行"是乐府古题。此诗借汉皇开边，讽玄宗用兵，实写当代之事，由于怕触犯禁忌，因此标题加上一个"古"字。它对当代帝王的好大喜功、穷兵黩武，视人民生命如草芥的行径加以讽刺，悲多于壮。全诗记叙从军之苦，充满反战思想。万千尸骨埋于荒野，仅换得葡萄归种中原，显然得不偿失。

这首诗的首联和颔联描写的是边塞战士生活的场景，白天爬上山去观察边境的烽火是否燃起，黄昏时候又到交河边上让马饮水。这两句诗表现了战士紧张繁忙的军中生活。第四句中的"公主琵琶"是指汉朝细君公主远嫁乌孙国时所弹的琵琶曲调，三、四句风格幽怨低迷，是诗人内心情感的真实写照。接下来，诗人把视角转到边疆的自然环境，四顾荒野，无城郭可依，"万里"表明边疆辽阔；雨雪纷纷，以至于与大漠相连，其凄冷酷寒的情形仿佛历历在目。以上六句写尽了从军生活的艰苦。接下来，似乎应该正面点出"行人"的哀怨之感，可是诗人却别出心裁，写下了"胡雁哀鸣夜夜飞，胡儿眼泪双双落"两句。"胡雁""胡儿"都是土生土长的，尚且哀啼落泪，更不必说远戍到此的"行人"了。两个"胡"字，有意重复，"夜夜""双双"又有意用叠字，具有烘云托月的艺术力量。面对这样恶劣的生存环境，战士们有心回家，皇上却执意出征，军令如山。诗人借古讽今，"应将性命逐轻车"，表明战士的生命飘若轻尘，随时可能覆灭。最后两句总结全诗，"年年"表明战事频仍，死伤惨重。诗人在此阐明了诗的主旨，即对当今天子好大喜功、发动战争的讽刺与批判，同时也表达了对战士的同情。

吊古战场文

李 华

　　浩浩乎平沙无垠①，夐②不见人；河水萦③带，群山纠纷④；黯兮惨悴⑤，风悲日曛⑥；蓬断草枯，凛若霜晨；鸟飞不下，兽

天下篇

铤⁷亡群。亭长告余曰:"此古战场也。常覆三军,往往鬼哭,天阴则闻。"伤心哉!秦欤汉欤?将近代欤?

吾闻夫齐魏徭戍,荆韩召募⑧,万里奔走,连年暴露。沙草晨牧,河冰夜渡;地阔天长,不知归路;寄身锋刃,腷臆⑨谁愬⑩?秦汉而还,多事四夷,中州耗斁⑪,无世无之⑫。古称戎夏,不抗王师,文教失宣⑬,武臣用奇⑭。奇兵有异于仁义,王道迂阔⑮而莫为。呜呼噫嘻!

吾想夫北风振漠,胡兵伺便,主将骄敌,期门⑯受战。野竖旌旗,川回组练⑰;法重⑱心骇,威尊⑲命贱;利镞穿骨,惊沙⑳入面;主客相搏,山川震眩;声析㉑江河,势崩雷电。至若穷阴㉒凝闭,凛冽海隅,积雪没胫,坚冰在须;鸷鸟休巢,征马踟蹰;缯纩㉓无温,堕指裂肤㉔。当此苦寒,天假强胡,凭陵杀气,以相剪屠。㉕径截辎重㉖,横攻士卒;都尉新降,将军复没;尸踣㉗巨港之岸,血满长城之窟;无贵无贱,同为枯骨,可胜言哉!鼓衰兮力尽,矢尽兮弦绝,白刃交兮宝刀折,两军蹙兮生死决。降矣哉,终身夷狄;战矣哉,暴骨沙砾。鸟无声兮山寂寂,夜正长兮风淅淅,魂魄结兮天沉沉,鬼神聚兮云幂幂㉘。日光寒兮草短,月色苦兮霜白。伤心惨目,有如是耶!

吾闻之,牧用赵卒,大破林胡,开地千里,遁逃匈奴。汉倾天下,财殚力痡㉙。任人而已,岂在多乎?周逐猃狁㉚,北至太原,既城朔方,全师而还。饮至策勋,和乐且闲,穆穆棣棣㉛,君臣之间。秦起长城,竟海为关,荼毒生民,万里朱殷㉜。汉击匈奴,虽得阴山,枕骸徧野,功不补患。

苍苍蒸民,谁无父母?提携捧负,畏其不寿。谁无兄弟?如足如手。谁无夫妇?如宾如友。生也何恩?杀之何咎?其存其没,家莫闻知;人或有言,将信将疑;悁悁㉝心目,寤寐见之。布奠倾觞,哭望天涯。天地为愁,草木凄悲。吊祭不至,精魂何依?必有凶年,人其流离。呜呼噫嘻!时耶命耶?从古如斯!为之奈何?守在四夷。

(选自陈铁民、陈才智选注:《唐宋散文选评》,岳麓书院2006年版,第53～54页)

①无垠:没有边际。
②夐(xiòng):形容辽远。
③萦:围绕。
④纠纷:形容山峦重叠。
⑤惨悴:形容惨烈的样子。
⑥曛:赤黄色,形容天色阴沉昏暗。
⑦鋋:疾走。
⑧徭戍、召募:在此都是指招募士兵。
⑨腷(bì)臆:形容心情苦闷。
⑩愬:同"诉",倾诉。
⑪耗斁:形容损耗败坏。
⑫无世无之:没有哪个朝代不是这样。
⑬文教失宣:不再使用礼仪教化。
⑭用奇:使用阴谋诡计。
⑮迂阔:形容迂腐空泛。
⑯期门:军营的大门。

⑰组练:战士的装甲服饰,此处意指战士。
⑱法重:军法严峻。
⑲威尊:军威强势。
⑳惊沙:飞扬的黄沙。
㉑析:分开。
㉒穷阴:隆冬。
㉓缯纩:丝织品,在此指的是衣服。
㉔堕指裂肤:指头掉落、皮肤开裂。
㉕假:凭借;凭陵:依仗;剪屠:屠杀。
㉖径截辎重:半途中抢劫军用物资。
㉗踣(bó):扑倒。
㉘幂幂:形容深沉阴暗。
㉙痛:体力衰竭。
㉚猃狁:北方的少数民族,匈奴的前身。
㉛穆穆棣棣:端庄、肃穆、文雅的样子。
㉜朱殷:血的颜色。
㉝悁(yuān)悁:形容愁苦的样子。

(编者注)

广阔的平原无边无际,辽远得看不见人影。河水像带子一般缠绕,无数的山峰重叠交错。眼前一片阴暗惨烈的景象,风声悲戚,日光暗淡。飞蓬和野草都已经枯萎,寒气凛冽如同降霜的隆冬。鸟无法在这里停留,野兽也是飞

天下篇

奔而过。亭长跟我说："这是古代的战场，三军覆没，经常在天阴的时候听见鬼哭。"听着真是伤心啊，这是秦朝、汉朝发生的事，还是近代的事呢？

我听说战国时期齐魏召集徭役入伍，楚韩招募士兵。士兵们奔走于万里边疆，连年将自己暴露在外，早晨寻找沙漠里的野草放牧，夜晚在结着冰的河上行走，天地广阔，不知道何处是回家之路。将自己寄身在这刀光剑影之中，内心的苦闷向谁倾诉？自秦汉以来，四周的夷族不断生发事端，给中原造成破坏损坏，没有哪个朝代不是这样。古时称道，戎夏不对抗帝王之师。后来却不再宣扬礼仪教化，将军们使用阴险的奇兵诡计。这些诡计不符合仁义道德，王道被认为是迂腐、空泛的，没有人执行。

我想象着北风席卷着沙漠，胡兵趁机而动。主事的将军骄傲轻敌，军营大门受到敌方的袭击。原野上树立着各种旗帜，河道里来回穿梭着士兵。严峻的军法令人不寒而栗，强势的军威下士兵的性命格外轻贱。利箭穿过骨头，飞扬的黄沙拍打着脸颊，双方互相搏杀，山川为之震动、昏眩。声音的气势使山河分裂，雷电轰响。何况正值隆冬，在寒冷凛冽的瀚海边上，积雪淹没了小腿，坚冰凝结在胡须上。凶狠的鸷鸟在巢里休憩，战马踟蹰不前。棉衣没有了温度，指头都冻掉了，皮肤开裂。在这苦寒的天气里，老天凭借着强悍的胡人，依仗着肃杀之气，使将士们相互屠杀，半途截取军用物资，拦腰冲断队伍，都尉刚投降，将军又战死，尸体横陈在河港的岸边，鲜血染遍长城的洞窟。尸体不分贵贱,在这儿都是枯朽的骨头。这些又岂是用语言可以描述的!鼓声衰微、体力衰竭,弹尽粮绝,刀剑相接,两相折断。两军迫近,以生死相决。投降吧,就会终身成为夷狄;继续战斗吧,尸骨暴露在沙砾中。鸟儿没有了声音,群山空寂,夜晚漫长,风雨淅淅。阴魂凝结不散,天气阴沉;鬼神相聚乌云密布。日光冷峭照耀着枯草,凄苦的月色下凝结着白霜。还有像这样令人伤心的惨烈景象吗?

我听说,李牧统帅赵国的士兵,大败林胡,开疆辟土至千里之外,匈奴望风而逃。汉朝倾天下之力,用尽财力、人力,任用官员在于他们的才能,又岂是倚仗兵强马壮。周朝派兵出击猃狁,北至太原,建造城墙保护一方,然后全师凯旋而归。在宗庙举行祭祀和饮宴,奖授功勋,和乐而且悠闲,君臣之间庄严、肃穆、文雅。然而秦朝修筑长城,一直到海边都建起关隘。残害生民百姓,血流成河。汉朝军队出击匈奴,虽然得到了阴山,然而尸骸遍野,汉朝军队虽然有功但是不能弥补其造成的灾祸。

天下的百姓,谁没有父母?父母把他们拉扯长大,十分宠爱,唯恐他们夭折。谁又没有如手足的兄弟,没有相敬如宾的妻子?他们生时受过什么恩惠吗?又犯过什么错误而要被杀害?他们的生死不被家里知道,有人告知他们的家人,家人也是将信将疑,整日愁苦悲伤,在梦里看见自己儿子。不得已陈列祭品,摆上酒祭奠,望着远方痛哭。天地也为之忧愁,草木为之悲伤,虽然举行了祭奠,

天下篇

死者的亡魂也没有到来,魂魄无所依靠。历史中一定会出现人们流离失所的凶年,呜呼哀哉,这到底是时代使然还是命运呢?从古到今一直如此,怎么办才好呢?只有施行仁义才能守住四方的疆土啊!

(编者译)

知识

李华(715—766),字遐叔,赵郡赞皇(今河北赞皇)人,唐代文学家、散文家、诗人。743年及第,官至监察御史,"安史之乱"后一度被贬,后又担任杭州司户参军。作为著名的散文家,与萧颖士齐名,世称"萧李",并与韩愈、柳宗元一起提倡古文运动,他的散文中保留了两汉时期骈体文的风格,句式规整,喜用排比,感情充沛。

解读

这篇散文是作者针对当时战祸连连的社会现象而作的,具有强烈的社会批判意义。散文开头写作者所见之景,"黯""惨""悲""曛"等形容眼前景象的惨烈凄厉,让人难以直视。接着在亭长的提示下,作者联想到战国时期战事频仍、战士们悲惨的生活,不禁唏嘘。第三段则是作者的想象,描绘了战士们恶劣的生存环境以及战争的惨状:寒风凛冽,飞沙扑面,山河失色,嘶吼声震耳欲聋,就连动物也不敢在这里驻足。在第四段中,作者将李牧、周朝的军队与汉朝的军队进行对比，赞赏前者不滥用武力、施行仁政的做法，而贬斥后者穷兵黩武、好大喜功的行为，从而呼吁统治者珍惜国力，重视民生，多替百姓着想。最后一段进一步描写战争造成的妻离子散的社会现象，表达了作者的反战思想，寄寓了作者对人民深厚的同情。全篇运用骈散文结合的写法，句式整齐，行文流畅，同时具有充沛的情感力量。

自由解放　天下为家

致云雀

[英] 雪莱

正文

你好啊,欢乐的精灵!
你似乎从不是飞禽,
从天堂或天堂的邻近,
以酣畅淋漓的乐音,
不事雕琢的艺术,倾吐你的衷心。

向上,再向高处飞翔,
从地面你一跃而上,
象一片烈火的轻云,
掠过蔚蓝的天心,
永远歌唱着飞翔,飞翔着歌唱。

地平线下的太阳,
放射出金色的电光,
晴空里霞蔚云蒸,

天下篇

你沐浴着明光飞行,
似不具形体的喜悦刚开始迅疾的远征。

淡淡的紫色黎明
在你的航程周围消融,
象昼空里的星星,
虽然不见形影,
却可以听得清你那欢乐的强音——

那犀利无比的乐音,
似银色星光的利箭,
它那强烈的明灯,
在晨曦中暗淡,
直到难以分辨,却能感觉到就在空间。

整个大地和大气,
响彻你婉转的歌喉,
仿佛在荒凉的黑夜,
从一片孤云背后,
明月射出光芒,清辉洋溢宇宙。

我们不知,你是什么,
什么和你最为相似?
从霓虹似的彩霞,
也降不下这样美的雨,
能和当你出现时降下的乐曲甘霖相比。

象一位诗人,隐身
在思想的明辉之中,
吟诵着即兴的诗韵,
直到普天下的同情
都被未曾留意过的希望和忧虑唤醒;

象一位高贵的少女,
居住在深宫的楼台,
在寂寞难言的时刻,
排遣她为爱所苦的情怀,
甜美有如爱情的歌曲,溢出闺阁之外;

象一只金色的萤火虫,

天下篇

在凝露的深山幽谷，
不显露它的行踪，
把晶莹的流光传播，
在遮断我们视线的芳草鲜花丛中；

象一朵让自己的绿叶
荫蔽着的玫瑰，
遭受到热风的摧残，
直到它的芳菲
以过浓的香甜使鲁莽的飞贼沉醉；

晶莹闪烁的草地，
春霖洒落的声息，
雨后苏醒的花蕾，
称得上明朗、欢悦、
清新的一切，都不及你的音乐。

飞禽或是精灵，有什么
甜美的思绪在你心头？
我从没有听到过

爱情或是醇酒的颂歌,
能够迸涌出这样神圣的极乐音流。

赞婚的合唱也罢,
凯旋的欢歌也罢,
和你的乐声相比,
不过是空洞的浮夸,
人们可以觉察,其中总有着贫乏。

什么样的物象或事件,
是你欢乐乐曲的源泉?
什么田野、波涛、山峦?
什么空中陆上的形态?
是你对同类的爱,还是对痛苦的绝缘?

有你明澈强烈的欢快,
倦怠永不会出现,
烦恼的阴影从来
近不得你的身边,
你爱,却从不知晓过分充满爱的悲哀。

天下篇

是醒来或是睡去，
你对死亡的理解一定比
我们凡人梦到的
更加深刻真切，否则
你的乐曲音流，怎么象液态的水晶涌泻？

我们瞻前顾后，为了
不存在的事物自扰，
我们最真挚的笑，
也交织着某种苦恼，
我们最美的音乐，是最能倾诉哀思的
曲调。

可是，即使我们能摈弃
憎恨、傲慢和恐惧，
即使我们生来不会
抛洒一滴眼泪，
我也不知，怎能接近于你的欢愉。

比一切欢乐的音律
更加甜蜜美妙,
比一切书中的宝库
更加丰盛富饶,
这就是鄙弃尘土的你啊,你的艺术技巧。

教给我一半,你的心
必定熟知的欢欣,
和谐、炽热的激情
就会流出我的双唇,
全世界就会象此刻的我——侧耳倾听。

(选自《雪莱诗选》,江枫译,湖南人民出版社1980年版,第119~126页)

云雀是诗人自我理想的化身。作为一种性喜高飞的鸟类,云雀寄寓了诗人挣脱束缚、渴望自由、追求光明的思想情感。在诗人的笔下,云雀成为执着于理想、坚守自身品格的象征。诗人将自己和云雀进行对比,一方面突出云雀的高洁空灵,另一方面表露了自己对于受到现实的束

缚、抱负难以施展的无奈和懊恼，同时，诗人又从云雀身上汲取力量，希望有一天自己能像云雀一样充满力量。整首诗运用浪漫主义的笔法，文字简洁却充满力量，节奏紧凑明快，表现了诗人对高尚的道德情操的执着追求、对美好人性的向往。

警语

浅水是喧哗的，深水是沉默的。

——［英］雪莱

为了看看阳光，我来到世上

［俄］巴尔蒙特

我来到这个世界为的是看太阳，
和蔚蓝色的田野。
我来到这个世界为的是看太阳，
和连绵的群山。

我来到这个世界为的是看大海，

和百花盛开的峡谷。
我与世界签订了和约,
我是世界的真主。

我战胜了冷漠无言的忘川,
我创造了自己的理想。
我每时每刻都充满了启示,
我时时刻刻都在歌唱。

我的理想来自苦难,
但我因此而受人喜爱。
试问天下谁能与我的歌声媲美?
无人、无人媲美。

我来到这个世界为的是看太阳,
而一旦天光熄灭,
我也仍将歌唱……歌颂太阳
直到人生的最后时光!

(选自大卫主编:《影响我中学时代的励志美文》,石油工业出版社2014年版,第30~31页)

知识

巴尔蒙特·康斯坦丁·德米特里耶维奇(1867—1942),俄国诗人、评论家、翻译家。以太阳为题材的作品成为他创作的高峰。作为俄国象征派领袖人物之一,巴尔蒙特追求音乐性强、辞藻优美、意境深远的诗风,其诗歌以鲜明的形象性和独到的艺术手法赢得了世人的赞誉。诗集《在北方的天空下》(1894)、《在无穷之中》(1895)、《静》(1898)不仅确立了巴尔蒙特的诗人地位,也成为俄罗斯象征主义的奠基之作。

解读

"阳光"在这首诗中是自由、光明、欢乐的象征,诗人借此表达了对美好事物的追求与向往。任何阻挡人们追求自由、光明、欢乐的障碍都应该被推倒,因为它们是人类拥有的与生俱来的权利,也是诗人"来到这世上"的目的所在。为了获得它们,诗人可以忍受苦难、战胜苦难,并因此受到人们的爱戴,成为"世界的真主",与世界"签订了和约"。诗中透露出了巴尔蒙特作为"太阳的歌手"所具有的浪漫主义的豪情和唯我独尊的强大气魄,语言简洁却铿锵有力,是极富战斗力的自由宣言。

我是光明所生,不懂何为敌人,我要用热情的力量,让积雪消融。

——[俄] 巴尔蒙特

如果我不曾见过太阳

[美] 狄金森

我本可以容忍黑暗

如果我不曾见过太阳

然而阳光已使我的荒凉

成为更新的荒凉

(选自《狄金森诗选》,江枫译,湖南人民出版社1984年版,第220页)

艾米莉·狄金森(1830—1886),美国诗人,生于马萨诸塞州阿默斯特镇,出身于律师家庭。青少年时代的生活单调而平静,受正规宗教教育。20岁开始写诗,早期的诗大都已散佚。1858年后闭门不出,19世纪70年代后几乎不出房门,故文学史上称她为"阿默斯特的女尼"。她在孤独中埋头写诗30年,留下诗稿1775首。生前只有7首诗被朋友从她的信件中抄录并发表,其余的都是她死后才出版的。这些诗出版后,影响极大。她的诗在形式上富于独创性,大多使用17世纪英国宗教圣歌作者艾萨克·沃茨的传统格律形式,但又做了许多改变,例如,在诗句中使用许多短破折号,既可代替标点,又可使正常的抑扬格音步节奏产生突兀的起伏跳动。

解读

狄金森的诗富于哲思与启示,给人以无限的思考。《如果我不曾见过太阳》同样如此。在这首诗里,"太阳"寓意着一切美好的事物。人一旦拥有了某些美好的事物,原本习以为常的生活就变得难以忍受,甚至是丑陋不堪;一旦被"太阳"照耀过,原本的黑暗就会更加黑暗,原本的荒凉就会更为荒凉。这首诗告诉我们,美好的事物不仅具有强大的吸引力,还能深深地俘获人们的心,使他们难以自拔。

警语

烟雾与光,人与虚幻,我与世界。请记住,我曾经来过。

——[美]狄金森

普罗米修斯

[英] 拜伦

一

巨人！在你不朽的眼睛看来
人寰所受的苦痛
是种种可悲的实情，
并不该为诸神蔑视、不睬；
但你的悲悯得到什么报酬？
是默默的痛楚，凝聚心头；
是面对着岩石，饿鹰和枷锁，
是骄傲的人才感到的痛苦；
还有他不愿透露的心酸，
那郁积胸中的苦情一段，
它只能在孤寂时吐露，
而就在吐露时，也得提防万一
天上有谁听见，更不能叹息，
除非它没有回音答复。

天下篇

二

巨人呵！你被注定了要辗转
在痛苦和你的意志之间，
不能致死，却要历尽磨难；
而那木然无情的上天，
那"命运"的耳聋的王座，
那至高的"憎恨"的原则
（它为了游戏创造出一切，
然后又把造物一一毁灭），
甚至不给你死的幸福；
"永恒"——这最不幸的天赋
是你的：而你却善于忍受
司雷的大神逼出了你什么？
除了你给他的一句诅咒：
你要报复被系身的折磨。
你能够推知未来的命运，
但却不肯说出求得和解；
你的沉默成了他的判决，
他的灵魂正枉然地悔恨：

呵,他怎能掩饰那邪恶的惊悸,
他手中的电闪一直在颤栗。

三

你神圣的罪恶是怀有仁心,
你要以你的教训
减轻人间的不幸,
并且振奋起人自立的精神;
尽管上天和你蓄意为敌,
但你那抗拒强暴的毅力,
你那百折不挠的灵魂——
天上和人间的暴风雨
怎能摧毁你的果敢和坚忍!
你给了我们有力的教训:
你是一个标记,一个征象,
标志着人的命运和力量;
和你相同,人也有神的一半,
是浊流来自圣洁的源泉;
人也能够一半儿预见
他自己的阴惨的归宿;

他那不幸,他的不肯屈服,
和他那生存的孤立无援:
但这一切反而使他振奋,
逆境会唤起顽抗的精神
使他与灾难力敌相持,
坚定的意志,深刻的认识;
即使在痛苦中,他能看到
其中也有它凝聚的酬报;
他骄傲他敢于反抗到底,
呵,他会把死亡变为胜利。

(一八一六年七月,戴奥达蒂)

(选自[英]拜伦、[英]雪莱、[英]济慈著:《拜伦 雪莱 济慈诗精选》,穆旦译,长江文艺出版社2011年版,第29~32页)

知识

乔治·戈登·拜伦(1788—1824),英国19世纪初期伟大的浪漫主义诗人。他一生中诗歌创作极其丰富,包括《希腊战歌》《她走在美丽的光彩里》《恰尔德·哈洛尔德游记》《写给奥古斯塔》《唐璜》等。他在诗歌中塑造了一批"拜伦式英雄"。所谓"拜伦式英雄",是指拜伦作品中的一类人物形象,一方面,他们高傲倔强,性格叛逆，对现实有着强烈的不满，充满着抵抗的情绪；另一方面，他们性格中充满着忧郁、孤独、悲观，脱离群众，我行我素，始终找不到正确的出路。恰尔德·哈洛尔德是拜伦诗歌中第一个"拜伦式英雄"。拜伦诗中最具有代表性、战斗性，也是最辉煌的作品，是他的长诗《唐璜》。诗中描绘了西班牙贵族子弟唐璜游历、恋爱及冒险等浪漫故事，揭露了社会中黑暗、丑恶、虚伪的一面，奏响了为自由、幸福和解放而斗争的战歌。

在希腊神话中，人类是提坦神普罗米修斯（含义是深谋远虑）创造的。普罗米修斯也充当了人类的教师，全心全意将自己奉献给人类，给人类带来了巨大的福祉。他也因此受到人们的爱戴，人们用爱和忠诚来感谢他、报答他。但最高的天神领袖宙斯却要求人类敬奉自己，将最好的东西献给自己，普罗米修斯拒不服从，并为人类辩护，因而触犯了宙斯。作为对普罗米修斯的惩罚，宙斯拒绝给人类为完成他们的文明所需的最后一物——火。但是聪明的普罗米修斯成功盗取了火种。宙斯怒不可遏，为了惩罚普罗米修斯，将其束缚在高加索山上，让他没日没夜地将一块大石头推上山顶，无休无止，还让秃鹰叼食他的肝肺。普罗米修斯为人类文明牺牲了自己，是人类文明的开创者和光明的使者。

拜伦在对普罗米修斯的礼赞中寄寓了自己豪迈的理想

天下篇

和不屈的斗志。在诗歌的第一部分，拜伦为普罗米修斯遭受的不公而呐喊、叫屈。普罗米修斯心怀悲悯的情怀，愿意牺牲自己去消除人类的苦难，而他自己的痛苦和不幸却从未向人言明。拜伦在这一部分塑造出了一个默默承受苦难、甘心奉献的普罗米修斯。在第二部分，进一步突出了普罗米修斯的刚毅不屈。在说出秘密和沉默之间，他选择了后者，即使因此受到严酷的惩罚也在所不惜。在这一部分，诗人还鞭挞了造成这种罪恶的始作俑者，"那木然无情的上天"，也会被普罗米修斯的精神震慑，感到惊悚。在最后一部分，拜伦由普罗米修斯延伸到了人类，他相信人类也会像普罗米修斯一样，在逆境中抗争，在绝望中奋斗，将失败变成为胜利，"人也有神的一半"，人类也会在普罗米修斯的鼓舞下走向光明与未来。全诗利用浪漫主义的笔调，激情澎湃地表达了诗人解放全人类、到达自由彼岸的豪迈理想。

逆境是通往真理的第一条道路。

—— [英] 拜伦

不自由,毋宁死

[美] 帕特里克·亨利

议长先生:

我比任何人更钦佩刚刚在议会上发言的先生们的爱国精神和才能。但是,对同一事物的看法往往因人而异。因此,虽然我的观点与他们截然不同,我还是要毫无保留地、自由地加以阐述,并且希望不要因此而被看作对先生们的不敬。现在不是讲客套的时候。摆在会议代表们面前的问题关系到国家的存亡。我认为,这是关系到享受自由还是遭受奴役的大问题,而且正由于它事关重大,我们的辩论就必须做到各抒己见。唯有如此,我们才有可能澄清事实真相,才能不辜负上帝和祖国赋予我们的重任。在这种时刻,如果怕冒犯别人而沉默不语,我认为就是叛国,就是对

天下篇

比世间所有国君更为神圣的上帝的不忠。

议长先生,对希望抱有幻觉是人的天性。我们倾向于闭起眼睛不愿正视痛苦的现实,并倾听海妖惑人的歌声,任由她把我们变成禽兽。在为自由而进行艰苦卓绝的斗争中,这难道是有理智的人的作为吗?难道我们不管对获得自由这样休戚相关的事愿意视而不见,充耳不闻吗?就我而言,不管在精神上有多么痛苦,我仍然愿意了解全部事实真相和最坏的事态,并为之做好充分准备。

我只有一盏指路明灯,那就是经验之灯。除了过去的经验,我没有什么别的方法可以判断未来。而依据过去的经验,我倒希望知道,英国政府10年来的所作所为,凭什么足以使各位先生有理由满怀希望,并欣然用来安慰自己和议会?难道就是最近接受我们请愿时的那种狡诈的微笑吗?不要相信这种微笑,先生,事实已经证明它是你们脚边的陷阱。不要被人家的亲吻出卖吧！请你们自问，接受我们请愿时的和气亲善和遍布我们海陆疆域的大规模备战如何能够相提并论？难道出于对我们的爱护与和解，有必要动用战舰和军队吗？难道我们流露过决不和解的愿望，以至为了赢回我们的爱，而必须诉诸武力吗？我们不要再欺骗自己了，先生。这些都是战争和征服的工具，是国王采取的最后论辩手段。我要请问先生们，这些战争部署如果不是为了逼迫我们就范，那又意味着什么？哪位先生能够指出有其他动机？难道在世界的这一角，还有别的敌人值得大不列颠如此兴师动众，集结起庞大的海陆武装吗？不，先生们，没有任何敌人了。一切都是针对我们的，而不是别人。他们是派来给我们套紧那条由英国政府长期以来铸造的锁链的。

我们应该如何进行抵抗呢？还靠辩论吗？先生，我们已经辩论了10年了。难道还有什么新的御敌之策吗？没有了。我们

天下篇

已经从各方面经过了考虑,但一切都是徒劳。难道我们还要卑躬屈膝,苦苦哀求吗?难道我们还有什么更好的策略没有使用过吗?先生,我请求你们,千万不要再自欺欺人了。为了阻止这场即将来临的风暴,一切该做的都已经做了。我们请愿过,我们抗议过,我们哀求过;我们曾拜倒在英王御座前,恳求他制止国会和内阁的残暴行径。可是,我们的请愿得到的是蔑视,我们的抗议反而招致更多的镇压和侮辱,我们的哀求被置之不理,我们被轻蔑地从御座边一脚踢开了。事已至此,我们怎么还能对虚无缥缈的和平抱有幻想呢?没有任何和平的余地了。假如我们想获得自由,并维护我们长期以来为之奋斗的崇高权利,假如我们不愿彻底放弃我们多年来的斗争,不获全胜,决不收兵。那么,我们就必须战斗!我再重复一遍,我们必须战斗!我们只有诉诸武力,只有求助于万军之主的上帝。

议长先生，他们说我们太弱小了，无法抵御如此强大的敌人。但是我们何时才能强大起来？是下周，还是明年？难道要等到我们被彻底解除武装，家家户户都驻扎英国士兵的时候？难道我们犹豫迟疑、无所作为就能强大起来吗？难道我们高枕而卧，抱着虚幻的希望，待到我们手脚都被敌人捆住了，就能找到妥当的御敌之策了吗？先生们，只要我们能妥善地利用自然之神赐予我们的力量，我们就能强大起来。一旦300万人民为了神圣的自由事业，在自己的国土上武装起来，那么任何敌人都无法战胜我们，此外，我们并非孤军作战，公正的上帝主宰着各国的命运，他将号召朋友们为我们而战，先生们，战争的胜利并非只属于强者。它将属于那些机智、主动和勇敢的人们。何况我们已经别无他路。即使我们没有骨气，想退出战斗，也已经为时过晚了。

退路已经切断，除非甘受屈辱和奴役。

囚禁我们的枷锁已经铸成。叮叮的镣铐声已经在波士顿草原上回响。战争已经无可避免——让它来吧！我重复一遍，先生，让它来吧！企图使事态得到缓和是徒劳的。各位先生可以高喊：和平！和平！但和平根本不存在。战斗已经打响！从北方刮来的风暴将把武器的铿锵回响传到我们耳中。我们的弟兄已经奔赴战场！我们为什么还要站在这里无所事事呢？先生们想要做什么？他们会得到什么？难道生命就这么可贵，和平就这么甜蜜，竟值得以镣铐和奴役作为代价？全能的上帝啊，制止他们这样做吧！我不知道别人会采取什么行动；至于我，不自由，毋宁死！

（选自执云主编：《传递生命的激情》，光明日报出版社2009年版，第12～14页）

知识

帕特里克·亨利（1736—1799），美国著名革命家、演说家，弗吉尼亚州首任州长。早年曾当过律师，以能言善辩、机智灵巧而闻名。1773年参与组建弗吉尼亚通讯委员会，1774—1776年担任议会议员。亨利是一名强硬的反英斗士，要求武装弗吉尼亚民兵以抵抗英国殖民者的剥削和奴役。他是《独立宣言》的主要执笔者之一，后来担任弗吉尼亚总司令。亨利是一名杰出的自由主义战士，他推动了美国的独立运动，促进了美国人权法案的施行，在美国历史上发挥着重要作用。

《不自由，毋宁死》是一篇慷慨激昂、有理有据的演说词。作者首先表明自己的赤胆忠心，他不怕冒犯，勇敢表达自己的看法。但同时他又讲究策略，不使用过激的言辞，希望获得议会中其他人的支持。亨利首先揭露英国统治者的阴谋诡计，他号召人们不要对英国统治者抱有任何美好的幻想，只有自己起来斗争才能换来自由和解放。亨利结合先前的经验，对现实的状况做了一番细致的分析，指出英国侵略者的野心，表明斗争是现在唯一的出路，顺从与哀求只能换来被奴役的命运。同时，他呼吁人民应该马上团结起来行动，只要聚齐百万人的力量，就一定能获得最后的胜利。在文章最后部分，作者的情感越来越高涨、言辞越来越激烈，充分表明了作者坚定、明确的立场，在结尾部分，作者以"不自由，毋宁死"结束全篇，使得整篇演说具有鼓舞人心的战斗力量。这篇演说词在美国历史上具有重要作用。在当时，美殖民地正面临着历史性抉择——要么拿起武器反抗英国奴役，争取国家独立；

天下篇

要么妥协和解,接受被压迫的命运。亨利以敏锐的政治家眼光、饱满的爱国激情,指出各种得失利弊,阐述了武装斗争的必要性和可能性。《不自由,毋宁死》激励了成百上千万北美人为自由独立而斗争,也成为世界著名演说。

土地的誓言

端木蕻良

对于广大的关东原野,我心里怀着挚痛的热爱。我无时无刻不听见她呼唤我的名字,我无时无刻不听见她招呼我回来。我有时把手放在我的胸膛上的时候,我知道我的心还是跳跃的,我的心它还在喷涌着血液吧,因为我常常感到它在泛滥着一种热情。当我躺在土地上的时候,当我仰望天上的星,手里握着一把沙泥的时候,或者当我回想起儿时的记忆的时候,我想起那参天碧绿的白桦林,标直漂亮的在原野里呻吟，我看见奔流似的马群，蒙古狗深夜的嗥鸣，皮鞭滚落在山涧里的脆响；我想起红布似的高粱，金黄的豆粒，黑色的土，红玉的脸，黑玉的眼睛，斑斓的山雕，奔驰的鹿，带着松香气味的煤，带着赤色的足金；我想起幽远的车铃，晴天里马儿带着串铃在溜直的大道上跑着，狐仙姑深夜的谰语，原野上怪诞的狂风……这时我听到故乡在召唤我，故乡有一种声音在召唤着我，她低低地呼唤着我的名字，声音是那样地低，那样地急切，使我不得不回去，我从来都被这声音所缠绕，不管我走到哪里，或者我睡得沉沉，或者在我睡梦中突然惊醒的时候，我突然的记起是我应该回去的时候了，我必须回去，我从来没想离开过她。这种声音是不可阻止的，这是不能选择的，只能爱的。这种声音虽已经和我们的心取得了永远的沟通。当我记起了故乡的时候，我便能看见那大地的里层，在翻滚着一种红熟的浆液，这声音

便是从那里来的，在那亘古的地层里，有着一股燃烧的洪流，像我的心喷涌着血液一样。这个我知道的，我常常把手放在大地上的时候，我会感到她在跳跃，和我的心的跳跃是一样的。她们从来没有停息，它们的热血一直在流，在热情的默契里它们彼此呼唤着，终有一天它们要汇合在一起。

土地是我的母亲，我的每寸皮肤，都有着土粒；我的手掌一接近土地，我的心便平静。我是土地的族系，我不能离开她。在故乡的土地上，我印下我无数的脚印，在那田垄里埋葬过我的欢笑，我在那稻棵上捉过蚱蜢，那沉重的镐头上有我的手印。我吃过我自己种的白菜。故乡的土壤是香的。在春天，东风吹起的时候，土壤的香气，便在田野里飘扬。河流浅浅地溜过，柳条像一阵烟雨似的窜出来，天气里都有一种欢喜的声音。原野到处有一种鸣叫，像魔术似的天气清亮到透明，劳动的声音从这头响到那头。

到秋天,银线似的蛛丝,在牛角上挂着,粮车拉粮回来了,麻雀吃厌,这个那个到处飞,禾稻的香气是强烈的,辗着新谷的场院辘辘的响着,多么美丽,多么丰饶……没有人能够忘记她。神话似的丰饶,不可信的美丽,异教徒似的魅惑。我必定为她而战斗到底。比拜仑为希腊更要热情。土地,原野,我的家乡,你必须被解放!你必须站立!夜夜我听见马蹄奔驰的声音,草原的儿子在黎明的天边呼啸。这时我起来,找寻天空上的北方的大熊,在它金色的光芒之下,是我的家乡。我向那边注视着,注视着,直到天就破晓。我永不能忘记,因为我答应过她,我要回到她的身边,我答应过我一定回来。为了她,我愿随便做什么,我必须看见一个更好看更美丽的故乡出现在我的面前——或者我的坟前,而我用我的泪水,洗去她一切的污秽和耻辱。

(选自林文力编著:《中国名家经典随笔集萃》,内蒙古文化出版社2010年版,第198~199页)

天下篇

知识

端木蕻良（1912—1996），原名曹汉文（曹京平），辽宁昌图人。曾任北京市作家协会副主席，代表作品有长篇小说《科尔沁旗草原》《大地的海》、短篇小说集《土地的誓言》《憎恨》《风陵渡》以及著名长篇历史小说集《曹雪芹》等。他的小说以及散文大多以东北为背景，展现了东北沦陷后人民苦难深重的生活环境以及英勇反抗的斗争精神。他的作品文风细腻，抒情性较强，将当地风俗和方言融入作品当中，具有浓郁的地方色彩。

解读

在这篇文章中，作者抒发了自己对家乡土地深沉的爱，以及为保护这片土地而献身的决心。作者如数家珍般地列举了家乡原野上的各类动植物：白桦林、马群、蒙古狗、高粱、豆粒……表现出亲切的怀念与真挚的爱意。作者似乎听到它们在呼唤自己，实际上却是作者在呼唤它们，作者对它们的想念绵延不绝，无时无刻不想着回到故乡，无时无刻不想着再看一眼熟悉的原野。作者将自己的身体和土地联系在一起，突出表现自己与家乡土地血脉与共的关系，为表明自己与这片土地共存亡的决心埋下了伏笔。作者对家乡土地的爱愈是热烈，就愈彰显出为这片土地献身的决心，以及为家乡的解放事业而斗争的强烈愿望。文中多用排比，使得全文情感充沛、感人肺腑。

由听而入、由入而悟、悟而生智、智能常住。

——端木蕻良

革命礼赞　慨当以慷

就 义 诗

吉鸿昌

正文

恨不抗日死,留作今日羞。
国破尚如此,我何惜此头。

(选自秦岭、川之编:《革命烈士诗选讲》,内蒙古人民出版社1985年版,第58页)

知识

吉鸿昌,原名吉恒立,字世五,1895年10月18日出生于河南省扶沟县吕潭镇一个贫苦农民家庭,其父吉茂松在镇上以开小茶馆为业。少年时好打抱不平,常受乡邻称道,不满18岁便开始戎马生涯,因吃苦耐劳、智勇正直而得到冯玉祥的赏识,很快就被提升为手枪连连长,不久又被提升为营长。他深怀忧民救国之志,秘密加入中国共产党。他领导抗日武装,组建"反法西斯同盟"收复失地,为抗日战争作出了巨大的贡献。1934年11月23日,北平军分会举行了一场所谓的"军法会审",以"叛国罪"和"叛党罪"判处吉鸿昌枪决。面对"立时枪决"的命令,吉鸿昌镇定地向敌人要来纸和笔,奋笔疾书,写

天下篇

了自己坎坷曲折而终于走向革命道路的一生，历数蒋介石祸国殃民的种种丑行。在给夫人胡红霞的遗嘱中写道："夫今死矣，是为时代而牺牲……"11月24日，吉鸿昌披上斗篷，无所畏惧地走向刑场，他用树枝做笔，以大地为纸，写下了这首正义凛然的《就义诗》。

解读

这首诗虽然只有短短四句，读来却令人感受到一股正义的气魄与力量油然而生。"恨不抗日死，留作今日羞"，表明作者一心为国捐躯的志向，为了祖国和民族的利益，他将生死置之度外。他并不害怕死亡，反而会因为苟且偷生而羞愧。吉鸿昌性格刚烈、正直不阿，面对外辱，他希望自己能身先士卒、英勇抗敌，但是当时的社会政治状况却不允许他这么做，他空有一腔报国为民的壮志胸怀，却郁郁不得志。"国破尚如此，我何惜此头"，进一步抒发了自己满腔的愤怒和怨恨，如果国将不国，自己保留性命又有何用？壮志未酬身先死，这才是吉鸿昌内心最大的遗憾。报国无门的苦闷、不甘在这首诗中发挥得淋漓尽致。

警语

路是脚踏出来的，历史是人写出来的。人的每一步行动都在书写自己的历史。

——吉鸿昌

为了遥远祖国的海岸……

〔俄〕普希金

为了遥远祖国的海岸,
你离开了这异乡的土地;
难忘的时刻,忧伤的时刻,
我曾在你面前久久哭泣。
我那双变得冰凉的手,
竭尽全力想把你挽留;
我的呻吟在不断祈求,
别中止这可怕的别愁。

可你却挪开了双唇,
结束了痛苦的热吻,
唤我离开黑暗的流放,
你要我去异乡安身。
你说:"在相会之日,
在永远蔚蓝的天空下,

天下篇

　　橄榄树下，我的朋友，
　　我们将重温爱的热吻。"

　　但是，唉，在那个
　　天穹蔚蓝闪耀的地方，
　　橄榄倒映水面的地方，
　　你却沉入了最后的梦乡。
　　你的美丽，你的痛苦，
　　已经在坟墓里消失，
　　与热吻和拥抱一起……
　　但我还在等它；它和你……

（选自《普希金诗选》，刘文飞译，中国对外翻译出版公司2010年版，第325～326页）

知识

亚历山大·普希金（1799—1837）是俄罗斯最伟大的诗人，被誉为"俄国文学之父""俄国诗歌的太阳"。普希金在他有限的文学创作生涯中，为我们留下了包括诗歌、小说、戏剧、文论等在内的大量的文学遗产，而其中最为后人所喜爱、所传诵的是他的抒情诗。他的抒情诗主题广泛，歌颂友情、爱情、自然、自由、祖国等，无所不包。普希金的诗歌同时富有战斗精神和进步思想，表现了对自由、对生活的热爱,以及对光明必能战胜黑暗、理智必能战胜偏见的坚定信仰,充满了作为革命者的情怀与理想。普希金的作品被译成多国文字,其崇高的思想性和完美的艺术性使之产生了世界性的重大影响。

这首诗可以分为三节。在第一节中,诗人描绘了他与爱人痛苦离别的场景,"为了遥远祖国的海岸,你离开了这异乡的土地",道出了诗人与爱人的分离目的——守卫祖国、保护边疆。在这一节中,与恋人的分离愈是痛苦,愈是说明诗人的恋人报国之心的强烈以及战争对人们的迫害之深。诗人一系列的表情、动作,以及"忧伤""哭泣""冰凉的手"等词语,生动地刻画了诗人对于恋人的离去的恋恋不舍和苦痛。在第二节中,描写的是恋人对诗人的叮咛与希望。她希望能与诗人在"永远蔚蓝的天空下"、在"橄榄树下","重温爱的热吻"。这与恋人现在身处的"黑暗"的流放地形成了强烈的对比,表现了他们对美好生活的向往与期待。恋人之所以断然"结束了痛苦的热吻",是因为她明白,只有忍受现时的离别,才能换来更长久的幸福,只有通过自己的抗争搏取一个自由、光明、美好的新天地,才能有个人的幸福。因而,恋人还是毅然"为了遥远祖国的海岸"与诗人分别,为他们理想的生活而奋斗。第三节中,诗人按照他们的约定,来到了"天穹蔚蓝闪耀的地方"。可是恋人却永久地睡着了,诗人这时的心情悲痛莫名,绝望、愤怒、失落充斥在诗人的心间。"沉入了最后的梦乡"表明恋人因为祖国献身而了无遗憾,只留下诗人独自伤悲。整首诗运用朴实的语言描写了一对恋人的生离死别,表现了他们爱情的崇高、坚贞以及对国家和民族的热爱与奉献。

假如生活欺骗了你,不要忧郁,也不要愤慨!不顺心的时候暂且容忍:相信吧,快乐的日子就会到来。

——[俄]普希金

感　愤

秋　瑾

正文

莽莽^①神州叹陆沉^②,救时无计愧偷生。
抟沙^③有愿兴亡楚,博浪无椎击暴秦。
国破方知人种贱,义高不碍客囊贫。
经营^④恨未酬同志,把剑悲歌涕泪横。

(选自陈翔章选注:《中国近代文学作品选》,华中师范大学出版社2007年版,第73页)

注释

①莽莽：形容辽远广阔。
②陆沉：国土沦陷。
③抟沙：指团结人民。抟，卷之使紧。
④经营：指诗人的反清事业。

（编者注）

知识

秋瑾（1875—1907），近代著名革命志士。秋氏为山阴望族，几代官宦。秋瑾自幼喜好诗文，尤慕剑侠，豪爽奔放。1904年，她不顾家庭的阻挠、封建传统的束缚，自费东渡日本留学。在此期间，主编报刊，参加革命团体，为女权主义运动奔走呼喊。旋因母丧回绍兴，先后到诸暨、义乌、金华、兰溪等地联络会党，组织学生运动。

1907年7月，革命党人徐锡麟在安庆起义失败，当秋瑾得知徐被捕的消息后，并没有听从劝告离开，而是表示"革命需要流血才能成功"，后被清军抓捕，1907年7月15日凌晨从容就义于绍兴轩亭口，年仅32岁。《感愤》一诗写于就义之前，因此也可说是秋瑾的绝命诗。

解读

首联奠定了全诗悲壮的基调，广大无边的中华大地，现今竟被列强瓜分，神州大地一片凋零。我想要为拯救祖

天下篇

国献计献策,无奈智谋太少,惭愧地苟活至今。诗人在此既表达了对山河破碎的悲愤,又表现了拳拳报国之志。颔联连续用了两个典故:战国时秦吞并了楚国,楚国人民并不屈服,奋起反抗。"亡楚"比喻被清朝灭亡了的中国。强秦灭亡了韩国,张良聘请刺客为韩国复仇。当秦始皇东巡至博浪沙时,被身藏铁椎的猛士袭击,但由于不知详情,而击中了秦始皇的副车,暴君侥幸不死。第三、第四两句表达诗人驱逐鞑虏、恢复中华、建立民国的雄心壮志,然而苦于看不到出路而感到莫名的悲愤。颈联将国家的命运和个人的命运联系在一起,国家破损,个人也就毫无地位,因而,自己即使一贫如洗,也要矢志报国,为国家和民族的强大而奋斗。只可惜,自己深陷囹圄,无法施展抱负,想到如此,不禁"涕泪横流",悲愤之情溢于言表。

巨　像

（节选）

聂绀弩

今天倭族的海盗踏进了祖国的田园。祖国的禾苗被他们的战马啮食了,车轮碾倒了,炮火烧焦了!祖国的森林房舍被焚烧了,牛羊鸡犬被宰杀了,没有成年的姑娘,也变成了妇人死或活在他们的淫虐之下了!祖国的大地整块整块地在魔手底下,铁蹄底下,喘息,呻吟,颤抖,挣扎,愤怒!强盗所到的地方,纵然也是春天吧,我不相信太阳仍旧是温暖的,夜晚仍旧有星星和月亮;也不相信地上有绿的草,红的花,树林里仍旧有黄莺,麻雀,蚱蜢或毛毛虫;更不相信屋顶能冒出炊烟,村路上还有顽皮的孩子和孩子们的伙伴:公牛、母牛、黄狗、白狗、老鸡或小鸡!

然而那些地方是我们的呀!昨天还是和我见过的这地方一样的呀!一草一木,一石一水,都和这里的一样自由,一样无忧无虑,一样任意地发露自己的生的机能,赌赛着各各的美艳的呀!一想起那些受难的土地,自己的家乡,脚印到过和没有到过的地方,一面为它们担忧,为它们痛苦,后悔平常没有留心它们,没有和它们周旋缱绻，给与应该给与的热爱，一面也就对这自由的天地，增加了无限情感；正像懊悔冷漠了凋零了的故旧，就觉得残存的眷属都是可亲的一样。虽然明知失去的土地终会回来！

太阳渐渐升高了，长空显得更为明净，村路上的行人也更多了。农妇们从什么地方抬来几个担架，那上面大概是伤病的战士，向那水边的一个村子里走去；那村里有一个大祠堂，是我们的战地医院的所在。她们一面走，一面唱着什么歌；歌声传到我的耳边，已经很微弱，但是还仿佛听见了这样的词句："抬伤兵，作茶饭，我们有的是血和汗……"两个女兵从那村子里出来，手挽着手，脚步和着脚步，大踏步地从那桥上走过。她们和那些农妇们打招呼，询问担架上的病人，接着也唱着什么歌走开了。她们也许是去治疗了被虱子或者别的什么小生物损伤了的皮肤，或者是去拿了金鸡纳霜片——疥疮和摆子是她们永久的友伴；不过也许是去慰问过什么病人，现在又要出席民运会议去了。

另外的村子里走出一队学兵。他们背着枪弹背包和杂囊，每个人都提着一个蒲团，一望而知，是到山上上课去的。同时，战士们也全副武装，整队地在路上走，不知是去上操还是去打野外。

突然，远远地传来一阵锣鼓声，炮仗声，一大群老百姓在那几乎看不清楚的远处显现出来；走在头前的似乎还高举着旗帜之类的东西。他们也许是到部队里献旗去的。但今天并不是什么特殊的日子，这么早也没有什么大的集会；那么，一定是送壮丁入伍了。这里的壮丁，没有什么花名册，用不着抽签，更不需要绳子捆绑和军警的押解；仅仅因为我们的部队没有征发他们的财物，不少给做生意的人们的钱，没有调戏他们家里的媳妇和姑娘，而女兵们到他们家里去的时候，说话又那么和蔼。"我们不扩充部队呀，我们的名额都满了

天下篇

哇！"可是总是三个五个，十个八个，今天从那个村子，明天从那个村子，继续不断地送来。每回送来，又都像办什么喜事似地热闹。

三十几年，我都过的一种个人生活，不知是什么东西把我和别人隔绝着了。我不知道世界是什么，人类是什么，它们和我有什么关系；它们也从来不曾感觉到我的存在。虽然每天在人海里浮沉，虽然也学会了把"社会"，"集体"这些字样挂在口边，其实只是一个荒岛上的鲁滨孙；并且似乎一生下来就是这样，并且连半个礼拜五也没有。

可是今天，我多么高兴呵，从那些农妇们、女兵们、学兵、战士、壮丁们那里，突然发现了我自己！我和他们在一块儿工作，我是他们中间的一个；从他们身上，可以找到我的心和手的直接或间接的痕迹。我再不是一个孤独的个体，我和世界，和人类是一起的：尤其是和这些为祖国争生存争自由的人们,抢救着祖国的每一块失去的土地的人们,创造新中国、新人类的人们是一起的!我多幸福哇,和他们一样,我也有肉、有血、有汗、有体力、有智慧;我把我献出来,而他们并不拒绝我,并不把我当作一个陌生人看待!我第一次感到自己生活在世界上,生活在人们中间,虽然我是这么藐小,我的力量又这么微弱!

我站在悬崖边上,昂着头,挺着胸,手插在腰里,眼望着远方:朝日从远天用黄金的光箭装潢着我,用母亲似的手掌摸抚着我的头,我的脸,我的周身;白云在我头上飘过,苍鹰在我头上盘旋,草、木、流泉和小鸟在我的脚下。晨风拂着崖边的小树的柔枝,却吹不动我的军装和披在身上的棉大衣。我一时觉得我是如此地伟大,崇高;幻想我是一尊人类英雄的巨像,昂然地耸立云端,为万众所瞻仰。过去的我,却匍伏在我的面前,用口唇吻我的脚趾,感激的热泪滴在我的脚背上!

天下篇

(选自马连儒、王凤海主编:《百家散文名作鉴赏》,北京出版社1990年版,第374～376页)

聂绀弩(1903—1986),原名聂国棪,著名的散文家、诗人,他的杂文具有强烈的讽刺色彩,尖锐犀利,反复驳难,给人畅快淋漓之感,被认为是鲁迅之后杂文创作的第一人。同时,他还是一名古典文学研究专家,参与整理了《红楼梦》《水浒传》等一大批经典传统名著,撰写了几十万字的古典文学方面的论文。聂绀弩生性好自由,不喜约束,对一切丑恶的现象都深恶痛绝,为此而遭到了诸多诽谤,命运坎坷。钟敬文在《怀聂绀弩》一诗中这样描述他:"怜君地狱都游遍,成就人间一鬼才。"

解读

在这篇散文中,作者抒发了对祖国山河惨遭蹂躏的悲痛、愤怒、不甘等复杂的情感。作者不再相信这片土地上的景色同以前一样美丽,是因为它们遭受了敌人的蹂躏,从而失去了从前的光彩。这是作者的主观体验,表达了他对失去家园的痛心以及对侵略者的痛恨。接下来,作者将目光由景色转移到了在这里生活的人民,农妇和女兵之间相互寒暄,交流伤兵的情况,壮丁积极地入伍,战士们全副武装……在这里,生活井然有序,气氛自然祥和,军民如同一家，相亲相爱。作者身处其中，受到了感染，思想发生了重要转变，他不仅仅是一个人，他还是集体中的一员，他也要贡献出自己的力量，将自己投入这个大家庭中。在文章最后，作者驱除了开始时的郁郁寡欢，变得乐观昂扬，内心充满了伟大、崇高的情感，时刻准备投入革命的洪流，为家乡的自由解放而斗争。

男儿脸刻黄金印，一笑身轻白虎堂。

——聂绀弩

咏　志

孙中山

万象阴霾打不开，红羊劫①运日相催。
顶天立地奇男子，要把乾坤扭转来。

（选自何云春主编：《中华红诗精选（珍藏版）》，线装书局2013年版，第83页）

天下篇

注释

①红羊动：指国难。古人以为丙午、丁未是国家发生灾祸的年份。丙丁为火，色红；未属羊，故称。

（编者注）

知识

孙中山，名文，字载之，号逸仙，1866年11月12日出生于广东省香山县（今中山市）翠亨村的农民家庭。孙中山领导成立中国同盟会，并发动了辛亥革命。辛亥革命胜利后被推举为中华民国临时大总统。1925年3月12日在北京逝世，1940年国民政府通令全国，尊称其为"中华民国国父"。

毛泽东在《纪念孙中山先生》一文中高度评价了孙中山的一生，称他为"中国革命民主派的旗帜"，充分肯定了他在辛亥革命时期领导人民推翻帝制、建立共和国的丰功伟绩。

解读

首句描写了山河破碎的悲惨景象。反动的丑恶势力如同阴霾一样遍布祖国大地，使得全国各地死气沉沉，让人看不到希望，一场浩劫就要席卷这片历史悠久的土地，中国人民饱受厄运的摧残。第一、二两句诗表现了孙中山对祖国深切沉重的爱和对人民强烈的同情。"顶天立地奇男子,要把乾坤扭转来",孙中山目睹此景,不禁痛心疾首,因而号召天下男子做顶天立地的奇男子,把这颠倒的乾坤扭转过来,充分体现了他作为革命者以天下为己任、身先士卒、舍身为国的胆略和气魄。

革命尚未成功,同志仍须努力。

——孙中山

"一二·一"运动始末记
(节选)
闻一多

十二月一日,从上午九时到下午四时,大批的特务和身着制服,佩带符号的军人,携带武器,分批闯入云南大学、中法大学、联大工学院、师范学院、联大附中等五处,捣毁校具,劫掠财物,殴打师生。同时在联大新校舍门前,暴徒们于攻打校门之际,投掷手榴弹一枚,结果南菁中学教员于再

天下篇

先生中弹重伤，当晚十时二十分，在云大医院逝世。同时在联大师范学院，正当铁棍、石头飞舞之中，大批学生已经负伤倒地，又飞来三颗手榴弹，中弹重伤的联大学生李鲁连君，仅只奄奄一息了，又在送往医院的途中，被暴徒拦住，惨遭毒打，遂至登时气绝。奋勇救护受伤同学的联大学生潘琰小姐，已经胸部被手榴弹炸伤，手指被弹片削掉，倒地后，腹部上又被猛戳三刀，便于当日下午五时半在云大医院的病榻上，喊着"同学们团结呀！"与世长辞了。昆华工校学生张华昌君，闻变赶来援救联大同学，头部被弹片炸破，右耳满盛着血液，红色上浮着白色的脑浆，这条仅只十七岁的生命，绵延到当日下午五时在甘美医院也结束了。此外联大学生缪祥烈君，左腿骨炸断，后来医治无救，只好割去，变成残废。总计各校学生受重伤者十一人，轻伤者十四人，联大教授也有多人痛遭殴辱的。各处暴徒从肇事逞凶时起，到任务完成后，高呼口号，扬长过市时止，始终未受到任何军警的干涉。

这就是昆明学生的民主运动，和它的最高潮"一二·一"惨案的概略。

"一二·一"是中华民国建国以来最黑暗的一天，但也就在这一天，死难四烈士的血给中华民族打开了一条生路。从这天起，在整整一个月中，作为四烈士灵堂的联大图书馆，几乎每日都挤满了成千成万、扶老携幼的致敬的市民，有的甚至从近郊数十里外赶来朝拜烈士们的遗骸。从这天起，全国各地，乃至海外，通过物质的或精神的种种不同的形式，不断地寄来了人间最深厚的同情和最崇高的敬礼。在这些日子里，昆明成了全国民主运动的心脏，从这里吸收着也输送着愤怒的热血的狂潮。从此全国的反内战、争民主的运动，更加热烈地展开，终于在南北各地一连串的血案当中，促成了停止内战，协商团结的新局面。

愿四烈士的血是给新中国的历史写下了最初的一页,愿它已经给民主的中国奠定了永久的基石!如果这愿望不能立即实现的话,那么,就让未死的战士们踏着四烈士的血迹,再继续前进,并且不惜汇成更巨大的血流,直至在它面前,每一个糊涂的人都清醒起来,每一个怯懦的人都勇敢起来,每一个疲乏的人都振作起来,而每一个反动者都战栗地倒下去!

四烈士的血是不会白流的。

(选自凡尼、郁苇编:《闻一多作品精选》,漓江出版社2004年版,第282~284页)

闻一多(1899—1946),本名闻家骅,字友三,生于湖北省黄冈市浠水县,新月派代表诗人和学者。他一生中创作了大量诗歌,包括《红烛》《死水》《七子之歌》等。在诗歌理论方面,他提出了著名的"三美"创作原则,即音乐美、绘画美、建筑美,他认为,诗歌不仅应该讲究节奏、平仄、押韵,还应该尽量去表现色彩,同时还要追求句式方面的匀称整齐。闻一多在诗歌方面的创作实践以及理论观点对中国现代新诗的发展产生了重要的影响。闻一多还是一位古典文学研究专家,他从研究唐诗开始,一直向前追溯到汉魏六朝诗,及至《楚辞》《诗经》,由《庄子》到《周易》,由古代神话而到史前文学,研究范围之广、程度之深,鲜有人企及。作为一名爱国主义战士,他四处奔走呼吁,号召各界人士团结起来为祖国的自由和解放而斗争。1946年,在李公朴同志的追悼会上,闻一多发表了著名的演讲,追悼会结束以后遭到国民党特务的暗杀。

"一二·一"运动是一次著名的爱国主义学生运动,1945年12月1日,云南数所高校的学生发起了反对内战的抗议活动,提出反对内战、保障人民民主权利、建立联合政府等要求。闻一多在这篇文章中详细记述了镇压者的暴行以及被这些暴行摧残的青年学生。但是作者同时提到这些青年学生的鲜血没有白流,它浇灌着革命的土壤,鼓舞着当下的爱国志士在他们用鲜血开辟的道路上继续前进。在文章最后,闻一多的情绪变得激昂、慷慨起来,他改变了文章前半部分客观、冷静、写实的风格,开始用充满激情的语调描绘革命的前景,他相信未来仍然会有众多的革命战士前赴后继,为民族的解放事业而斗争,更多的人会清醒过来,而那些反动分子则会"战栗地倒下去"。"一二·一"运动是中国革命的新纪元,为中国历史写下了新的一页。

天下篇

青春像只唱着歌的鸟儿,已从残冬窗里闯出来,驶放宝蓝的穹窿里去了。

——闻一多

吟鞭天涯　壮志在胸

天下篇

书愤二首（其一）

陆　游

正文

白发萧萧卧泽中①，秖②凭天地鉴孤忠。厄穷苏武餐毡③久，忧愤张巡④嚼齿空。细雨春芜⑤上林苑⑥，颓垣⑦夜月洛阳宫。

壮心未与年俱老，死去犹能作鬼雄。

（选自王新霞著：《历代律诗选评》，首都师范大学出版社2010年版，第363页）

注释

①泽中：陆游所住三山别业，南为鉴湖，北为大泽（今为蜻蜓湖），故曰。
②秖：同"只"。
③餐毡：指身居异地，含辛茹苦，但始终忠于朝廷。
④张巡：《旧唐书·张巡传》："及城陷，尹子奇谓巡曰：'闻君每战眦裂，嚼齿皆碎，何至此耶？'巡曰：'吾欲气吞逆贼，但力不遂耳。'子奇以大刀剔巡口，视其齿，存者不过三数。"张巡（709—757），唐邓州南阳（今

属河南)人。安史之乱时,与许远共守睢阳(今河南商丘),内无粮草,外无援兵,坚守数月,城破被害。

⑤春芜:春草。

⑥上林苑:秦时宫苑名,在今陕西省西安市附近,泛指皇家园林。当时在沦陷区。

⑦颓垣:断墙残壁。

(编者注)

知识

《书愤》一共有五首组诗,是诗人陆游面对破碎的山河感时伤世之作,第一首诗是其中的代表作。系宋孝宗淳熙十三年(1186)春陆游居家乡山阴时所作。陆游矢志报国,满腔热情,却因为已到暮年,无力为国效力,这五首《书愤》以"愤"字着眼,抒发陆游心中郁积已久的怨怒之情。诗中既包含壮志未酬的忧愤,又充满着山河沦陷的凄苦。

解读

这首诗为《书愤》组诗中的一首,抒发了诗人空有爱国之心与拳拳报国之志却不被人赏识、不受重用的无奈和愤懑。"白发萧萧"说明诗人已到暮年,却依然壮心不灭。诗人衷肠难诉,只有凭借上天识鉴自己的忠心,也只有在凭忆追寻古时高洁之士时,才能寄寓自己的忠心。诗人将自己与苏武、张巡二人类比,烘托出诗人坚贞的品格和对国家的忠诚。接下来两句中的"上林苑""洛阳宫"都意指现在的皇宫,今昔对比,生发出无限感叹。首联、颔联情绪激昂,一气呵成。颈联则描写细腻,对偶精工,起到了铺垫的作用。尾联一吐胸臆,直点主题,语气激昂,情绪悲壮。

警语

古人学问无遗力,少壮功夫老始成。

——陆游

无 题

周恩来

正文

大江歌罢掉头①东,邃密②群科③济世穷。
面壁十年图破壁④,难酬蹈海⑤亦英雄。

(选自何云春主编:《中华红诗精选(珍藏版)》,线装书局2013年版,第17页)

注释

①掉头：坚决地掉转身躯，表示决心很大。
②邃密：这里是精深细密之意。
③群科：辛亥革命前后曾称社会科学为群科。
④"面壁"句：指刻苦钻研多年，以为祖国和人民做一番大事业。
⑤蹈海：投海。

（编者注）

知识

周恩来，原籍浙江绍兴，1898年3月5日出生于江苏淮安。新中国成立后一直担任中华人民共和国总理。1976年1月8日在北京逝世。

1917年9月，周恩来为了投身祖国反帝反封建斗争的洪流，毅然放弃在日本学习的机会，决定回国。回国前夕，同学、好友张鸿诰等人为他饯行，请书赠留念。周恩来挥毫书赠了这首诗，并在诗后写有"右诗乃吾时所作""返国图他兴，整装待发，行别诸友"等字句。这首诗的手迹现存于中国历史博物馆。

解读

这首诗是周恩来一心为公、鞠躬尽瘁的生动写照。"大江"出自宋代苏轼《念奴娇·赤壁怀古》的"大江东

去,浪淘尽,千古风流人物",这里泛指气势磅礴的歌曲。开篇即奠定了豪迈的基调,"掉头"表现了周恩来毅然决然投身为国为民的革命工作中。第二句则具体展现了周恩来如何实现自己的理想——学习经世致用之术。周恩来不仅有一腔热血,他还用实际行动践行自己的理想。"十年"突出了周恩来刻苦研习的时间之久、决心之大。最后一句将全诗的情绪推向高潮,壮志未酬毋宁死的态度和雄心成为周恩来舍身为公的典型体现。

只有忠实于事实,才能忠实于真理。

——周恩来

相信未来

食 指

当蜘蛛网无情地查封了我的炉台
当灰烬的余烟叹息着贫困的悲哀
我依然固执地铺平失望的灰烬
用美丽的雪花写下:相信未来

当我的紫葡萄化为深秋的泪水
当我的鲜花依偎在别人的情怀
我依然固执地用凝露的枯藤
在凄凉的大地上写下：相信未来

我要用手指那涌向天边的排浪
我要用手掌那托住太阳的大海
摇曳着曙光那支温暖漂亮的笔杆
用孩子的笔体写下：相信未来

我之所以坚定地相信未来
是我相信未来人们的眼睛
她有拨开历史风尘的睫毛
她有看透岁月篇章的瞳孔

不管人们对于我们腐烂的皮肉
那些迷途的惆怅、失败的苦痛
是寄予感动的热泪、深切的同情
还是轻蔑的微笑、辛辣的嘲讽……

天下篇

我坚信人们对于我们的脊骨
那无数次的探索、迷途、失败和成功
一定会给予热情、客观、公正的评定
是的,我焦急地等待着他们的评定

朋友,坚定地相信未来吧
相信不屈不挠的努力
相信战胜死亡的年轻
相信未来、热爱生命

(选自李朝全主编:《百年诗歌经典1917~2015》,中央编译出版社2016年版,第207~208页)

知识

食指,本名郭路生(1948—),生于山东朝城,籍贯山东鱼台。朦胧诗代表人物,被当代诗坛誉为"朦胧诗鼻祖",被称为新诗潮诗歌第一人。著有诗集《食指的诗》、诗歌《热爱生命》《这是四点零八分的北京》等。1965年创作第一首诗《海洋三部曲》,1968年写出代表作《相信未来》《这是四点零八分的北京》等诗歌。1978年首次使用"食指"这一笔名发表诗歌作品。食指的诗歌创作对当代诗歌产生了不可磨灭的影响,一大批朦胧诗创作者正是在食指的影响下走向了诗歌之路。食指摆脱诗歌创作的枷锁，在诗歌中呼喊真实的情感和美好的人性，同时也期盼一个美好时代的到来，被称为"旧时代的最后一个诗人，新时代最初一位诗人"。

诗歌开篇描绘了一幅荒凉、颓败的景象，"蜘蛛网查封了炉台，余烟叹息着贫困的悲哀"，诗人实际上意在呈现他身处的贫困不堪、破败萧条的时代。但是紧接着，诗人笔锋一转，他要用"雪花"写下"相信未来"，"雪花"是高洁、神圣的象征，它寓意诗人即使身处悲哀的时代仍然不放弃希望，仍然相信未来是光明、美好的，即使"紫葡萄""鲜花"都已经化为乌有，即使自己只剩下"凝露的枯藤"，也要用它写下"相信未来"。在这里，"凝露的枯藤"寓意着困难、挫折、失败，但是这些非但没有将诗人打到，反而激起他无穷的相信未来的勇气，这是在苦难中不放弃希望的倔强与高傲。在下面的诗句中，"天边""海浪""太阳""大海"这几个宏大的自然意象衬托出诗人内心的万丈豪情，他把曙光比喻成"笔杆"，用它写下"相信未来"，进一步展现了诗人的壮志满怀。这三段诗句交相呼应，一唱三叹，节奏感极强，同诗人心中不断奔涌的情感相对照。在下面的几节中，诗人不再只写自己，他之所以"相信未来"，是因为相信"未来人们的眼睛"。他相信未来的人们会给他一个公正的对待，他相信"历史

风尘"会被拨开。诗人始终对未来的人们抱以热切真诚的期待,那些"腐烂的皮肉""迷途的惆怅""失败的苦痛""一定会给予热情、客观、公正的评定"。诗人在一个贫乏灰色的年代仍然葆有乐观昂扬的生命情绪,表达出了一代人的心声,传递出青年人对未来的期盼。

我的理想是辗转飘零的落叶,我的未来是抽不出锋芒的麦穗。如果命运真的是这样的话,我情愿为野生的荆棘放声高歌。

——食指

言 志

徐特立

丈夫①落魄纵无聊,壮志依然抑九霄②。
非同泽柳新稊③弱,偶受春风即折腰。

(选自刘瑀、刘德隆编:《砥砺人生放光华 革命先驱励志诗词选》,中华工商联合出版社2014年版,第2页)

注释

①丈夫:指成年男性。
②九霄:九重天。
③新稊:指树木的幼苗。

知识

徐特立,又名徐立华,原名懋恂,字师陶,中国著名的教育家,1877年2月1日生于湖南善化(今长沙江背镇)。他是毛泽东和田汉等著名人士的老师。中华人民共和国成立后,曾任中央人民政府委员会委员。1968年11月28日在北京逝世。这首诗写于1932年,当时毛泽东在政治上遭遇变故,十分失落,徐特立作为毛泽东的老师,又是他的下属,写下此诗赠予毛泽东,鼓励他振作起来,为政治理想而奋斗。

解读

诗歌前两句以直白的方式表达了大丈夫即使暂时失意,遭遇重重困难,也要坚守自己的志向和理想,不能向困难低头,表达了革命者坚强的意志和不屈的精神。后两句则运用比喻的修辞手法,同诗中的前两句相呼应。在这两句诗中,诗人借新稊讽刺了那些结交权贵、向权势低头的投机分子,诗人将他们和真正的革命者相比照,衬托出革命者的高洁傲岸、永不屈服的品格。

天下篇

警语

浪费时间就是自杀,尤其是浪费休息的时间,直接威胁着生命。

——徐特立

论气节
(节选)
陈 然

气节,是中国知识分子优良的传统精神。

什么是气节?

就是孟子所说的:"富贵不能淫,贫贱不能移,威武不能屈"的这种磅礴天地的精神。

也就是《礼记》上所提出的"临财勿苟得,临难无苟免";"见利不亏其义,见死不更其守"的这种择善固执的精神。

中国知识分子凭着这种精神,在四千多年的历史中,尽了他所应尽、所能尽的责任。

文天祥在《正气歌》里这样地歌颂着:
天地有正气,杂然赋流形。
……
时穷节乃见,一一垂丹青。
在齐太史简,在晋董狐笔。
在秦张良椎,在汉苏武节。
为严将军头,为嵇侍中血。
为张睢阳齿,为颜常山舌。
或为辽东帽,清操厉冰雪。
或为出师表,鬼神泣壮烈。
或为渡江楫,慷慨吞胡羯。
或为击贼笏,逆竖头破裂。
是气所磅礴,凛烈万古存。
……

这一连串光辉的史实告诉我们:在我们的历史上,有许多先贤用头颅、热血、齿、舌,在是与非,黑与白,真理与狂妄,

天下篇

正义与罪恶,善良与暴戾之间,筑起一座崇高的界碑!

这界碑指引着历史走向进步的一边!

气节,是个人修养的最高一级,也是最后的考验。

许多人在平时,尽管修身修到"非礼勿视,非礼勿听,非礼勿言,非礼勿动"的地步;尽管如何标榜"为圣人立言,为天地立心"的大志;尽管如何养性、敦品、慎行、守信……但一遇到"富贵"就瘫痪了;只好闭起眼睛,昧着良心去升官发财了。

许多人在平时都是英雄、志士,谈道理口若悬河,爱国爱民,一片菩萨心肠。但到了"威武"面前,低头了,屈膝了,不惜出卖朋友,出卖人民以求个人的苟安;再不然做一个缩头乌龟"闭门读书"去了。

叛国事敌的汉奸和那些卖身投靠的政客们,不都是些"修养有素"的一时俊杰吗?到了是非黑白的斗争最尖锐时候,到了生死存亡的决定关头,他们变了,他们抖着双手,厚着面皮,装着猫哭耗子的慈悲,向盛满血污的盆里去分一杯羹了,汪精卫就是这类"英雄"们的一个典型的代表。

他们也是知识分子,但,却是知识分子里的败类……

利欲熏心的曾国藩,替这些败类留下一条格言:"大丈夫能屈能伸。"是的,见利忘义,屈伸自如,正是这类士大夫们讲究修心养性的成就!

气节,有几种不同性质的说法:

诸葛亮对昏庸的阿斗"鞠躬尽瘁,死而后已",这是被称为气节的。然而这种气节只是为了某一个人,为了某一个家族而已,可说是一种"奴才主义"的气节。在今天,应该坚决地否定它!

……

只有那种"舍己为人"、"舍生取义",为万民、为真理与正义的气节,才是值得

我们宣扬和继承的。这种例子在古今中外太多了——像《正气歌》里面所歌颂的先贤们，像辛亥革命时慷慨就义的烈士们，像为科学真理而牺牲的哥伯尼、伽利略、白鲁纳；为"不自由毋宁死"而上断头台的罗曼夫人……我们试瞑目想想，一部社会斗争史有多少这类可歌可泣的光辉例子！

在灾难降临的时候，他们不妥协、不退缩、不苟免、不更其守！固执着真理去接受历史的考验！

这种气节是值得我们学习的。

在平时能安平乐道，坚守自己的岗位；在富贵荣华的诱惑之下能不动心志；在狂风暴雨袭击之下能坚定信念，而不惊慌失措，以至于"临难毋苟免"，以身殉真理。

这种精神绝不是一朝一夕所能养成的，它需要培养！然而这培养又不是"修心养性"，用主观的"毅力"、"决心"之类来驾驭自己的行为所能办到。因为气节并不是建立在情感的基础上，而是建立在高度的理性上。

人总不免有个人的生活欲望、生存欲望。情感是倾向欲望的,当财色炫耀在你的面前,刑刀架在你颈上,这时你的情感会变得脆弱无比,这时只有高度的理性,才能承担起考验的重担。

欧洲文艺复兴的前夕,罗马教皇把伽利略带到"宗教异端裁判所"严刑审讯,要伽利略承认"哥伯尼的地动说是错误的。地球是如《圣经》所说,不动的",然而伽利略忍受了刑笞和终身监禁,却始终坚持地说:"地球还动着啊!"

伽利略的倔强,并不由于他的性格使然。在他被审讯的时候,已是一位60多岁、心意平和、气力微弱的老头儿了。他那坚强而执拗的意志,完全产生在高度理性的基础上了。

是什么高度的理性呢?

——那就是对世界、对人生的一种正确、坚定而深切的认识。不让自己的行为

违背自己这种认识,而且能坚持到最后,这就是值得崇尚的、一种真正伟大的气节。

(选自赵克忠主编:《红色文萃》,北京出版社2004年版,第268～271页)

知识

陈然(1923—1949),原名陈崇德,河北省香河县人,1939年加入中国共产党,通过创办报刊促进革命运动。1948年4月被捕后,陈然在狱中坚持斗争,写下了不朽的诗篇《我的"自白"书》,1949年10月28日在重庆大坪刑场壮烈牺牲,年仅26岁。陈然是红色经典小说《红岩》中成岗的原型,他即使身陷囹圄,也要利用狱中的各种条件,传播革命消息,鼓舞了狱中的其他同志,给予他们与反动统治做斗争的力量。

解读

在这首《论气节》中,作者旁征博引,论述了到底何为"气节",其中既有正面的例子,如文天祥、孟子、伽利略等,也有反面的例子,如曾国藩、诸葛亮、汪精卫等。前者坚守道义和理想,哪怕是献出自己的生命也在所不惜,后者要么利益熏心、见利忘义,要么只是为了某一个家族、个人,而不是为了整个国家。作者赞美前者舍生取义的精神,他警醒人们不管是在"灾难降临的时候"

还是在"富贵荣华的诱惑之下",都应该秉持这种气节,坦然面对,无惧无畏。作者还指出"高度的理性"是"气节"产生的重要根源,拥有"高度的理性"的人不会在暴力的威逼之下改变自己的认知。陈然的这篇《论气节》具有重要的现实意义,他呼吁人们在民族危难之际也要坚守信念、保持气节,做顶天立地的大丈夫!

松树的风格

陶 铸

去年冬天,我从英德到连县去,沿途看到松树郁郁苍苍,生气勃勃,傲然屹立。虽是坐在车子上,一棵棵松树一晃而过,但它们那种不畏风霜的姿态,却使人油然而生敬意,久久不忘。当时很想把这种感觉写下来,但又不能写成。前两天在虎门和中山大学中文系的师生们座谈时,又谈到这一点,希望青年同志们能和松树一样,成长为具有松树的风格,也就是具有共产

天下篇

主义风格的人。现在把当时的感觉写出来，与大家共勉。

我对松树怀有敬畏之心不自今日始。自古以来，多少人就歌颂过它，赞美过它，把它作为崇高的品质的象征。

你看它不管是在悬崖的缝隙间也好，不管是在贫瘠的土地上也好，只要有一粒种子——这粒种子也不管是你有意种植的，还是随意丢落的，也不管是风吹来的，还是从飞鸟的嘴里跌落的，总之，只要有一粒种子，它就不择地势，不畏严寒酷热，随处茁壮地生长起来了。它既不需要谁来施肥，也不需要谁来灌溉。狂风吹不倒它，洪水淹不没它，严寒冻不死它，干旱旱不坏它。它只是一味地无忧无虑地生长。松树的生命力可谓强矣！松树要求于人的可谓少矣！这是我每看到松树油然而生敬意的原因之一。

我对松树怀有敬意的更重要的原因却是它那种自我牺牲的精神。你看，松树是用途极广的木材，并且是很好的造纸原料；松树的叶子可以提制挥发油；松树的脂液可制松香、松节油，是很重要的工业原料；松树的根和枝又是很好的燃料。更不用说在夏天，它用自己的枝叶挡住炎炎烈日，叫人们在如盖的绿荫下休憩；在黑夜，它可以劈成碎片做成火把，照亮人们前进的路。总之一句话，为了人类，它的确是做到了"粉身碎骨"的地步了。

要求于人的甚少，给予人的甚多，这就是松树的风格。

鲁迅先生说的"我吃的是草，挤出来的是牛奶，血"，也正是松树的风格的写照。

自然，松树的风格中还包含着乐观主义的精神。你看它无论在严寒霜雪中和盛夏烈日中，总是精神奕奕，从来都不知道什么叫做忧郁和畏惧。

我常想：杨柳婀娜多姿，可谓妩媚极了，桃李绚烂多彩，可谓鲜艳极了，但它

天下篇

们只是给人一种外表好看的印象,不能给人以力量。松树却不同,它可能不如杨柳与桃李那么好看,但它却给人以启发,以深思和勇气,尤其是想到它那种崇高的风格的时候,不由人不油然而生敬意。

我每次看到松树,想到它那种崇高的风格的时候,就联想到共产主义风格。

我想:所谓共产主义风格,应该就是要求人的甚少,而给予人的却甚多的风格;所谓共产主义风格,应该就是为了人民的利益和事业不畏任何牺牲的风格。

每一个具有共产主义风格的人,都应该像松树一样,不管在怎样恶劣的环境下,都能茁壮地生长,顽强地工作,永不被困难吓倒,永不屈服于恶劣环境。每一个具有共产主义风格的人,都应该具有松树那样的崇高品质,人们需要我们做什么,我们就去做什么,只要是为了人民的利益,粉身碎骨,赴汤蹈火,也在所不惜;而且毫无怨言,永远浑身洋溢着革命的乐观主义的精神。

具有这种共产主义风格的人是很多的。在革命艰苦的年代里，在白色恐怖的日子里，多少人不管环境的恶劣和情况的险恶，为了人民的幸福，他们忍受了多少的艰难困苦，做了多少有意义的工作！他们贡献出所有的精力，甚至最宝贵的生命。就是在他们临牺牲的一刹那间，他们想的不是自己，而是人民和祖国甚至全世界的将来。然而，他们要求于人的是什么呢？什么也没有。这不由得使我们想起松树的崇高的风格！

目前，在社会主义革命和社会主义建设的日子里，多少人不顾个人的得失，不顾个人的辛劳，夜以继日，废寝忘食，为加速我们的革命和建设而不知疲倦地苦干着。在他们的意念中，一切都是为了把社会主义革命进行到底，为了迅速改变我国"一穷二白"的面貌，使人民的生活过得更好。这又不由得使我们想起松树的崇高的

风格。

具有这种风格的人是越来越多了。这样的人越多,我们的革命和建设也就会越快。我希望每个人都能像松树一样具有坚强的意志和崇高的品质;我希望每个人都成为具有共产主义风格的人。

(选自谭五昌选编:《可爱的中国:影响几代人成长的红色经典散文》,安徽文艺出版社2009年版,第172~174页)

知识

陶铸(1908—1969),原名陶际华,号剑寒,湖南祁阳人。1926年入黄埔军官学校,从这一年开始,一直从事和参与着革命工作,1933年被国民党抓捕入狱,四年后得到组织的营救顺利出狱。其后一直在湖北、延安等地继续从事革命工作。中华人民共和国成立后,担任中央书记处常务书记,并任国务院副总理、中共中央宣传部部长等职务。

解读

作者在这篇文章中歌颂了松树顽强的生命力,不论外部的环境多么恶劣,不管是严寒还是酷暑,松树都能倔强地生长。不仅如此,松树还具有无私的奉献精神,它的用途极为广泛,能够被制作成为多种材料供人们使用,从而发挥自己的价值。作者还将松树与杨柳、桃柳等进行对比，旨在表明它的外表虽不出众，但是却拥有崇高的风格。作者实际上是以物喻志，通过赞美松树来表现共产主义风格，他希望所有的共产党人都能学习松树的品质，不怕艰辛、不计较个人得失，为国家的革命和建设贡献自己的力量。

做学问的功夫，是细嚼慢咽的功夫。好比吃饭一样，要嚼得烂，才好消化，才会对人体有益。

——陶铸

附　　录

拓展阅读书目

［俄］列夫·托尔斯泰：《战争与和平》，草婴译，上海文艺出版社2007年版

［苏］肖洛霍夫：《静静的顿河》，力冈译，译林出版社2010年版

［苏］鲍·瓦西里耶夫：《这里的黎明静悄悄》，人民文学出版社2004年版

［美］海明威：《永别了，武器》，于晓红译，人民文学出版社2013年版

［英］雪莱：《雪莱诗选》，江枫译，湖南人民出版社1980年版

［英］拜伦：《拜伦诗选》，查良铮译，上海译文出版社1982年版

罗广斌：《红岩》，中国青年出版社2000年版

王蒙：《青春万岁》人民文学出版社2003年版

编写说明

　　自由与和平是人类永恒的追求,然而,当战争的铁蹄肆意践踏生存的土地,人类便难以找寻到安稳栖息的乐土。山河破碎、动荡流离、生死两隔,战争造成的罪恶罄竹难书,但是,永远有一批仁人志士起身反抗战争的暴力。他们用血肉之躯筑起了保卫人民的长城,他们有着无私奉献的高尚情怀并坚守着对自由、平等、解放的执着追求,他们在黑暗中点亮了希望之光。感怀先烈,我们应珍惜来之不易的幸福、和平生活,反对任何形式的暴力和奴役,建设一个人人当家做主的美好社会。

　　本篇分为四个部分。"铸剑为犁 共命同运",描绘了战争对人类造成的沉痛伤害,人如浮萍般飘荡,生命如蝼蚁般脆弱,作者在他们的文章中寄寓了对战争中的人民的深

天下篇

切同情，同时表达了对战争的贬斥。"自由解放 天下为家"，表现了人们对光明、希望的呼吁，无论何时，这种对美好未来的希冀一直激励着人们战胜黑暗、走向光明。"革命礼赞 慨当以慷"，呈现出了一批为了崇高的社会理想积极地投身革命的英雄图景，他们用自己的行动实践着家国天下、舍生取义的高尚情怀。正是因为他们的奋斗，正义才最终战胜邪恶，社会才不断进步，文明才得以发展。"吟鞭天涯 壮志在胸"，抒发了革命斗士不屈的意志，无论革命道路多么艰险，也无论自身的力量多么弱小，他们始终如一地坚守自己的理想，从不动摇。

通过对本册选文的阅读与欣赏，希望读者能够感念先烈，珍惜当下的生活。同时，还要从革命先烈身上汲取英勇顽强的战斗力量，投入社会建设，为自己的理想而奋斗。

编者

2018 年 8 月

经典悦读·大同篇

中共滨州经济技术开发区工委
南开大学语文教育研究中心 ◎编

编 委 会

主　　任：姚和民
委　　员：周志强　王广忠　毕吉宁
　　　　　钱　杰　时志军　周思妤
　　　　　孙立武　张登峰　宋　敏
　　　　　王　姮　李　琴
主　　编：周志强　王　姮
本册主编：李　琴

·广州·

版权所有　翻印必究

图书在版编目（CIP）数据

经典悦读·大同篇/中共滨州经济技术开发区工委，南开大学语文教育研究中心编．—广州：中山大学出版社，2018.12
　ISBN 978 - 7 - 306 - 06467 - 7

　Ⅰ．①经… Ⅱ．①中…②南… Ⅲ．①世界文学—作品综合集 Ⅳ．① I11

中国版本图书馆 CIP 数据核字（2018）第 239458 号

出 版 人：	王天琪
策划编辑：	邹岚萍
责任编辑：	邹岚萍
封面设计：	林绵华
插　　图：	徐春文
责任校对：	高　洵　靳晓虹
责任技编：	黄少伟
出版发行：	中山大学出版社
电　　话：	编辑部 020 - 84111996，84113349，84111997，84110779 发行部 020 - 84111998，84111981，84111160
地　　址：	广州市新港西路 135 号
邮　　编：	510275　　　传　真：020 - 84036565
网　　址：	http://www.zsup.com.cn　　E-mail:zdcbs@mail.sysu.edu.cn
印　刷　者：	湛江日报社印刷厂
规　　格：	787mm×960mm　1/32　总印张：21.25　总字数：406 千字
版次印次：	2018 年 12 月第 1 版　　2018 年 12 月第 1 次印刷
总 定 价：	60.00 元（共 6 册）

如发现本书因印装质量影响阅读，请与出版社发行部联系调换

精神恒久　初心弥坚

时至今年,"经典悦读"丛书走过了八个年头,已成为滨州文化发展的一张靓丽名片。在经典中徜徉,在"悦读"中明志,我们在"经典悦读"中尽情品味着书香,阅读着古今中外的美言名篇,体会着仁人志士的豪气干云,与他们一起壮怀激烈、畅想未来,得到的是跨越时间、横贯历史的精神共鸣,收获的是阅读经典文学作品时特有的喜悦。"经典悦读"丛书一如灼灼燃烧的火炬,照亮着读者前行的道路,为我们带来了欣悦的光明。

作为一套荟萃古今中外文学精华的丛书,在"经典悦读"第八辑中,主要关注了文学中具有正能量作品的精神特质。"初心"之固,志在高远,壮志凌云;"大同"之愿,各美其美,气韵恢弘;"齐家"之道,铁肩担义,力挽狂澜;"天

下"之大，巍巍山河，心系万民；"修身"之慎，内敛沉静，从容优雅；"使命"之重，万人吾往，砥砺前行。这一辑的每一册选文，都是对精神的一次重温与追寻，仿若演奏着一组组悦耳的曲目，它们组合起来有铮铮然之声，回响的是人类命运共同体的精神节律。

习近平总书记指出，读书学习应该有这三种境界：首先，要有"望尽天涯路"那样志存高远的追求，有耐得住"昨夜西风凋碧树"的清冷和"独上高楼"的寂寞，静下心来通读苦读；其次，要勤奋努力，刻苦钻研，舍得付出，百折不挠，下真功夫、苦功夫、细功夫，即使是"衣带渐宽"也"终不悔"，"人憔悴"也心甘情愿；再次，要坚持独立思考，学用结合，学有所悟，用有所得，要在学习和实践中"众里寻他千百度"，最终"蓦然回首"，在"灯火阑珊处"领悟真谛。这三种境界启示我们，读书不仅要有明确的目标、有不移的恒心，还要提高读书的效率和质量，讲求读书的方法和技巧，在爱读书、勤读书、读好书、善读书中提高思想水平、解决实际问题、实现自我超越。在经典的传播之中，能够促进全社

会的精神文明建设，发扬传统文明，引领先进文化。可以说，阅读是一个民族加强软实力的重要方略，是我们实现强国之梦不可或缺的文化要素；是铸造一个人、一个社会、一个时代之精神气度的最佳工序。

欣赏"经典悦读"中的作品，既有助于我们加深对民族文化的理解和感悟，更有助于我们实事求是、与时俱进地开展当下的文化建设工作。唯有文化助力，方可广识增智；唯有继承传统，才能凝聚信念。品阅美文，凝汇先贤才思；传承经典，点燃文明星火。愿各位读者，在"经典悦读"中收获喜悦，愿"经典悦读"丛书成为我们文海撷珠的良伴、薪火相传的纽带，为构筑我们共同的精神家园凝聚力量、辉耀光芒！

中共滨州市委书记、市人大常委会主任

2018 年 11 月 20 日

目　录

大同理想　心之所向 ……………………　　 1
　门前 ………………………… 顾　城　 2
　一个小农家的暮 …………… 刘半农　 5
　礼运·大同（节选）………………　　　 7
　田园作 ……………………… 孟浩然　11

美美与共　天下大同 …………………… 15
　病榻呓语 …………………… 冰　心　16
　就使打破了头，也还要保持我灵魂的
　　自由 ……………………… 徐志摩　19
　季羡林杂文两篇 …………… 季羡林　24
　"敢怒而又敢言"的自由 …… 李　敖　39

治国安邦　济世为怀 …………………… 47
　茅屋为秋风所破歌 ………… 杜　甫　48
　病起书怀 …………………… 陆　游　51
　赴戍登程口占示家人 ……… 林则徐　52
　火 …………………………… 巴　金　55

勠力同心　砥砺前行 ·················· 62
 一个偏见 ························ 钱锺书 63
 题残雷琴铭 ······················ 谭嗣同 71
 人生的目的与自由（节选）······ 钱　穆 73
 王小波杂文两篇 ················ 王小波 79
 官 ···························· 臧克家 94
附　录 ···························· 101
编写说明 ·························· 102

大同理想　心之所向

经典悦读

门　前

顾　城

我多么希望，有一个门口
早晨，阳光照在草上
我们站着
扶着自己的门扇
门很低，但太阳是明亮的

草在结它的种子
风在摇它的叶子
我们站着，不说话
就十分美好

有门，不用开开
是我们的，就十分美好

早晨，黑夜还要流浪

大同篇

我们把六弦琴给他
我们不走了,我们需要
土地,需要永不毁灭的土地
我们要乘着它
度过一生

土地是粗糙的,有时狭隘
然而,它有历史
有一份天空,一份月亮
一份露水和早晨

我们爱土地
我们站着,用木鞋挖着
泥土,门也晒热了
我们轻轻靠着
十分美好

墙后的草
不会再长大了
它只用指尖,触了触阳光

（选自姜耕玉选编：《20世纪汉语诗选（第4卷）》，上海教育出版社1999年版，第63～64页）

知识

顾城（1956—1993），原籍上海，出生于北京，父亲为著名诗人顾工。他17岁开始写作，1987年开始游历欧洲，1988年隐居新西兰激流岛，过自给自足的生活。代表作品有《一代人》《英儿》《白昼的月亮》《黑眼睛》《我是一个任性的孩子》等。

解读

《门前》写于1982年8月，是一首童心外溢的诗，词句平淡明白，诗人以儿童般天真烂漫的遐想描摹出门前恬静美好的自然风光。顾城被称为"童话诗人"，在诗作中，他往往采用儿童视角，试图用儿童的纯真烂漫来改造冷漠的成人世界，他认为诗是开启天国大门的钥匙，应该去表现纯净的美。《门前》便是一首典型的童话诗，诗中充满了纯净的美。"阳光""露水""风"，在作者纯真的眼中，自然界的一切都是纯洁和美好的。他没有把美好寄托在遥远的地方，而是把希望放在"门口"，放在"早晨"。未经尘世熏染的自然之物，是诗人带着童年幻想、在纷繁复杂的社会中寻得的片刻美好。

大同篇

一个小农家的暮

刘半农

正文

她在灶下煮饭,
新砍的山柴,
必必剥剥的响。
灶门里嫣红的火光,
闪着她嫣红的脸,
闪红了她青布的衣裳。
他衔着个十年的烟斗,
慢慢地从田里回来;
屋角里挂去了锄头,
便坐在稻床上,
调弄着只亲人的狗。
他还踱到栏里去,
看一看他的牛,
回头向她说:
"怎样了——

我们新酿的酒?"
门对面青山的顶上,
松树的尖头,
已露出了半轮的月亮。

孩子们在场上看着月,
还数着天上的星:
"一,二,三,四……"
"五,八,六,两……"

他们数,他们唱:
"地上人多心不平,
天上星多月不亮。"

(选自李新纯主编:《最精美的诗歌》,延边人民出版社 2009 年版,第 19~20 页)

知识

刘半农(1891—1934),江苏江阴人,中国新文化运动先驱,文学家、语言学家和教育家。刘半农早年参加《新青年》编辑工作,积极投身文学革命,反对文言文,提倡

大同篇

白话文;后来旅欧留学,在法国获得文学博士学位。1925年回国,任北京大学教授。刘半农的新诗多描写劳动人民的生活和疾苦,语言通俗易懂,富有生活气息。主要作品有诗集《扬鞭集》《瓦釜集》《半农杂文》。

解读

刘半农素有"平民诗人"之称,其诗歌在形式上有意模仿民歌,在用词上追求口语化、大众化。在这首小诗中,刘半农用朴素的文字描写了暮色苍茫中一户小农家的生活场景。平凡自然的白描,有助于唤起人们对儿时生活的回忆。愈是平淡自然,愈能表现出农家生活的本真面貌,字里行间表达了作者对温馨平凡的家庭生活的向往。人生的真谛或许不在繁华喧嚣里,而在朴实平淡的朝朝暮暮中。

礼运·大同
(节选)

昔者仲尼与于蜡宾①,事毕,出游于观②之上,喟然而叹。仲尼之叹,盖叹鲁

也。言偃在侧曰:"君子何叹?"孔子曰:"大道之行也,与三代之英③,丘未之逮④也,而有志焉。大道之行也,天下为公。选贤与能⑤,讲信修睦,故人不独亲其亲,不独子其子⑥,使老有所终,壮有所用,幼有所长,矜寡孤独废疾者⑦,皆有所养,男有分⑧,女有归⑨。货,恶其弃于地也,不必藏于己;力,恶其不出于身也,不必为己⑩。是故谋闭而不兴⑪,盗窃乱贼而不作⑫,故外户⑬而不闭。是谓大同。"

注释

①与于蜡宾:参加鲁国在年终举行的祭典。蜡,年终举行的祭祀,又称蜡祭。
②观:宗庙门外两侧的楼台。
③三代之英:三代,指夏朝、商朝和周朝。英,英明君主。
④逮:赶上。
⑤选贤与能:把品德高尚的人、能干的人选拔出来。与,通"举"。
⑥亲:用作动词,以……为亲。子其子:第一个"子"也是动词。
⑦矜寡孤独废疾者:矜,老而无妻的人。矜,通"鳏"。

大同篇

寡，老而无夫的人。孤，幼而无父的人。独，老而无子的人。废疾，残疾人。

⑧男有分（fèn）：男子有职务。分，职分，指职业。

⑨女有归：女子有归宿。归，指女子出嫁。

⑩力，恶其不出于身也，不必为己：人们都愿意为公众之事竭尽全力，而不一定为自己谋私利。

⑪是故谋闭而不兴：因此奸邪之谋不会发生。

⑫盗窃乱贼而不作：盗窃、造反和害人的事情不会发生。乱，指造反。贼，指害人。作，兴起。

⑬外户：泛指大门。

（选自李丹主编：《新理念大学语文》，机械工业出版社2011年版，第1～2页）

知识

《礼记》是一部儒家思想的资料汇编。《礼记》的作者不只一人，写作时间也有先有后，其中多数篇章是孔子的七十二名弟子及其学生们的作品。汉代把孔子定的典籍称为"经"，其弟子对"经"的解说为"传"或"记"。《礼运》约作于战国末年或秦汉之际，是儒家学者托名孔子答问的著作。全篇主要记载了古代社会政治风俗的演变，社会历史的进化，礼的起源、内容以及与社会生活的关系等内容，体现了儒家社会历史观，并表达了对礼的看法。

从前,孔子参加鲁国的年终祭典。祭典结束后,他在宗庙门外的楼台上游览,不觉感慨长叹。孔子感叹的大概是鲁国的现状。言偃在他身边问道:"老师为什么叹息?"孔子回答说:"夏、商、周三代英明君王当政的时代,我孔丘没有赶上,我对它们十分向往啊。太平盛世的时代,天下为天下人所共有。选举有德行的人和有才能的人来治理天下,人们之间讲究信用,和睦相处。人们不只把自己的亲人当亲人,不只把自己的儿女当儿女。在这样的社会,老年人能够安享天年,壮年人有发挥才干的地方,年幼的人能得到良好的教育,年老无偶、年幼无父、年老无子和残疾的人都能得到供养。男子各尽自己的职分,女子各有自己的夫家。人们不愿将财物抛弃于无用之地,但也不一定把财物收藏在自己家里。人们担心有力使不上,但不一定是为自己谋私利。因此,阴谋诡计被抑制而无法实现,劫夺偷盗杀人越货的坏事不会出现,所以连住宅外的大门也可以不关。这样的社会就叫作大同世界。"

(编者译)

《大同》一篇,约作于战国末年或秦汉之际。这一时期,战乱频发,民不聊生,因此,人们十分向往安定、平等和幸福。在这样一个阵痛时期,产生出多种多样的关于

大同篇

理想社会的设计,其中,农家的"并耕而食"理想、道家的"小国寡民"理想和儒家的"大同"理想最具代表性。选文部分描述了一个和谐友善、无私无弊、"矜寡孤独废疾者,皆有所养"的理想大同世界,寄托着人们对未来生活的美好向往。在长达数千年的中国历史上,大同理想对后世产生了极深的影响,成为仁人志士的政治取向,也鼓舞着人们反抗剥削,反对压迫,清除垄断,消灭专制,争取社会进步,构建和谐社会。

格物、致知、诚意、正心、修身、齐家、治国、平天下。

——《礼记》

田园作

孟浩然

弊庐隔尘喧①,惟先养恬素②。
卜邻近三径③,植果盈千树④。
粤余任推迁⑤,三十⑥犹未遇。

经典悦读

书剑⑦时将晚，丘园日已⑧暮。
晨兴自多怀，昼坐常寡悟⑨。
冲天⑩羡鸿鹄，争食羞鸡鹜⑪。
望断金马门，劳歌⑫采樵路。
乡曲⑬无知己，朝端⑭乏亲故。
谁能为扬雄⑮，一荐《甘泉赋》。

注释

①隔尘喧：陶渊明《饮酒二十首》："结庐在人境，而无车马喧。"
②先：先辈，指自己的先祖。养：涵养。《全唐诗》校："一作尚。"恬素：恬淡素朴。
③卜邻：择邻。近：《全唐诗》校："一作劳。"
④植果盈千树：《三国志·吴志·孙休传》注引《襄阳记》："（李）衡每欲治家，妻辄不听。后密遣客十人于武陵龙阳氾洲上作宅，种甘橘千株。临死，敕儿曰：'汝母恶我治家，故穷如是。然吾州里有千头木奴，不责汝衣食，岁上一匹绢，亦可足用耳。'"
⑤粤：语助词，无意义。推迁：时间推移。陶渊明《荣木》诗序："日月推迁，已复九夏。"
⑥三十：《论语·为政》："三十而立。"
⑦书剑：读书击剑，指文武兼能。
⑧已：《全唐诗》校："一作空。"

⑨寡悟：少悟，犹言难以理解。此就"未遇"而言。

⑩冲天：《韩非子·喻老》："有鸟止南方之阜……虽无飞，飞必冲天。"

⑪羞鸡鹜：《楚辞·卜居》："宁与黄鹄比翼乎？将与鸡鹜争食乎？"羞，《全唐诗》校："一作嗟。"

⑫劳歌：劳作之歌。

⑬乡曲：乡里。曲，乡以下的行政区划。

⑭朝端：朝臣之首。

⑮扬雄：汉成帝时蜀人。好学深思，每作赋，常拟司马相如以为式。客有荐扬雄文似相如者，帝令待诏承明殿。后随帝郊祀甘泉宫，还，奏上《甘泉赋》。事见《汉书》本传。

（选自丁成泉辑注：《中国山水田园诗集成　第1卷　东晋南北朝·隋唐》，湖北教育出版社2003年版，第405页）

　　孟浩然（689—740），名浩，字浩然，襄州襄阳（现湖北襄阳）人，世称孟襄阳。因他未曾入仕，又称为孟山人，与另一位山水田园诗人王维合称为"王孟"。孟浩然善于发掘自然和生活之美，即景会心，写出一时真切的感受。如《秋登万山寄张五》《过故人庄》《春晓》等名篇，淡而有味，浑然一体，韵致飘逸，意境清旷。

解读

孟诗绝大部分为五言短篇,多写山水田园风景和隐居逸兴,词句不事雕饰,清淡简朴,感受亲切真实,生活气息浓厚,富有超妙自得之趣。此外,孟诗中也有愤世嫉俗的词句,饱含着诗人怀才不遇的抒怀。《田园作》被选入《全唐诗》的第一五九卷第四十六首。此诗写作者年已三十,仍然闲居田园的愤懑,以及心怀天下、急欲出仕的迫切心情。作者少怀大志,昼夜自强,自以为诗赋已工,可以一展怀抱。但终因无人援引,直至"三十而立"之年,仍然功名无成,所以结句以扬雄自况,既抒发了内心的感慨,又表白希望得到执政者援引、早日实现雄心壮志的心迹。

(参见邓安生、孙佩君《孟浩然诗选译》,巴蜀书社 1990 年版,第 9~11 页)

警语

不才明主弃,多病故人疏。

——孟浩然

美美与共　天下大同

病榻呓语

冰 心

忽然一觉醒来,窗外还是沉黑的,只有一盏高悬的路灯,在远处爆发着无数刺眼的光线!

我的飞扬的心灵,又落进了痛楚的躯壳。

我忽然想起老子的几句话:

吾有大患,及吾有身;及吾无身,吾有何患。

这时我感觉到了躯壳给人类的痛苦。而且人类也有精神上的痛苦:大之如国忧家难,生离死别……小之如伤春悲秋……

宇宙内的万物,都是无情的:日月经天,江河行地,春往秋来,花开花落,都是遵循着大自然的规律。只在世界上有了人——万物之灵的人,才会拿自己的感情,赋予在无情的万物身上!什么"感时花溅

大同篇

泪,恨别鸟惊心"这种句子,古今中外,不知有千千万万。总之,只因有了有思想、有情感的人,便有了悲欢离合,便有了"战争与和平",便有了"爱和死是永恒的主题"。

我羡慕那些没有人类的星球!

我清醒了。

我从高烧中醒了过来,睁开眼看到了床边守护着我的亲人的宽慰欢喜的笑脸。侧过头来看见了床边桌上摆着许多瓶花:玫瑰、菊花、仙客来、马蹄莲……旁边还堆着许多慰问的信……我又落进了爱和花的世界——这世界上还是有人类才好!

一九八八年三月十五日晨

(选自冰心著:《冰心作品精编》,漓江出版社2015年版,第264~265页)

知识

冰心(1900—1999),原名谢婉莹,笔名冰心,取自"一片冰心在玉壶"。现当代著名散文家、诗人、小说家、儿童文学作家。生于福建福州,后迁居北京。在"五四"新思潮的激荡下,冰心开始发表作品。1919年8月,冰心发表了第一篇散文《二十一日听审的感想》和第一篇小说《两个家庭》。1923年出国留学前后，陆续发表总名为《寄小读者》的通讯散文，成为中国儿童文学的奠基之作。冰心一生著作颇丰，其主要作品有诗集《繁星》《春水》、小说集《超人》《去国》、小说散文集《往事》《南归》等。

解读

由标题可知，这篇散文是冰心生病时所作。从飞扬的梦中醒来，作者又被拉回到残酷的现实中，忍受着身体的痛苦。但作者并没有局限于自己躯体的病痛，而是由自己的病痛想到了千千万万人的痛苦，由身体的痛苦延伸到精神的痛苦。自然界的万物本没有感情，是万物之灵的人类将自己的感情投射到自然界的一草一物，因此才有了那么多感物兴怀的诗句。人类有了爱的能力，同时也能体会到爱而不得的痛苦，爱与痛苦本是一体两面的。作者想要脱离痛苦，所以羡慕那些没有人类、没有感情的星球。然而，作者越是想要逃离感情、逃离人类，我们越能感受到她对人类的深沉爱意。

警语

修养的花儿在寂静中开过去了，成功的果子便要在光明里结实。

——冰心

大同篇

就使打破了头,也还要保持我灵魂的自由

徐志摩

照群众行为看起来,中国人是最残忍的民族。照个人行为看起来,中国人大多数是最无耻的个人。慈悲的真义是感觉人类应感觉的感觉,和有胆量来表现内动的同情。中国人只会在杀人场上听小热昏①,决不会在法庭上贺喜判决无罪的刑犯;只想把洁白的人齐拉入混浊的水里,不会原谅拿人格的头颅去撞开地狱门的牺牲精神。只是"幸灾乐祸""投井下石",不会冒一点子险去分肩他人为正义而奋斗的负担。

从前在历史上,我们似乎听见过有什么义呀侠呀,什么当仁不让,见义勇为的榜样呀,气节呀,廉洁呀,等等。如今呢,只听见神圣的职业者接受蜜甜的"冰炭敬"②,磕拜寿祝福的响头,到处只见拍卖

经典悦读

人格"贱卖灵魂"的招贴。这是革命最彰明的成绩，这是华族民国最动人的广告！

"无理想的民族必亡"，是一句不刊的真言。我们目前的社会政治走的只是卑污苟且的路，最不能容许的是理想，因为理想好比一面大镜子，若然摆在面前，一定照出魑魅魍魉的丑迹。莎士比亚的丑鬼卡立朋③（Caliban）有时在海水里照出自己的尊容，总是恼羞成怒的。

所以每次有理想主义的行为或人格出现，这卑污苟且的社会一定不能容忍；不是拳打脚踢，也总是冷嘲热讽，总要把那三闾大夫④硬推入汨罗江底，他们方才放心。

我们从前是儒教国，所以从前理想人格的标准是智仁勇。现在不知道变成了什么国了，但目前最普通人格的通性，明明是愚暗残忍懦怯，正得一个反面。但是真理正义是永生不灭的圣火，也许有时遭被蒙盖掩翳罢了。大多数的人一天二十四点钟的时间内，何尝没有一刹那清明之气的

大同篇

回复？但是谁有胆量来想他自己的想，感觉他内动的感觉，表现他正义的冲动呢？

蔡元培所以是个南边人说的"戆大"，愚不可及的一个书呆子，卑污苟且社会里的一个最不合时宜的理想者。所以他的话是没有人能懂的；他的行为是极少数人——如真有——敢表同情的；他的主张，他的理想，尤其是一盆飞旺的炭火，大家怕炙手，如何敢去抓呢？

"小人知进而不知退。"

"不忍为同流合污之苟安。"

"不合作主义。"

"为保持人格起见……"

"生平仅知是非公道，从不以人为单位。"

这些话有多少人能懂，有多少人敢懂？

这样的一个理想者，非失败不可；因为理想者总是失败的。若然理想胜利，那就是卑污苟且的社会政治失败——那是一个过于奢侈的希望了。

有知识有胆量能感觉的男女同志,应该认明此番风潮是个道德问题;随便彭允彝京津各报如何淆惑,如何谣传,如何去牵涉政党,总不能掩没这风潮里面一点子理想的火星。要保全这点子小小的火星不灭,是我们的责任,是我们良心上的负担;我们应该积极同情这番拿人格头颅去撞开地狱门的精神!

(选自王萍萍主编:《徐志摩经典》,万卷出版公司2016年版,第197~198页)

注释

①小热昏:江浙一带的民间曲艺样式。
②冰炭敬:指相反的待遇。
③卡立朋:通译凯列班,莎士比亚戏剧《暴风雨》中的人物,一个野蛮而丑怪的奴隶。
④三闾大夫:即战国时期楚国的大诗人屈原。

(编者注)

知识

徐志摩(1897—1931),浙江嘉兴海宁硖石人,现代诗人、散文家。徐志摩是新月诗社成员,新月派代表诗人。1921年,徐志摩赴英国留学,进入剑桥大学当特别生,研究政治经济学。在剑桥的两年,他深受西方教育的熏陶以及欧美浪漫主义和唯美派诗人的影响。在诗歌上,徐志摩有着较深的造诣,其诗字句清新,韵律谐和,比喻新奇,想象丰富,意境优美,神思飘逸,富于变化,并追求艺术形式的整饬、华美,具有鲜明的艺术个性。代表作品有《再别康桥》《翡冷翠的一夜》。

解读

这篇文章原刊于1923年1月28日《努力周报》第39期。徐志摩散文的艺术风格整体上是浓郁鲜明、繁富华丽、轻盈飘逸的,本文却是一个例外,它所呈现的是其散文中极少见的简约质朴。1922年冬,当时的北平市财政总长罗文干因涉嫌卖国纳贿遭到拘捕,不久被释放,但又因北洋政府教育总长彭允彝的提议,被重新收禁,一时清浊淆惑、谣传纷纭。罗文干的密友、北大校长蔡元培因深信罗文干素来操守廉洁,又不满彭允彝干涉司法、蹂躏人权的行径,遂联合知识界发表宣言,抗议此事。归国不久的徐志摩正处于激情澎湃、充满理想的创作兴奋期。他不是一个思想家,也从不直接参与政治,所言所写,用他自己的话说,大都只是"随意即兴",以他"真率""坦然"的性情,脱口而出地议论时事,并且一旦投入,立即表现出其散文创作在情感表达上的独特个性。面对这起与己无关的风潮,徐志摩依然即事兴感,在《努力周报》上撰写此文,以示在人格、正义与公道的立场上对蔡元培及其所代表的进步势力的声援与支持。

我将于茫茫人海中访我唯一灵魂之伴侣;得之,我幸;不得,我命。

——徐志摩

季羡林杂文两篇

季羡林

一、论朋友

人类是社会动物。一个人在社会中不可能没有朋友。任何人的一生都是一场搏斗。在这一场搏斗中,如果没有朋友,则形单影只,鲜有不失败者。如果有了朋友,则众志成城,鲜有不胜利者。

因此,在人类几千年的历史上,任何

大同篇

国家，任何社会，没有不重视交友之道的，而中国尤甚。在宗法伦理色彩极强的中国社会中，朋友被尊为五伦之一，曰"朋友有信"。我又记得什么书中说："朋友，以义合者也。""信"、"义"含义大概有相通之处。所以多以"义"字来要求朋友关系，比如《三国演义》的"桃园三结义"之类就是。

《说文》对"朋"字的解释是"凤飞，群鸟从以万数，故以为朋党字"。"凤"和"朋"大概只有轻唇音重唇音之别。对"友"的解释是"同志为友"。意思非常清楚。中国古代，肯定也有"朋友"二字连用的，比如《孟子》；《论语》"有朋自远方来，不亦说乎！"却只用一个"朋"字。不知从什么时候起，"朋友"才经常连用起来。

在中国几千年的历史上，重视友谊的故事，不可胜数。最著名的是管鲍之交，钟子期和伯牙的知音的故事，等等。刘、关、张三结义更是有口皆碑。一直到今天，我们还讲究"哥儿们义气"，发展到最高程度，就是"为朋友两肋插刀"。只要不是结党营私，我们是非常重视交朋友的。我们认为，中国古代把朋友归入五伦，是有道理的。

我们现在看一看欧洲人对友谊的看法。欧洲典籍数量虽然远远比不上中国，但是，称之为汗牛充栋，也是当之无愧的。我没有能力来旁征博引，我只能根据我比较熟悉的一部书，来引证一些材料，这就是法国著名的《蒙田随笔》。

《蒙田随笔》上卷，第28章，是一篇叫做《论友谊》的随笔。其中有几句话："我们喜欢交友胜过其他一切，这可能是我们本性所使然。亚里士多德说，好的立法者对友谊比对公正更关心。"寥寥几句，充分说明西方对友谊之重视。蒙田接着说："自古就有四种友谊：血缘的、社交的、待客的和男女情爱的。"这使我立即想到，中

大同篇

西对友谊涵义的理解是不相同的。根据中国的标准,"血缘的"不属于友谊,而属于亲情。"男女情爱的"也不属于友谊,而属于爱情。对此,蒙田有长篇累牍的解释,我无法一一征引。我只举他对爱情的几句话:"爱情一旦进入友谊阶段,也就是说,进入意愿相投的阶段,它就会衰落和消逝。爱情是以身体的快感为目的,一旦享有了,就不复存在。相反,友谊越被人向往,就越被人享有,友谊只是在获得以后才会升华、增长和发展,因为它是精神上的,心灵会随之净化。"这一段话,很值得我们仔细推敲、品味。

(选自周海亮主编:《青少年受益一生的名人交友之道》,九州出版社2008年版,第18~19页)

知识

季羡林(1911—2009),山东聊城临清人,字希逋,又字齐奘。著名东方学大师、语言学家、文学家、国学家、佛学家、史学家、教育家和社会活动家。季羡林早年留学国外,通英文、德文、梵文、巴利文,能阅俄文、法

文，尤精于吐火罗文（当代世界上分布区域最广的语系印欧语系中的一种独立语言），是世界上仅有的精于此语言的几位学者之一。季羡林不仅在语言上非常有天赋，在文学上也深有造诣，其著作汇编成《季羡林文集》，共24卷。季羡林生前曾撰文三辞桂冠：国学大师、学界泰斗、国宝。

中国人历来注重朋友之间的感情，钟子期、俞伯牙"高山流水"的故事源远流长，古文里更是有许多关于朋友的名句，《诗经》的"嘤嘤鸣矣，求其友声"，《论语》的"有朋自远方来，不亦乐乎"，李白的"桃花潭水深千尺，不及汪伦送我情"，都是中国人重视友谊的明证。季羡林一生朋友满天下，从民国时期亦师亦友的陈寅恪、臧克家，到晚年与之并称"燕园三老"的金克木、张中行，季先生对于朋友一直是非常看重的。在这篇杂文中，季羡林援引古今中外关于朋友的名言警句和历史上令人称羡的友谊故事来表达自己的友谊观。对于朋友，每个人都有不同的理解，有的人认为"君子之交淡如水"；有的人把友谊当作追名逐利的垫脚石；而另一些人则正视友谊，把朋友当成人生旅途中的伴侣，携手并进，共同奋斗——季羡林属于第三种。

大同篇

二、论正义

我先说一件小事情：

我到德国后不久就定居在一个小城里，住在一座临街的三层楼上。街上平常很寂静，几乎一点声音都没有，只有一排树寂寞地站在那里。但有一天下午，下面街上却有了骚动。我从窗子里往下一看，原来是两个孩子在打架。一个大约有十四五岁，另外一个顶多也不过八九岁，两个孩子平立着，小孩子的头只达到大孩子的胸部。无论谁也一看就知道，这两个孩子真是势力悬殊，不是对手。果然刚一交手，小孩子已经被打倒在地上，大孩子就骑在他身上，前面是一团散乱的金发，背后是两只舞动着的穿了短裤的腿，大孩子的身躯仿佛一座山似的镇在中间。清脆的手掌打到脸上的声音就拂过繁茂的树枝飘上楼来。

几分钟后，大孩子似乎打得疲倦了，就站了起来，小孩子也随着站起来。大孩子忽然放声大笑，这当然是胜利的笑声。但小孩子也不甘示弱，他也大笑起来，笑声超过了大孩子。

这似乎又伤了大孩子的自尊心，跳上去，一把抓住小孩子的金发，把他按在地上，自己又骑他身上。面前仍然又是一团散乱的金发，背后是两只舞动的腿。清脆的手掌打到脸上的声音又拂过繁茂的树枝飘上楼来。

这时观众愈来愈多，大半都是大人，有的把自行车放在路边也来观战，战场四周围满了人。但却没有一个人来劝解。等大孩子第二次站起来再放声大笑的时候，小孩子虽然还勉强奉陪，眼睛里却已经充满了泪。他仿佛是一只遇到狼的小羊，用哀求的目光看周围的人，看到的却是一张张含有轻蔑讥讽的脸。他知道从他们那里绝对得不到援助了，抬头猛然看到一辆自行车上有打气的铁管，他跑过去，把铁管抡在手里，预备回来再战。但在这时候却

大同篇

有见义勇为的人们出来干涉了。他们从他手里把铁管夺走,把他申斥了一顿,说他没有勇气,大孩子手里没有武器,他也不许用。结果他又被大孩子按在地上。

我开头就注意到住在对面的一位胖太太在用水擦窗子上的玻璃。大战剧烈的时候,我就把她忘记了。其间她做了些什么事情,我丝毫没看到。等小孩子第三次被按到地上,我正注视着抓在大孩子手里的小孩子散乱的金发和大孩子背后舞动着的双腿,蓦地有一条白光从对面窗子里流出来,我连吃惊都没来得及,再一看,两个孩子身上已经全是水,观众也有的沾了光。大孩子立刻就起来,抖掉身上的水。小孩子也跟着爬起来,用手不停地摸头,想把水挤出来。大孩子笑了两声,小孩子也放声狂笑。观众也都大笑着,走散了。

我开头就说到这是一件小事情,但我十几年来多少大事情都忘记了,却偏不能忘记这小事情,而且有时候还从这小事情

经典悦读

想了开去，想到许多国家大事。日本占领东北的时候，我正在北平的一个大学里做学生。当时政府对日本一点办法都没有，尽管学生怎样请愿、怎样卧轨绝食，政府却只能搪塞。无论嘴上说得多强硬，事实上却把一切希望都放在国际联盟上，梦想欧美强国能挺身出来主持"正义"。我当时虽然对政府的举措一点都不满意；但我也很天真地相信世界上有"正义"这一种东西，而且是可以由人来主持的。我其实并没有思索，究竟什么是"正义"，我只是直觉地觉得这东西很是具体，一点也不抽象神秘。这东西既然有，有人来主持也自然是应当的。中国是弱国，日本是强国，以强国欺侮弱国，我们虽然丢了几省的地方，但有谁会说"正义"不是在我们这边呢？当然会有人替我们出来说话了。

　　但我很失望，我们的政府也同样失望。我当然很愤慨，觉得欧美列强太不够朋友，明知道"正义"是在我们这边，却只顾打

大同篇

算自己的利害,不来帮忙。我想我们的政府当道诸公也大概有同样的想法,而且一直到现在,事情已经过去十几年了,他们还似乎没有改变想法,他们对所谓"正义"还没有失掉信心。虽然屡次希望别人出来主持"正义"都碰了钉子,他们还仍然在那里做梦,梦到在虚无缥缈的神山那里有那么一件东西叫做"正义"。最近大连问题就是个好例子。

对政府这种坚忍不拔的精神和毅力,我非常佩服。但我更佩服的是政府诸公的固执。我自己现在却似乎比以前聪明点了。我现在已经确切知道了,世界上,除了在中国人的心里以外,并没有"正义"这一种东西。我仿佛学佛的人蓦地悟到最高的智慧,心里的快乐没有法子形容。让我得到这样一个奇迹似的"顿悟"的,就是上面说的那一件小事情。

那一件小事情虽然发生在德国,但从那里抽绎出来的教训却对欧美各国都适用。

经典悦读

说明白点就是，欧美各国所崇拜的都是强者，他们只对强者有同情，物质方面的强同精神方面的强都一样，而且他们也不管这"强"是怎样造成的。譬如上面说到的那两个孩子，大孩子明明比小孩子大很多岁，身体也高得多，力量当然也强。相形之下，小孩子当然是弱小者，而且对这弱小他自己一点都不能负责任；但德国人却不管这许多。只要大孩子能把小孩子打倒，在他们眼里，大孩子就成了英雄。他们能容许一个大孩子打一个小孩子；但却不容许小孩子利用武器，这是不是因为他们认为倘用武器就不算好汉？或者认为这样就不 fair play？这一点我还不十分清楚。

……

我以前每次读俄国历史，总有那一个问题：为什么那几个比较软弱而温和的皇帝都给人民杀掉，而那几个刚猛暴戾而残酷的皇帝，虽然当时人民怕他们，或者甚至恨他们，然而时代一过就成了人民崇拜

大同篇

的对象?最好的例子就是伊凡四世。他当时残暴无道,拿杀人当儿戏,是一个在心理和生理方面都不正常的人。所以人民给他送了一个外号叫做"可怕的伊凡"。可见当时人民对他的感情并不怎样好。但时间一久,这坏感情全变了,民间产生了许多歌来歌咏甚至赞美这"可怕的伊凡"。在这些歌里,他已经不是"可怕的"、而是为人民所爱戴的人物了。这情形并不限于俄国,在别的地方也可以遇到。譬如希特勒,他不仅在生前为人民所爱戴拥护,当他把整个德国带向毁灭、自己也毁灭了以后,成千万的人没有房子住、没有东西吃;几百年以来宏伟的建筑都烧成了断瓦颓垣;一切文化精华都荡然无存,论理德国人应该怎样地恨他,但事实却正相反,我简直没有遇到多少真正恨他的人。这不是有点不可解么?但倘若我们从上面说到的观点来看,就会觉得这一点都不奇怪了。可怕的伊凡、更可怕的希特勒都是强者,都有力量,力量就等于"正义"。

回来再看我们中国,就立刻可以看出来,我们对"正义"的看法同欧洲人不大相同。我虽然在任何书里还没有找到关于"正义"的定义;但一般人却对"正义"都有一个不成文法的共同看法,只要有正义感的人绝不许一个十四五岁的大孩子打一个八九岁的小孩子。在小说里我们常看到一个豪杰或剑客走遍天下,专打抱不平、替弱者帮忙。虽然未必人人都能做到这一步,但却没有人不崇拜这样的英雄。中国人因为世故太深,所以弄到"各扫门前雪,不管他人瓦上霜",有时候不敢公然出来替一个弱者说话;但他们心里却仍然给弱者表同情。这就是他们的正义感。

这正义感当然是好的。但可惜时代变了,我们被拖到现代的以白人为中心的世界舞台上去,又适逢我们自己泄气,处处受人欺侮。我们自己承认是弱者,希望强者能主持"正义"来帮我们的忙。却没有注意,我

大同篇

们心里的"正义"同别人的"正义"完全不是一回事,我们自己虽然觉得"正义"就在我们这里;但在别人眼里,我们却只是可怜的丑角,低能儿。欧美人之所以不帮助我们,并不像我们普通想到的,这是他们的国策。事实上他们看了我们这种委委琐琐不争气的样子,从心里感到厌恶。一个敢打欧美人耳光的中国人在欧美心目中的地位比一个只会向他们谄笑鞠躬的高等华人高得多。只有这种人他们才从心里佩服。可惜我们中国人很少有勇气打一个外国人的耳光,只会谄笑鞠躬,虽然心被填满了"正义",也一点用都没有,仍然是左碰一个钉子,右碰一个钉子,一直碰到现在,还有人在那里做梦,梦到在虚无缥缈的神山那里有那么一件东西叫做"正义"。

我希望我们赶快从这梦里走出来。

1948 年 4 月 16 日北京大学

(选自季羡林著:《季羡林真实人生》,新世界出版社 2012 年版,第 146~151 页)

中国人素来充满正义感,在中国文化中,一个强者公然欺负一个弱者,那么这个强者会成为大家谴责的对象,而弱者会得到大家的同情和帮助,这就是中国人笃信的正义,不允许以大欺小、恃强凌弱。但在崇尚力量、推崇强者的西方文化里,中国人所信奉的正义并不存在,在西方人眼里,正义属于强者,而一个敢于反抗的弱者比一个唯唯诺诺、指望他人解救自己于水火的弱者要值得尊敬得多。因此,在被西方文化主导的国际舞台上,一个国家被列强侵略,指望大国出来秉持正义是不现实的,只有自己强大起来,才能让正义居于自己一方。

每个人都争取一个完满的人生。然而,自古及今,海内海外,一个百分之百完满的人生是没有的。所以我说,不完满才是人生。

——季羡林

大同篇

"敢怒而又敢言"的自由

李 敖

人民对政府的态度,可分三种:

第一种是敢怒而不敢言;

第二种是不敢怒而敢言;

第三种是敢怒而又敢言。

我分别说明如下:

敢怒而不敢言

杜牧写《阿房宫赋》,最后说秦始皇大兴土木,造阿房宫,弄到"管弦呕哑,多于市人之言语。使天下之人,不敢言而敢怒。独夫之心,日益骄固"。这段奇文,到了宋朝,引出了一个故事。宋朝邢君实《拊掌录》里说:

东坡在玉堂,一日,读杜牧之《阿房宫赋》,凡数遍,每读彻一遍,即再三咨嗟叹息，至夜分犹不寐。有二老兵皆陕人，给事左右，坐久，甚苦之。一个长叹，操西音曰："知他有甚好处！夜久寒甚不肯睡，连作冤苦声！"其一曰："也有两句好。"其人大怒曰："你又理会得什么？"对曰："我爱他道：天下人不敢言而敢怒。"叔党卧而闻之，明日以告。东坡大笑曰："这汉子也有鉴识。"

苏东坡是有幽默感的人，他半夜不睡觉，读《阿房宫赋》读得陕西老兵长叹，因而被讽刺"不敢言而敢怒"。他不但不生气，反倒夸奖老兵。但是，抛开这个特例不谈，回头细看《阿房宫赋》，我真觉得杜牧写错了。因为在政府的高压下，"天下之人，不敢言而敢怒"的情况，是不太通的。事实上，人民"不敢言"之日，也就正是"不敢怒"之时。"不敢言"的人你叫他"敢怒"，他也是不大敢的。所以，我的判断是：

所谓"敢怒而不敢言"，是很难成立的

大同篇

一种情况,真的情况乃是"既不敢言,也不敢怒"。

不敢怒而敢言

但是,"既不敢言,也不敢怒"的情况,对政府说来,还是不妥的。因为这样会有"面从之患"(当面一切由你说了算的毛病),会有"居下之讪"(背后说你坏话的毛病),也会"示人以不广"。于是,"广开言路"或"诏求直言"的戏,也就不能不隆重推出。

尽管"广开言路"或"诏求直言",可是建言的人,却非识相不可。以职业言官白居易为例,他就有过"酬恩奖,塞言责"的小心翼翼的话。虽然小心翼翼,下场却仍是"志未就而悔已生,言未闻而谤已成",还是很那个。

中国古人把这种建言叫作"谏诤",谏诤要求说真话,可是也要求说话的态度。《荀子·大略篇》里说:"为人臣下者,有

经典悦读

谏而无讪,……有怨而无怒。"

这是一种很重要的点化。"无怒"就是不许生气,不许疾言厉色。所谓"态度要好",态度不好是不行的。古人表现良好的态度,一说话前就先来个"干冒天威,罪当万死",来个"流涕具陈,不胜惶迫待罪之至"。他们是"不敢怒而敢言"的,甚至敢言到"宁鸣而死,不默而生"的地步。但这种敢言,算得上是言论自由吗?绝对不算!我在《独白下的传统》里,早就指出这种牵强和误认。我说:

有人拿谏诤事实与制度,来比拟言论自由的事实与制度,这是比拟不伦的。谏诤与言论自由是两回事。甚至谏诤的精神和争取言论自由的精神比起来,也不相类。言论自由的本质是:我有权利说我高兴说的,说的内容也许是骂你,也许是挖苦你,也许是寻你开心,也许是劝你,随我高兴,我的地位是和你平等的;谏诤就不一样,谏诤是我低一级,低好几级,以这种不平

等的身份，小心翼翼地劝你。

像毛子水、陶百川这些人，他们都犯了把谏诤当作言论自由的大错误。他们沿袭古人的"诤臣说"，形成了对政府的"诤友说"，所以一发言，就先低一级，完全是一派嚅嚅上条陈的模样，他们是一点"正义之怒"都没有的。毛子水甚至发挥《礼记》中"辞欲巧"的歪理，主张用巧言对政府；陶百川甚至说做"诤友，则其功能必能超过汉唐时代的清流"。这些头脑不清的人，竟在二十世纪的民主时代，公然扮演一世纪、十世纪的"不敢怒"角色，他们真太混了！

敢怒而又敢言

真正的民主，真正的言论自由，说话的人不但"敢言"，也可以"敢怒"的。敢怒就被解释做"态度不好"，但是，只有"态度不好"，才正足以表现民主与自由。民主与自由的本质是"我有权利说我高兴说的，说的内容也许是骂你，也许是挖苦你，也许是寻你开心，也许是劝你，随我高兴，我的地位是和你平等的"。既然是平等的，我的态度就随我高兴，态度好不好都不重要，重要的是我说的对不对。可笑的是：国民党训练出来的达官贵人和市井小民都分不清这两种层次，竟不先看说的对不对，反倒研究态度好不好："哗众取宠"是态度不好的，"不相忍为国"是态度不好的，"动机不纯正"是态度不好的，"不善意批评"是态度不好的，"没有建设性意见"是态度不好的……其实这些，都跟说的对不对毫不相干！一个人，大可张牙舞爪地、毫不忍让地、动机可疑地、恶意地、破坏性地发表正确的意见，而无碍于所说之为真实与真理；另一方面，那些标榜平和的、忍耐的、动机好的、善意的、建设性的人，又常常是错误的、伪善的、不辨是非的、替坏政府护航而不自知的、助纣为虐的、违背民主与自由潮流的。

大同篇

美国专栏作家皮尔逊,曾经"敢怒而又敢言"地大骂总统杜鲁门;杜鲁门也不甘示弱,回骂皮尔逊是"狗娘养的"。双方绝不要求对方态度好,美国人民也不说"因为你们'态度不好',所以我们就不听你们的"。这就是高杆!高杆就是只问说的对不对,不问态度好不好。有民主与自由水准的人民,都会分清这一点。

结论是:有"敢怒而又敢言"的自由,才是我们最需要的自由,才是我们最该鼓吹的自由。相反的,"敢怒而不敢言"也好,"不敢怒而敢言"也罢,都不是我们赞成的"自由",因为那种"自由",只是向政府"赔笑脸的自由",那是古代奴才的自由,不是现代国民的自由。

(摘自段勇主编:《思想的锐利——名家杂文》,华中科技大学出版社2014年版,第123~126页)

知识

李敖(1935—2018),字敖之,出生于黑龙江省哈尔滨市,中国近代史学者,思想家、时事批评家,因其文笔犀利、批判色彩浓厚，嬉笑怒骂皆成文章，所以自诩为"中国白话文第一人"。李敖的文章向来的宗旨是"以玩世来醒世，用骂世而救世"。李敖一生有《北京法源寺》《阳痿美国》《李敖有话说》《红色11》等100多本著作，被西方传媒追捧为"中国近代最杰出的批评家"。

解读

李敖的文风犀利深刻、一针见血、一剑封喉，非常勇猛。用李敖自己的话说，他骂人从来不会生气，因为已经习惯了，看不顺眼就直接骂过去。本文谈论的是如何可以"敢怒而又敢言"。作者将人民对政府的态度分为三种："第一种是敢怒而不敢言；第二种是不敢怒而敢言；第三种是敢怒而又敢言"。前两种态度都算不上是言论自由，只有"敢怒而又敢言"才是真正的民主、真正的言论自由，才是我们最应该鼓吹的自由。相反，"敢怒而不敢言"也好，"不敢怒而敢言"也罢，都不是我们赞成的"自由"，因为那种"自由"，只是向政府"赔笑脸的自由"，那是古代奴才的自由，不是现代国民的自由。

警语

铁杵能磨成针，但木杵只能磨成牙签，材料不对，再努力也没用。

——李敖

治国安邦　济世为怀

茅屋为秋风所破歌

杜 甫

八月秋高风怒号,卷我屋上三重茅①。茅飞渡江洒江郊,高者挂②罥长林梢,下者飘转沉塘坳③。　南村群童欺我老无力,忍能④对面为盗贼。公然抱茅入竹去,唇焦口燥呼不得,归来倚杖自叹息。俄顷风定云墨色,秋天漠漠向昏黑。布衾⑤多年冷似铁,娇儿恶卧⑥踏里裂。床头屋漏无干处,雨脚如麻⑦未断绝。自经丧乱少睡眠,长夜沾湿何由彻!　安得⑧广厦千万间,大庇⑨天下寒士俱欢颜,风雨不动安如山!呜呼!何时眼前突兀见⑩此屋,吾庐独破受冻死亦足!

①三重茅:几层茅草。三,表示多数。
②挂:缠绕。

大同篇

③塘坳：低洼积水处。
④忍能：忍心如此。
⑤布衾：被子。
⑥恶卧：睡相不好。
⑦雨脚如麻：形容雨水密集。雨脚，雨点。
⑧安得：哪里能得到。
⑨大庇：全部遮盖、保护起来。庇，遮蔽、保护。
⑩见：同"现"，出现。

（选自王振军、俞阅主编：《中国古代文学精品导读》，中国广播影视出版社2017年版，第139页）

知识

杜甫（712—770），字子美，自号少陵野老，唐代伟大的现实主义诗人，被后人称为"诗圣"，他的诗被称为"诗史"。杜甫的思想核心是儒家的仁政思想，他有"致君尧舜上，再使风俗淳"的宏伟抱负，因此，他的诗大多表现忧国忧民的忧患情怀，抨击黑暗的社会现实。杜甫诗艺精湛，以"沉郁顿挫"的风格著称，有约1500首诗歌保留下来，大多集于《杜工部集》。代表作品有《登高》《春望》《北征》、"三吏""三别"等。

解读

"诗圣"杜甫一生遭受了漂泊流离之苦，却仍以博大深沉的胸怀包容和体恤着天下苍生的苦难。在他心中充满着热情和痛苦，浸润着悲悯和同情。唐肃宗上元二年（761）的春天，杜甫在亲友的帮助下，在成都浣花溪边盖起了一座茅屋，好不容易有了一个栖身之所。不料到了八月，一场大风卷走屋上的茅草，顽皮的儿童又把刮跑的茅草抢走，紧接着的一场大雨使得屋漏床湿。杜甫面对如此困窘的处境，通宵难眠，困顿不堪。然而，在这不眠之夜，这位体恤黎民苍生的伟大诗人并没有只哀叹自己的遭遇，而是推己及人，感叹"安得广厦千万间，大庇天下寒士俱欢颜，风雨不动安如山！"想到的是和自己一样的"寒士"何时才能有安居之地。作者超越了自身的不幸，为了天下寒士，他愿意舍弃自己，至死不悔。"呜呼！何时眼前突兀见此屋，吾庐独破受冻死亦足！"一声悲叹，饱含着悲天悯人的人性之光和伟大的献身精神。

（参见王振军、俞阅主编《中国古代文学精品导读》，中国广播电视出版社2017年版，第140页）

国破山河在，城春草木深。

——杜甫

大同篇

病起书怀

陆 游

正文

病骨支离纱帽宽,孤臣万里客江干。
位卑未敢忘忧国,事定犹须待阖棺。
天地神灵扶庙社,京华父老望和銮。
出师一表通今古,夜半挑灯更细看。

(选自武庆新著:《夜阑卧听风吹雨——流传千古的爱国主义诗词》,北京工业大学出版社2016年版,第126页)

知识

陆游生逢北宋灭亡之际,高宗时应礼部试,为秦桧所黜。孝宗时赐进士出身。中年入蜀,投身军旅,官至宝章阁待制。晚年退居家乡。陆游一生笔耕不辍,诗、词、文俱有很高成就。其诗语言平易晓畅,章法整饬谨严,兼具李白的雄奇奔放与杜甫的沉郁悲凉,尤以饱含爱国热情对后世影响深远。陆游词与散文成就亦高,刘克庄《后村诗话续集》谓其词"激昂慷慨者,稼轩不能过"。

解读

陆游虽然少有才学,有意报国,但是自从34岁步入仕途后就屡遭挫折,一生起起落落,官场失意。此诗写于1176年,陆游以"宴饮颓放"的罪名被罢免还乡,闲居在成都城西南的浣花村。罢官的打击、现实的落差、对国事的担忧,一股脑地袭上心头。尤其是宋朝的大片土地被金人占领而不能收复,在这样的背景下,陆游写下这首小诗来倾诉自己即使缠绵病榻、身处低位,也依然忧心国家、渴望收复失地的雄心。

王师北定中原日,家祭无忘告乃翁。

——陆游

赴戍登程口占示家人

林则徐

力微任重久神疲,再竭衰庸①定不支。
苟利国家生死以,岂因祸福避趋之②?
谪居③正是君恩厚,养拙刚于戍卒宜④。
戏与山妻谈故事,试吟断送老头皮⑤。

大同篇

注释

①衰庸：意近"衰朽"，衰老而无能，这里是自谦之词。
②"苟利"二句：郑国大夫子产改革军赋，受到时人的诽谤，子产曰："何害！苟利社稷，死生以之。"（见《左传·昭公四年》）诗语本此。以，用，去做。
③谪居：因有罪被遣戍远方。
④养拙：犹言藏拙，有守本分、不显露自己的意思。刚：正好。戍卒宜：做一名戍卒为适当。这句诗谦恭中含有愤激与不平。
⑤"戏与"二句：作者自注，宋真宗闻隐者杨朴能诗，召对问："此来有人作诗送卿否？"对曰："臣妻有一首，云'更休落魄耽杯酒，且莫猖狂爱咏诗。今日捉将官里去，这回断送老头皮'。"上大笑。东坡赴诏狱，妻子送出门皆哭。坡顾谓曰："子独不能如杨处士妻作一首诗送我乎？"妻子失笑，坡乃出。这两句诗用此典故，表现作者的旷达胸襟。山妻，对自己妻子的谦称。故事，旧事、典故。

（选自肖淑琛著：《偶遇最美古诗词》，东北师范大学出版社2015年版，第297页）

知识

林则徐（1785—1850），字元抚，是清朝时期的政治家、思想家和诗人，官至一品，曾任湖广总督、陕甘总督和云贵总督。因其主张严禁鸦片,在中国享有"民族英雄"之誉。尽管林则徐一生力抗西方入侵,但对于西方的文化、科技和贸易则持开放态度,主张学其优而用之。根据文献记载,他至少略通英、葡两种外语,且着力翻译西方报刊和书籍。晚清思想家魏源将林则徐及其幕僚翻译的文书合编为《海国图志》,此书对晚清的洋务运动乃至日本的明治维新都具有启发作用。

《赴戍登程口占示家人》作于清道光二十一年(1841)。林则徐抗英有功,却遭投降派诬陷,被道光帝革职,发配伊犁效力赎罪。1841年7月14日林则徐即将出发前往新疆伊犁,在古城西安与妻子离别时,满腔愤怒地写下了此诗。此诗抒发了作者的爱国之情,表达了愿为国献身、不计个人得失的崇高精神:如果有利于国家,即使死也豁得出去,难道还会因为是祸就避开、是福就去追求?在家国大义面前,作者早已将个人的生死置之度外。

海纳百川,有容乃大;壁立千仞,无欲则刚。

——林则徐

大同篇

火

巴 金

船上只有轻微的鼾声，挂在船篷里的小方灯，突然灭了。我坐起来，推开旁边的小窗，看见一线灰白色的光。我不知道现在是什么时候，船停在什么地方。我似乎还在梦中，那噩梦重重地压住我的头。一片红色在我的眼前。我把头伸到窗外，窗外静静地横着一江淡青色的水，远远地耸起一座一座墨汁绘就似的山影。我呆呆地望着水面。我的头在水中浮现了。起初是个黑影，后来又是一片亮红色掩盖了它。我擦了擦眼睛，我的头黑黑地映在水上。没有亮，似乎一切都睡熟了。天空显得很低。有几颗星特别明亮。水轻轻地在船底下流过去。我伸了一只手进水里，水是相当地凉。我把这周围望了许久。这些时候，

经典悦读

眼前的景物仿佛连动也没有动过一下；只有空气逐渐变凉，只有偶尔亮起一股红光，但是等我定睛去捕捉红光时，我却只看到一堆沉睡的山影。

我把头伸回舱里，舱内是阴暗的，一阵一阵人的气息扑进鼻孔来。这气味像一只手在搔着我的胸膛。我向窗外吐了一口气，便把小窗关上。忽然我旁边那个朋友大声说起话来："你看，那样大的火！"我吃惊地看那个朋友，我看不见什么。朋友仍然沉睡着，刚才动过一下，似乎在翻身，这时连一点声音也没有。

舱内是阴暗世界，没有亮，没有火。但是为什么朋友也嚷着"看火"呢？难道他也做了和我同样的梦？我想叫醒他问个明白，我把他的膀子推一下。他只哼一声却翻身向另一面睡了。睡在他旁边的友人不住地发出鼾声，鼾声不高，不急，仿佛睡得很好。

我觉得眼睛不舒服，眼皮似乎变重了，

大同篇

老是睁着眼也有点吃力,便向舱板倒下,打算阖眼睡去。我刚闭上眼睛,忽然听见那个朋友嚷出一个字"火"!我又吃一惊,屏住气息再往下听。他的嘴却又闭紧了。

我动着放在枕上的头向舱内各处细看,我的眼睛渐渐地和黑暗熟习了。我看出了几个影子,也分辨出铺盖和线毯的颜色。船尾悬挂的篮子在半空中随着船身微微晃动,仿佛一个穿白衣的人在那里窥探。舱里闷得很。鼾声渐渐地增高,被船篷罩住,冲不出去。好像全堆在舱里,把整个舱都塞满了,它们带着难闻的气味向着我压下,压得我透不过气来。我无法闭眼,也不能使自己的心安静。我要挣扎。我开始翻动身子,我不住地向左右翻身。没有用。我感到更难堪的窒息。

于是耳边又响起那个同样的声音"火"!我的眼前又亮起一片红光。那个朋友睡得沉沉的,并没有张嘴。这是我自己的声音。梦里的火光还在追逼我。我受不经典悦读

了。我马上推开被,逃到舱外去。

舱外睡着一个伙计,他似乎落在安静的睡眠中,我的脚声并不曾踏破他的梦。船浮在平静的水面上,水青白地发着微光,四周都是淡墨色的山,像屏风一般护着这一江水和两三只睡着的木船。

我靠了舱门站着。江水碰着船底,一直在低声私语。一阵一阵的风迎面吹过,船篷也轻轻地叫起来。我觉得呼吸畅快一点。但是跟着鼾声从舱里又送出来一个"火"字。

我打了一个冷噤,这又是我自己的声音,我自己梦中的"火"!

四年了,它追逼我四年了!

四年前上海沦陷的那一天,我曾经隔着河望过对岸的火景,我像在看燃烧的罗马城。房屋成了灰烬,生命遭受摧残,土地遭着践踏。在我的眼前沸腾着一片火海,我从没有见过这样大的火,火烧毁了一切:生命,心血,财富和希望。但这和我并不是漠不相关的。燃烧着的土地是我居住的地方；受难的人们是我的同胞，我的弟兄；被摧毁的是我的希望，我的理想。这一个民族的理想正受着熬煎。我望着漫天的红光，我觉得有一把刀割着我的心，我想起一位西方哲人的名言："这样的几分钟会激起十年的憎恨，一生的复仇。"我咬紧牙齿在心里发誓：我们有一天一定要昂着头回到这个地方来。我们要在火场上辟出美丽的花园。我离开河岸时，一面在吞眼泪，我仿佛看见了火中新生的凤凰。

四年了。今晚在从阳朔回来的木船上我又做了那可怕的火的梦，在平静的江上重见了四年前上海的火景。四年来我没有一个时候忘记过那样的一天，也没有一个时候不想到昂头回来的日子。难道胜利的日子逼近了么？或者是我的热情开始消退，需要烈火来帮助它燃烧？朋友睡梦里念出的"火"字对我是一个警告，还是一个预言？……

我惶恐地回头看舱内,朋友们都在酣睡中,没有人给我一个答复。我刚把头掉转,忽然瞥见一个亮影子从我的头上飞过,向着前面那座马鞍似的山头飞走了。这正是火中的凤凰:

我的眼光追随着我脑中的幻影。我想着,我想到我们的苦难中的土地和人民,我不觉含着眼泪笑了。在这一瞬间似乎全个江,全个天空,和那无数的山头都亮起来了。

(选自宋建忠主编:《最经典的短篇小说》,内蒙古人民出版社2008年版,第12~13页)

知识

巴金(1904—2005),原名李尧棠,另有笔名佩竿、极乐、黑浪、春风等,字芾甘。四川成都人,祖籍浙江嘉兴。中国作家、翻译家、社会活动家、无党派爱国民主人士。巴金出生于四川成都的一个封建官僚家庭,五四运动后,深受新思潮的影响,并在这种思想的影响下开始了个人的反封建斗争。1923年,巴金离家赴上海、南京等地求学,并从此开始了他长达半个世纪的文学创作生涯。

大同篇

《火》作于 1941 年,正是抗日战争进入艰苦的年代——战略相持阶段。同年 9 月,巴金从昆明辗转到桂林,一直住到第二年 2 月。这时的巴金既痛恨敌人的凶残,又愤慨国民政府的腐朽与反动,但是他对抗日战争必胜始终没有丧失信心。现实如此黑暗,但他并未放弃对光明的期盼。巴金正是带着苦闷而又不甘沉沦的思想情绪写下了这篇散文,全文贯穿着一个坚定的信念:正义的胜利一定会到来。《火》用象征的艺术表现手法,以心中之灯、心中之火象征对新生活的信念和对光明理想的追求。

我爱人生,所以我愿像一个狂信者那样投身到生命的海里。

——巴金

勠力同心　砥砺前行

大同篇

一个偏见

钱锺书

偏见可以说是思想的放假。它是没有思想的人的家常日用,而是有思想的人的星期日娱乐。假如我们不能怀挟偏见,随时随地必须得客观公平、正经严肃,那就像造屋只有客厅,没有卧室,又好比在浴室里照镜子还得做出摄影机头前的姿态。

魔鬼在但丁《地狱篇》第二十七句中自称:"敝魔生平最好讲理。"可见地狱之设,正为此辈;人生在世,言动专求合理,大可不必。当然,所谓正道公理压根儿也是偏见。依照生理学常识,人心位置,并不正中,有点偏侧,并且时髦得很,偏倾于左。

古人称偏僻之道为"左道",颇有科学根据。不过,话虽如此说,有许多意见还

不失禅宗洞山《五位颂》所谓"偏中正"，例如学术理论之类。只有人生边上的随笔、热恋时的情书等等，那才是老老实实、痛痛快快的一偏之见。世界太广漠了，我们圆睁两眼，平视正视，视野还是偏狭得可怜。狗注视着肉骨头时，何尝顾到旁边还有狗呢？至于通常所谓偏见，只好比打靶的瞄准，用一只眼来看。但是，也有人以为这倒是瞄中事物红心的看法。譬如说，柏拉图为人类下定义云："人者，无羽毛之两足动物也。"可谓客观极了！但是按照来阿铁斯《哲学言行论》六卷二章所载，偏有人拿着一只拔了毛的鸡向柏拉图去质问。博马舍剧本里的丑角说："人是不渴而饮，四季有性欲的动物。"我们明知那是贪酒好色的小花脸的打诨，而也不得不承认这种偏宕之论确说透了人类一部分的根性。偏激二字，本来相连；我们别有所激，见解当然会另有所偏。假使我们说："人类是不拘日夜，不问寒暑，发出声音的动物。"那

大同篇

又何妨？

禽啭于春，蛩啼于秋，蚊作雷于夏，夜则虫醒而鸟睡，风雨并不天天有，无来人犬不吠，不下蛋鸡不报。唯有人用语言，用动作，用机械，随时随地做出声音。就是独处一室，无与酬答的时候，他可以开留声机，听无线电，甚至睡眠时还发出似雷的鼻息。语言当然不就是声音；但是在不中听，不愿听，或者隔着墙壁和距离听不真的语言里，文字都丧失了圭角和轮廓，变成一团忽涨忽缩的喧闹，跟鸡鸣犬吠同样缺乏意义，这就是所谓人籁！断送了睡眠，震断了思想，培养了神经衰弱。

这个世界毕竟是人类主宰管领的，人的声音胜过一切。聚合了大自然的万千喉舌，抵不上两个人同时说话的喧哗，至少从第三者的耳朵听来。唐子西《醉眠》诗的名句"山静如太古"，大约指着人类尚未出现的上古时代，否则山上住和尚，山下来游客，半山开饭店茶馆，决不容许那座山清静。人籁是寂静的致命伤,天籁是能和寂静溶为一片的。风声涛声之于寂静,正如风之于空气,涛之于海水,是一是二。每日东方乍白,我们梦已回而困未醒,会听到无数禽声,向早晨打招呼。

那时夜未全消,寂静还逗留着,来庇荫未找清的睡梦。数不清的麻雀的鸣噪,琐碎得像要啄破了这个寂静;乌鹊的声音清利像把剪刀,老鹳鸟的声音滞涩而有刺像把锯子,都一声两声地向寂静来试锋口。但是寂静似乎太厚实了,又似乎太流动了,太富于弹性了,给禽鸟啼破的浮面,立刻就填满。雄鸡引吭悠扬的报晓,也并未在寂静上划下一道声迹。慢慢地,我们忘了鸟唱是在破坏寂静;似乎寂静已将鸟语吸收消化,变成一种有声音的寂静。此时只要有邻家小儿的啼哭,楼上睡人的咳嗽,或墙外早行者的脚步声,寂静就像宿雾见了朝阳,破裂分散得干净。人籁已起,人事复始,你休想更有安顿。在更阑身倦,或苦思冥想时，忽闻人籁喧杂，最博爱的人道主义者，也许有时杀心顿起，恨不能灭口以博耳根清静。禽兽风涛等一切天籁能和寂静相安相得，善于体物的古诗人早已悟到。《诗经》："萧萧马鸣，悠悠旆旌"，下文就说明"有闻无声"，可见马嘶而无人喊，不会产生喧闹。《颜氏家训》也指出王籍名句"蝉噪林愈静，鸟鸣山更幽"，就是"有闻无声的"感觉；虫鸟鸣噪，反添静境。雪莱诗里，描写啄木鸟，也说鸟啄山更幽。柯律立治《风瑟》诗云："海声远且幽，似告我以静。"假使这个海是人海，诗人非耳聋头痛不可。所以我们常把"鸦鸣雀噪"来比人声喧哗，还是对人类存三分回护的曲笔。常将一群妇女的说笑声比于"莺啼燕语"，那简直是对于禽类的侮辱了。寂静并非是声响全无。声响全无是死，不是静，所以但丁说，在地狱里，连太阳都是静悄悄的。寂静可以说是听觉方面的透明状态，正好像空明可以说是视觉方面的寂静。寂静能使人听见平常所听不到的声息，使道德家听见了良心的微语，使诗人们听见了暮色移动的潜息或青草萌芽的幽响。你愈听得见喧闹，你愈听不清声音。唯其人类如此善闹，所以人类相聚而寂不做声儿，反欠自然。例如开会前的五分钟静默，又如亲人好友，久别重逢，执手无言。这种寂静像怀着胎，充满了未发出的声音的隐动。

　　人籁还有可怕的一点。车马虽喧，跟你在一条水平线上，只在你周围闹。唯有人会对准了你头脑，在你顶上闹，譬如说，你住楼下，有人住楼上。不讲别的，只是脚步声一项，已够叫你感到像《红楼梦》里的赵姨娘，有人在踹你的头。

　　每到忍无可忍，你会发两个宏愿。一愿住在楼下的自己变成《山海经》所谓"刑天之民"，头脑生在胸膛下面，不致首当其冲，受楼上皮鞋的践踏。二愿住在楼上的人变像基督教的"安琪儿"或天使，

大同篇

身体生到腰部而止,背生两翼,不用腿脚走路。

你存心真好,你不愿意楼上人像孙膑那样受刖足的痛苦,虽然他何尝顾到你的头脑,顾到你是罗登巴煦所谓"给喧闹损伤了的灵魂"?

闹与热,静与冷,都有连带关系;所以在阴惨的地狱里,太阳也给人以寂寥之感。人声喧杂,冷屋会变成热锅,使人通身烦躁。叔本华《哲学小品》第二百七十八节中说,思想家应当耳聋,大有道理。因为耳朵不聋,必闻声音,声音热闹,头脑就很难保持冷静,思想不会公平,只能把偏见来代替。那时候,你忘掉了你自己也是会闹的动物,你也曾踹过楼下人的头,也曾嚷嚷以致隔壁的人不能思想和睡眠,你更顾不得旁人在说你偏见太深,你又添了一种偏见,又在人生边上注了一笔。

(选自付师师主编:《感动中国的名家散文》,中国画报出版社2013年版,第220~223页)

经典悦读

知识

钱锺书（1910—1998），江苏无锡人，中国现代作家、文学研究家，与饶宗颐并称为"南饶北钱"。钱锺书享有"文化昆仑"的美誉。他以数学15分而中英文全优的成绩被清华大学外文系破格录取。钱锺书是有名的才子，和他的才华一样出名的是他的"狂"。"若说世间真狂士，唯有当年钱锺书"，钱锺书的狂狷是一种真性情的自然流露。有德识学养、才情胆略，更有精神风骨。钱锺书一生笔耕不辍，著述颇丰，代表作品有《谈艺录》《写在人生边上》《管锥编》《围城》等。

解读

在我们固有的思想观念中，对某个人、某件事物存在偏见并不是一种正确的做法，我们应该秉持客观和公允的态度。而在这篇短文中，钱锺书先生却另辟蹊径地指出人的一生如果时时刻刻讲求严肃客观、正经公允，反而是不完满的，这种状态就像房屋只有客厅没有卧室。世界何其之大，与之相比，我们的视野是何其狭窄。"狗注视着肉骨头时，何尝顾到旁边还有狗呢？"钱锺书先生用幽默辛辣的语言，一针见血地告诉我们：没有完全的客观公正，因为"正道公理压根儿也是偏见"。重要的不是"偏"与"正"之分，而是"真心"与"假意"的博弈。人生边上的随笔、热恋时的情书，虽有偏见之嫌，但热烈、痛快，

70

大同篇

是我们应该珍视的赤子之言。

警语

流言这东西,比流感蔓延的速度更快,比流星所蕴含的能量更巨大,比流氓更具有恶意,比流产更能让人心力憔悴。

——钱锺书《围城》

题残雷琴铭

谭嗣同

正文

破天一声挥大斧,干断柯折皮骨腐,纵作良材遇已苦。遇已苦,呜咽哀鸣莽终古。

(选自〔清〕谭嗣同撰、何执编:《谭嗣同集》,岳麓书社2012年版,第306页)

知识

谭嗣同(1865—1898),中国近代著名政治家、思想家,维新派人士。其所著的《仁学》是维新派的第一部哲学著作,也是中国近代思想史中的重要著作。谭嗣同早年曾在家乡湖南倡办时务学堂、南学会等,主办《湘报》,又倡导开矿山、修铁路,宣传变法维新,推行新政。光绪二十四年(1898)谭嗣同和康有为、梁启超一起领导戊戌变法,失败后被害,年仅33岁,为"戊戌六君子"之一。

谭嗣同是一位站在时代前列、热衷于改革而不计个人得失的政治家,一直抱有经世救国的宏愿。在江河日下、风雨飘摇的晚清时代,这首小诗是他发出的"铁屋中的呐喊"。纵使粉身碎骨,也要身体力行地救国救民,可叹良才难遇伯乐,满腔热血只能化作呜咽哀鸣。戊戌维新运动中,他忠勇猛进,为整个社会带来一股激情和活力。戊戌变法失败后,谭嗣同不愿出洋,誓言要做中国第一个为变法流血者,在屠刀之下从容就死。"人固有一死,或重于泰山,或轻于鸿毛",他的死是对这句话最好的诠释。

大同篇

人生的目的与自由

(节选)

钱 穆

你要人挑选更好的,你得先提供他以更好的。谁能提供出更好的来呢?人与人总是一般,谁也不知道谁比谁更能提供出更好的,则莫如鼓励人,大家尽量地提供,大家自由地创新。这初看像是一条险路,然而要求文化人生之演进,却只有这条路可走。你让一个人提供,不如让十个人提供;让十个人提供,不如让一百个人提供。提供得愈多,挑选得愈精。精的挑选得多了,更要在精与精之间再加以安排。上午散步,下午便看电影,把一日的人生,把一世的人生,把整个世界的人生,尽量精选,再把它一切安排妥帖,那不知是何年何月的事。然而文化人生则只有照此一条路向前。

人类中间的宗教家、哲学家、艺术家、文学家、科学家，这些都是为文化人生创造出更好的新目的，提供出更好的新自由。提供了善的，便替换出了恶的。若你有了善的不懂挑，则只有耐心善意的教你挑，那是教育，不是杀伐与裁制。在宗教、哲学、文学、艺术、科学的园地里，也只有教育，没有杀伐与裁制。

佛经里有一段故事，说有一个恋爱他亲母而篡弑他父的，佛说：只要他肯皈依佛法，佛便可为他洗净罪孽。这里面有一番甚深涵义，即佛家根本不承认人类本身有罪恶之存在，只教人类能有更高挑选之自由。一切宗教的最高精神都该如是的。哲学家、文学家、艺术家、科学家的最高精神，也都该如是。

若说人类本身有罪恶，便将不许人有挑选之自由，窒塞了人类之自由创造，自由提供，不让人类在其人生中有更好的发现与更广的寻求，那可以算是一种大罪恶。

大同篇

而且或许是人类中间唯一的罪恶吧。固然，让人尽量自由地挑选，自由地创新，本身便可有种种差误，种种危险的。然而文化人生之演进，其势免不了差误与危险，便只有照上述的那条险路走。

根据上述理论，在消极方面限制人，压抑人，绝非文化人生进程中一件合理想的事。最合理想的，只有在正面，积极方面，诱导人，指点人，让人更自由地来选择，并还容许人更自由地提供与创造。

你试想，若使人类社会到今天，已有各种合理想的宗教，合理想的哲学、艺术、科学，叫人真能过活着合理想的文化人生，到那时像前面说过的杀人勾当，自然要更见其为罪大而恶极。然而在那时又那里会还有杀人的事件产生呢？

正因为直到今天，真真够得上更好的人生新目的的，提供得不够多，宗教、哲学、艺术、文学、科学，种种文化人生中应有的几块大柱石还未安放好，还未达到理想的程度，而且有好些前人早已提供的，后人又忘了，模糊了，忽略了，或是故意地轻蔑了，抛弃了，遂至于文化的人生有时要走上逆转倒退的路。更好的消失了，只有挑选次好的；次好的没有了，只有挑选不好的。

人类到了吃不饱，穿不暖，倦了不得息，日里不得好好活，夜里不得好好睡，病了不得医，死了不得葬，人类社会开始回复到自然人生的境界线上去，那竟可能有人吃人。到那时，人吃人也竟可能不算得是恶，那还是一种人类自由的选择呀。

局面安定些了，乱国用重典，杀人者死，悬为不刊之大法。固然法律绝非是太平盛世理想中最可宝贵的一件事，人文演进之重要关键不在此。

若使教育有办法，政治尚是次好的；若是政治有办法，法律又是次好的；若使法律有办法，战争又是次好的；只要战争有办法，较之人吃人，也还算得是较好的。

大同篇

依照目前人类文化所已达到的境界，只有宗教、哲学、文学、艺术、科学，都在正面诱导人，感化人，都在为人类生活提供新目的，让人有更广更深的挑选之自由，都还是站在教育的地位上，那才能算是更好的。政治法律之类，无论如何，是在限制人，压抑人，而并不是提供人以更多的自由。只可管束人于更少的自由里，只能算是次好的。战争杀伐，只在消灭对方人之存在，更不论对方自由之多少，那只能算末好的。

至于到了人吃人的时代，人类完全回到它自然人生的老家去，那时便只有各自求生，成为人生之唯一目的。那时则只有两个目的给你挑，即是生和死。其实则只有一个目的，叫你尽可能地去求生。到那时，便没有什么不好的，同时也不用说，到那时是再也没有什么好的了。

（选自钱穆著：《人生十论》，生活·读书·新知三联书店出版 2009 年版，第 20～23 页）

知识

钱穆（1895—1990），字宾四，江苏无锡人，吴越太祖武肃王钱镠之后。中国现代著名历史学家、思想家、教育家。中国学术界尊钱穆为"一代宗师"，更有学者谓其为中国最后一位士大夫、国学宗师，与吕思勉、陈垣、陈寅恪并称为"史学四大家"。钱穆一生著述颇丰，专著有80种以上。他毕生弘扬中国传统文化，高举现代新儒家的旗帜，在内地、香港、台湾都产生了巨大的影响。代表作有《先秦诸子系年》《国史大纲》《中国历代政治得失》《中国历史精神》《中国学术通义》等。

解读

此文选自钱穆先生的《人生十论》，书中收录了20世纪四五十年代和七八十年代钱穆讨论人生问题的随笔和讲演词。人生的目的是什么？这或许是一个永恒的天问。这篇颇具哲学思辨的文章呈现的是钱穆先生对于人生目的的思考。他认为，在人类社会的原始时期，每个人人生的目的都是求生，在人吃人的社会，能生存下来已是不易。随着人类文化的发展，宗教、哲学、文学、艺术、科学的出现实际上为人生提供了新的目的。在此基础上，人们便有了选择的余地，不同的人可以选择不同的人生目的，在选择之上便有了自由。作者以朴实的语言，层层深入地启发读者思考人生的自由来自何处，我们又有多大的自由去选

择人生的目的。

其实革命的本质,应该是推翻制度来迁就现实的,绝非推翻现实来迁就制度的。

——钱穆

王小波杂文两篇

王小波

一、理想国与哲人王
（节选）

我知道,这哲人王也不是谁想当就能当,他必须是品格高洁之士,而且才高八斗,学富五车。在此我举中国古代的哲人王为例——这只是为了举例方便,毫无影射之意——孔子是圣人,也很有学问。夏礼、周礼他老人家都能言之。但假如他来打量我，我就抱怨说：甭管您会什么礼，千万别来打量我。再举孟子为例，他老人家善养浩然之气，显然是品行高洁，但我也要抱怨道：您养正气是您的事，打量我干什么？这两位老人家的学养再好，总不能构成侵犯我的理由。特别是，假如学养的目的是要打量人的话，我对这种学养的性质是很有看法的。比方说，朱熹老夫子格物、致知，最后是为了齐家、治国、平天下。因为本人不姓朱，还可以免于被齐，被治和被平总是免不了的。假如这个逻辑可以成立，生活就是很不安全的。很可能在我不知道的地方，有一位我全然不认识的先生在努力地格、致，只要他功夫到家，不管我乐意不乐意，也不管他打算怎样下手，我都要被治和平，而且根本不知自己会被修理成什么模样。

就我所知，哲人王对人类的打算都在伦理道德方面。倘若他能在物质生活方面替我们打算周到，我倒会更喜欢他。假如

大同篇

能做到，他也不会被称为哲人王，而会被称为科学狂人。实际上，自从有了真正的科学，科学家表现得非常本分。这主要是因为科学就是教人本分的学问，所以根本就没出过这种狂人。至于中国的传统学术，我就不敢这么说。起码我听到过一种说法，叫做"学而优则仕"，当然，若说学了它就会打量人，可能有点过分；但一听说它又出现了新的变种，我就有点紧张。国学主张学以致用，用在谁身上，可以不问自明——当然，这又是题外之语。

至于题内之语，还是我们为什么要怕哲人王的打量。照我看来，此君的可怕之处首先在于他的宏伟志向：人家考虑的问题是人类的未来，而我们只是人类的几十亿分之一，几乎可以说是不存在。《水浒传》的牢头禁子常对管下人犯说：你这厮只是俺手上的一个行货……一想到哲人王，我心中难免有种行货感。顺便说一句，有些话只有哲人才能说得出来，比如尼采说：

到女人那里去不要忘了带上鞭子。我要替女人说上一句：我们招谁惹谁了。至于这类疯话气派很大，我倒是承认的。总的来说，哲人王蔑视人类，比牢头禁子有过之无不及。主张信任哲人王的人会说：只有蔑视人类的人才能给人类带来更大利益。我又要说：只有这种人才能给人类带来最大的祸害。从常理来说，倘若有人把你当做了nothing，你又怎能信任他们？

哲人王的又一可怕之处，在于他的学问。在现代社会里，人人都有不懂的学问，科学上的结论不足以使人恐惧，因为这种结论是有证据和推导过程的，对于有理性的人，这些说法是你迟早会同意的那一种。而哲学上的结论就大不相同，有的结论你抵死也不会同意，因为既没有证据也没有推导，哲人王本人就是证明，而结论本身又往往非常的严重。举例来说，尼采先生的结论对一切非受虐狂的女性就很严重；就这句话而论，我倒希望他能活过来，说

大同篇

一句"我是开个玩笑",然后再死掉。当然,我也盼着中国古代的圣人活过来,把存天理灭人欲、饿死事小失节事大之类的话收回一些。

我说哲人王的学问可怕,丝毫也不意味着对哲学的不敬。哲学不独有趣,还足以启迪智慧,"文化革命"里工农兵学哲学时说:哲学就是聪明学,我以为并不过分。若以为哲学里种种结论可以搬到生活里使用,恐怕就不尽然。下乡时常听老乡抱怨说:学了聪明学反而更笨,连地都不会种了。至于可以使人成王的哲学,我认为它可以使王者更聪明,老百姓更笨。罗素是个哲学家,他说:真正的伦理准则把人人同等看待。很显然,他的哲学不能使人成王。孔子说:民可使由之,不可使知之。像这样的哲学就能使人(首先是自己)成王。孔丘先生被封为大成至圣先师,子子孙孙都是衍圣公,他老人家果然成了个哲人王。

时值今日,还有人盼着出个哲人王,给他设计一种理想的生活方式,好到其中去生活;因此就有人乐于做哲人王,只可惜这些现代的哲人王多半不是什么好东西,人民圣殿教的故事就是一例。不但对权势的爱好可以使人误入歧途,服从权势的欲望也可以使人误入歧途。至于我自己,总觉得生活的准则,伦理的基础,都该是些可以自明的东西。假如有未明之处,我也盼望学者贤明的意见,只是这些学者应该像科学上的前辈那样以理服人,或者像苏格拉底那样,和我们进行平等的对话。假如像某些哲人那样讲出些晦涩、偏执的怪理,或者指天划地、口沫飞溅地做出若干武断的规定,那还不如让我自己多想想的好。不管怎么说,我不想把自己的未来交给任何人,尤其是哲人王。

(选自刘璐主编:《今文观止 读书笔记赏析》,巴蜀书社2013年版,第176~178页)

大同篇

知识

王小波（1952—1997），中国当代学者、作家。王小波的一生虽然短暂，经历却颇为坎坷。年轻时，他先后当过知青、民办教师、工人，后来有机会出国深造，回国后在北京大学、中国人民大学任教。王小波这样形容自己：一个又高又瘦又丑的家伙，涣散得要命，出奇地喜欢幻想。然而正是这个"丑陋"的家伙，给当时的文坛带来了深邃独特的文字和思想，在他逝世之后，他的作品引起了空前的关注。代表作品有《黄金时代》《白银时代》《青铜时代》《黑铁时代》等。

解读

此文借罗素对《理想国》的批判，解构了中国的人情、国情以及国人的大脑，王小波用"刽子手"比喻喜欢并且想当哲人王的人，而用"被刽子手打量的人"比喻不喜欢而且反对哲人王的人，行文幽默且发人深思，什么样的生活才是真正的幸福呢？不得不引发我们一再的思考。他所谓的自由主义精神指的是：与其做一个跟所有人想法一样的、千人一面的所谓的人，倒不如做一只生活不被人设置、不被人摆布、坚持自己一套的"猪"。这种坚持自己一套、不跟别人一样的想法来自什么地方呢？在《思维的乐趣》一文中，王小波提到自己精神上的苦闷，比如看样板戏，来来回回地看那几部，再经典也看得让人闷得发慌。不能随心所欲地生活,这对王小波来说太苦闷、太难受了。所以他得出一个结论:人不能只求善良,还要思维上自由。如果要在当一个好人和当一个有自由思维的人之间选择,他宁愿选择后者。

二、沉默的大多数
(节选)

假如你相信我的说法,沉默的大多数比较谦虚、比较朴直、不那么假正经,而且有较健全的人性。如果反过来,说那少数说话的人有很多毛病,那也是不对的。不过他们的确有缺少平常心的毛病。

几年前,我参加了一些社会学研究,因此接触了一些"弱势群体",其中最特别的就是同性恋者。做过了这些研究之后,我忽然猛省到:所谓弱势群体,就是有些话没有说出来的人。就是因为这些话没有说出来,所以很多人以为他们不存在或者很遥远。在中国,人们以为同性恋者不存在。在外国,人们知道同性恋者存在,但

大同篇

不知他们是谁。有两位人类学家给同性恋者写了一本书，题目就叫做 *Wordisout*。然后我又猛省到自己也属于古往今来最大的一个弱势群体，就是沉默的大多数。这些人保持沉默的原因多种多样，有些人没能力、或者没有机会说话；还有人有些隐情不便说话；还有一些人，因为种种原因，对于话语的世界有某种厌恶之情。我就属于这最后一种。

对我来说，这是青少年时代养成的习惯，是一种难改的积习。小时候我贫嘴聊舌，到了一定的岁数之后就开始沉默寡言。当然，这不意味着我不会说话——在私下里我说的话比任何人都不少——这只意味着我放弃了权力。不说话的人不仅没有权力，而且会被人看做不存在，因为人们不会知道你。

我曾经是个沉默的人，这就是说，我不喜欢在各种会议上发言，也不喜欢写稿子。

这一点最近已经发生了改变，参加会议时也会发言，有时也写点稿。对这种改变我有种强烈的感受，有如丧失了童贞。这就意味着我违背了多年以来的积习，不再属于沉默的大多数了。我还不至为此感到痛苦，但也有一点轻微的失落感。现在我负有双重任务，要向保持沉默的人说明，现在我为什么要进入话语的圈子；又要向在话语圈子里的人说明，我当初为什么要保持沉默，而且很可能在两面都不落好。照我看来，头一个问题比较容易回答。我发现在沉默的人中间，有些话永远说不出来。照我看，这件事是很不对的。因此我就很想要说些话。当然，话语的圈子里自然有它的逻辑，和我这种逻辑有些距离。虽然大家心知肚明，但我还要说一句，话语圈子里的人有作家、社会科学工作者，还有些别的人。出于对最后一些人的尊重，就不说他们是谁了——其实他们是这个圈子的主宰。我曾经是个社会科学工作者，

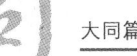

大同篇

那时我想,社会科学的任务之一,就是发掘沉默。就我所知,持我这种立场的人不会有好下场。不过,我还是想做这件事。

第二个问题是:我当初为什么要保持沉默。这个问题难回答,是因为它涉及到一系列复杂的感觉。一个人决定了不说话,他的理由在话语圈子里就是说不清的。但是,我当初面对的话语圈和现在的话语圈已经不是一个了——虽然它们有一脉相承之处。

在今天的话语圈里,也许我能说明当初保持沉默的理由。而在今后的话语圈里,人们又能说明今天保持沉默的理由。沉默的说明总是要滞后于沉默。倘若你问,我是不是依然部分地保持了沉默,就是明知故问——不管怎么说,我还是决定了要说说昨天的事。但是要慢慢地说。

七八年前,我在海外留学,遇上一位老一辈的华人教授。聊天的时候他问:你们把太太叫做"爱人"——那么,把 lover

叫做什么？我呆了一下说道：叫做"第三者"罢。他朝我哈哈大笑了一阵，使我感觉受到了暗算，很不是滋味。回去狠狠想了一下，想出了一大堆：情人、傍肩儿、拉边套的、乱搞男女关系的家伙、破鞋或者野汉子，越想越歪。人家问的是我们所爱的人应该称作什么，我竟答不上来。倘若说大陆上全体中国人就只爱老婆或老公，别人一概不爱，那又透着虚伪。最后我只能承认：这个称呼在话语里是没有的，我们只是心知肚明，除了老婆和老公，我们还爱过别人。以我自己为例，我老婆还没有和我结婚时，我就开始爱她。此时她只是我的女朋友。根据话语的逻辑，我该从领到了结婚证那一刻开始爱她，既不能迟，也不能早。不过我很怀疑谁控制自己感情的能力有这么老到。由此可以得到两个推论：其一，完全按照话语的逻辑来生存，实在是困难得很。其二，创造话语的人是一批假正经。沿着第一个推理前进，会遇

大同篇

上一堆老话。越是困难,越是要上;存天理灭人欲嘛——那些陈糠烂谷子太多了,不提也罢。让我们沿着第二条道路前进:"爱人"这个字眼让我们想到什么?做爱。这是个外来语,从 make love 硬译而来。本土的词儿最常用有两个,一个太粗,根本不能写。另外一个叫做"敦伦"。这个词儿实在有意思。假如有人说,他总是以敦厚人伦的虔敬心情来干这件事,我倒想要认识他,因为他将是我所认识的最不要脸的假正经。为了捍卫这种神圣性,做爱才被叫做"敦伦"。

现在可以说说我当初保持沉默的原因。时至今日,哪怕你借我个胆子,我也不敢说自己厌恶神圣。我只敢说我厌恶自己说自己神圣,而且这也是实情。

在一个科幻故事里,有个科学家造了一个机器人,各方面都和人一样,甚至和人一样的聪明,但还不像人。因为缺少自豪感,或者说是缺少自命不凡的天性。这经典悦读

位科学家就给该机器人装上了一条男根。我很怀疑科学家的想法是正确的。照我看来,他只消给机器人装上一个程序,让他到处去对别人说:我们机器人是世界上最优越的物种,就和人是一样的了。

但是要把这种经历作为教学方法来推广是不合适的。特别是不能用咬耳朵的方法来教给大家人性的道理,因为要是咬人耳的话,被咬的人很疼,咬猪耳的话,效果又太差。所以,需要有文学和社会科学。我也要挤入那个话语圈,虽然这个时而激昂、时而消沉,时而狂吠不止、时而一声不吭的圈子,在过去几十年里从来就没教给人一点好的东西,但我还要挤进去。

(选自雷达主编:《新中国文学精品文库 杂文卷》,海天出版社2010年版,第82~84页)

《沉默的大多数》是王小波的一本杂文集,内容涉及历史、政治、文学、艺术等多个领域,既有阳春白雪,又有下里巴人,既有政治导向意味很重的部分,也有个性鲜

大同篇

明的部分。本文是这本杂文集的第一篇文章。"沉默的大多数"是弱势群体,他们因为没有能力、没有机会说话,或者因为厌恶话语世界而保持沉默。沉默的人没有述说的权力,也丧失了被大家看到、被大家尊重的机会。我们不仅应该去关怀沉默的群体,还应该去思考他们选择沉默的原因,努力去营造一个人人有机会发言、愿意发言、敢于发言的自由轻松的舆论环境。王小波的杂文常常从贴近生活的事情讲起,把平常的琐事和深奥的道理糅在一起。读这样的文字,就像是与文学巨匠在面对面地交流,感受他的博学,接受他的熏陶。

我选择沉默的主要原因之一:从话语中,你很少能学到人性,从沉默中却能。假如还想学得更多,那就要继续一声不吭。

——王小波

经典悦读

官

臧克家

我欣幸有机会看到许许多多的"官"：大的，小的，老的，少的，肥的，瘦的，南的，北的，形形色色，各人有自己的一份"丰采"。但是，当你看得深一点，换言之，就是不仅仅以貌取人的时候，你就会恍然悟到一个真理：他们是一样的，完完全全的一样，像从一个模子里"磕"出来的。他们有同样的"腰"，他们的"腰"是两用的，在上司面前则鞠躬如也，到了自己居于上司地位时，则挺得笔直，显得有威可畏，尊严而伟大。他们有同样的"脸"，他们的"脸"像六月的天空，变幻不居，有时，温馨晴朗，笑云飘忽；有时阴霾深黑，若狂风暴雨之将至，这全得看对着什么人，在什么样的场合。他们有同

大同篇

样的"腿",他们的"腿"非常之长,奔走上官,一趟又一趟;结交同僚,往返如风,从来不知道疲乏。但当卑微的人们来求见,或穷困的亲友来有所告贷时,则往往迟疑又迟疑,迟疑又迟疑,最后才拖着两条像刚刚长途跋涉过来的"腿",慢悠悠的走出来。"口将言而嗫嚅,足将进而趑趄",这是一副样相;对象不同了,则又换上另一副英雄面具:叱咤,怒骂、为了助一助声势,无妨大拍几下桌子,然后方方正正的落坐在沙发上,带一点余愠,鉴赏部属们那份觳觫的可怜相。

干什么的就得有干什么的那一套,做官的就得有个官样子。在前清,做了官,就得迈"四方步",开"厅房腔",这一套不练习好,官味就不够,官做得再好,总不能不算是缺陷的美。于今时代虽然不同了,但这一套也还没有落伍,"厅房腔"进化成了新式"官腔",因为"官"要是和平常人一样的说"人"话,打"人腔",

就失其所以为"官"了。"四方步",因为没有粉底靴,迈起来不大方便,但官总是有官的步子,疾徐中节,恰合身份。此外类如:会客要按时间,志在寸阴必惜;开会必迟到早退,表示公务繁忙;非要公来会的友人,以不在为名,请他多跑几趟,证明无暇及私。在办公室里,庄严肃穆,不苟言笑,一劲在如山的公文上唰唰的划着"行"字,表现为国劬劳的伟大牺牲精神,等等。

中国的官,向来有所谓"官箴"的,如果把这"官箴"一条条详细排列起来,足以成一本书,至少可以作成一张挂表,悬诸案头。我们现在就举其荦荦大者来赏识一下吧。开宗明义第一条就是:"官是人民的公仆。"孟老夫子在两千多年前就说过"民为贵,君为轻"的话,于今是"中华民国",人民更是国家的"主人翁"了,何况,又到了所谓"人民的世纪",这还有什么可说的?但是,话虽如此说,说起来也

大同篇

很堂皇动听，而事实却有点"不然"，而至于"大谬不然"，而甚至于"大谬不然"得叫人"糊涂"，而甚甚至于叫人"糊涂"得不可"开交"！人民既然是"主人"了，为什么从来没听说过这"主人"拿起鞭子来向一些失职的、渎职的、贪赃枉法的"公仆"的身上抽过一次？正正相反，太阿倒持，"主人"被强捐、被勒索、被拉丁、被侮辱、被抽打、被砍头的时候，倒年年有，月月有，日日有，时时有。

难道：只有在完粮纳税的场合上，在供驱使，供利用的场合上，在被假借名义的场合上，人民才是"主人"吗？

到底是"官"为贵呢？还是"民"为贵？我糊涂了三十五年，就是到了今天，我依然在糊涂中。

第二条应该轮到"清廉"了。"文不爱钱，武不惜死，"这是主人对文武"公仆"，"公仆"对自己，最低限度的要求了。打"国仗"打了八年多，不惜死的武官——将经典悦读

军,不能说没有,然而没有弃城失地的多。而真真死了的,倒是小兵们,小兵就是"主人"穿上了军装。文官,清廉的也许有,但我没有见过;因赈灾救济而暴富的,则所在多有,因贪污在报纸上广播"臭名"的则多如牛毛——大而至于署长,小而至于押运员,仓库管理员。"清廉"是名,"贪污"是实,名实之不相符,已经是自古而然了。官是直接或间接(包括请客费,活动费,送礼费)用钱弄到手的,这样年头,官,也不过"五日京兆",不赶快狠狠的捞一下子,就要折血本了。捞的技巧高的,还可以得奖,升官;就是不幸被发觉了,顶顶厉害的大贪污案,一审再审,一判再判,起死回生,结果也不过是一个"无期徒刑"。"无期徒刑"也可以翻译做"长期休养",过一些时候,一年二年,也许三载五载,便会落得身广体胖,精神焕发,重新走进自由世界里来,大活动而特活动起来。

大同篇

第三条；为国家选人才，这些"人才"全是从亲戚朋友圈子里提拔出来的。你要是问：这个圈子以外就没有一个"人才"吗？他可以回答你"那我全不认识呀！"如此，"奴才"变成了"人才"，而真正"人才"便永远被埋没在无缘的角落里了。

第四条：奉公守法，第五条：勤俭服务，第六条：负责任，第七条……唔，还是不再一条一条的排下去吧。总之，所讲的恰恰不是所做的，所做的恰恰不是所讲的，岂止不是，而且，还不折不扣来一个正正相反呢。

呜呼，这就是所谓"官"者是也。

(选自宋佳芹主编：《最好的杂文》，北方妇女儿童出版社2014年版，第119～121页)

臧克家（1905—2004），山东潍坊诸城人，闻一多的学生、著名诗人、忠诚的爱国主义者、中国民主同盟盟员，原《诗刊》主编。他创作的《难民》《老马》等诗篇，以凝练的诗句描写了旧中国农民忍辱负重的悲苦生

活;长诗《罪恶的黑手》,揭露了帝国主义的罪恶和伪善的面目,这些诗是他早期诗歌的代表作,已成为我国现代诗史上的经典之作。抗日战争爆发后,臧克家同志把自己的命运和民族的命运紧密地联系在一起,积极投身抗日爱国活动。臧克家同志的一生是不懈追求光明的一生,是自觉地表现时代、全心全意为人民服务的一生,他把毕生的精力和心血无私地贡献给了党和人民的文学事业。

这篇文章是臧克家在1945年写的,70多年过去了,如今读来依旧发人深省。作者用睿智幽默的语言,鞭辟入里地分析了中国的官场文化,为中国的官画了一幅画像。官的本职工作应该是服务人民,因为人民是国家的主人。而在"官本位"思想严重的中国,官没有服务者的姿态,不仅不做人民的公仆,还骑到人民的头上,对人民颐指气使。我们不禁会问,到底是民贵?还是官贵?中国的官整日里琢磨着如何说官腔、如何摆出一副官架子,如何在上级面前溜须拍马、在下级面前逞威。"官箴"上一条条的做官准则对于现实中大大小小的官根本没有约束效用,毕竟中国的官最擅长的便是说一套、做一套。

有的人活着,他已经死了;有的人死了,他还活着。

——臧克家

附　录

拓展阅读书目

钱穆著：《人生十论》，生活·读书·新知三联书店出版 2009 年版

王小波著：《沉默的大多数》，陕西师范大学出版社 2009 年版

蔡元培著：《中国人的修养》，台海出版社 2016 年版

李敖著：《传统下的独白》，中国友谊出版公司 2000 年版

季羡林著：《一生的远行》，华艺出版社 2008 年版

杨绛著：《走到人生边上》，商务印书馆 2007 年版

钱锺书著：《写在人生边上》，辽宁人民出版社 2000 年版

编写说明

大同是中国古代思想,指人类最终可达到的理想世界,寄托着人类对未来社会的美好愿景。这种社会理想明确的文字表述出自孔子弟子以及战国秦汉间儒家学者所撰写的《礼记·礼运》。儒家的大同理想是天下为公,没有私有制,人人友爱互助,家家安居乐业,少有所养,老有所依,一切有劳动能力的人都有机会充分发挥自己的才能;社会秩序安定,夜不闭户,道不拾遗;对外讲信修睦,邻国友好往来,没有战争。

本篇分为四个部分。"大同理想 心之所向",着重表现的是从古至今中国人对于大同社会的向往之情,大同既关乎宏大的主题,如人人平等、天下富庶、人民不饥

大同篇

不寒；又触及生活中的细微之处，如一滴露水、一个早晨、丘园植树、采樵劳歌。"美美与共 天下大同"，呈现了古往今来的文人墨客对大同理想理解的共通之处，即爱与自由。"治国安邦 济世为怀"，表现无数志士豪杰为实现心中的大同理想昼夜不歇地奔走呼告、上下求索。"勠力同心 砥砺前行"，着重表现的是团结。大同理想不是一个人的期盼，而是千千万万人的理想，为之呕心沥血、粉身碎骨亦是心甘情愿。

大同理想的提出是立足于社会现实，又超越于社会现实的，尽管它在短时间内难以实现，但人们不会因为这一希望缥缈就停止前行。任何社会理想都不会是一蹴而就的，它需要一代又一代人的坚持，需要在实践中不断探索完善，人类无论处于何种社会现实中，都是需要理想光芒照耀的。

总而言之，编者希望借助本册选文为

您呈现大同理想的蓝图,帮助您跳出日常的琐碎生活,享受理想之光的照耀。

编者
2018 年 8 月

经典悦读·修身篇

中共滨州经济技术开发区工委
南开大学语文教育研究中心 ◎编

编 委 会

主　　任：姚和民
委　　员：周志强　王广忠　毕吉宁
　　　　　钱　杰　时志军　周思妤
　　　　　孙立武　张登峰　宋　敏
　　　　　王　姮　李　琴
主　　编：周志强　王　姮
本册主编：周思妤

·广州·

版权所有　　翻印必究

图书在版编目（CIP）数据

经典悦读·修身篇/中共滨州经济技术开发区工委，南开大学语文教育研究中心编. —广州：中山大学出版社，2018.12
ISBN 978-7-306-06467-7

Ⅰ. ①经… Ⅱ. ①中…②南… Ⅲ. ①世界文学—作品综合集 Ⅳ. ①I11

中国版本图书馆 CIP 数据核字（2018）第 239456 号

出 版 人：	王天琪
策划编辑：	邹岚萍
责任编辑：	邹岚萍
封面设计：	林绵华
插　　图：	赵子磊
责任校对：	高　洵　靳晓虹
责任技编：	黄少伟
出版发行：	中山大学出版社
电　　话：	编辑部 020-84111996，84113349，84111997，84110779
	发行部 020-84111998，84111981，84111160
地　　址：	广州市新港西路135号
邮　　编：	510275　　　　传　真：020-84036565
网　　址：	http://www.zsup.com.cn　E-mail：zdcbs@mail.sysu.edu.cn
印 刷 者：	湛江日报社印刷厂
规　　格：	787mm×960mm　1/32　总印张：21.25　总字数：406千字
版次印次：	2018年12月第1版　2018年12月第1次印刷
总 定 价：	60.00元（共6册）

如发现本书因印装质量影响阅读，请与出版社发行部联系调换

精神恒久　初心弥坚

时至今年,"经典悦读"丛书走过了八个年头,已成为滨州文化发展的一张靓丽名片。在经典中徜徉,在"悦读"中明志,我们在"经典悦读"中尽情品味着书香,阅读着古今中外的美言名篇,体会着仁人志士的豪气干云,与他们一起壮怀激烈、畅想未来,得到的是跨越时间、横贯历史的精神共鸣,收获的是阅读经典文学作品时特有的喜悦。"经典悦读"丛书一如灼灼燃烧的火炬,照亮着读者前行的道路,为我们带来了欣悦的光明。

作为一套荟萃古今中外文学精华的丛书,在"经典悦读"第八辑中,主要关注了文学中具有正能量作品的精神特质。"初心"之固,志在高远,壮志凌云;"大同"之愿,各美其美,气韵恢弘;"齐家"之道,铁肩担义,力挽狂澜;"天

下"之大，巍巍山河，心系万民；"修身"之慎，内敛沉静，从容优雅；"使命"之重，万人吾往，砥砺前行。这一辑的每一册选文，都是对精神的一次重温与追寻，仿若演奏着一组组悦耳的曲目，它们组合起来有铮铮然之声，回响的是人类命运共同体的精神节律。

习近平总书记指出，读书学习应该有这三种境界：首先，要有"望尽天涯路"那样志存高远的追求，有耐得住"昨夜西风凋碧树"的清冷和"独上高楼"的寂寞，静下心来通读苦读；其次，要勤奋努力，刻苦钻研，舍得付出，百折不挠，下真功夫、苦功夫、细功夫，即使是"衣带渐宽"也"终不悔"，"人憔悴"也心甘情愿；再次，要坚持独立思考，学用结合，学有所悟，用有所得，要在学习和实践中"众里寻他千百度"，最终"蓦然回首"，在"灯火阑珊处"领悟真谛。这三种境界启示我们，读书不仅要有明确的目标、有不移的恒心，还要提高读书的效率和质量，讲求读书的方法和技巧，在爱读书、勤读书、读好书、善读书中提高思想水平、解决实际问题、实现自我超越。在经典的传播之中，能够促进全社

会的精神文明建设，发扬传统文明，引领先进文化。可以说，阅读是一个民族加强软实力的重要方略，是我们实现强国之梦不可或缺的文化要素；是铸造一个人、一个社会、一个时代之精神气度的最佳工序。

欣赏"经典悦读"中的作品，既有助于我们加深对民族文化的理解和感悟，更有助于我们实事求是、与时俱进地开展当下的文化建设工作。唯有文化助力，方可广识增智；唯有继承传统，才能凝聚信念。品阅美文，凝汇先贤才思；传承经典，点燃文明星火。愿各位读者，在"经典悦读"中收获喜悦，愿"经典悦读"丛书成为我们文海撷珠的良伴、薪火相传的纽带，为构筑我们共同的精神家园凝聚力量、辉耀光芒！

中共滨州市委书记、市人大常委会主任

2018 年 11 月 20 日

目　录

知学明志　笃行不倦 …………………… 1
七律·和柳亚子先生 …………… 毛泽东　2
劝学 ……………………………… 孟　郊　4
我的读书经验 …………………… 冯友兰　6
冬夜读书示子聿 ………………… 陆　游　14
石缝间的生命 …………………… 林　希　16

立德自处　与我周旋 …………………… 23
浣溪沙 …………………………… 苏　轼　24
沉默 ……………………………… 周作人　26
诫子书 …………………………… 诸葛亮　31
伟大与渺小 ……………………… 臧克家　35
我为什么而活着 ……………… [英] 罗　素　42

尚勤致远　心无旁骛 …………………… 46
青年与人生 ……………………… 李大钊　47
劝学诗 …………………………… 颜真卿　57
伤仲永 …………………………… 王安石　59
未有天才之前 …………………… 鲁　迅　63

育美养性　慎思明辨 …………………………… 71
　蝶恋花 …………………………… 王国维　72
　远与近 …………………………… 顾　城　74
　美从何处寻？（节选） ………… 宗白华　76
　"慢慢走，欣赏啊！"（节选）
　　——人生的艺术化 ………… 朱光潜　85
　丑石 ……………………………… 贾平凹　96
附　录 ……………………………………… 102
编写说明 …………………………………… 103

知学明志　笃行不倦

七律·和柳亚子先生

毛泽东

正文

饮茶粤海①未能忘,索句渝州②叶正黄③。

三十一年还旧国,落花时节读华章。

牢骚④太盛防肠断,风物长⑤宜放眼⑥量。

莫道昆明池⑦水浅,观鱼胜过富春江⑧。

(选自上海辞书出版社文学鉴赏辞典编纂中心编:《毛泽东诗词鉴赏辞典》,上海辞书出版社2011年版,第107页)

注释

①饮茶粤海:指柳亚子和毛泽东于1925—1926年间在广州的交往。粤海,广州。

②索句渝州:指1945年在重庆柳亚子向毛泽东索讨诗作,毛泽东书《沁园春·雪》以赠。渝州,重庆。

③叶正黄:秋天。

④牢骚:1949年3月28日夜柳亚子作《感事呈毛主席一首》,也就是诗中的"华章",称要回家乡分湖隐居。

修身篇

⑤长：通"常"。
⑥放眼：放宽眼界。
⑦昆明池：指北京颐和园昆明湖。昆明湖取名于汉武帝在长安开凿的昆明池。
⑧富春江：东汉初年，严光不愿出来做官，隐居在浙江富春江边钓鱼。

知识

毛泽东（1893—1976），字润之（原作咏芝，后改润芝），笔名子任。湖南湘潭人。是中国共产党、中国人民解放军的主要缔造者和领导人，领导中国人民彻底改变了自身命运和国家面貌。他对马克思列宁主义的发展、军事理论的贡献以及对共产党的理论贡献被称为毛泽东思想。主要著作有《矛盾论》《实践论》《论持久战》《沁园春·雪》等。

解读

这首七律是毛泽东对柳亚子《感事呈毛主席》一诗所做的回复，柳亚子在诗中表露出隐居之心，毛泽东则以严子陵隐居垂钓富春江的典故劝柳亚子留在北京，参与中华人民共和国成立大业。诗歌前四句追叙诗人与柳亚子的三次交往。颈联是全诗主旨，首先对柳亚子因牢骚愈盛而身体愈下的状况表达了关切，劝告他不要患得患失以至于损害身体健康，体现了几十年的老朋友之间朴实无华的情意;随后又从哲理的高度予以启迪,指出面对万事万物都应站在高处,着眼全局,不能限于一隅,计较眼前境遇和个人得失。结尾一句引用东晋著名隐士严光的典故规劝柳亚子收起归隐之心,共同为新中国的建设出谋划策。诗歌富有哲理,饱含感情,"风物长宜放眼量"一句更是成为放诸四海皆准的至理名言。

警语

青年是整个社会力量中的一部分最积极最有生气的力量。他们最肯学习,最少保守思想,在社会主义时代尤其是这样。

——毛泽东

劝 学

孟 郊

正文

击石乃①有火,不击元②无烟。
人学始知道③,不学非自然④。
万事须已运,他得非我贤。
青春须早为,岂能长⑤少年?

修身篇

(选自李元洛编著:《李元洛新编精读唐诗三百首》,岳麓书社2013年版,第259~260页)

注释

①乃:才。
②元:原本、本来。
③道:事物的法则、规律,这里指各种知识。
④然:明白。
⑤长:长期、永远。

知识

孟郊(751—814),字东野,湖州武康(今浙江德清)人,祖籍平昌(今山东临邑东北),先世居洛阳(今属河南)。唐代著名诗人。现存诗歌500多首,以短篇五言古诗最多,代表作有《游子吟》等。因其善作苦吟,故有"诗囚"之称,与贾岛齐名,人称"郊寒岛瘦"。

解读

《劝学诗》首先以击石生火为喻,表达人不学无以致知的思想。随后又表明任何事情都必须亲身去实践,从别人那里得到的知识并非出自自己的能力。最后感叹人生无法青春永驻,应趁早发奋明志。全诗言简意赅,朴实无华的字句中蕴含着深刻的哲理。

登山须正路,饮水须直流。

——孟郊

我的读书经验

冯友兰

我今年八十七岁了,从七岁上学起就读书,一直读了八十年,其间基本上没有间断,不能说对于读书没有一点经验。我所读的书,大概都是文、史、哲方面的,特别是哲。我的经验总结起来有四点:(1)精其选,(2)解其言,(3)知其意,(4)明其理。

先说第一点。古今中外,积累起来的书真是多极了,真是浩如烟海。但是,书虽多,有永久价值的还是少数。可以把书

修身篇

分为三类,第一类是要精读的,第二类是可以泛读的,第三类是只供翻阅的。所谓精读,是说要认真地读,扎扎实实地一个字一个字地读。所谓泛读,是说可以粗枝大叶地读,只要知道它大概说的是什么就行了。所谓翻阅,是说不要一个字一个字地读,不要一句话一句话地读,也不要一页一页地读。就象看报纸一样,随手一翻,看看大字标题,觉得有兴趣的地方就大略看看,没有兴趣的地方就随手翻过。听说在中国初有报纸的时候,有些人捧着报纸,就象念五经四书一样,一字一字地高声朗诵。照这个办法,一天的报纸,念一年也念不完。大多数的书,其实就象报纸上的新闻一样,有些可能轰动一时,但是昙花一现,不久就过去了。所以,书虽多,真正值得精读的并不多。下面所说的就指值得精读的书而言。

怎样知道哪些书是值得精读的呢?对于这个问题不必发愁。自古以来,已经有

一位最公正的评选家,有许多推荐者向它推荐好书。这个评选家就是时间,这些推荐者就是群众。历来的群众,把他们认为有价值的书,推荐给时间。时间照着他们的推荐,对于那些没有永久价值的书都刷下去了,把那些有永久价值的书流传下来。从古以来流传下来的书,都是经过历来群众的推荐,经过时间的选择,流传了下来。我们看见古代流传下来的书,大部分都是有价值的,我们心里觉得奇怪,怎么古人写的东西都是有价值的。其实这没有什么奇怪,他们所作的东西,也有许多没有价值的,不过这些没有价值的东西,没有为历代群众所推荐,在时间的考验上,落了选,被刷下去了。现在我们所称谓"经典著作"或"古典著作"的书都是经过时间考验,流传下来的。这一类的书都是应该精读的书。当然随着时间的推移和历史的发展,这些书之中还要有些被刷下去。不过直到现在为止,它们都是榜上有名的,

我们只能看现在的榜。

我们心里先有了这个数,就可随着自己的专业选定一些须要精读的书。这就是要一本一本地读,所以在一个时间内只能读一本书,一本书读完了才能读第二本。在读的时候,先要解其言。这就是说,首先要懂得它的文字,它的文字就是它的语言。语言有中外之分,也有古今之别。就中国的汉语笼统地说,有现代汉语,有古代汉语,古代汉语统称为古文。详细地说,古文之中又有时代的不同,有先秦的古文,有两汉的古文,有魏晋的古文,有唐宋的古文。中国汉族的古书,都是用这些不同的古文写的。这些古文,都是用一般汉字写的,但是仅只认识汉字还不行。我们看不懂古人用古文写的书,古人也不会看懂我们现在的《人民日报》。这叫语言文字关。攻不破这道关,就看不见这道关里边是什么情况,不知道关里边是些什么东西,只好在关外指手划脚,那是不行的。我所说的解其言，就是要攻破这一道语言文字关。当然，要攻破这道关的时候，要先作许多准备，用许多工具，如字典和词典等工具书之类。这是当然的事，这里就不多谈了。

中国有句老话说是"书不尽言，言不尽意"，意思是说，一部书上所写的总要比写那部书的人的话少，他所说的话总比他的意思少。一部书上所写的总要简单一些，不能象他所要说的话那样啰嗦。这个缺点倒有办法可以克服。只要他不怕啰嗦就可以了。好在笔墨纸张都很便宜，文章写得啰嗦一点无非是多费一点笔墨纸张，那也不是了不起的事。可是言不尽意那种困难，就没有法子克服了。因为语言总离不了概念。概念对于具体事物来说，总不会完全合适，不过是一个大概轮廓而已。比如一个人说他牙痛。牙是一个概念，痛是一个概念，牙痛又是一个概念。其实他不仅止于牙痛而已。那个痛，有一种特别的痛法，

修身篇

有一定的大小范围,有一定的深度。这都是很复杂的情况,不是仅仅牙痛两个字所能说清楚的,无论怎样啰嗦他也说不出来的,言不尽意的困难就在于此。所以在读书的时候,即使书中的字都认得了,话全懂了,还未必能知道作书的人的意思。从前人说,读书要注意字里行间,又说读诗要得其"弦外音,味外味"。这都是说要在文字以外体会它的精神实质。这就是知其意。司马迁说过:"好学深思之士,心知其意。"意是离不开语言文字的,但有些是语言文字所不能完全表达出来的。如果仅只局限于语言文字,死抓住语言文字不放,那就成为死读书了。死读书的人就是书呆子。语言文字是帮助了解书的意思的拐棍。既然知道了那个意思以后,最好扔了拐棍。这就是古人所说的"得意忘言"。在人与人的关系中,过河拆桥是不道德的事。但是,在读书中,就是要过河拆桥。

上面所说的"书不尽言","言不尽

意"之下,还可再加一句"意不尽理"。理是客观的道理;意是著书的人的主观的认识和判断,也就是客观的道理在他的主观上的反映。理和意既然有主观客观之分,意和理就不能完全相合。人总是人,不是全知全能。他的主观上的反映、体会和判断,和客观的道理总要有一定的差距,有或大或小的错误,所以读书仅至得其意还不行,还要明其理,才不至于为前人的意所误。如果明其理了,我就有我自己的意。我的意当然也是主观的,也可能不完全合乎客观的理,但我可以把我的意和前人的意互相比较,互相补充,互相纠正。这就可能有一个比较正确的意。这个意是我的,我就可以用它处理事务,解决问题。好象我用我自己的腿走路,只要我心里一想走,腿就自然而然地走了。读书到这个程度就算是能活学活用,把书读活了。会读书的人会读书的人能把死书读活;不会读书的人能把活书读死。把死书读活,就能把书

修身篇

为我所用，把活书读死，就是把我为书所用。能够用书而不为书所用，读书就算读到家了。

从前有人说过："六经注我，我注六经。"自己明白了那些客观的道理，自己有了意，把前人的意作为参考，这就是"六经注我"。不明白那些客观的道理，甚而至于没有得古人所有的意，而只在语言文字上推敲，那就是"我注六经"。只有达到"六经注我"的程度，才能真正地"我注六经"。

（选自《书林》1983年第1期）

知识

冯友兰（1895—1990），字芝生，河南省南阳市唐河县祁仪镇人。中国当代著名哲学家、教育家。其著作《中国哲学史》《中国哲学简史》《中国哲学史新编》《贞元六书》等是20世纪中国重要的学术经典，对中国现当代文学界乃至国外学界产生了深远的影响。

解读

在《我的读书经验》一文中，冯友兰将自己的读书经验总结为四点:精其选、解其言、知其意、明其理。精其选、解其言,指精读书籍,就要选择经受了时间考验的经典作品,理解语言要借助词典等工具攻破语言文字关;知其意、明其理,指既要在文字外体会书籍的精神实质,又要明白客观的道理,不至于为前人所误。这四点具备才算是"把书读活了"。冯友兰在文章中认为读书要为己所用,但同时强调必须先在语言文字上细加推敲,明白古人之意,才能达到真正的"我注六经"。文章通俗晓畅,以自身的读书经验总结出普遍适用的读书规律,对我们改进读书方法有很大助益。

人对外部世界首先应当尽力而为,只有在竭尽所能之后,才沉静接受人力所无法改变的部分。

——冯友兰

冬夜读书示子聿

陆 游

古人学问无遗力^①,少壮工夫老始成。

修身篇

纸②上得来终觉浅，绝知③此事要躬行④。

(选自张广明编著：《中国古典文学名篇精粹》，内蒙古文化出版社2010年版，第328页)

注释

①无遗力：用出全部力量，没有一点保留。
②纸：书本。
③绝知：深入、透彻地理解。
④躬行：亲自实践。

知识

陆游（1125—1210），字务观，号放翁。越州山阴（今浙江绍兴）人，南宋文学家、史学家、爱国诗人。少时受家庭爱国思想熏陶，中年入蜀，投身军旅，官至宝章阁待制。晚年退居家乡。所创作的诗歌今存9000多首，内容极为丰富。著有《剑南诗稿》《渭南文集》《南唐书》《老学庵笔记》等。

解读

《冬夜读书示子聿》是陆游晚年写给小儿子的一首哲理诗。诗歌前两句赞扬古人刻苦学习的精神，说明只有在少年时期勤学苦读，养成良好的学习习惯，将来才能成就

一番事业。后两句指出,持之以恒、勤奋刻苦固然很重要,但仅仅依靠从书本上得来的知识是不够的,必须亲身实践才能深入理解其中的道理。在这首教子诗中,诗人强调了实践的重要性:做学问不仅要从书本中汲取营养,也要从实践中积累经验,只有将书本知识加以应用,才能发挥知识的指导作用,并将其转化为自身的能力。

人生何适不艰难,赖是胸中万斛宽。

——陆游

石缝间的生命

林 希

石缝间倔强的生命,常使我感动得潸然泪下。

是那不定的风把那无人采撷的种子撒落到海角天涯。当它们不能再找到泥土,它们便把最后一线生的希望寄托在这一线

修身篇

石缝里。尽管它们也能从阳光中分享到温暖，从雨水里得到湿润，而唯有那一切生命赖以生存的土壤却要自己去寻找。它们面对着的现实该是多么严峻。

于是，大自然出现了惊人的奇迹，不毛的石缝间丛生出倔强的生命。

或者只就是一簇一簇无名的野草，春绿秋黄，岁岁枯荣。它们没有条件生长宽阔的叶子，因为它们寻找不到足以使草叶变得肥厚的营养，它们有的只是三两片长长的细瘦的薄叶，那细微的叶脉告知你生存该是多么艰难；更有的，它们就在一簇一簇瘦叶下又自己生长出根须，只为了少向母体吮吸一点乳汁，便自去寻找那不易被觉察到的石缝。这就是生命。如果这是一种本能，那么它正说明生命的本能是多么尊贵，生命有权自认为辉煌壮丽，生机竟是这样地不可扼制。

或者就是一团一团小小的山花，大多又都是那苦苦的蒲公英。它们的茎叶里涌动着苦味的乳白色的浆汁，它们的根须在春天被人们挖去作野菜。而石缝间的蒲公英，却远不似田野上的同宗生长得那样茁壮。它们因山风的凶狂而不能长成高高的躯干，它们因山石的贫瘠而不能拥有众多的叶片，它们的茎显得坚韧而苍老，它们的叶因枯萎而失去光泽；只有它们的根竟似那柔韧而又强固的筋条，似那柔中有刚的藤蔓，深埋在石缝间狭隘的间隙里；它们已经不能再去为人们作佐餐的鲜嫩的野菜，却默默地为攀登山路的人准备了一个可靠的抓手。生命就是这样地被环境规定着，又被环境改变着，适者生存的规律尽管无情，但一切的适者都是战胜环境的强者，生命现象告诉你，生命就是拼搏。

如果石缝间只有这些小花小草，也许还只能引起人们的哀怜；而最为令人赞叹的，就在那石岩的缝隙间，还生长着参天的松柏，雄伟苍劲，巍峨挺拔。它们使高山有了灵气，使一切的生命在它们的面前

修身篇

显得苍白逊色。它们的躯干就是这样顽强地从石缝间生长出来,扭曲地、旋转地,每一寸树衣上都结着伤疤。向上,向上,向上是多么地艰难。每生长一寸都要经过几度寒暑,几度春秋。然而它们终于长成了高树,伸展开了繁茂的枝干,团簇着永不凋落的针叶。它们耸立在悬崖断壁上,耸立在高山峻岭的峰巅,只有那盘结在石崖上的树根在无声地向你述说,它们的生长是一次多么艰苦的拼搏。那粗如巨蟒,细如草蛇的树根,盘根错节,从一个石缝间扎进去,又从另一个石缝间钻出来,于是沿着无情的青石,它们延伸过去,像犀利的鹰爪抓住了它栖身的岩石。有时,一株松柏,它的根须竟要爬满半壁山崖,似把累累的山石用一根粗粗的缆绳紧紧地缚住,由此,它们才能迎击狂风暴雨的侵袭,它们才终于在不属于自己的生存空间为自己占有了一片天地。

如果一切的生命都不屑于去石缝间寻

求立足的天地,那么,世界上就会有一大片一大片的大地方成为永远的死寂,飞鸟无处栖身,一切借花草树木赖以生存的生命就要绝迹,那里便会沦为永无开化之日的永远的黑暗。如果一切的生命都只贪恋于黑黝黝的沃土,它们又如何完备自己驾驭环境的能力,又如何使自己在一代一代的繁衍中变得愈加坚强呢?世界就是如此奇妙。试想,那石缝间的野草,一旦将它们的草籽撒落到肥沃的大地上,它们一定会比未经过风雨考验的娇嫩的种籽具有更为旺盛的生机,长得更显繁茂;试想,那石缝间的蒲公英,一旦它们的种籽,撑着团团的絮伞,随风飘向湿润的乡野,它们一定会比其他的花卉生长得茁壮,更能经暑耐寒;至于那顽强的松柏,它本来就是生命的崇高体现,是毅力和意志最完美的象征,它给一切的生命以鼓舞,以榜样。

愿一切生命不致因飘落在石缝间而凄凄切切。愿一切生命都敢于去寻求最艰苦

修身篇

的环境。生命正是要在最困厄的境遇中发现自己,认识自己,从而才能锤炼自己,成长自己,直到最后完成自己,升华自己。

石缝间顽强的生命,它既是生物学的,又是哲学的,是生物学和哲学的统一。它又是美学的,作为一种美学现象,它展现给你的不仅是装点荒山枯岭的层层葱绿,它更向你揭示出美的、壮丽的心灵世界。

石缝间顽强的生命,它是具有如此震慑人们心灵的情感力量,它使我们赖以生存的这个星球变得神奇辉煌。

(选自王彬、范希文主编:《中国散文鉴赏文库:当代卷》,百花文艺出版社1993年版,第823~824页)

知识

林希(1935—),原名侯红鹅,作家,生于天津,其中篇小说《小的儿》获得第一届鲁迅文学奖。林希作品多写市井喧嚣与社会变迁,行文通俗易懂,文中常用天津方言。代表作品有《小的儿》《丑末寅初》《蛐蛐四爷》等。

作者在文章中大力赞颂石缝间的生命,那些无名野草、团团山花,都是大自然生命的奇迹。石缝中的生命难以汲取水分和营养,但是凭借坚忍不拔的毅力和经暑耐寒的顽强不断成长,即使在荒石险滩也能长出茂盛枝叶,即使在悬崖峭壁也能挺拔不屈。石缝间的生命是生物学的奇迹,更是哲学和美学的奇迹,它震慑人们的心灵,带给我们难以言喻的情感冲击。我们做人也要学习这些石缝间的生命,要有顽强不屈的品格和坚持不懈的意志,只有这样,才能由幼小的嫩苗长成参天松柏。

附着在大地上,你是土壤;沉浮在空间里,你是尘埃。

——林希

立德自处　与我周旋

浣溪沙

苏 轼

正文

元丰七年十二月二十四日,从泗州刘倩叔游南山。

细雨斜风①作晓寒。淡烟疏柳媚晴滩②。入淮清洛渐漫漫③。　　雪沫乳花浮午盏④,蓼茸蒿笋试春盘⑤。人间有味是清欢。

（选自周汝昌等撰写:《唐宋词鉴赏辞典　唐·五代·北宋卷》,上海辞书出版社 1988 年版,第 742 页）

注释

① 细雨斜风:唐韦庄《题貂黄岭官军》:"斜风细雨江亭上,尽日凭栏忆楚乡。"
② 媚:美好,此处是使动用法。滩:十里滩,在南山附近。
③ 洛:即洛涧,源出安徽定远西北,北至怀远入淮河。漫漫:水势浩大。
④ "雪沫"句:谓午间喝茶。雪沫乳花,形容煎茶时上浮的白泡。宋人以将茶泡制成白色为贵,所谓"茶与墨

修身篇

正相反,茶欲白,墨欲黑"(〔宋〕赵德麟《侯鲭录》卷四记司马光语)。午盏,指午茶。

⑤蓼(liǎo)茸:蓼菜嫩芽。一作"蓼芽"。春盘:旧俗,立春时用蔬菜水果、糕饼等装盘馈赠亲友。

知识

苏轼(1037—1101),北宋文学家、书画家、美食家。字子瞻,号东坡居士。眉州眉山(今四川省眉山市)人。一生仕途坎坷,学识渊博,天资极高,诗文书画皆精。其文汪洋恣肆、明白畅达,与欧阳修并称"欧苏",为"唐宋八大家"之一;诗清新豪健,善用夸张、比喻,艺术表现独具风格,与黄庭坚并称"苏黄";词开豪放一派,对后世有巨大影响,与辛弃疾并称"苏辛";书法擅长行书、楷书,能自创新意,用笔丰腴跌宕,有天真烂漫之趣,与黄庭坚、米芾、蔡襄并称"宋四家"。著有《苏东坡全集》《东坡乐府》等。

解读

这是一首纪游词,上片写晚冬游山的沿途景色,下片写游览途中清茶野餐的风味。诗人首先描写清晨斜风细雨、瑟瑟冬寒之景。晚冬时节气候已渐入春,不似寒冬腊月般难耐,却有一丝令人神清气爽的"晓寒"。接着描写山间流岚、岸边疏柳,沐雨乘风,一片明丽之景。一个"媚"字,以静为动,生机无限。随后,诗人抓住乳白的

经典悦读

香茶和碧绿的春蔬这两样独具特色的食物来彰显早春之晴媚。以"雪沫乳花"形容煎茶时上浮的白泡,既是比喻,又是夸张,突出茶之清白爽口,鲜明生动。下句一个"试"字,再次化静为动,将盘中春蔬写得如在口中。最后一句"人间有味是清欢"是全诗的主旨,写野餐风味的同时一语双关,体现了诗人清雅安逸的审美情趣和对淡然但"有味"的生活方式的赞扬,颇具哲理。

古之立大事者,不惟有超世之材,亦必有坚忍不拔之志。

——苏轼

沉　默

周作人

林语堂先生说,法国一位演说家劝人缄默,成书30卷为世所笑,所以我现在做讲沉默的文章,想竭力节省,以原稿纸三张为度。

修身篇

提倡沉默从宗教方面讲来,大约很有材料,神秘主义里很看重沉默,美忒林克便有一篇极妙的文章。但是我并不想这样做,不仅因为怕有拥护宗教的嫌疑,实在是没有这种知识与才力。现在只就人情世故上着眼说一说吧。

沉默的好处第一是省力。中国人说,多说话伤气,多写字伤神。不说话不写字大约是长生之基,不过平常人总不易做到。那么一时的沉默也就很好,于我们大有裨益。30小时草成一篇宏文,连睡觉的时光都没有,第三天必要头痛;演说家在讲台上呼号两点钟,难免口干喉痛,不值得甚矣。若沉默,则可无此种劳苦——虽然也得不到名声。

沉默的第二个好处是省事。古人说:"口是祸门",关上门,贴上封条,祸便无从发生,("闭门家里坐,祸从天上来",那只是算是"空气传染",又当别论。)此其利一。自己想说服别人,或是有所辩解,照例是没有什么影响,而且愈说愈渺茫,不如及早沉默,虽然不能因此而说服或辩明,但至少是不会增添误会。又或别人有所陈说,在这面也照例不很能理解,极不容易答复,这时候沉默是适当的办法之一。古人说不言是最大的理解,这句话或者有深奥的道理,据我想则在我至少可以藏过不理解,而在他就可以有猜想被理解之自由。沉默之好处的好处,此其二。

善良的读者们,不要以为我太玩世(Cynical)了吧。老实说,我觉得人之互相理解是至难——即使不是不可能的事,而表现自己之真实的感情思想也是同样地难。我们说话作文,听别人的话,读别人的文章,以为互相理解了,这是一个聊以自娱的如意的好梦,好到连自己觉到了的时候也不肯立即承认,知道是梦了却还想在梦境中多流连一刻。其实我们这样说话作文无非只是想这样做,想这样聊以自娱,如其觉得没有什么可娱,那么尽可简单地停

修身篇

止。我们在门外草地上翻几个筋斗,想象那对面高楼上的美人看看,(明知她未必看见,)很是高兴,是一种办法;反正她不会看见,不翻筋斗了,且卧在草地上看云吧,这也是一种办法。两种都是对的,我这回是在做第二个题目罢了。

我是喜翻筋头的人,虽然自己知道翻得不好。但这也只是不巧妙罢了,未必有什么害处,足为世道人心之忧。不过自己的评语总是不大靠得住的,所以在许多知识阶级的道学家看来,我的筋斗都翻得有点不道德,不是这种姿势足以坏乱风俗,便是这个主意近于妨害治安。这种情形在中国可以说是意表之内的事,我们也并不想因此而变更态度,但如民间这种倾向到了某一程度,翻筋斗的人至少也应有想到省力的时候了。

三张纸已将写满,这篇文应该结束了。我费了三张纸来提倡沉默,因为这是对于现在中国的适当办法。——然而这原来只是两处办法之一,有时也可以择取另一办法:高兴的时候弄点小把戏,"藉资排遣"。将来别处看有什么机缘,再来噪聒,也未可知。

(选自张胜友、蒋和欣主编:《中华百年经典散文·励志修身卷》,作家出版社2004年版,第40～41页)

知识

周作人(1885—1967),原名櫆寿(后改为奎绶),字星杓,号知堂、药堂、独应等,浙江绍兴人,鲁迅(周树人)之弟、周建人之兄。中国现代著名散文家、文学理论家、评论家、诗人、翻译家、思想家,中国民俗学开拓者,新文化运动的杰出代表。五四运动之后,与郑振铎、沈雁冰、叶绍钧、许地山等人发起成立"文学研究会",并与鲁迅、林语堂、孙伏园等创办《语丝》周刊,任主编和主要撰稿人。

解读

周作人在《沉默》这篇文章中看似提倡沉默,实则是讽刺普遍沉默的大众,犀利地批判了那个要求人人沉默的社会。鲁迅曾写道:"不在沉默中爆发,就在沉默中灭亡。"周作人同样继承了哥哥不甘沉默、"喜翻筋斗"的做法。作者在文中以省力、省事两项为沉默的好处,看似

修身篇

推崇,实际是暗讽当代青年人不问世事,自以为是"洁身自好",实则不负责任,心中只有个人利益,没有家国天下。这里的"翻筋斗"的人正是暗指作者这类推陈出新、勇于开辟新道路的新青年。作者在文中讽刺知识阶级道学家恪守故旧,见不得有人"翻筋斗",乃至整个社会都不允许有人"翻筋斗",缺乏"翻筋斗"条件的社会环境使得敢于突破的勇者越来越少,作者不禁忧心,乃作文以讽刺时下现状。

读思想的书如听讼,要读者去判分事理的曲直;读文艺的书如喝酒,要读者去辨别味道的清浊。

——周作人

诫①子书
诸葛亮

正文

夫君子之行②,静以修身③,俭以养德④。非澹泊无以明志⑤,非宁静无以致远⑥。夫学须静也,才⑦须学也,非学无以广才⑧，非志无以成学。淫慢则不能励精⑨，险躁则不能治性⑩。年与时驰⑪，意与日去⑫，遂成枯落⑬，多不接世⑭，悲守穷庐⑮，将复何及⑯！

（选自张连科、管淑珍校注：《诸葛亮集校注》，天津古籍出版社2008年版，第109～110页）

注释

①诫：警告，劝人警惕。
②夫（fú）：段首或句首发语词，引出下文的议论，无实在的意义。君子：品德高尚的人。行：指操守、品德、品行。
③修身：个人的品德修养。
④养德：培养品德。
⑤澹（dàn）泊：也写作"淡泊"，清静而不贪图功名利禄。内心恬淡，不慕名利，清心寡欲。明志：表明自己崇高的志向。
⑥宁静：这里指安静，集中精神，不分散精力。致远：实现远大目标。
⑦才：才干。
⑧广才：增长才干。
⑨淫慢：过度享乐。励精：尽心，专心，奋勉，振奋。
⑩险躁：冒险急躁，狭隘浮躁，与上文"宁静"相对而言。治性："治"通"冶"，陶冶性情。

修身篇

⑪与：跟随。驰：疾行，这里是增长的意思。
⑫日：时间。去：消逝，逝去。
⑬遂：于是，就。枯落：枯枝和落叶。这里指像枯叶一样飘零，形容人韶华逝去。
⑭多不接世：意思是对社会没有任何贡献。接世，接触社会，承担事务，对社会有益，有"用世"的意思。
⑮穷庐：破房子。
⑯将复何及：又怎么来得及。

（编者注）

君子的行为操守，是以宁静来提高自身的修养，以节俭来培养自身的品德。不清心寡欲就无法明确崇高的志向，不集中精神就无法实现远大的目标。学习必须要静心专一，才干来自学习，不学习就不能增长才干，没有志向就无法学有所成。过度享乐不能振奋精神，狭隘急躁无法陶冶性情。年纪随时光增长，意志随岁月流逝，于是人如枯叶般凋谢零落，对社会没有任何贡献，只能悲哀地守着自己的破房子，那个时候再悔恨又怎么来得及呢？

（编者译）

知识

诸葛亮（181—234），字孔明，号卧龙（也作伏龙），汉族，徐州琅琊阳都（今山东临沂市沂南县）人。三国时期蜀汉丞相,杰出的政治家、军事家、散文家、书法家。在世时被封为武乡侯,死后追谥忠武侯,东晋特追封他为武兴王。诸葛亮为匡扶蜀汉政权,呕心沥血,鞠躬尽瘁,死而后已。其散文代表作有《出师表》《诫子书》等。曾发明木牛流马、孔明灯等,并改造连弩,叫作诸葛连弩,可一弩十矢俱发。于234年在五丈原(今宝鸡岐山境内)逝世。诸葛亮在后世受到极大尊崇,成为后世忠臣楷模、智慧化身,成都、宝鸡、汉中、南阳等地都有武侯祠。

《诫子书》是诸葛亮晚年写给8岁儿子诸葛瞻的一封家书。文章主旨乃劝勉儿子勤学励志,全文围绕一个"静"字展开。诸葛亮教育儿子淡泊为人、宁静处世,切忌心浮气躁、举止荒唐。作者在文中以父亲独有的慈爱和严厉告诉儿子"少壮不努力,老大徒伤悲"的道理,既体现了对子女的严格要求,也表达了深切细致的爱子之心。短短几十字,有淡泊宁静的处世之道,有养德明志的励学之言,有戒骄戒躁的告诫之语,有时不我待的奋进之辞。其短小精悍、言简意赅,清新自然、不事雕琢,远胜长篇大论,是中国自古以来训子文章的典范。

欲思其利,必虑其害;欲思其成,必虑其败。

——诸葛亮

修身篇

伟大与渺小

臧克家

我们有太多的伟人。写在历史上的被渲染过的,不必说他们了;和我们同时代,向我们显示伟大的,已经够数了。这些人,凭了个人的阴谋机诈、凭了阴险与残酷,只要抓住一个机会使自己向高处爬一级,他是决不放弃这个机会的,至于牺牲个人的天良与别人的利害甚至生命,他毫不顾惜。这些伟人的伟大,是用个人的人性去换来的,是踏在人民大众的骨骸上升高起来的。当他站得高、显得伟大的时候,一般有肉没有骨头,有驱壳没灵魂的人中狗,便成群的蜷伏在他脚下,仰起头来望望他,便"伟大呵,伟大呵"的乱叫一阵子,当别人靠近他的时候,它们便狺狺狂吠起来,在壮主子的声威之余,自己仿佛也有威可畏了。这些伟人与臣侯是相依为命,狼狈为奸的。主子为了获取权势的兔,是不能没有走狗的,在走狗的瞳孔里,主子的尊容也许并非那样庄严,然而在他们口里又是另一回事了。为了一块骨头,它们出卖了自己。

在伟人自己,眼睛看的是逢迎的脸色,哑嚅趑趄的情感,耳朵听的是谗媚阿佞的声音,左右的人钢壁铁墙一样把他围在一个小天地里,眼看不过咫尺,耳听不出左右,久而久之,也只能以他人之耳为耳,以他人之目为目,而这些他人,又正是以他为法宝而有所贪图的人,他们所说的话,所报告的见闻,全是以自己的利害为标准而取舍,改窜,编辑的,不但与事实不符,常常会整个相反。信假为真,以真为假,是非颠倒,黑白不分。古时候有这样的皇帝,天下大饥,他怪罪人民何不食肉糜,今日的伟人吃的鸡蛋也许还是一块钱一个。

这样的伟人,拔地几千尺,活在半空

修身篇

里,和群众、和现实,脱离得一干二净。在别人眼前,他作势,他装腔;他在别人眼里不是"人",而是"伟人"。他自己,喜怒哀乐,不能自由,不愿自由,不敢自由,硬把人之所以为人一些天性压抑,闷死,另换上一些人造的东西,这样弄得长久了,自己也觉得自己不是"人"了,而成了"人"以上的另一种人的"人",勉强解释,就是孤家"寡人"之"人"。这样的"人",是"性相近也,习相远也",远的是民众,是人性。这样的人是刚愎的,残暴的,虚伪的,反动的,半疯狂的,自欺欺人的,存心"不令天下人负我,我负天下人"的。把一个国家,一个世界,交给这样一个半疯子去统治,那会造成个什么样子呢?

"王侯将相"的种子,已不能在新时代的气流中生长了,当大势已去,伟人不得不从半空里扔在实地上、民众前的时候,难怪希特勒自杀,而且自杀前还有疯狂的传说。被别人蒙在鼓里，或被自己的野心蒙在鼓里，一旦鼓被敲破了，四面楚歌，他这才明白了，可是已经晚了。个人英雄也就是悲剧英雄。希特勒、墨索里尼已成过去了，他们的死法是多么有力的标语，佛朗哥，以及佛朗哥的弟兄们，读一读它吧！

和伟大相反，我喜欢渺小，我想提倡一种渺小主义。一个浪花是渺小的，波浪滔天的海洋就是它集体动力的表现，一粒砂尘是渺小的，它们造成了巍峨的泰岱，一株小草也是一支造物的小旗，一朵小花不也可以壮一下春的行色吗？

我说的渺小是最本色的，最真的，最人性的，是恰恰反乎上面所说的那样的伟大的。一颗星星，它没有名字却有光，有温暖，一颗又一颗，整个夜空都为之灿烂了。谁也不掩盖谁，谁也不妨碍别人的存在，相反的，彼此互相辉映，每一个是集体中的一分子。

修身篇

  满腹经纶的学者,不要向人民夸示你们的渊博吧,在这一方面你不是能手,因你有福,有闲,有钱,你对于锄头拿得动、使得熟吗?在别人的本领之前,你显示自己的渺小吧。用你的精神的食粮去换五谷吧。

  发号施令的政治家,你们也能操纵斧柄如同操纵政柄吗?

  将军们,不要只记住自己的一个命令可以生杀多少人,也要想想农民手下的锄头,可以生多少禾苗,死多少野草呵。

  当个人从大众中孤立起来,而以自己的所长傲别人所短,他自觉是高人一头;把自己看做群众里面的一个,以别人的所长比自己的所短时,便觉得自己是渺小,人类的集体是伟大。我常常想,不亲自站在群众的队伍里面是比不出自己高低的;我常常想,站在大洋的边岸上向远处放眼的时候,站在喜玛拉雅山脚下向上抬头的时候,才会觉得自己的渺小。

因此，我爱大海，也爱一条潺潺的溪流；我爱高山，也爱一个土丘；我爱林木的微响，也爱一缕炊烟；我爱孩子的眼睛，我爱无名的群众，我也爱将军虎帐夜谈兵——如果他没有忘记他是个人。

我说的渺小是通到新英雄主义的一个起点。渺小是要把人列在一列平等的线上，渺小是自大，狂妄，野心，残害的消毒药，渺小是把人还原成人，是叫人看集体重于个人。当一个人为了群众，为了民族和国家，发挥了自己最大可能的力量，他便成为人民的英雄——新的英雄，这种英雄，不是为了自己，而是牺牲了自己，他头顶的光圈，是从人格和鲜血中放射出来的。

人人都渺小，然而当把渺小扩大到极致的时候，人人都可以成为英雄——新的英雄。

这世纪，是旧式的看上去伟大的伟人倒下去的世纪；这世纪，是渺小的人民觉醒的世纪；这世纪，是新英雄产生的世纪。

我如此说，如此相信。

(选自张胜友、蒋和欣主编：《中华百年经典散文·励志修身卷》，作家出版社2004年版，第194～196页)

知识

臧克家（1905—2004），山东诸城人。1934年毕业于山东大学。曾在抗日前线做宣传工作。中华人民共和国成立后曾任中国作家协会书记处书记、《诗刊》主编、全国政协常委。著有论著《学诗断想》、回忆录《诗与生活》及《臧克家诗选》《臧克家文集》等。

解读

《伟大与渺小》是臧克家创作于1945年的一篇杂文。文中，作者激烈地批判了旧式"伟人"这一虚假的身份，宣扬人人都是英雄的新时代精神。旧式"伟人"活在半空中，脱离实际，脱离人民，其"人"是"孤家寡人"的"人"，已经为时代所抛弃。作者在文中提倡一种渺小主义，这种从"伟人"到"渺小"的转向也是一种摒弃个人英雄主义而走向集体主义的趋势。不光爱高山，也爱土丘；不光爱大海，也爱细流。作者歌颂渺小精神，赞扬每一个为集体、群众乃至全人类做贡献的渺小个体，这是一种"新英雄主义"，让每一个奋力前行的个人都能在时代中绽放光芒。

读一本好书,像交了一个益友。

——臧克家

我为什么而活着

[英] 罗素

对爱情的渴望,对知识的追求,对人类苦难不可遏制的同情心,这三种纯洁但无比强烈的激情支配着我的一生。这三种激情,就像飓风一样,在深深的苦海上,肆意地把我吹来吹去,吹到濒临绝望的边缘。

我寻求爱情,首先因为爱情给我带来狂喜,它如此强烈以致我经常愿意为了几小时的欢愉而牺牲生命中的其他一切。我寻求爱情,其次是因为爱情解除孤寂——

修身篇

那是一颗震颤的心,在世界的边缘,俯瞰那冰冷死寂、深不可测的深渊。我寻求爱情,最后是因为在爱情的结合中,我看到圣徒和诗人们所想象的天空景象的神秘缩影。这就是我所寻求的,虽然它对人生似乎过于美好,然而最终我还是得到了它。

我以同样的热情寻求知识,我希望了解人的心灵。我希望知道星星为什么闪闪发光,我试图理解毕达哥拉斯的思想威力,即数字支配着万物流转。这方面我获得一些成就,然而并不多。

爱情和知识,尽其可能地把我引上天堂,但是同情心总把我带回尘世。痛苦的呼号的回声在我心中回荡,饥饿的儿童,被压迫者折磨的受害者,被儿女视为可厌负担的无助的老人以及充满孤寂、贫穷和痛苦的整个世界,都是对人类应有生活的嘲讽。我渴望减轻这些不幸,但是我无能为力,而且我自己也深受其害。

这就是我的一生,我觉得它值得活。

如果有机会的话，我还乐意再活一次。

（选自胡作玄、赵慧琪译：《罗素文集第13卷》，商务印书馆2012年版，第1～2页）

知识

伯特兰·阿瑟·威廉·罗素（1872—1970），英国哲学家、数学家、逻辑学家、历史学家、文学家，分析哲学的主要创始人，世界和平运动的倡导者和组织者。主要作品有《西方哲学史》《哲学问题》《心的分析》《物的分析》等。

解读

《我为什么而活着》是罗素自传的序言，可以说是罗素对自己一生的总结，蕴含着他思想的全部内涵。罗素开篇就回答了题目中的问题：他是为了爱情、知识和同情心而活。作者将爱情描绘得无比美好，充满人性的光辉，同时也将对知识的追求看作自己人生的重要目标，这二者都是作者的精神依托，是将他引向天堂的路标，而真正将作者带回现实的则是对人类苦难不可遏制的同情心。在理想境界之外，罗素更关心饥饿的孩子、被压迫者和孤苦伶仃的老人，他将自己所有的智慧和力量都献给了人类，在追求和平的道路上不断奔走，为人类的灾难忧心忡忡，这是所有伟大的思想家共有的对人类命运的关注和慨叹。这篇文章感情真挚，包含着澎湃的激情，字里行间透露出罗素

修身篇

博大的情怀和崇高的理想,令读者感动不已。

幸福的生活是一种由爱鼓舞、由知识指导的生活。

——[英] 罗素

尚勤致远　心无旁骛

修身篇

青年与人生

李大钊

我今就现代青年活动的方向,稍有陈说,望我亲爱的青年垂听!

第一,现代的青年,应该在寂寞的方面活动,不要在热闹的方面活动。近来常听人说:"我们青年要耐得过这寂寞日子。"我想这"寂寞日子",并不是苦境,实在是一种乐境。我觉得世间一切光明,都从寂寞中发见出来。譬如天时,一年有一个冬季,是一年的寂寞日子。在此时间,万木枯黄,气象凋落,死寂,冷静,都是他的特色。可是那一年中最华美的春天,不是就从这个寂寞的冬天发见出来的么?一天有一个暗夜,也是一天的寂寞日子。在此时间,万种的尘嚣嘈杂,都有个一时片刻的安息。可是一日中最光耀的曙色,不是从这寂寞的暗夜发见出来的么？热闹中所含的，都是消沉，都是散灭；黑暗寂寞中所含的，都是发生，都是创造，都是光明。这样讲来，这寂寞日子，实在是有滋味、有趣意的日子，不是忍苦受罪的日子，我们实在乐得过，不是耐得过。况且耐得过的日子，必不长久。一个人若对于一种日子总觉得是耐得过，他的心中，必是认这寂寞日子，是一种苦境，是一种烦恼，那就很容易把他抛弃，去寻快乐日子过。因为避苦求乐，是人性的自然，勉强矜持的心，是靠不住的。譬如孀妇不再嫁，苦是本着他自由的意思，那便是他的乐境，那种寂寞日子，他必乐得过到底。若是全因为受传说偶像的拘束，风俗名教的迫胁，才不去嫁，那真是人间莫大的苦境，那种寂寞日子，他虽天天耐得过，天天总有耐不得跟着。乐得过的是一种趣味，耐得过的是一种矜持。青年呵！我们在寂寞的方面活动，不可带着丝毫勉强矜持的意思，

必须知道那里有一种真趣味，一种真光明，甘心情愿乐得过这寂寞日子，才能有这寂寞日子中寻出真趣味，获得真光明的一日。

第二，现代的青年，应该在痛苦的方面活动，不要在欢乐的方面活动。本来苦乐两境，是比较的，不是绝对的。哪个苦？哪个乐？全靠各人的主观去判定他，本靡有一定标准的。我从前曾发过一种谬想，以为人生的趣味就在苦中求乐，受苦是人生本分，我们青年应该练忍苦的本领。后来觉得大错。避苦求乐，是人性的自然，背着自然去做，不是勉强，就是虚伪。这忍苦的人生观，是勉强的人生观，虚伪的人生观。那求乐的人生观，才是自然的人生观，真实的人生观。我们应该顺应自然，立在真实上，求得人生的光明，不可陷入勉强、虚伪的境界，把真正人生都归幻灭。但是，求乐虽是人性的自然，苦境总缘着这乐境发生，总来缠绕，这又当怎样摆脱呢？关于此点，我却有一个新见解，可是妥当与否，我自己还未敢自信。我觉得人生求乐的方法，最好莫过于尊重劳动。一切乐境，都可由劳动得来，一切苦境，都可由劳动解脱。劳动的人，自然没有苦境跟着他。这个道理，可以由精神的物质的两方面说。劳动为一切物质的富源，一切物品，都是劳动的结果。我们凭的几，坐的椅，写字用的纸笔墨砚，乃至吃的米，饮的水，穿的衣，靡有一样不是从劳动中得来。这是很容易晓得的。至于精神的方面，一切苦恼，也可以拿劳动去排除他，解脱他。这一点一般人却是多不注意。一个人一天到晚，无所事事，这个境界的本身，已竟是大苦；而在无事的时间，一切不正当的欲望，靡趣味的思索，都乘隙而生；疲敝陈惰的血分，周满于身心，一切悲苦烦恼，相因而至，于是要想个消遣的法子。这消遣的法子，除去劳动，便靡有正当的法则。吃喝嫖赌，真是苦中苦的魔窟，把宝贵的人生，都消磨在这个中间，

修身篇

岂不可惜！岂不可痛！堕落在这里的人，都是不知道尊重劳动，不知道劳动中有无限的快乐，所以才误入迷途了。青年呵！你们要晓得劳动的人，实在不知道苦是什么东西。譬如身子疲乏，若去劳动一时半刻，顿得非常的爽快。隆冬的时候，若是坐着洋车出门，把浑身冻得战栗，若是步行走个十里五里，顿觉周身温暖。免苦的好法子，就是劳动。这叫作尊劳主义。这样讲来，社会上的人，若都本着这尊劳主义去达他们人生的目的，世间不就靡有什么苦痛了吗？你为何又说要我们青年在苦痛方面活动呢？此问甚是。但是现在的社会，持尊劳主义的人很少，而且社会的组织不良，少数劳动的人，所得的结果，都被大多数不劳动的人掠夺一空。劳动的人，仍不免有苦痛，仍不免有悲惨，而且最苦痛最悲惨的人，恐怕就是这些劳动的人。所以我们要打起精神来，寻着那苦痛悲惨的声音走。我们要晓得痛苦的人，是些什

么人？痛苦的事，是些什么事？痛苦的原因，在什么地方？要想解脱他们的苦痛，应该用什么方法？我们不能从苦痛里救出他们，还有谁何能救出他们，肯救出他们？常听假慈悲的人说，这个苦痛悲惨的地方，我们真是不忍去，不忍看。但是我们青年朋友们，却是不忍不去，不忍不看，不忍不援手，把他们提醒，大家一齐消灭这苦痛的原因呵！

第三，现代的青年，也应在黑暗的方面活动，不要专在光明的方面活动。人生的努力，总向光明的方面走，这是人类向上的自然动机，但是世间果然到了光明的机运，无一处不是光明？我们在这光明中享尽人生之乐，岂不是一大幸事？无如世间的黑暗，仍旧遍在，许多的同胞，都陷溺到黑暗中间，我们焉能独自享受光明呢？同胞都在黑暗里面，我们不去援救他们，却自找一点不沾泥土的地方，偷去安乐，偷去清洁，那种光明，究竟能算得光明么？

修身篇

那种幸福,究竟能算得幸福么?旧时代的青年讲修养的,犹且有"先忧后乐"的话,新时代的青年,单单做到"独善其身""洁身自好"的地步,能算尽了责任的人么?俄国某诗人训告他们青年说:"毁了你的巢居,离开你的父母,你要独立自营,保信你心的清白与自然,那里有悲惨愁苦的声音,你到那里去活动。"这话真是现代青年的宝训,真是现代青年的警钟。我们睁开眼看!那些残杀同胞的兵士们,果真都是他们自己愿做这样残暴的事情么?杀人果真是他们的幸福么?他们就没有一段苦情不平,为一般人所不知道的么?他们的背后,果真没有什么东西逼他们去作杀人野兽么?那么倚门卖笑的娼妓们,果真都是他们自己愿做这样丑贱的事情么?卖笑果真是他们的幸福么?他们就没有一段苦情不平,为一般人所不知道的么?他们的背后,果真没有什么东西迫他们去作辱身的贱业么?那些监狱里的囚犯们,果真都是他们自己愿作罪恶的事么?他们做的犯法的事,果真是罪恶么?他们所受的刑罚,果真适当他们的罪恶么?他们就没有一段苦情不平,为一般人所不知道的么?他们的背后,果真没有什么东西逼他们陷于罪恶或是受了冤枉么?再看巷里街头老幼男女的乞丐们,冻馁的战抖在一堆,一种求爷叫奶的声音,最是可怜,一种秽垢惰丧的神气,最是伤心,他们果真愿作这可耻的态度丝毫不觉羞耻么?他们堕落到这个样子,果真都因为他们是天生的废材么?他们就没有一段苦情不平,为一般人所不知道的么?他们的背后,果真没有什么东西逼他们不得不如此么?由此类推,社会上一切陷于罪恶、堕落、秽污、黑暗的人,都不必全是他们本身的罪过。谁都是爹娘生的,谁都有不灭的人性,我们不可把他们看作洪水猛兽,远远的躲避他们。固然在黑暗的里面,潜藏着许多恶魔毒菌,但是防疫的医生,虽有被传染的危险,也是

修身篇

不能不在恶疫中奋斗。青年呵！只要把你的心放在坦白清明的境界，尽管拿你的光明去照澈大千的黑暗，就是有时困于魔境，或竟作了牺牲，也必有良好的效果，发生出来。只要你的光明永不灭绝，世间的黑暗，终有灭绝的一天。

（选自张胜友、蒋和欣主编：《中华百年经典散文·励志修身卷》，作家出版社2004年版，第50~53页）

知识

李大钊（1889—1927），字守常，河北乐亭人。中国共产主义的先驱、杰出的无产阶级革命家、中国共产党的主要创始人之一，同时也是学识渊博、勇于开拓的著名学者，在中国共产主义运动和民族解放事业中具有崇高的历史地位。

解读

李大钊在《青年与人生》中为现代青年人指明了前进的方向。他提倡青年人应该在寂寞的方面、痛苦的方面、黑暗的方面活动，而不该蜷缩于热闹的方面、欢乐的方面和光明的方面。寂寞的方面，要求青年人不光要耐得住寂寞，也要乐得寂寞，从寂寞中见出真趣味。这正是学习之要义，只有在安静寥落的冬天固守寂寞，才能在阳光明媚的春季拨云见日。痛苦的方面,要求青年人在受苦的人生本分中苦中作乐,一切乐境都是通过劳动获得的,青年人要在劳动中享受人生的乐趣。在这里,李大钊还指出无数不劳动的人掠夺劳动者的劳动成果,使得广大劳动人民痛苦不堪。现代青年人要看到劳动人民的痛苦,发掘他们痛苦的原因,找到让他们免于痛苦的方法。黑暗的方面,要求青年人不能沉溺在光明表象中,更要看到世间遍在的黑暗。面对堕落于黑暗中的同胞,不能只看到他们的罪恶,更要看到他们身上的苦情不平和他们背后的社会之罪。文章强调现代青年人仅仅独善其身是不够的,更要有兼济天下的勇气和信念,要拿自身的光明照彻大千世界的黑暗,这正是现代青年人的行动指南。

凡事都要踏踏实实去做,不驰于空想,不骛于虚声,而惟以求真的态度作踏实的工夫。以此态度求学,则真理可明,以此态度做事,则功业可就。

——李大钊

修身篇

劝学诗

颜真卿

正文

三更灯火五更鸡①，正是男儿读书时。
黑发②不知勤学早，白首方悔读书迟③。

（选自毋永利编：《古文观止》，中国民主法制出版社2012年版，第146页）

注释

①五更鸡：天快亮时，鸡啼叫。
②黑发：年少时期。
③白首：头发白了，这里指老年。方：才。

知识

颜真卿（709—784），字清臣，小名羡门子，别号应方，生于京兆万年（今陕西西安），祖籍琅琊临沂（今山东临沂），唐代名臣、杰出的书法家。曾受权臣杨国忠排斥，被贬为平原太守，人称"颜平原"。唐代宗时官至吏部尚书、太子太师，封鲁郡公，人称"颜鲁公"。颜真卿书法精妙，擅长行、楷，创"颜体"楷书，与赵孟頫、柳公权、欧阳询并称为"楷书四大家";又与柳公权并称为"颜柳",被称为"颜筋柳骨"。善诗文,著作甚富,有《韵海镜源》《礼乐集》《吴兴集》《庐陵集》《临川集》存世。

颜真卿《劝学诗》的主旨在一个"劝"字,"劝"乃勉励之意。颜真卿幼年丧父,家道中落,母亲严格教育,亲自督学,故颜真卿认真刻苦,格外好学,并写下这首诗以勉励后人。诗歌前两句描写勤学青年悬梁刺股,夜夜苦读;后两句则用"黑发""白首"指代青年与老年。通过对比,指出读书学习要趁年富力强之时,不要等老来空叹流年匆匆。这首诗提醒青年人不要虚度光阴,只有在年轻之时勤学苦读,老来才能有所成就、报效国家。全诗深入浅出、自然晓畅,于简单的语言中蕴含丰富的哲理,是自古以来劝学诗中的佳作。

当其用锋,常欲使其透过纸背,此成功之极矣。

——颜真卿

修身篇

伤仲永①

王安石

金溪②民方仲永,世隶耕③。仲永生五年,未尝识书具④,忽啼求之。父异⑤焉,借旁近⑥与之,即书诗四句,并自为其名。其诗以养父母、收族⑦为意,传一乡秀才观之。自是指物作诗立就,其文理皆有可观者。邑人⑧奇之,稍稍宾客其父⑨,或以钱币乞之⑩。父利其然⑪也,日扳仲永环谒⑫于邑人,不使学。

余闻之也久。明道中,从先人⑬还家,于舅家见之,十二三矣。令作诗,不能称⑭前时之闻。又七年,还自扬州,复到舅家问焉,曰:"泯然⑮众人矣。"

王子⑯曰:仲永之通悟⑰,受之天也。其受之天也,贤于材人⑱远矣。卒⑲之为众人,则其受于人者⑳不至㉑也。彼其受之天也，如此其贤也，不受之人，且为众人；今夫不受之天，固众人，又不受之人，得为众人而已耶？

（选自王兆鹏、黄崇浩编选：《王安石集》，凤凰出版社2006年版，第164～166页）

注释

①伤仲永：为仲永而伤悲。仲永，方姓。

②金溪：今属江西金溪。

③隶耕：务农。

④书具：书写工具，指笔墨纸砚等。

⑤异：诧异，惊奇。

⑥旁近：邻居。

⑦收族：团结宗族乡亲。

⑧邑人：本地人。

⑨宾客其父：对其父以宾客之礼相待。

⑩乞之：求之。

⑪利其然：贪图这些好处。

⑫扳：带领。环谒：四处拜访（名人）。

⑬先人：指作者的父亲王益。

⑭称：符合。

⑮泯然：消失、沉沦的样子，指仲永的才气不复存在了。

⑯王子：王安石自称。

修身篇

⑰通悟：通达聪慧。
⑱材人：有才能的人。
⑲卒：最终。
⑳受于人者：接受他人教育。
㉑不至：不到位。

（编者注）

金溪的平民方仲永，世世代代以务农为业。仲永五岁的时候，还没有见过书写工具，有一天他忽然哭着索要这些东西。父亲很诧异，就向邻居借了书写工具给仲永，仲永马上写了四句诗，并题上自己的名字。这首诗以赡养父母、团结宗族为主旨，给全乡的秀才观赏。自此之后，指定事物让仲永作诗，他马上就能完成，并且诗歌的文采和道理都有值得欣赏的地方。本地人觉得十分惊奇，渐渐地都以宾客之礼待仲永的父亲，有时则花钱求取仲永的诗。仲永的父亲贪图这些好处，每日带着仲永四处拜访乡亲，不让他学习。

我听说这件事情很久了。明道年间，我随父亲回到家中，在舅舅家见到了方仲永，他已经十二三岁了。让他作诗，写出来的诗已经不能和从前的名声相称。又过了七年，我从扬州归来，再次来到舅舅家，问起仲永的事情，回答说："仲永的才能已经消失了，和普通人没什么两样。"

王安石说:"仲永的通达聪慧是上天赋予的,他的天赋比一般有才能的人优秀得多。他最终成了普通人,都是因为后天所受的教育不到位。仲永的天资这么好,没有后天教育尚且成为普通人;那么,现在那些本来就没有天赋,生来就是普通的人,若是不接受后天教育,难道不是连普通人都不如么?"

(编者译)

知识

王安石(1021—1086),字介甫,号半山,谥文,封荆国公,世人又称王荆公。抚州临川人(今江西省抚州市临川区邓家巷人)。北宋著名政治家、思想家、文学家、改革家,"唐宋八大家"之一。传世文集有《王临川集》《临川集拾遗》等。

解读

《伤仲永》之"伤"有三层含义:一是叹惋仲永天赋才华,却毁于后天教育之缺失;二是哀于仲永的父亲不懂教导,以致天才"泯然众人";三是感慨天资聪慧如仲永,缺乏后天磨炼尚且如此,普通人若是不刻苦勤勉,岂不是更加难以有所成就?文章围绕这三层含义按顺序展开,由"闻"到"见",随后又由"见"到"闻"。在两次转折中,我们见证了仲永从天才变为普通人的过程。开篇叙述了作者听说仲永幼能作诗,天资过人。但之后一见

修身篇

却发现仲永因缺乏教育,早已名不副实。七年之后再次打听仲永的近况,得知其已"泯然众人矣"。作者在尾段展开了议论,在悲叹仲永之事的同时,更指出天赋平平的人若不受教育,连"泯然众人"都达不到。一个人的天赋才华固然重要,但后天的教育和环境才具有决定性的作用。作者通过仲永的事例告诫人们勤学苦读、重视教育的重要性。全文严谨深刻,叙述精练,语言平实又充满感情色彩,是一篇非常优秀的说理短文。

读书谓已多,抚事知不足。

——王安石

未有天才之前

鲁 迅

我自己觉得我的讲话不能使诸君有益或者有趣,因为我实在不知道什么事,但推托拖延得太长久了,所以终于不能不到这里来说几句。

我看现在许多人对于文艺界的要求的呼声之中，要求天才的产生也可以算是很盛大的了，这显然可以反证两件事：一是中国现在没有一个天才，二是大家对于现在的艺术的厌薄。天才究竟有没有？也许有着罢，然而我们和别人都没有见。倘使据了见闻，就可以说没有；不但天才，还有使天才得以生长的民众。

天才并不是自生自长在深林荒野里的怪物，是由可以使天才生长的民众产生，长育出来的，所以没有这种民众，就没有天才。有一回拿破仑过 Alps 山，说，"我比 Alps 山还要高！"这何等英伟，然而不要忘记他后面跟着许多兵；倘没有兵，那只有被山那面的敌人捉住或者赶回，他的举动，言语，都离了英雄的界线，要归入疯子一类了。所以我想，在要求天才的产生之前，应该先要求可以使天才生长的民众。——譬如想有乔木，想看好花，一定要有好土；没有土，便没有花木了；所以

修身篇

土实在较花木还重要。花木非有土不可,正同拿破仑非有好兵不可一样。

然而现在社会上的论调和趋势,一面固然要求天才,一面却要他灭亡,连预备的土也想扫尽。举出几样来说:

其一就是"整理国故"。自从新思潮来到中国以后,其实何尝有力,而一群老头子,还有少年,却已丧魂失魄的来讲国故了,他们说,"中国自有许多好东西,都不整理保存,倒去求新,正如放弃祖宗遗产一样不肖。"抬出祖宗来说法,那自然是极威严的,然而我总不信在旧马褂未曾洗净叠好之前,便不能做一件新马褂。就现状而言,做事本来还随各人的自便,老先生要整理国故,当然不妨去埋在南窗下读死书,至于青年,却自有他们的活学问和新艺术,各干各事,也还没有大妨害的,但若拿了这面旗子来号召,那就是要中国永远与世界隔绝了。倘以为大家非此不可,那更是荒谬绝伦!我们和古董商人谈天,他自然总称赞他的古董如何好，然而他决不痛骂画家，农夫，工匠等类，说是忘记了祖宗：他实在比许多国学家聪明得远。

其一是"崇拜创作"。从表面上看来，似乎这和要求天才的步调很相合，其实不然。那精神中，很含有排斥外来思想，异域情调的分子，所以也就是可以使中国和世界潮流隔绝的。许多人对于托尔斯泰，都介涅夫，陀思妥夫斯奇的名字，已经厌听了，然而他们的著作，有什么译到中国来？眼光囚在一国里，听谈彼得和约翰就生厌，定须张三李四才行，于是创作家出来了，从实说，好的也离不了剽取点外国作品的技术和神情，文笔或者漂亮，思想往往赶不上翻译品，甚者还要加上些传统思想，使他适合于中国人的老脾气，而读者却已为他所牢笼了，于是眼界便渐渐的狭小，几乎要缩进旧圈套里去。作者和读者互相为因果，排斥异流，抬上国粹，那里会有天才产生？即使产生了，也是活不

修身篇

下去的。

这样的风气的民众是灰尘,不是泥土,在他这里长不出好花和乔木来!

还有一样是恶意的批评。大家的要求批评家的出现,也由来已久了,到目下就出了许多批评家。可惜他们之中很有不少是不平家,不像批评家,作品才到面前,便恨恨地磨墨,立刻写出很高明的结论道,"唉,幼稚得很。中国要天才!"到后来,连并非批评家也这样叫喊了,他是听来的。其实即使天才,在生下来的时候的第一声啼哭,也和平常的儿童的一样,决不会就是一首好诗。因为幼稚,当头加以戕贼,也可以萎死的。我亲见几个作者,都被他们骂得寒噤了。那些作者大约自然不是天才,然而我的希望是便是常人也留着。

恶意的批评家在嫩苗的地上驰马,那当然是十分快意的事;然而遭殃的是嫩苗——平常的苗和天才的苗。幼稚对于老成,有如孩子对于老人,决没有什么耻辱;

作品也一样，起初幼稚，不算耻辱的。因为倘不遭了戕贼，他就会生长，成熟，老成；独有老衰和腐败，倒是无药可救的事！我以为幼稚的人，或者老大的人，如有幼稚的心，就说幼稚的话，只为自己要说而说，说出之后，至多到印出之后，自己的事就完了，对于无论打着什么旗子的批评，都可以置之不理的！

就是在座的诸君，料来也十之九愿有天才的产生罢，然而情形是这样，不但产生天才难，单是有培养天才的泥土也难。我想，天才大半是天赋的；独有这培养天才的泥土，似乎大家都可以做。做土的功效，比要求天才还切近；否则，纵有成千成百的天才，也因为没有泥土，不能发达，要像一碟子绿豆芽。

做土要扩大了精神，就是收纳新潮，脱离旧套，能够容纳，了解那将来产生的天才；又要不怕做小事业，就是能创作的自然是创作，否则翻译，介绍，欣赏，读，

修身篇

看,消闲都可以。以文艺来消闲,说来似乎有些可笑,但究竟较胜于戕贼他。

泥土和天才比,当然是不足齿数的,然而不是坚苦卓绝者,也怕不容易做;不过事在人为,比空等天赋的天才有把握。这一点,是泥土的伟大的地方,也是反有大希望的地方。而且也有报酬,譬如好花从泥土里出来,看的人固然欣然的赏鉴,泥土也可以欣然的赏鉴,正不必花卉自身,这才心旷神怡的——假如当作泥土也有灵魂的说。

(选自鲁迅著:《野草》,吉林出版集团有限责任公司2009年版,第111~113页)

《未有天才之前》是鲁迅1924年的一篇演讲稿。当时的文坛空喊缺乏天才,但是实际上却处处在扼杀天才、戕害天才。鲁迅就这一现状提出了自己的看法,演讲有的放矢、针砭时弊,有很强的现实意义。鲁迅指出了整理国故、崇拜创作和恶意批评三种扼杀天才的倾向。代表第一种的老先生们自己失魂丧魄地追求"中国以前的好东西"固然无妨,但是打击青年积极性、反对一切新生事物却是

墨守成规、与世隔绝的荒谬做法。代表第二种的愚昧读者只知苏联作家,对西方作家一概不知,禁锢在自己的旧圈子里,无法接受新式的优秀作品。代表第三种的恶意批评家排挤初生作家,用讽刺和贬低将优秀的作家扼杀在摇篮里,却不知参天大树也是由不起眼的嫩苗长成的。天才是幼苗,环境是泥土,灰尘中开不出花朵,贫瘠的土地种不了庄稼。与其固等天才降世,不如改善社会环境,为天才提供成长的条件。

真的猛士,敢于直面惨淡的人生,敢于正视淋漓的鲜血。

——鲁迅

育美养性　慎思明辨

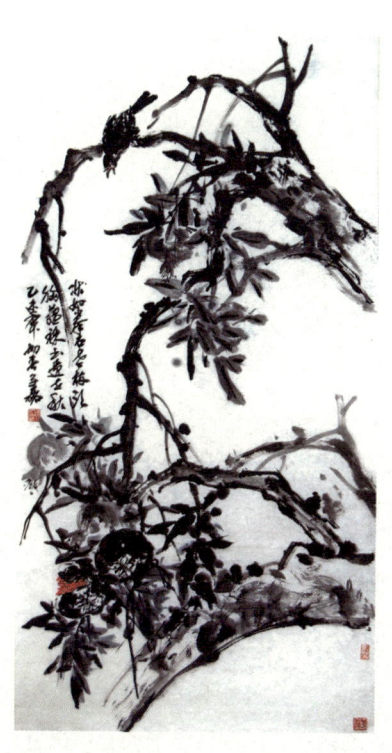

蝶恋花

王国维

正文

　　百尺朱楼临大道。楼外轻雷①,不间昏和晓。独倚阑干人窈窕②,闲中数尽行人小。　　一霎车尘生树杪③。陌上楼头,都向尘中老。薄晚西风吹雨到,明朝又是伤流潦④。

（王国维著:《王国维词集》,上海古籍出版社 2013 年版,第117页）

注释

①轻雷：此喻车声。
②窈窕：美好貌。《诗·周南·关雎》："窈窕淑女,君子好逑。"
③树杪：树梢。
④流潦：指雨后的积水。

知识

　　王国维（1877—1927）,初名国桢,字静安,亦字伯

修身篇

隅，初号礼堂，晚号观堂，又号永观，谥忠悫。浙江海宁人。王国维早年追求新学，把西方哲学、美学思想与中国古典哲学、美学相融合，形成了独特的美学思想体系。他成就卓越，贡献突出，在教育、哲学、文学、戏曲、美学、史学、古文学等方面均有深诣和创新，为中华民族文化宝库留下了广博精深的学术遗产。代表作有《人间词话》《观堂集林》等。

　　《蝶恋花·百尺朱楼临大道》是王国维名声最盛的一首词，其表面写思妇之怨，实则饱含哲理思致，充满文学隐喻，寄寓了作者悲天悯人的情感和对人生离别的无尽遗憾。词中数个意象对立："朱楼"与"大道"、"窈窕"与"行人"、"陌上"与"楼头"，乍看朱楼之上的美人遗世独立，似乎与路上行人是完全隔离的，但是不分昏晓的"轻雷"和扑面而来的"车尘"却告诉我们，高高在上的美人只是一个幻想，美人与行人都注定在这红尘中老去，也都注定明日为路上的积水而烦恼。王国维在《浣溪沙》首词中写道，"偶开天眼觑红尘，可怜身是眼中人"，与这首词意境相符，"陌上楼头，都向尘中老"已经不再是美人迟暮的感慨，而是作者借思妇之口道出对人生悲苦的无奈，慨叹人永远无法逃脱零落凋敝的命运。全诗意象凄婉悱恻，有着浓重的忧患意识，将作者的哲思和情感完美地结合在一起。

最是人间留不住,朱颜辞镜花辞树。

——王国维

远 与 近

顾 城

你
一会看我
一会看云

我觉得
你看我时很远
你看云时很近

[选自李朝全主编:《诗歌百年经典(1917~2015)》,中央编译出版社2016版,第255~256页]

修身篇

《远和近》这首诗看似平常,但耐人寻味。全诗只有短短的24个字,描写"你""我""云"是聚焦的变换,用距离阐述视觉变换中的不同感受。诗歌充满着哲理性的思考,一种关于人与自然、人与人的思考。该诗在朦胧美之外是无尽的遐想空间,诗人对诗歌留白艺术的处理,恰到好处地赋予了诗歌更深远的意义,使得诗歌充满更强烈的生命力。

(选自姚国军主编:《中国经典诗词品鉴》,中国文史出版社2016年版,第299页)

我相信,那一切都是种子。只有经过埋葬,才有生机。

——顾城

经典悦读

美从何处寻?

（节选）

宗白华

正文

"啊，诗从何处寻?
在细雨下，点碎落花声，
在微风里，飘来流水音，
在蓝空天末，摇摇欲坠的孤星!"

（《流云小诗》）

"尽日寻春不见春，
芒鞋踏遍陇头云，
归来笑拈梅花嗅
春在枝头已十分。"

（宋罗大经：《鹤林玉露》中载某尼悟道诗）

诗和春都是美的化身，一是艺术的美，一是自然的美。我们都是从目观耳听的世界里寻得她的踪迹。某尼悟道诗大有禅意，

修身篇

好象是说"道不远人",不应该"道在迩而求诸远"。好象是说:"如果你在自己的心中找不到美,那么,你就没有地方可以发现美的踪迹。"

然而梅花仍是一个外界事物呀,大自然的一部分呀!你的心不是"在"自己的心的过程里,在感情、情绪、思维里找到美;而只是"通过"感觉、情绪、思维找到美,发现梅花里的美。美对于你的心,你的"美感"是客观的对象和存在。你如果要进一步认识她,你可以分析她的结构、形象、组成的各部分,得出"谐和"的规律、"节奏"的规律、表现的内容、丰富的启示,而不必顾到你自己的心的活动,你越能忘掉自我,忘掉你自己的情绪波动,思维起伏,你就越能够"漱涤万物,牢笼百态"(柳宗元语),你就会象一面镜子,象托尔斯泰那样,照见了一个世界,丰富了自己,也丰富了文化。人们会感谢你的。

那么,你在自己的心里就找不到美了

吗?我说,如果我们的心灵起伏万变,经常碰到情感的波涛,思想的矛盾,当我们身在其中时,恐怕尝到的是苦闷,而未必是美。只有莎士比亚或巴尔扎克把它形象化了,表现在文艺里,或是你自己手之舞之,足之蹈之,把你的欢乐表现在舞蹈的形象里,或把你的忧郁歌咏在有节奏的诗歌里,甚至于在你的平日的行动里、语言里。一句话,就是你的心要具体地表现在形象里,那时旁人会看见你的心灵的美,你自己也才真正地切实地具体地发现你的心里的美。除此以外,恐怕不容易吧!你的心可以发现美的对象(人生的,社会的,自然的),这"美"对于你是客观的存在,不以你的意志为转移。

……

美的踪迹要到自然、人生、社会的具体形象里去找。

但是心的陶冶,心的修养和锻炼是替美的发见和体验作准备的。创造"美"也

修身篇

是如此。捷克诗人里尔克在他的《柏列格的随笔》里有一段话精深微妙,梁宗岱曾把它译出,现介绍如下:

"……一个人早年作的诗是这般乏意义,我们应该毕生期待和采集,如果可能,还要悠长的一生;然后,到晚年,或者可以写出十行好诗。因为诗并不象大家所想象,徒是情感(这是我们很早就有了的),而是经验。单要写一句诗,我们得要观察过许多城许多人许多物,得要认识走兽,得要感到鸟儿怎样飞翔和知道小花清晨舒展的姿势。得要能够回忆许多远路和僻境,意外的邂逅,眼光光望它接近的分离,神秘还未启明的童年,和容易生气的父母,当他给你一件礼物而你不明白的时候(因为那原是为别一人设的欢喜)和离奇变幻的小孩子的病,和在一间静穆而紧闭的房里度过的日子,海滨的清晨和海的自身,和那与星斗齐飞的高声呼号的夜间的旅行——而单是这些犹未足,还要享受过许多夜不同的狂欢，听过妇人产时的呻吟，和坠地便瞑目的婴儿轻微的哭声，还要曾经坐在临终人的床头和死者的身边，在那打开的、外边的声音一阵阵拥进来的房里。可是单有记忆犹未足，还要能够忘记它们，当它们太拥挤的时候，还要有很大的忍耐去期待它们回来。因为回忆本身还不是这个，必要等到它们变成我们的血液、眼色和姿势了，等到它们没有了名字而且不能别于我们自己了，那么，然后可以希望在极难得的顷刻，在它们当中伸出一句诗的头一个字来。"

　　这里是大诗人里尔克在许许多多的事物里、经验里，去踪迹诗，去发见美，多么艰辛的劳动呀！他说：诗不徒是感情，而是经验。现在我们也就转过方向，从客观条件来考察美的对象的构成。改造我们的感情，使它能够发现美。中国古人曾经把这唤做"移我情"，改变着客观世界的现象，使它能够成为美的对象，中国古人曾

修身篇

经把这唤做"移世界"。

"移我情"、"移世界",是美的形象涌现出来的条件。

……

明朝文人张大复在他的《梅花草堂笔谈》里记述着:

"邵茂齐有言,天上月色能移世界,果然!故夫山石泉涧,梵刹园亭,屋庐竹树,种种常见之物,月照之则深,蒙之则净,金碧之彩,披之则醇,惨悴之容,承之则奇,浅深浓淡之色,按之望之,则屡易而不可了。以至河山大地,邈若皇古,犬吠松涛,远于岩谷,草生木长,闲如坐卧,人在月下,亦尝忘我之为我也。今夜严叔向,置酒破山僧舍,起步庭中,幽华可爱,旦视之,酱盎纷然,瓦石布地而已,戏书此以信茂齐之语,时十月十六日,万历丙午三十四年也。"

月亮真是一个大艺术家,转瞬之间替我们移易了世界,美的形象,涌现在眼前。

但是第二天早晨起来看，瓦石布地而已。于是有人得出结论说：美是不存在的。我却要更进一步推论说，瓦石也只是无色、无形的原子或电磁波，而这个也只是思想的假设，我们能抓住的只是一堆抽象数学方程式而已。究竟什么是真实的存在？所以我们要回转头来说，我们现实生活里直接经验到的、不以我们的意志为转移的、丰富多采的、有声有色有形有相的世界就是真实存在的世界，这是我们生活和创造的园地。所以马克思很欣赏近代唯物论的第一个创始者培根的著作里所说的物质以其感觉的诗意的光辉向着整个的人微笑（见《神圣家族》），而不满意霍布士的唯物论里"感觉失去了它的光辉而变为几何学家的抽象感觉，唯物论变成了厌世论"。在这里物的感性的质、光、色、声、热等不是物质所固有的了，光、色、声中的美更成了主观的东西。于是世界成了灰白色的骸骨，机械的死的过程。恩格斯也主张

修身篇

我们的思想要象一面镜子,如实地反映这多采的世界。美是存在着的!世界是美的,生活是美的。它和真和善是人类社会努力的目标,是哲学探索和建立的对象。

美不但是不以我们的意志为转移的客观存在,反过来,它影响着我们,教育着我们,提高生活的境界和意趣。

……

我们寻到美了吗?我说,我们或许接触到美的力量,肯定了她的存在,而她的无限的丰富内含却是不断地待我们去发现。千百年来的诗人艺术家已经发见了不少,保藏在他们的作品里,千百年后的世界仍会有新的表现。每一个造出新节奏来的人,就是拓展了我们的感情并使它更为高明的人!

(选自宗白华著:《美学散步》,上海人民出版社1981年版,第12~18页)

知识

宗白华(1897—1986),中国现代哲学家、美学大师、

诗人。代表作有《美学散步》《艺境》等。

宗白华在《美从何处寻?》中提出了一种不一样的美学观,古人常常主张"向内求"美,而宗白华却认为美要"向外求",无论是自然之美还是艺术之美,我们都要从目观耳听的世界里寻找其踪迹。随后,作者强调美的涌现不光要"移我情",还要"移世界"。美是不以我们意志为转移的客观存在,但是它影响着我们,教育着我们,同时也指引我们去发现它。这篇文章辞藻优美,感情真挚,充满了对美的盼望和追求,其中又蕴含着如何求美的哲思,是一篇非常优秀的散文。

世界是美的,生活是美的。它和真和善是人类社会努力的目标,是哲学探索和建立的对象。

——宗白华

修身篇

"慢慢走,欣赏啊!"
——人生的艺术化
(节选)
朱光潜

……

人生是多方面而却相互和谐的整体,把它分析开来看,我们说某部分是实用的活动,某部分是科学的活动,某部分是美感的活动,为正名析理起见,原应有此分别;但是我们不要忘记,完满的人生见于这三种活动的平均发展,它们虽是可分别的而却不是互相冲突的。"实际人生"比整个人生的意义较为窄狭。一般人的错误在把她们认为相等,以为艺术对于"实际人生"既是隔着一层,它在整个人生中也就没有什么价值。有些人为维护艺术的地位,又想把它硬纳到"实际人生"的小范围里去。这般人不但是误解艺术,而且也没有认识人生。我们把实际生活看作整个人生之中的一片段,所以在肯定艺术与实际人生的距离时,并非肯定艺术与整个人生的隔阂。严格地说,离开人生便无所谓艺术,因为艺术是情趣的表现,而情趣的根源就在人生;反之,离开艺术也便无所谓人生,因为凡是创造和欣赏都是艺术的活动,无创造、无欣赏的人生是一个自相矛盾的名词。

人生本来就是一种较广义的艺术。每个人的生命史就是他自己的作品。这种作品可以是艺术的,也可以不是艺术的,正犹如同是一种顽石,这个人能把它雕成一座伟大的雕像,而另一个人却不能使它"成器",分别全在性分与修养。知道生活的人就是艺术家,他的生活就是艺术作品。

过一世生活好比做一篇文章。完美的生活都有上品文章所应有的美点。

第一,一篇好文章一定是一个完整的有机体,其中全体与部分都息息相关,不

修身篇

能稍有移动或增减。一字一句之中都可以见出全篇精神的贯注。比如陶渊明的《饮酒》诗本来是"采菊东篱下,悠然见南山",后人把"见"字误印为"望"字,原文的自然与物相遇相得的神情便完全丧失。这种艺术的完整性在生活中叫做"人格"。凡是完美的生活都是人格的表现。大而进退取与,小而声音笑貌,都没有一件和全人格相冲突。不肯为五斗米折腰向乡里小儿,是陶渊明的生命史中所应有的一段文章,如果他错过这一个小节,便失其为陶渊明。下狱不肯脱逃,临刑时还叮咛嘱咐还邻人一只鸡的债,是苏格拉底的生命史中所应有的一段文章,否则他便失其为苏格拉底。这种生命史才可以使人把它当作一幅图画去惊赞,它就是一种艺术的杰作。

其次,"修辞立其诚"是文章的要诀,一首诗或是一篇美文一定是至性深情的流露,存于中然后行于外,不容有丝毫假借。

情趣本来是无我交感共鸣的结果。景物变动不居,情趣亦自生生不息。我有我的个性,物也有物的个性,这种个性又随时地变迁而生长发展。每人在某一时会所见到的景物,和每种景物在某一时会所引起的情趣,都有它的特殊性,断不容与另一人在另一时会所见到的景物,和另一景物在另一时会所引起的情趣完全相同。毫厘之差,微妙所在。在这种生生不息的情趣中我们可以见出生命的造化。把这种生命流露于语言文字,就是好文章;把它流露于言行风采,就是美满的生命史。

　　文章忌俗滥,生活也忌俗滥。俗滥就是自己没有本色而蹈袭别人的成规旧矩。西施患心病,常捧心颦眉,这是自然的流露,所以愈增其美。东施没有心病,强学捧心颦眉的姿态,只能引人嫌恶。在西施是创作,在东施便是滥调。滥调起于生命的干枯,也就是虚伪的表现。"虚伪的表现"就是"丑",克罗齐已经说过。"风行

修身篇

水上,自然成纹",文章的妙处如此,生活的妙处也是如此。在什么地位,是怎样的人,感到怎样情趣,便出现怎样言行风采,叫人一见就觉其谐和完整,这才是艺术的生活。

……

艺术的创造之中都必寓有欣赏,生活也是如此。一般人对于一种言行常欢喜说它"好看"、"不好看",这已有几分是拿艺术欣赏的标准去估量它。但是一般人大半不能彻底,不能拿一言一笑、一举一动纳在全部生命史里去看,她们的"人格"观念太淡薄,所谓"好看"、"不好看"往往只是"敷衍面子"。善于生活者则彻底认真,不让一尘一芥妨碍整个生命的和谐。一般人常以为艺术家是一班最随便的人,其实在艺术范围之内,艺术家是最严肃不过的。在锻炼作品时常呕心呕肝,一笔一划也不肯苟且。王荆公作"春风又绿江南岸"一句诗时,原来"绿"字是"到"

字,后来由"到"字改为"过"字,由"过"字改为"入"字,由"入"字改为"满"字,改了十几次之后才定为"绿"字。即此一端可以想见艺术家的严肃了。善于生活者对于生活也是这样认真。曾子临死时记得床上的席子是季路的,一定叫门人把它换过才瞑目。吴季札心里已经暗许赠剑给徐君,没有实行徐君就已死去,他很郑重地把剑挂在徐君墓旁树上,以见"中心契合生死不渝"的风谊。像这一类的言行看来虽似小节,而善于生活者却不肯轻易放过,正犹如使人不肯轻易放过一字一句一样。小节如此,大节更不消说。董狐宁愿断头不肯掩盖史实,夷齐饿死不愿降周,这种风度是道德的也是艺术的。我们主张人生的艺术化,就是主张对于人生的严肃主义。

艺术家估定事物的价值,全以它能否纳入和谐的整体为标准,往往处于一般人意料之外。他能看重一般人所看轻的,也

修身篇

能看轻一般人所看重的。在看重一件事物时,他知道执着;在看轻一件事物时,他也知道摆脱。艺术的能事不仅见于知所取,尤其见于知所舍。苏东坡论文,谓如水行山谷中,行于其所不得不行,止于其所不得不止。这就是取舍恰到好处,艺术化的人生也是如此。善于生活者对于世间的一切,也拿艺术的口胃去评判它,合于艺术口胃者毫毛可以变成泰山,不合艺术口胃者泰山也可以变成毫毛。他不但能认真,而且能摆脱。在认真时见出他的严肃,在摆脱时见出他的豁达。孟敏堕甑,不顾而去,郭林宗见到以为奇怪。他说:"甑已碎,顾之何益?"哲学家斯宾诺莎宁愿靠磨镜过活,不愿当大学教授,怕妨碍他的自由。王徽之居山阴,有一天夜雪初霁,月色清朗,忽然想起他的朋友戴逵,便乘小舟到剡溪去访他,刚到门口便把船划回去。他说:"乘兴而来,兴尽而返。"这几件事彼此相差很远,却都可以见出艺术家的豁达。伟大的人生和伟大的艺术都要同时并有严肃与豁达之胜。晋代清流大半只知道豁达而不知道严肃，宋朝理学又大半只知道严肃而不知道豁达。陶渊明和杜子美庶几算得恰到好处。

一篇生命史就是一种作品，从伦理的观点看，它有善恶的分别，从艺术的观点看，它有美丑的分别。善恶与美丑的关系究竟如何呢？

就狭义说，伦理的价值是实用的，美感的价值是超实用的；伦理的活动都是有所为而为，美感的活动则是无所为而为。比如仁义忠信等等都是善，问它们何以为善，我们不能不着眼到人群的幸福。美之所以为美，则全在美的形象本身，不在于它对于人群的效用（这并不是说它对于人群没有效用）。假如世界上只有一个人，他就不可能有道德的活动，因为有父子才有孝慈可言，有朋友才有信义可言。但是这个想象的孤零零的人还可以有艺术的活动，

修身篇

他还可以欣赏他所居的世界,他还可以创造作品。善有所赖而美无所赖,善的价值是"外在的",而美的价值是"内在的"。

不过这种分别究竟是狭义的。就广义说,善就是一种美,恶就是一种丑。因为伦理的活动也可以引起美感上的欣赏与嫌恶。希腊大哲学家柏拉图和亚里士多德讨论伦理问题时都以为善有等级,一般的善虽只有外在的价值,而"至高的善"则有内在的价值。这所谓"至高的善"究竟是什么呢?柏拉图和亚里士多德本来是一走理想主义的极端,一走经验主义的极端,但是对于这个问题,意见却一致。他们都以为"至高的善"在"无所为而为的玩索"(disinterested contemplation)。这种见解在西方哲学思潮上影响极大,斯宾诺莎、黑格尔、叔本华的学说都可以参证。从此可知西方哲人心目中的"至高的善"还是一种美,最高的伦理的活动还是一种艺术的活动了。

……

艺术是情趣的活动,艺术的生活也就是情趣丰富的生活。人可以分为两种,一种是情趣丰富的,对于许多事物都觉得有趣味,而且到处寻求享受这种趣味。一种是情趣干枯的,对于许多事物都觉得没有趣味,也不去寻求趣味,只终日拼命和蝇蛆在一块争温饱。后者是俗人,前者就是艺术家。情趣愈丰富,生活也愈美满,所谓人生的艺术化就是人生的情趣化。

"觉得有趣味"就是欣赏。你是否知道生活,就看你对于许多事物能否欣赏。欣赏也就是"无所为而为的玩索"。在欣赏时人和神仙一样自由,一样有福。

阿尔卑斯山谷中有一条大汽车路,两旁景物极美,路上插着一个标语牌劝告游人说:"慢慢走,欣赏啊!"许多人在这车流如水马如龙的世界过活,恰如在阿尔卑斯山谷中乘汽车兜风,匆匆忙忙地急驰而过,无暇一回首流连风景,于是这丰富华

修身篇

丽的世界便成为一个了无生趣的囚牢。这是一件多么可惋惜的事啊!

朋友,在告别之前,我采用阿尔卑斯山路上的标语,在中国人告别习用语之下加上三个字奉赠:

"慢慢走,欣赏啊!"

光潜

一九三二年夏,莱茵河畔。

(选自张胜友、蒋和欣主编:《中华百年经典散文·励志修身卷》,作家出版社2004年版,第79~84页)

知识

朱光潜(1897—1986),字孟实,安徽桐城人。现当代著名美学家、文艺理论家、教育家、翻译家。主要著作有《悲剧心理学》《文艺心理学》《西方美学史》《谈美》等。

解读

朱光潜在这篇文章中主要探讨了艺术与人生的关系,艺术与人生是休戚相关的,人生是一种广义的艺术,懂得生活的人也是艺术家。随后作者将一世生活比作一篇美文,对二者进行类比,这一比较生动有趣、别具一格,充分证明了人的一生正是一部作品的观点。紧接着,作者又讨论了伦理善恶和艺术美丑之间的关系,最后依旧落脚在艺术与生活息息相关的主张上。学会欣赏,学会生活,学会在大千世界中寻找趣味,将艺术和人生结合起来,这正是这篇文章要告诉我们的道理。

人要有出世的精神才可以做入世的事业。

——朱光潜

丑 石

贾平凹

我常常遗憾我家门前的那块丑石呢:它黑黝黝地卧在那里,牛似的模样;谁也不知道是什么时候留在这里的,谁也不去理会它。只是麦收时节,门前摊了麦子,奶奶总是要说:这块丑石,多碍地面哟,多时把它搬走吧。

修身篇

于是，伯父家盖房，想以它垒山墙，但苦于它极不规则，没棱角儿，也没平面儿；用錾破开吧，又懒得花那么大气力，因为河滩并不甚远，随便去捎一块回来，哪一块也比它强。房盖起来，压铺台阶，伯父也没有看上它。有一年，来了一个石匠，为我家洗一台石磨，奶奶又说：用这块丑石吧，省得从远处搬动。石匠看了看，摇着头，嫌它石质太细，也不采用。

它不像汉白玉那样的细腻，可以凿下刻字雕花，也不像大青石那样的光滑，可以供来浣纱捶布；它静静地卧在那里，院边的槐荫没有庇覆它，花儿也不再在它身边生长。荒草便繁衍出来，枝蔓上下，慢慢地，竟锈上了绿苔、黑斑。我们这些做孩子的，也讨厌起它来，曾合伙要搬走它，但力气又不足；虽时时咒骂它，嫌弃它，也无可奈何，只好任它留在那里去了。

稍稍能安慰我们的，是在那石上有一个不大不小的坑凹儿，雨天就盛满了水。

常常雨过三天了，地上已经干燥，那石凹里水儿还有，鸡儿便去那里喝饮。每每到了十五的夜晚，我们盼那满月出来，就爬到其上，翘望天边；奶奶总是要骂的，害怕我们摔下来。果然那一次就摔了下来，磕破了我的膝盖呢。

人都骂它是丑石，它真是丑得不能再丑的丑石了。

终有一日，村子里来了一个天文学家。他在我家门前路过，突然发现了这块石头，眼光立即就拉直了。他再没有走去，就住了下来；以后又来了好些人，说这是一块陨石，从天上落下来已经有二三百年了，是一件了不起的东西。不久便来了车，小心翼翼地将它运走了。

这使我们都很惊奇！这又怪又丑的石头，原来是天上的呢！它补过天，在天上发过热，闪过光，我们的先祖或许仰望过它，它给了他们光明，向往，憧憬；而它落下来了，在污土里，荒草里，一躺就是

修身篇

几百年了?!

奶奶说:"真看不出!它那么不一般,却怎么连墙也垒不成,台阶也垒不成呢?"

"它是太丑了。"天文学家说。

"真的,是太丑了。"

"可这正是它的美!"天文学家说,"它是以丑为美的。"

"以丑为美?"

"是的,丑到极处,便是美到极处。正因为它不是一般的顽石,当然不能去做墙,做台阶,不能去雕刻,捶布。它不是做这些小玩意儿的,所以常常就遭到一般世俗的讥讽。"

奶奶脸红了,我也脸红了。

我感到自己的可耻,也感到了丑石的伟大;我甚至怨恨它这么多年竟会默默地忍受着这一切?而我又立即深沉地感到它那种不屈于误解、寂寞的生存的伟大。

(选自王永生编:《贾平凹文集第11卷》,陕西人民出版社1998年版,第31~33页)

知识

贾平凹（1952— ），生于陕西省商洛市丹凤县棣花镇，毕业于西北大学中文系，1974年开始发表作品。贾平凹的长篇小说在叙述态度和审美理想上注重自然，淡化故事情节，突出叙事的生活性。他的散文则力图求"真"，语言自然纯朴、不事雕琢。代表作品有《废都》《秦腔》《高兴》等。

解读

贾平凹在这篇短文中由浅入深地探讨了美与丑的问题，作者首先从生活琐事谈起，引出了这块麦收时节"碍地面"的丑石，继而又道出这块丑石的诸多不是，直到天文学家发现它是一块陨石，指出"它是以丑为美的"，这篇文章的主题才被引出。在天上发光发热的陨石落到地上变成了全无用处的废物，但是它仍然是美的。文章告诉我们，所谓美丑并不是简单的眼之所见，也不是完全取决于当前的作用，只要曾经为伟大事业做过奉献，哪怕现在已身残意衰、奇丑无比，也是最美的。这篇文章以丑石为名，歌颂了无数曾为人类作过贡献的英雄，即使他们现在已经衰老腐朽，也依然闪烁着美的光芒。

修身篇

人生得也罢,失也罢,成也罢,败也罢,知识心灵的那泓清泉不能没有月辉。

——贾平凹

附 录

拓展阅读书目

张胜友、蒋和欣主编：《中华百年经典散文·励志修身卷》，作家出版社2004年版

周汝昌等编著：《唐宋词鉴赏辞典 唐·五代·北宋卷》，上海辞书出版社1988年版

毋永利编：《古文观止》，中国民主法制出版社2012年版

鲁迅著：《野草》，吉林出版集团有限责任公司2009年版

李朝全主编：《诗歌百年经典（1917—2015）》，中央编译出版社2016年版

宗白华著：《美学散步》，上海人民出版社1981年版

编写说明

修身,谓涵养德性,以淑善其身也。修身与人的思想观念密切相关,主要关注个人思想方面的培养。本册选文就"修身"之内涵,从古今中外的众多优秀文章中选取关乎个人修身养性的佳作,让读者以前人为例、以前事为鉴,向内有独善其身之力,向外有兼济天下之志。

本篇分为四个部分,分别从智、德、体、美四个方面选文。"知学明志 笃行不倦",着重说明个人要有志于学,弘扬传统文化,继承革命文化,发展社会主义先进文化。"立德自处 与我周旋",主要强调了个人立德的重要性,克服外在困难的同时更要战胜自我。"尚勤致远 心无旁骛",主旨在于提倡勤奋这一中华民族传统美德。"育美养性 慎思明辨",关注个

体审美能力的塑造和审美水平的提升。四部分选文相辅相成,共同体现了"修身"这一主题。

编者
2018 年 8 月

经典悦读·齐家篇

中共滨州经济技术开发区工委 ◎编
南开大学语文教育研究中心

编 委 会

主　任： 姚和民
委　员： 周志强　王广忠　毕吉宁
　　　　　钱　杰　时志军　周思妤
　　　　　孙立武　张登峰　宋　敏
　　　　　王　姮　李　琴
主　编： 周志强　王　姮
本册主编： 孙立武

中山大学出版社
SUN YAT-SEN UNIVERSITY PRESS
·广州·

版权所有 翻印必究

图书在版编目（CIP）数据

经典悦读·齐家篇/中共滨州经济技术开发区工委，南开大学语文教育研究中心编. —广州：中山大学出版社，2018.12
ISBN 978-7-306-06467-7

Ⅰ.①经… Ⅱ.①中…②南… Ⅲ.①世界文学—作品综合集 Ⅳ.①

中国版本图书馆 CIP 数据核字（2018）第 239453 号

出 版 人：	王天琪
策划编辑：	邹岚萍
责任编辑：	邹岚萍
封面设计：	林绵华
插　　图：	王善杰
责任校对：	高　洵　靳晓虹
责任技编：	黄少伟
出版发行：	中山大学出版社
电　　话：	编辑部 020-84111996，84113349，84111997，84110779
	发行部 020-84111998，84111981，84111160
地　　址：	广州市新港西路 135 号
邮　　编：	510275　　　传　真：020-84036565
网　　址：	http://www.zsup.com.cn　E-mail:zdcbs@mail.sysu.edu.cn
印 刷 者：	湛江日报社印刷厂
规　　格：	787mm×960mm　1/32　总印张：21.25　总字数：406 千字
版次印次：	2018 年 12 月第 1 版　2018 年 12 月第 1 次印刷
总 定 价：	60.00 元（共 6 册）

如发现本书因印装质量影响阅读，请与出版社发行部联系调换

精神恒久　初心弥坚

时至今年,"经典悦读"丛书走过了八个年头,已成为滨州文化发展的一张靓丽名片。在经典中徜徉,在"悦读"中明志,我们在"经典悦读"中尽情品味着书香,阅读着古今中外的美言名篇,体会着仁人志士的豪气干云,与他们一起壮怀激烈、畅想未来,得到的是跨越时间、横贯历史的精神共鸣,收获的是阅读经典文学作品时特有的喜悦。"经典悦读"丛书一如灼灼燃烧的火炬,照亮着读者前行的道路,为我们带来了欣悦的光明。

作为一套荟萃古今中外文学精华的丛书,在"经典悦读"第八辑中,主要关注了文学中具有正能量作品的精神特质。"初心"之固,志在高远,壮志凌云;"大同"之愿,各美其美,气韵恢弘;"齐家"之道,铁肩担义,力挽狂澜;"天

下"之大，巍巍山河，心系万民；"修身"之慎，内敛沉静，从容优雅；"使命"之重，万人吾往，砥砺前行。这一辑的每一册选文，都是对精神的一次重温与追寻，仿若演奏着一组组悦耳的曲目，它们组合起来有铮铮然之声，回响的是人类命运共同体的精神节律。

习近平总书记指出，读书学习应该有这三种境界：首先，要有"望尽天涯路"那样志存高远的追求，有耐得住"昨夜西风凋碧树"的清冷和"独上高楼"的寂寞，静下心来通读苦读；其次，要勤奋努力，刻苦钻研，舍得付出，百折不挠，下真功夫、苦功夫、细功夫，即使是"衣带渐宽"也"终不悔"，"人憔悴"也心甘情愿；再次，要坚持独立思考，学用结合，学有所悟，用有所得，要在学习和实践中"众里寻他千百度"，最终"蓦然回首"，在"灯火阑珊处"领悟真谛。这三种境界启示我们，读书不仅要有明确的目标、有不移的恒心，还要提高读书的效率和质量，讲求读书的方法和技巧，在爱读书、勤读书、读好书、善读书中提高思想水平、解决实际问题、实现自我超越。在经典的传播之中，能够促进全社

会的精神文明建设，发扬传统文明，引领先进文化。可以说，阅读是一个民族加强软实力的重要方略，是我们实现强国之梦不可或缺的文化要素；是铸造一个人、一个社会、一个时代之精神气度的最佳工序。

欣赏"经典悦读"中的作品，既有助于我们加深对民族文化的理解和感悟，更有助于我们实事求是、与时俱进地开展当下的文化建设工作。唯有文化助力，方可广识增智；唯有继承传统，才能凝聚信念。品阅美文，凝汇先贤才思；传承经典，点燃文明星火。愿各位读者，在"经典悦读"中收获喜悦，愿"经典悦读"丛书成为我们文海撷珠的良伴、薪火相传的纽带，为构筑我们共同的精神家园凝聚力量、辉耀光芒！

中共滨州市委书记、市人大常委会主任

2018 年 11 月 20 日

目　录

亲情伦理　齐家之本 ·············· 1
我们仨（节选）············ 杨　绛　2
给我的孩子们············ 丰子恺　6
致梁思顺书············ 梁启超　14
怀念母亲············ 季羡林　19
梦里依稀慈母泪（节选）······ 秦　牧　24

万金家书　情真意浓 ·············· 34
元日寄韦氏妹············ 杜　甫　35
潍县署中与舍弟墨
　第二书（节选）········ 郑板桥　37
傅雷家书（节选）·········· 傅　雷　43
莫扎特家书两封·········[法]莫扎特　47

家教有道　家国同运 ·············· 51
邹孟轲母··············· 刘　向　52
戒子孙诗··············· 韦玄成　55
家范卷二·祖（节选）········ 司马光　59

1

曾国藩治家二则 ……………	曾国藩	65
袁氏世范（节选）……………	袁　采	71

凌云家风　志存高远　　　　　　　　　75

示儿女 ………………………	陈　毅	76
座右铭 ………………………	陈子昂	79
骄儿诗 ………………………	李商隐	82
弟子规（节选）……………	李毓秀	87
创造一个四通八达的社会		
——给文渼的信 ………	陶行知	92

附　　录　　　　　　　　　　　　　　98
编写说明　　　　　　　　　　　　　　100

亲情伦理　齐家之本

我们仨
(节选)

杨 绛

钱瑗曾是教材评审委员会的审稿者。一次某校要找个认真的审稿者,校方把任务交给钱瑗。她像猎狗般嗅出这篇论文是抄袭。她两个指头,和锺书一模一样地摘着书页,稀里哗啦地翻书,也和锺书翻得一样快,一下子找出了抄袭的原文。

一九八七年师大外语系与英国文化委员会合作建立中英英语教学项目(TEFL),钱瑗是建立这个项目的人,也是负责人。在一般学校里,外国专家往往是权威。一次师大英语系新聘的英国专家对钱瑗说,某门课他打算如此这般教。钱瑗说不行,她指示该怎么教。那位专家不服。据阿瑗形容:"他一双碧蓝的眼睛骨碌碌地看着

齐家篇

我,像猫。"钱瑗带他到图书室去,把他该参考的书一一拿给他看。这位专家想不到师大图书馆竟有这些高深的专著。学期终了,他到我们家来,对钱瑗说:"Yuan, you worked me hard."但是他承认"得益不浅"。师大外国专家的成绩是钱瑗评定的。

……

阿瑗是我生平杰作,锺书认为"可造之材",我公公心目中的"读书种子"。她上高中学背粪桶,大学下乡下厂,毕业后又下放四清,九蒸九焙,却始终只是一粒种子,只发了一点芽芽。做父母的,心上不能舒坦。

锺书的小说改为电视剧,他一下子变成了名人。许多人慕名从远地来,要求一睹钱锺书的风采。他不愿做动物园里的希奇怪兽,我只好守住门为他挡客。

他每天要收到许多不相识者的信。我曾请教一位大作家对读者来信是否回复。据说他每天收到大量的信,怎能一一回复

呢。但锺书每天第一事是写回信，他称"还债"，他下笔快，一会儿就把"债"还"清"。这是他对来信者一个礼貌性的答谢。但是债总还不清；今天还了，明天又欠。这些信也引起意外的麻烦。

他并不求名，却躲不了名人的烦扰和烦恼。假如他没有名，我们该多么清静！

人世间不会有小说或童话故事那样的结局："从此，他们永远快快活活地一起过日子。"

人间没有单纯的快乐。快乐总夹带着烦恼和忧虑。

人间也没有永远。我们一生坎坷，暮年才有了一个可以安顿的居处。但老病相催，我们在人生道路上已走到尽头了。

周奶奶早已因病回家。锺书于一九九四年夏住进医院。我每天去看他，为他送饭，送菜，送汤汤水水。阿瑗于一九九五年冬住进医院，在西山脚下。我每晚和她通电话，每星期去看她。但医院相见，只

齐家篇

能匆匆一面。三人分居三处,我还能做一个联络员,经常传递消息。

一九九七年早春,阿瑗去世。一九九八年岁末,锺书去世。我们三人就此失散了。就这么轻易地失散了。"世间好物不坚牢,彩云易散琉璃脆"。现在,只剩下了我一人。

我清醒地看到以前当作"我们家"的寓所,只是旅途上的客栈而已。家在哪里,我不知道,我还在寻觅归途。

(选自杨绛著:《我们仨》(珍藏版),生活·读书·新知三联书店2004年版,第163-165页)

知识

杨绛(1911—2016),本名杨季康,钱锺书夫人,江苏无锡人,中国著名的作家、戏剧家、翻译家。1932年毕业于苏州东吴大学。1935—1938年留学英法,回国后曾在上海震旦女子文理学院、清华大学任教。1949年后,在中国社会科学院文学研究所、外国文学研究所工作。2001年,杨绛把她和钱锺书一生的稿费和版税捐赠给母校清华大学,设立"好读书"奖学金。其翻译的《堂吉诃德》被公认为最优秀的译本。代表作有《干校六记》

《洗澡》《我们仨》等。

解读

《我们仨》是钱锺书夫人杨绛撰写的家庭生活回忆录。在女儿和丈夫先后去世后,杨绛用真挚的文字记述了他们这个家庭几十年的风风雨雨、点点滴滴,结成了这本回忆录。杨绛的文字韵致淡雅、简洁明了,看似平平淡淡,实则隐含不枝不蔓的冷静。平凡的笔触记录的是一个不平凡的家庭,简单的文字彰显的是最真挚的情感。

警语

人虽然渺小,人生虽然短,但是人能学,人能修身,人能自我完善。人的可贵在于人的本身。

——杨绛

给我的孩子们

丰子恺

正文

我的孩子们!我憧憬于你们的生活,每天不止一次!我想委曲地说出来,使你们自己晓得。可惜到你们懂得我的话的时

齐家篇

候,你们将不复是可以使我憧憬的人了。这是何等可悲哀的事啊!

瞻瞻!你尤其可佩服。你是身心全部公开的真人。你什么事体都像拼命地用全副精力去对付。小小的失意,像花生米翻落地了,自己嚼了舌头了,小猫不肯吃糕了,你都要哭得嘴唇翻白,昏去一两分钟。外婆普陀去烧香买回来给你的泥人,你何等鞠躬尽瘁地抱他,喂他;有一天你自己失手把他打破了,你的号哭的悲哀,比大人们的破产、失恋、Broken Heart,丧考妣,全军覆没的悲哀都要真切。两把芭蕉扇做的脚踏车,麻雀牌堆成的火车、汽车,你何等认真地看待,挺直了嗓子叫"汪——"、"咕咕咕……",来代替汽笛。宝姊姊讲故事给你听,说到"月亮姊姊挂下一只篮来,宝姊姊坐在篮里吊上去,瞻瞻在下面看"的时候,你何等激昂地同她争,说"瞻瞻要上去,宝姊姊在下面看!"甚至哭到漫姑面前去求审判。我每次剃了头,你真心地

疑我变了和尚，好几时不要我抱。最是今年夏天，你坐在我膝上发见了我腋下的长毛，当作黄鼠狼的时候，你何等伤心！你立刻从我身上抓下去，起初眼瞪瞪地对我端相，继而大失望地哭，看看，哭哭，如同哭判定了死罪的亲友一样。你要我抱你到车站里去，多多益善地要买香蕉，满满地擒了两手回来，回到门口时你已经熟睡在我的肩上，手里的香蕉不知落在哪里去了。这是何等可佩服的真率，自然，与热情！大人间的所谓"沉默""含蓄""深刻"的美德，比起你来，全是不自然的，病的，伪的！

你们每天做火车，做汽车，办酒，请菩萨，堆六面画，描图，唱歌，全是自动的，创造创作的生活。大人们的呼号"归自然！""生活的艺术化！""劳动的艺术化！"在你们面前真是献丑得很了！依样画几笔画，写几篇文的人称为艺术家，创作家，对你们更要愧死了！

齐家篇

你们的创作力,表现力,比大人真是强盛得多哩:瞻瞻!你的身体不及椅子的一半,却常常要搬动它,与它一同翻倒在地上;你又要把一杯茶横转来藏在抽斗里,要皮球停在壁,要拉住火车的尾巴,要月亮出来,要天停止下雨。在这等小小的事件中,明明表示着你们的小弱的体力与智力不足以应付强盛的创作欲,表现欲的驱使,因而遭逢失败。然而你们是不受大自然的支配,不受人类社会的束缚的创造者,所以你们的遭逢失败,例如火车尾巴拉不住,月亮呼不出来的时候,你们决不承认是事实的不可能,总以为是爸爸妈妈不肯帮你们办到,同不许你们弄自鸣钟同例,所以愤愤地哭了。你们的世界何等广大!

你们一定想起:终天无聊地伏在案上弄笔的爸爸,终天闷闷地坐在窗下弄引线的妈妈,是何等无气性的奇怪的动物!你们所视为奇怪动物的我与你们的母亲,有时确实难为了你们,摧残了你们。回想起

来,真是不安心得很!

阿宝!有一晚你拿软软的新鞋子,和自己脚上脱下来的鞋子,给凳子的脚穿了,划袜立在地上,得意地叫"阿宝两只脚,凳子四只脚"的时候,你母亲喊着"龌龊了袜子要洗!"立刻擒你到藤榻上,动手毁坏你的创作。当你蹲在榻上注视你母亲动手的时候,你的小心里一定感到"母亲这种人何等杀风景而野蛮"罢!

瞻瞻!有一天开明书店送了几册新出版的毛边的《音乐入门》来。我用小刀把书页一张一张地裁开来,你侧着头,站在桌边默默地看。后来我从学校回来,你已经在我的书架上拿了一本连史纸印的中国装的《楚辞》,把它裁破了十几页,得意地对我说:"爸爸!瞻瞻也会裁了!"瞻瞻!这在你原是何等成功的欢喜,何等得意的作品!却被我一个惊骇的"哼!"字喊得你哭了。那时候你也一定抱怨"爸爸何等不明"罢!

齐家篇

软软！你常常要弄我的长锋羊毫，我看见了总是无情地夺脱你。现在你一定轻视我，想道："你终于要我画封面？"

最不安心的，是有时我还要拉一个你们所最怕的陆露沙医生来，无端地叫他用他的大手来摸你们的肚子，甚至用刀来在你们臂上割几下，还要叫妈妈和漫姑擒住了你们的手脚，捏住了你们的鼻子，把很苦的水灌到你们的嘴里去。这在你们一定认为是太无人道的野蛮举动罢！

孩子们！你们真果抱怨我，我倒欢喜；到你们的抱怨变为感谢的时候，我的悲哀来了！

我在世间，永没有逢到像你们样出肺肝相示的人。世间的人群的结合，永没有像你们样的彻底地真实而纯洁。最是我到上海去干了无聊的所谓"事"回来，或者去同不相干的人们做了叫做"上课"的一种把戏回来，你们在门口或车站旁等我的时候，我心中何等惭愧又欢喜！惭愧我为

经典悦读

什么去做这等无聊的事,欢喜我又得暂时放怀一切地加入你们的真生活的团体。

但是,你们的黄金时代有限,现实终于要暴露的。这是我经验过来的情形,也是大人们谁也经验过来的情形。我眼看见儿时的伴侣中的英雄,好汉,一个个退缩,顺从,妥协,屈服起来,到像绵羊的地步。我自己也是如此。"后之视今,亦犹今之视昔",你们不久也要走这条路呢!

我的孩子们!憧憬于你们现在的生活的我,痴心要为你们永远挽留这黄金时代在这册子里。然这真不过像"蜘蛛网落花",略微保留一点春的痕迹而已。且到你们懂得我这片心情的时候,你们早已不是这样的人,我的画在世间已全然无可印证了!这是何等可悲哀的事啊!

(选自丰子恺:《子恺画集》,海豚出版社2013年版,第7～12页)

知识

丰子恺(1898—1975),原名丰润,号子觊,后改为

齐家篇

子恺,笔名TK。师从弘一法师(李叔同)。中国现代著名画家、文学家、美术和音乐教育家。曾任上海中国画院院长、上海市美术家协会主席、上海市文联主席等。丰子恺是中国文人抒情漫画的开创者,其漫画多以单幅形式出现,笔调简洁而流畅,无论是生活场景、人情世态,还是自然风貌、诗词意境,都能信手拈来,散发着浓浓的生活气息,具有普遍的人情世故与动人情趣,雅俗共赏、老少皆宜。丰子恺的漫画一般运用变形、比拟、象征的方法,构成幽默、诙谐的画面,以达到讽刺或歌颂的效果,其代表漫画作品有《护生画集》《子恺漫画》等。

　　本文是丰子恺写给孩子们的,语言真挚,情感细腻,字里行间洋溢着对孩子们浓浓的爱,既赞美了孩子们天真无邪的品格和活泼的创造力,又表达了对孩子们童年时光的羡慕之情。文中的瞻瞻,无论什么事情都想用全副精力去对付,小小的失意,就会让他真切地号哭;会认真投入地玩,发挥自己的创意,玩出脚踏车、火车等;对父亲的细微变化,都会真心地感到疑惑。一方面,在丰子恺眼中,孩子们是如此的真实、真率和纯洁;但另一方面,丰子恺又担心孩子们随着成长将逐渐失去本真自我、童真童趣。文章朴实自然,情感真挚。作者用最质朴的语言,将对孩子的喜欢甚至是崇拜之情毫无掩饰地表露出来了。当然,在赞美之余,作为父亲,丰子恺也不失理性的一面,经典悦读

他期盼孩子们保持童真,不要在世俗中迷失自我。其发自内心的话语,不仅让人深切体会到一位著名漫画家、一位慈祥的父亲情感细腻、内心温柔的一面,更让人体会到亲情的伟大。

不乱于心,不困于情,不畏将来,不念过往,如此,安好。

——丰子恺

致梁思顺书
梁启超

宝贝思顺:

昨日松坡图书馆成立(馆在北海快雪堂,地方好极了。你还不知道呢,我每来复四日住清华三日住城里,入城即住馆中),热闹了一天。今天我一个人独住在馆里,天阴雨,我读了一天的书,晚间独酌醉了(好孩子别要着急,我并不怎么醉,

齐家篇

酒亦不是常常多吃的），书也不读了。和我最爱的孩子谈谈罢，谈什么，想不起来了。哦，想起来了。你报告希哲在那边商民爱戴的情形，令我喜欢得了不得。我常想，一个人要用其所长（人才经济主义）。希哲若在国内混沌社会里头混，便一点看不出本领，当领事真是模范领事了。我常说天下事业无所谓大小（士大夫救济天下和农夫善治其十亩之田所成就一样），只要在自己责任内，尽自己力量做去，便是第一等人物。希哲这样勤勤恳恳做他本分的事，便是天地间堂堂的一个人，我实在喜欢他。

好孩子，你气不分弟弟妹妹们，希哲又气不分你，有趣得很（你请你妈妈和我打弟弟们替你出气，你妈妈给思成们的信帮他们，他们都拍手欢呼胜利；我说我帮我的思顺，他们淘气实在该打），平心而论，爱女儿哪里会不爱女婿呢，但总是间接的爱，是不能为讳的。

徽音我也很爱她，我常和你妈妈说，

又得一个可爱的女儿。但要我爱她和爱你一样，终究是不可能的。我对于你们的婚姻，得意得了不得，我觉得我的方法好极了，由我留心观察看定一个人，给你们介绍，最后的决定在你们自己，我想这真是理想的婚姻制度。好孩子，你想希哲如何，老夫眼力不错罢。徽音又是我第二回的成功。我希望往后你弟弟妹妹们个个都如此（这是父母对于儿女最后的责任）。

我希望普天下的婚姻都像我们家孩子一样，唉，但也太费心力了。像你这样有怎么多弟弟妹妹，老年心血都会被你们绞尽了，你们两个大的我所尽力总算成功，但也是各人缘法侥幸碰着，如何能确有把握呢？

好孩子，你说我往后还是少管你们闲事好呀，还是多操心呢？你妈妈在家寂寞得很，常和我说放暑假时候很高兴，孩子们都上学便闷得慌，这也是没有法的事。像我这样一个人，独处一年我也不闷，因

齐家篇

为我做我的学问便已忙不过来；但天下人能有几个像我这种脾气呢？王姑娘近来体气大坏（因为你那两个殇弟产后缺保养），我很担心，她也是我们家庭极重要的人物。她很能伺候我，分你们许多责任，你不妨常常写些信给她，令她欢喜。我本来答应过庄庄，明年暑假绝对不讲演，带着你们顽一个夏天。但前几天我已经答应中国公学暑期学校讲一月了（他们苦苦要我，我耳朵软答应了）。我明春要到陕西讲演一个月，你回来的时候还不知我在家不呢。酒醒了，不谈了。

　　　　　　耶告　十一月五日

　这两个字是王右军给儿女信札的署名法。

(选自杜坐编：《际遇：梁启超家书》，北京出版社2008年版，第115～116页)

知识

　梁启超（1873—1929），字卓如，一字任甫，号任公，又号饮冰室主人、饮冰子、哀时客、中国之新民、自由斋

经典悦读

主人。清朝光绪年间举人,中国近代思想家、政治家、教育家、史学家、文学家,戊戌变法(百日维新)领袖之一,中国近代维新派,新法家代表人物。对于20世纪的中国学术,梁启超是少数几位奠基者之一,他的治学方法最重视科学精神,开启了中国学术史研究之新路。梁启超在学术上的研究重点为先秦诸子、清代学术、史学和佛学;在文学理论上,主张引进西方文化及文学新观念,倡导近代各种文体的革新,推广"诗界革命"。他的文章风格被世人称为"新文体",为众人所模仿和使用。主要学术著作有《中国近三百年学术史》《先秦政治思想史》《中国文化史》《中国历史研究法》等,其著作合编为《饮冰室合集》。

解读

这封家信写于军阀混战、社会动荡不安的年代。在这样的历史背景下,梁启超写下了这样一封感人至深的家信。开篇他以"宝贝"亲切称呼自己的女儿思顺,浓浓父爱跃然纸上。信中,他用轻松活泼的语气谈及与家人友好相处的日常琐事,在子女事业、恋爱婚姻等各方面给予指导,字里行间都充满了对子女们深切的关爱。文章语言质朴,情感真挚,用最平实的语言表达了最深切的爱意。文章首尾随性的笔触,既体现了作者的豁达洒脱、开明率真,也让我们体会到了真挚的父爱。

齐家篇

人生须知负责任的苦处,才能知道有尽责任的乐处;责任是要解除了才没有,并不是卸了就没有。

——梁启超

怀念母亲

季羡林

我一生有两个母亲:一个是生我的那个母亲;一个是我的祖国母亲。

我对这两个母亲怀着同样崇高的敬意和同样真挚的爱慕。我六岁离开我的生母,到城里去住。中间曾回故乡两次,都是奔丧,只在母亲身边呆了几天,仍然回到城里。最后一别八年,在我读大学二年级的时候,母亲弃世,只活了四十多岁。我痛哭了几天,食不下咽,寝不安席。我真想随母亲于地下。我的愿望没能实现。从此我就成了没有母亲的孤儿。一个缺少母爱的孩子,是灵魂不全的人。我怀着不全的灵魂,抱终天之恨。一想到母亲,就泪流不止,数十年如一日。

后来我到德国留学,住在一座叫哥廷根的孤寂小城,不知道为什么,母亲频来入梦。我的祖国母亲,我是第一次离开她。不知道为什么,我这个母亲也频来入梦。

为了说明当时的感情,我从初到哥廷根的日记中摘抄几段:

1935 年 11 月 16 日

不久外面就黑起来了。我觉得这黄昏的时候最有意思。我不开灯,只沉默地站在窗前,看暗夜渐渐织上天空,织上对面的屋顶。一切都沉在朦胧的薄暗中。我的心往往在沉静到不能再沉静的氛围里,活动起来。这活动是轻微的,我简直不知道有这样的活动。我想到故乡,故乡里的老朋友,心里有点酸酸的,有点凄凉。然而

齐家篇

这凄凉却并不同普通的凄凉一样,是甜蜜的、浓浓的,有说不出的味道,浓浓地糊在心头。

11月18日

从好几天以前,房东太太就向我说,她的儿子今天回家来,从学校回家来,她高兴得不得了。……但儿子只是不来,她的神色有点沮丧。她又说,晚上还有一趟车,说不定他会来的。我看了她的神情,想到自己的在故乡地下卧着的母亲,我真想哭!我现在才知道,古今中外的母亲都是一样的!

11月20日

我现在还真是想家,想故国,想故国里的朋友。我有时简直想得不能忍耐。

11月28日

我仰在沙发上,听风声在窗外过路。风里夹着雨。天色阴得如黑夜。心里思潮起伏,又想起故国了。

从初到哥廷根的日记里,我引用了这几段。实际上,类似的地方还有不少,从这几段中也可见一斑了。一想到我的母亲和祖国母亲,我就心潮腾涌,留在国外的念头连影儿都没有。几个月以后,在1936年7月11日,我写了一篇散文,题目叫《寻梦》。开头一段是:

夜里梦到母亲,我哭着醒来。醒来再想捉住这梦的时候,梦却早不知道飞到什么地方去了。

下面描绘在梦里见到母亲的情景。最后一段是:

天哪!连一个清清楚楚的梦都不给我吗?我怅望灰天,在泪光里,幻出母亲的面影。

我在国内的时候,只怀念,也只有可

齐家篇

能怀念一个母亲。现在到国外来了,在我的怀念中就增添了一个祖国母亲。这种怀念,在初到哥廷根的时候,异常强烈。以后也没有断过。对这两位母亲的怀念,一直伴随着我度过了在德国的十年,在欧洲的十一年。

(选自张守贵编著:《中国当代名家情感散文集萃》,内蒙古文化出版社2011年版,第21～23页)

知识

季羡林(1911—2009),字希逋,又字齐奘,山东聊城临清人,文学家、语言学家、教育家、国学家、佛学家、史学家、翻译家和社会活动家。早年留学德国,精通英文、德文、梵文、巴利文,尤精于吐火罗文(当代世界上分布区域最广的语系印欧语系中的一种独立语言)。季羡林一生致力于学术研究,在中印文化关系史研究方面可谓是倾注了毕生心血,他一方面重视佛教对中国文化的影响,另一方面着力探讨为前人所忽视的中国文化输入印度的问题。在学术研究的同时,季羡林还翻译了大量的外文书籍,为后期学者的研究奠定了基础。主要学术研究著作品有《中印文化关系史论集》《印度简史》《罗摩衍那初探》《印度古代语言论集》《佛教与中印文化交流》等。

经典悦读

季羡林的这篇散文十分感人。在欧洲生活学习的11年间,由于远在异国他乡,他十分怀念母亲,在梦中经常梦到自己的母亲和祖国母亲。他在很小的时候就失去了自己的母亲,以至于说失去了母爱,自己就变成了灵魂不全的人,一想到母亲,就会泪流不止。通过摘录自己日记中记录的点点滴滴,季羡林表达了对母亲始终未断的怀念之情,平淡的语言中饱含着真挚的情感。

世界上无论什么名誉,什么地位,什么幸福,什么尊荣,都比不上待在母亲身边,即使她一字也不识。

——季羡林

梦里依稀慈母泪

(节选)

秦 牧

我的这两位母亲,由于少年时代都曾经度过艰难竭蹶的生活,长成后健康都很

齐家篇

差。我的生身母亲吴琼英患有肺病,在我八九岁的时候就逝世了。她生前,对待儿女十分严格,操持家务井井有条。她常常把少年时代的悲苦生活告诉我们兄弟姊妹,要我们立志向上,同情穷人。她长期受疾病的折磨,曾有一个夜里企图悬梁自尽,解除痛苦,被我的弟弟发现,弟弟号叫起来,全家人都惊醒了,她这才被父亲从绳套里救了下来。但是不久她就因病重逝世了。我们兄弟姊妹围着她的遗体哭泣,她的眼角竟然渗出了泪水,这事情给我们的印象当然非常深刻。当时我完全不能理解这是什么原因,到了长大以后,我才知道人刚刚死亡的时候,并不是全身的器官同时死亡的,有的器官还保持着一定的机能,所以一个人刚咽气的时候,并非任何器官对外界的影响都毫无反应。

生身的母亲死后,三母亲就从乡间远涉重洋前来照顾我们了(原本她和大母亲一同住在乡下)。此前,我的生母在世的时候,她也曾经到新加坡来小住过。相处也还融洽。我们都认识她。按当时的习俗,我们叫她"三姐",因为照封建社会的规矩,儿女们对父亲的妾侍,丫头出身的母亲只称为"姐"(生母例外)。这规矩,到了多年以后,我们才不管三七二十一,把它破除了,改口称她为"三姨"。但是,直到如今,我的叔伯兄弟提起她时仍然称呼为"三姐",这样的称呼使我异常厌恶。似乎一个女人只要是丫头出身的,一辈子都要低人三分。封建习俗的残余在中国的确是相当严重的。

三姨自己没有生儿育女,而我的生母却养下了七个男女。当她来到新加坡我们这个海外的家,照料我们的时候,她才三十多岁,照现在的标准来说,还是个"女青年"呢!但是她已经要挑起教养七个不是自己所生的孩子的责任了。

她的身子一直都很瘦弱,体重从来没有超过一百斤。而且,她又有昏眩病,每

齐家篇

当发作起来,就脸色铁青,咬紧牙关,不省人事。要旁人撬开她的嘴巴,灌下药去,才逐渐苏醒。但是在她能够下床走动的时候,就总是很勤劳地操持家务。她,一个婢女出身的人,当然没有受过什么学校以至私塾的教育,然而依靠自己随处留心,居然也认识一些字,可以看懂普通的书信和便条,只是不能书写而已。

我小的时候异常顽皮,是兄弟姊妹中受父母惩罚最多的一个。在学校被教师打,回到家里被父母打,因此常常遍体鳞伤,鞭痕像大蚯蚓似的遍布在小腿大腿上。这些鞭痕,有些是三姨给我的,但是她打我厉害的程度并没有超过我的生身母亲。由于我比较倔强和调皮的缘故,有时她打我,我也打她(那时我大概十岁的样子),两个人像走马灯团团转地扭打着。照一般人的看法,这样的非亲生的母子关系,以后发展下去一定很糟糕了。但是事实不然,到我长大以后,我们母子关系是相当好的,原因是：三姨既有严格的一面，也有慈爱的一面。例如，当事过境迁以后，她有时就噙着泪水给我的伤口涂药。即使是小孩子，对于大人的善意或者恶意，也是常常有很好的判断力的。在当时，她可能认为"打"是最好的教育方法之一了。

在这么一个家庭里，管这么一大群孩子，真不是一件简单的事。我的大哥患肺病，常常需要煎药照料。我的小妹妹由于是在我母亲病重时产下的，先天不足，孱弱爱哭，三姨在她身上特别花费了巨大的心力。我的小妹妹后来和她的感情极好。

我的父亲是一个豪迈好学的商人，足迹踏遍南洋各地。到过好些国家，很爱读书。但是他酗酒成性，每当酒醉回家，常常大吵大闹。有时也对三姨乱发脾气，这样的场面出现了多次。在这种场合，我们总是把同情放在三姨一边，一个人在小时候的境遇对他以后一生的发展的确很有关

齐家篇

系,由于对父亲酗酒的反感,我长大以后,竟成为一个不会喝酒的人,一杯白酒就足以使我醉倒。

当父亲破了产之后,我们的日子就很不好过了。不久他摒挡一切回国,除大哥在一间酒店工作,大姊已经出嫁,留在新加坡外,我们都被带回"唐山"乡下。这时我们家境大不如前,我念书的学费,有的是三姨拿出她的私蓄来供应的。事情隔了几十年,有些场面我还记得很清楚,那就是:每当夜读时,她拭亮了灯筒,为我点火的场面;我上床之后,她用蚊灯细细照蚊子的场面;以及她从柜子里取出一些小小的金饰,瘦弱的手拿着厘秤,称着重量,给我作为学费的情景。

那时我们的家境很困难,她拿出这些仅有的微小金饰,是大不容易的。她常常织网换取微薄的收入,补充生活。织网所得异常微小,大概是一千网眼才三两个铜板吧。网店在这宗生意上进行了惊人的剥削。夜里，每当我在灯下读书的时候，听到三姨一针一针织网的声音，常有一种心碎的感情。

有一次，我患上严重的皮肤病，手上、腿上，生了许多疥疮。三姨耐心地为我洗涤、涂药。那时，我虽然只是十三四岁的少年，也很过意不去，心想："将来我长大了，一定要很好报答她。"

少年时代的心愿，到我长大以后，总算在若干程度上实现了。抗战期间颠沛流离，经常穷困不堪，和家乡的通讯联系也断绝了，那段时间除外，抗战胜利以后，我几乎有三十年的时间，每月拿到工资，第一件事就是给三姨汇寄生活费，并曾专程好几次回家探望她。一九七一年那一次，十年动乱期间，我在九死一生之后，回乡看她，离别时我在巷里走了几十步，看到她不在大门旁，又折回家里看她一次，见到她为伤别之情所折磨，哭倒在床上。我想到这可能是最后一面。平时极少哭泣的

齐家篇

我，眼眶也发热了。过了几年，她终于逝世，我为此悒悒郁郁地过了好些日子。

三姨给我的印象，比生母给我的还要深得多。解放前，她知道我和革命生活多少有些关系，并没有阻拦我，只是叮嘱我要小心而已。

"精诚所至，金石为开。"不是亲生，也可以建立起真挚的母子之情的。

我们这一家，也是一个例子。

现在，和睦亲爱的家庭很多。但是，吵吵闹闹，几无宁日的家庭也不是很少。有些人对于同处一个家庭的非亲生孩子，即配偶以前和别人所生的子女，一点爱心都没有，以至于水火不能相容。有些人对于继母继父，也视同仇敌。更有些人，被极端个人主义所支配和腐蚀，连对自己的生身父母，也冷冷淡淡，甚至横加虐待。每当看到这些事情时，我就感触很多，甚至十分愤慨。我写出上面这些事情，不仅是抒发我个人缅念三姨之情。同时，也想

让人们知道，不是血缘关系的父母和子女之间，也是可以建立起深厚的感情的。

爱是生活中的暖流，我们的生活不能缺乏爱。但是个人要得到别人真正的爱，首先要懂得怎样去爱人。社会主义的精神文明，比这个又有更高更高的要求了。

(选自李晓虹编：《中国最好的散文》，崇文书局 2011 年版，第 140～142 页)

知识

秦牧（1919—1992），广东澄海人。作家，曾任《羊城晚报》副总编辑、《作品》杂志主编、中国作协理事、暨南大学中文系主任、中国当代文学研究会副会长、中国当代文学学会顾问。秦牧在散文上取得了很高的成就，其散文是一种智力的文体，在体式上继承了"五四"闲话体散文的特点，同时又对之进行改造，并吸收了抒情散文叙事如画、感情浓郁的妙处，创造出融抒情、叙事、议论于一体的新文体。其散文语言流畅讲究，富含哲理；文笔游走灵活，联想奇特，真情自然流露。代表作有《土地》《长河浪花集》等。

解读

本文谈及自己的生母和继母两位母亲。继母是封建社

齐家篇

会中父亲的妾,被称为"三姐"。作者的生母去世后,"三姐"远渡重洋来照顾作者一家,作者则破除封建的"三姐"称谓,改口称"三姨"。不同于那种严苛的继母,三姨真正关心作者的成长,为这个家庭操劳。因此,三姨给作者留下的印象比生母还要深刻。她拿出私蓄供作者读书,夜里为作者掌灯扑蚊,这一点一滴的琐事被作者记录下来,而浓浓的亲情就体现在这一点一滴之间。正如作者所表达的:"爱是生活中的暖流,我们的生活不能缺乏爱。"无论何时何地,爱是相互的。文章语言质朴,情感真切,将真挚的爱展现得淋漓尽致。在表达亲情之余,作者还对当下的家庭成员相处问题进行了深刻的思考,期盼每个家庭都和睦,每个人都懂得如何去爱。

仪表、衣着、装饰的美好固然可以给人以美感,而心灵的美、智慧的美、行为的美所能够激发起人们的美感,总是要比前者强烈得多。外表美的缺陷可以用内心美来弥补,而心灵的卑污却不是外表美可以抵消的。

——秦牧

万金家书　情真意浓

齐家篇

元日^①寄韦氏妹

杜 甫

近闻韦氏妹^②，迎在汉钟离。
郎伯殊方镇，京华旧国移。
春城^③回北斗^④，郢树^⑤发南枝。
不见朝正使，啼痕满面垂。

[选自〔唐〕杜甫著：《杜甫集校注》，谢思炜校注，上海古籍出版社2016年版，第1519页]

①元日：指至德二载（757）元日。
②韦氏妹：杜甫之妹嫁韦氏，故曰韦氏妹。
③春城：一作秦城，时值安史叛乱，诗人居长安。
④回北斗：谓北斗斗柄朝东，春天到了。
⑤郢树：杜甫之妹时居在钟离（古县名，治所在今安徽凤阳东北），此地春秋时属楚国，故曰郢树。

杜甫(712—770),字子美,自号少陵野老。河南巩县(今河南省巩义市)人。唐代伟大的现实主义诗人。杜甫被世人尊为"诗圣",与李白合称"李杜",其诗被称为"诗史"。杜甫在中国诗歌史上具有深远的影响,他的诗多涉笔社会动荡、政治黑暗、人民疾苦等内容,其诗歌最基本的艺术特征是高度的现实主义精神。杜甫极善于选择典型的艺术形象,同时注重创造有典型意义的形象,他常常把自己的主观情感与思想倾向融入现实生活之中,将叙述、描写和议论、抒情融为一体。诗风或沉郁顿挫、慷慨悲凉,或清新俊逸、自然平和,诗歌语言精工凝练而又丰富多彩。代表作有"三吏""三别"《春夜喜雨》《茅屋为秋风所破歌》等。

最近听说我那嫁到韦家的妹妹迁居到了汉钟离。她的丈夫镇守异域远方,新皇在灵武即位,故乡没有变化,首都已迁移。长安城的春天已经到来,钟离朝南的树早已发芽。没有看见正月朝贺京师的使臣,我不禁泪痕布满整个脸庞。

(编者译)

齐家篇

解读

本诗是杜甫被困长安之时所作,当时因为远离家人,诗人充满了对家人的思念之情。首联直接破题,写自己得知妹妹迁居到汉钟离;颔联和颈联对仗工整,描写了社会的动荡不安,写到了妹妹的丈夫镇守远方的异域,首都迁移;尾联由对家人的思念上升到对国家的忧虑,于是泪水布满了脸庞。整首诗歌情真意切,将对妹妹的思念和对国家的忧虑放置在同一情境之下,既思家念亲,又忧国忧民,复杂的感情最后只能化作满脸的泪水。

警句

纨绔不饿死,儒冠多误身。

——杜甫

潍县署中与舍弟墨第二书

(节选)

郑板桥

正文

余五十二岁始得一子,岂有不爱之理!然爱之必以其道,虽嬉戏顽耍,务令忠厚悱恻①,毋为刻急②也。平生最不喜笼③中

经典悦读

养鸟,我图娱悦,彼在囚牢,何情何理,而必屈物之性④以适吾性⑤乎!至于发系蜻蜓,线缚螃蟹,为小儿顽具,不过一时片刻便折拉⑥而死。夫天地生物,化育劬劳⑦,一蚁一虫,皆本阴阳五行之气氤氲⑧而出。上帝亦心心之爱念。而万物之性,人为贵,吾辈竟不能体天之心以为心,万物将何所托命乎?蛇蚖⑨蜈蚣、豺狼虎豹,虫之最毒者也,然天既生之,我何得而杀之?若必欲尽杀⑩,天地又何必生?亦惟驱⑪之使远,避之使不相害而已。蜘蛛结网,于人何罪⑫,或谓其夜间咒⑬月,令人墙倾⑭壁倒,遂⑮击杀无遗。此等说话,出于何经何典?而遂以此残物之命,可乎哉?可乎哉?

我不在家,儿子便是你管束。要须长其忠厚之情,驱其残忍之性,不得以为犹子⑯而姑纵惜也。家人儿女,总是天地间一般人,当一般爱惜,不可使吾儿凌虐他。凡鱼飧⑰果饼,宜均分散给,大家欢嬉跳

齐家篇

跃。若吾儿坐食好物，令家人子远立而望，不得一沾唇齿；其父母见而怜之，无可如何，呼之使去，岂非割心剜肉乎！夫读书中举，中进士，作官，此是小事，第一要明理作个好人。

可将此书读与郭嫂、饶嫂⑱听，使二妇人知爱子之道，在此不在彼也。

[选自〔清〕郑板桥著，陈书良评点：《郑板桥家书评点》，岳麓书社2003年版，第40～41页]

注释

①忠厚悱恻：性情忠厚，温柔多情。

②刻急：刻薄、急躁。

③笼：名词作状语，在笼中。

④性：习性。

⑤性：性情。

⑥折拉：摧折、毁损。

⑦劬（qú）劳：劳累、劳苦。后多指父母养育子女的劳苦。

⑧细缊：形容烟或云气浓郁，此指绵绵不断，繁衍出生。

⑨蚖（yuán）：一种毒蛇。

⑩尽杀：赶尽杀绝。

⑪驱：驱赶。
⑫罪：罪过。
⑬咒：诅咒。
⑭倾：倾倒。
⑮遂：于是。
⑯犹子：侄子。
⑰鱼飧：鱼汤，也代指简单饭食。
⑱郭嫂：郑板桥的续弦夫人。饶嫂：郑板桥妾。

我五十二岁才得到一个儿子，哪有不爱他的道理！但是爱他一定要有原则，即使他平时嬉戏玩耍，也一定要让他性情忠厚，温柔多情，不要使他待人刻薄急躁。我平生最不喜欢将鸟养在笼中，我贪图快乐，它在笼中，有什么情理，要让它屈服以适应我的性情呢！关于用头发系住蜻蜓，用线捆住螃蟹来作为小孩的玩具，不一会儿就把它们拉扯死了。天地生万物，父母养育子女都很辛劳，一只蚂蚁、一个虫子，都是绵绵不断，繁衍出生。上天也很爱恋。然而，天地万物之中人最珍贵，我们竟然不能体谅上天的用心，万物将怎么样托付给我们呢？毒蛇蜈蚣、豺狼虎豹，是最毒的，但是上天已经让它们生出来，我为什么要杀它们呢？如果一定要把它们赶尽杀绝，天又何必要生它们呢？只要把它们驱赶，让它们远离，不要互相伤害就行了。蜘蛛织网，对于人来说有

齐家篇

什么罪过,有人说它在夜间诅咒月亮,让墙壁倒塌,于是赶尽杀绝。这些言论,出自哪部经典?而用来作为依据去残害生灵的性命,这样可以吗?

我不在家里,儿子便需要你来管束。要培养增强他忠厚的心性,驱除他残忍的性情,不要因为他是你的侄子就纵容姑息。仆人家的儿女,也是天地间一样的人,所以应当一样的爱惜,不能让我的儿子去欺负虐待人家。如果有什么鱼肉、水果、糕点之类的零食,应该分给大家吃,这样大家都会高兴。如果我们的儿子坐在那里独自享受好吃的东西,而仆人的孩子只能站在远处看,一点都吃不到,他们的父母看见以后便会可怜、同情自己孩子,又没有什么办法,只有叫孩子们离去,这不是让他们心如刀绞吗!读书、中举人、中进士、做官,这些都是小事情,首先要做的是明白事理,做一个好人。

这封信你可以读给郭嫂和饶嫂听,让两位夫人能够了解真正爱护自己孩子的道理在于做人不在于做官。

(编者译)

知识

郑板桥(1693—1765),原名郑燮,字克柔,号理庵,又号板桥,人称"板桥先生",江苏兴化人。康熙秀才,雍正十年(1732)举人,乾隆元年(1736)进士。官至山东范县、潍县县令,政绩显著,后客居扬州,以卖画为生,为"扬州八怪"之一。其诗书画,世称"三绝"。郑经典悦读

板桥的书法，用隶体掺入行楷，自称"六分半书"，人称"板桥体"。郑板桥是清代最具代表性的文人画家之一，他一生喜画兰、竹、石，特别是他画的竹子，或挺拔直上，伸出画外，或瘦竹数竿相互交错，纤细、柔韧、古雅、脱俗。郑板桥的绘画将诗、书、画三者巧妙地结合起来。在他的题画诗上，题诗的内容、位置、书体配合得当，书法与绘画在构图上互相照应，彼此衔接，浑然一体。他的绘画，把深刻的思想内容和优美的艺术形式有机地结合起来，发扬了中国文人画的传统。代表作品有《修竹新篁图》《清光留照图》《兰竹芳馨图》等。

解读

这封家书是作者晚年得子后写给弟弟的书信。作者由于当官在外，不能亲自对孩子进行教导，所以写信给弟弟，希望弟弟能够帮忙管教孩子。在信中，作者通过列举"笼中鸟""发系蜻蜓""线缚螃蟹""蜘蛛结网"等事例，阐述天地间万物都是平等的，以此嘱咐弟弟教育孩子"要须长其忠厚之情，驱其残忍之性，不得以为犹子而姑纵惜也"；同时还告诫弟弟，要把"读书、中举、中进士、作官"当作一桩"小事"，而将"明理作个好人"当作第一要事；此外，他嘱托弟弟教导孩子要抛弃"官贵民贱"的观念，要发扬博爱精神，即便是仆人家的孩子也要平等相待。一个封建社会的为官之人，竟能够摒弃世俗的等级观念，这十分难得。这些教育理念不仅显示了郑板桥超凡

齐家篇

脱俗的人生观,还彰显出其对孩子的爱与期待。他的爱子之道,严苛之中透着暖暖的爱以及对孩子无限的期待,展现了其身为大家的智慧与风范。

善读者日攻、日扫。攻则直透重围,扫则了无一物。

——郑燮

傅雷家书

(节选)

傅 雷

(一九五四年十月二日)

聪,亲爱的孩子:

收到九月二十二日晚发的第六信,很高兴。我们并没为你前信感到什么烦恼或是不安。我在第八信中还对你预告,这种精神消沉的情形,以后还是会有的。我是过来人,决不至于大惊小怪。你也不必为此担心,更不必硬压在肚里不告诉我们。

心中的苦闷不在家信中发泄，又哪里去发泄呢？孩子不向父母诉苦向谁诉呢？我们不来安慰你，又该谁来安慰你呢？人一辈子都在高潮——低潮中浮沉，唯有庸碌的人，生活才如死水一般；或者要有极高的修养，方能廓然无累，真正的解脱。只要高潮不过分使你紧张，低潮不过分使你颓废，就好了。太阳太强烈，会把五谷晒焦；雨水太猛，也会淹死庄稼。我们只求心理相当平衡，不至于受伤而已。你也不是栽了筋斗爬不起来的人。我预料国外这几年，对你整个的人也有很大的帮助。这次来信所说的痛苦，我都理会得；我很同情，我愿意尽量安慰你、鼓励你。克利斯朵夫不是经过多少回这种情形吗？他不是一切艺术家的缩影与结晶吗？慢慢的你会养成另外一种心情对付过去的事：就是能够想到而不再惊心动魄，能够从客观的立场分析前因后果，做将来的借鉴，以免重蹈覆辙。一个人唯有敢于正视现实，正视

齐家篇

错误，用理智分析，彻底感悟，终不至于被回忆侵蚀。我相信你逐渐会学会这一套，越来越坚强的。我以前在信中和你提过感情的 ruin［创伤，覆灭］，就是要你把这些事当作心灵的灰烬看，看的时候当然不免感触万端，但不要刻骨铭心的伤害自己，而要像对着古战场一般的存着凭吊的心怀。倘若你认为这些话是对的，对你有些启发作用，那么将来在遇到因回忆而痛苦的时候（那一定免不了会再来的），拿出这封信来重读几遍。

说到音乐的内容，非大家指导见不到高天厚地的话，我也有另外的感触，就是学生本人先要具备条件：心中没有的人，再经名师指点也是枉然的。

……

为了你，我前几天已经在《大英百科辞典》上找 Krakow［克拉可夫］那一节看了一遍，知道那是七世纪就有的城市，从十世纪起，城市的历史即很清楚。城中有三十余所教堂。希望你买一些明信片,并成一包,当印刷品(不必航空)寄来,让大家看看喜欢一下。

(选自傅雷著:《傅雷文集·傅雷家书》,江苏文艺出版社2010年版,第51~52页)

知识

傅雷(1908—1966),字怒安,号怒庵,生于原江苏南汇下沙(今上海市浦东新区航头镇),著名翻译家、作家、教育家、美术评论家,中国民主促进会(民进)的重要创立者之一。傅雷的主要成就集中于翻译领域,提出了翻译文学的"神似"理论——"重神似不重形似",他主张翻译要以艺术修养为根本。傅雷一生译著丰富,译文以传神为特色,更兼行文流畅,用字丰富,工于色彩变化。其翻译的作品共30余种,其中包括巴尔扎克、罗曼·罗兰、伏尔泰等名家著作。代表译著有《约翰·克利斯朵夫》《夏倍上校》《艺术哲学》《巴尔扎克全集》等。

解读

这封家书写于作者的儿子傅聪在国外学习期间,作者写此信意在安慰精神上消沉的儿子,告诉他不能逃避困难,要正视失败,冷静地分析事情的前因后果,总结经验教训,在失败中汲取力量,尽快走出困境。面对挫折,一

齐家篇

方面要泰然处之,保持一种安定的心态,另一方面又要静下心来,理性地分析自己所犯的错误。这封家信语言真切,清楚流畅,富有哲理,许多地方运用了比喻的修辞手法,形象生动地描绘了面对挫折时的不同心态。此外,作者还引用了克利斯朵夫的例子来鼓励儿子要乐观坚强。无论在内容还是风格上,读者都能体会到作者真切的父爱。

世界上最有力的论证莫如实际行动,最有效的教育莫如以身作则;自己做不到的事千万勿要求别人;自己也要犯的毛病先批评自己,先改自己的。

——傅雷

莫扎特家书两封

[奥] 莫扎特

一、祝贺慈母的命名日

我祝贺妈妈的命名日!愿她长命几百岁,永远健康!这是我不断地向上帝乞求

的，也是我天天为之祈祷的。我将天天为双亲祈祷。我没法给妈妈送上什么礼物，只好等到回去的时候带点小铃铛、蜡烛和面幕吧。现在，我亲吻妈妈一千次。我至死都是她忠实的儿子！

——1770.6.21 自波仑亚寄母
（在寄父亲信上附笔）

(选自辛丰年译评：《莫扎特家书》，山东画报出版社2006年版，第89页)

二、离　愁

你想象不出在这些日子里我是多么想你。连我自己也说不清那难受的劲儿。一种空虚感，把人折磨得好苦。一种无从满足的期望，而又无法不去想它。它一直在心里头揪着，一天比一天更难熬！

一想起在巴登我俩像小孩似地无忧无虑的日子，更觉得我孤零零独守在这里是何等忧伤。纵然埋头干活也无法消解。这是因为平素习惯了在工作中不时地放下笔同你谈上几句。唉！那种乐趣是再也无福消受了！

有时想要到钢琴上弹弹我的《魔笛》吧，也是欲弹又止。这对我的心绪触动太深了！

——1791.7.7 自维也纳寄在巴登的妻子

（选自辛丰年译评：《莫扎特家书》，山东画报出版社 2006 年版，第122页）

知识

莫扎特（1756—1791），奥地利人，出生于萨尔兹堡，欧洲著名古典主义音乐作曲家。他从年少时代就展现出了杰出的音乐天赋，3岁开始弹琴，8岁便写下了他的第一部交响乐，11岁完成了他的第一部歌剧创作。莫扎特在艺术上的成就显著，他重新塑造并定义了古典音乐，其音乐作品成为世界音乐宝库的珍贵遗产。当然，莫扎特最重要的成就要属歌剧，他继承了格鲁克歌剧改革的理想，主张"诗必服从音乐"，他的歌剧具有很强的音乐感染力，旋律优美，流畅自然而饱含深情，宣叙调富于歌唱性。多运用重唱形式，序曲个性化。莫扎特的探索使其在歌剧艺术的开拓史上立下了不朽的业绩。其代表作品有《费加罗的婚礼》《唐璜》《魔笛》等。

经典悦读

以上两封家书是著名音乐家莫扎特分别写给母亲和妻子的。在第一封信中,莫扎特祝福自己慈祥的母亲生日快乐,祈祷母亲身体健康,尽管没有什么贵重的礼物送给母亲,但仍要带给母亲一些小礼物让母亲开心;在第二封信中,莫扎特写到对远方的妻子的无限思念,与妻子的分离让其内心不能平静,可以看出莫扎特对妻子深深的爱。莫扎特的家信语言朴实自然,情感真挚,无论是对妻子还是对母亲的爱,都自然流露,从中我们看到了一个伟大的音乐家内心细腻、情感真挚的一面。没有轰轰烈烈的誓言,也没有华丽的辞藻,最平实的语言往往才是最真实的情感。

世上最可贵的是时间,世上最奢靡的是挥霍时光。

——[奥]莫扎特

 # 家教有道　家国同运

邹孟轲母

刘 向

邹孟轲之母也,号孟母。其舍近墓,孟子之少也,嬉游为墓间之事,踊跃筑埋。孟母曰:"此非吾所以居处子。"乃去,舍市傍。其嬉戏为贾人①衒卖②之事。孟母又曰:"此非吾所以居处子也。"复徙舍学官之傍。其嬉游乃设俎豆③,揖让进退。孟母曰:"真可以居吾子矣。"遂居。及孟子长,学六艺④,卒成大儒之名。君子谓孟母善以渐⑤化。

(选自王照圆著:《列女传补注》,华东师范大学出版社2012年版,第33~34页)

①贾(gǔ)人:商人。
②衒卖:叫卖。

③俎豆：祭祀用的器具。
④六艺：即六经，六部儒家经典（《诗》《书》《礼》《乐》《易》《春秋》）。
⑤渐：逐渐濡染。

（编者注）

（鲁国）邹邑人孟轲的母亲，人称孟母。最初她住在一个靠近坟墓的地方。孟子小时候常在坟墓间嬉笑游玩，爱做些筑墓埋棺的事。孟母说："这里不是适合儿子居住的地方。"于是离开那里，搬到了一个市场附近。孟子又学起商人叫卖一类的事。孟母又说："这里也不是适合儿子居住的地方。"于是再次迁居，住到了一所学校旁边。孟子在游玩中摆弄祭祀用的器具，学习揖让进退的礼仪。孟母说："这里的确是适合儿子居住的地方。"于是就在那里住了下来。孟子长大后，学习六艺，终于成了儒家大师，名扬天下。君子贤人都说这是孟母善于利用环境逐渐濡染孩子的结果。

（编者译）

知识

刘向（约前77—前6），原名更生，字子政，世称刘中垒，世居长安，沛县（今属江苏）人。西汉经学家、目录学家、文学家。刘向的散文主要是秦疏和校雠古书的

"叙录"，较有名的有《谏营昌陵疏》和《战国策叙录》，叙事简约、理论畅达、舒缓平易是其主要特色。曾奉命领校秘书，今存《新序》《说苑》《列女传》《战国策》等书。所撰《别录》是我国最早的图书分类目录，记录了上古至西汉的文化典籍，为古代文化史之精华，对后世目录学、分类学有极深远的影响。

本文记述的是"孟母三迁"的故事。孟母为了给孟子营造一个良好的学习成长环境，两迁三地，可谓煞费苦心。从墓地旁到市集旁再到学校附近，这不仅仅是一个个居所的变化，更是周围成长环境的变化。孟母的所作所为表明，人只有接近好的人、事、物，才能更好地成长。孟子最终成为儒家大师，与孟母不辞辛劳地为其选择成长环境息息相关，孟子的思想为中华民族的兴盛注入了活力，足以见得，家与国的命运是息息相关的。

成大功者不小苛。

——刘向

齐家篇

戒子孙诗

韦玄成

于肃君子①，既令厥德，仪服此恭，棣棣②其则。咨余小子，既德靡逮③，曾是车服④，荒嫚以队。

明明天子，俊德烈烈，不遂我遗，恤我九列⑤。我既兹恤，惟夙惟夜，畏忌是申⑥，供事靡惰。天子我监，登我三事⑦，顾我伤队，爵复我旧。

我既此登，望我旧阶，先后兹度⑧，涟涟⑨孔怀⑩。司直⑪御事⑫，我熙⑬我盛；群公百僚，我嘉我庆。于异卿士，非同我心，三事惟囏，莫我肯矜。赫赫三事，力虽此毕，非（吾）〔我〕所度，退其罔日。昔我之队，畏不此居，今我度兹，戚戚⑭其惧。

嗟我后人,命其靡常,靖享⑮尔位,瞻仰靡荒。慎尔会同,戒尔车服,无媿尔仪,以保尔域⑯。尔无我视,不慎不整;我之此复,惟禄之幸。於戏后人,惟肃惟栗⑰。无忝显祖⑱,以蕃汉室!

[选自〔汉〕班固撰:《汉书·韦玄传》,中华书局 2012 年版,第 2689～2691 页]

注释

①君子:此称其父韦贤。古人称其先人曰君子。
②棣棣:亦作"逮逮"。雍容娴雅貌。
③逮:及。
④车服:即车和礼服。古时以车服为荣,故天子赏诸侯,皆赐予车服。
⑤九列:九卿之列,谓少府。
⑥申:言自约束。
⑦三事:三公之位,谓丞相。
⑧兹度:居此位(丞相)。
⑨涟涟:泪流不止貌。
⑩孔怀:十分怀念;缅怀。
⑪司直:丞相司直。
⑫御事:办事人员。
⑬熙:兴。

齐家篇

⑭戚戚：忧惧貌。
⑮靖：谋。享：当。
⑯域：指封邑。
⑰肃：恭敬。栗：戒惧。
⑱显祖：旧时对祖先的美称。

（编者注）

高尚的君子，都很肃敬以使自己的德行美善，他们的仪表容止和服饰庄重闲雅，值得为他人所仿效。我们这些后辈们，言德远远不及父辈，还因荒嬉怠慢，失去了祖辈受赐的车服。

然而，天子英明，德行宽厚，并不计较我的过失，委任我少府一职。我既然担任了这一职务，只有早晚自我警醒，时时畏惧，约束自己，做事勤快不懒惰。天子督察我的工作，让我荣登三公之位，又顾念我曾因贬职而忧伤，恢复了我原有的爵位。

我既然登上了三公之位，瞻望我原有的爵阶，我的父亲也曾经担任过丞相的职位，我不禁泪流感伤。司直和治事之人因为我的职位而助我兴盛，百官众僚都来向我庆贺。但是这些卿士并不和我同心，丞相的职事很艰难，却没有人对我表示同情。丞相的职事是那么的盛大，我尽管用尽全力来做它，但仍然不能够胜任，只担心贬退无日。以前我失去官职的时候，不害怕担任丞相的职务，现在身担丞相之职，却战战兢兢，十分恐惧。

啊！我的子孙，天命无常，你们要好好承担你们的职务，不要懈怠。你们要慎重对待朝见，要警戒车服的荣耀，不要懈怠，这样才能保住你们的封邑。你们不要效法我，不谨慎、不严整；我之所以恢复了旧有的爵位，完全是幸运地得到了上天的恩赐。我的子孙，你们要严肃谨慎，不要辱没了你们的祖先，尽心尽力以使汉朝繁荣昌盛。

（编者译）

知识

韦玄成（？—前36），字少翁，鲁国邹人，丞相韦贤之子。明经好学，敬爱贫贱，名誉日广。其父卒后，皇帝下诏玄成继父嗣，佯装病狂不应召。后不得已受父爵。汉元帝时，官至丞相。《汉书》中记载，韦玄成年少好学，继承父亲的儒业，特别谦逊，礼贤下士。有时出门遇见认识的人步行，他便让自己的侍从仆役下车，载送别人回去，作为常事。他对待人，贫贱者愈加礼敬，以此他的美名日益远扬。玄成好为四言诗，著有《自劾》及《戒示子孙》二首。

解读

在这首《戒子孙诗》中，韦玄成首先对自己进行了反省：自己因怠慢失职，失去了车服的荣耀。英明的天子

齐家篇

并没有计较他的过错,而是继续让他担任官职。韦玄成在总结经验教训后,告诫自己的子孙后辈,要时刻警醒,不要怠慢,要牢记自己的职责使命,不要愧对自己的祖先,更不要辜负天子的信任。只有尽心尽力,把先辈们的良好家风传承下去,一心一意地为国效力,国家才能够繁荣昌盛。诗歌四字一顿,节奏鲜明,用词真切,真情与简单明快的节奏结合在一起,凸显了作者的家国情怀。

家范卷二·祖

（节选）

司马光

为儿孙积钱财,不如给后代留功德

为人祖者,莫不思利其后世。然果能利之者,鲜矣。何以言之？今之为后世谋者,不过广营生计以遗①之。田畴连阡陌②,邸肆跨坊曲,粟麦盈囷仓,金帛充箧笥,慊慊然求之犹未足,施施然自以为子子孙孙累世用之莫能尽也。然不知以义方③训其

子，以礼法齐其家。自于数十年中勤身苦体以聚之，而子孙于时岁之间奢靡游荡以散之，反笑其祖考之愚不知自娱，又怨其吝啬，无恩于我，而厉虐之也。始则欺绐攫窃，以充④其欲；不足，则立券举债于人，俟其死而偿之。观其意，惟患其考之寿也。甚者至于有疾不疗，阴⑤行鸩毒，亦有之矣。然则向之所以利后世者，适足以长子孙之恶而为身祸也。顷尝有士大夫，其先亦国朝名臣也，家甚富而尤吝啬，斗升之粟、尺寸之帛，必身自出纳，锁而封之。昼而佩钥于身，夜则置钥于枕下，病甚，困绝⑥不知人，子孙窃其钥，开藏室，发箧笥，取其财。其人后苏，即扪枕下，求钥不得，愤怒遂卒。其子孙不哭，相与争匿其财，遂⑦致斗讼。其处女蒙首执牒，自讦⑧于府庭，以争嫁资，为乡党笑。盖由子孙自幼及长，惟知有利，不知有义故也。夫生生之资，固人所不能无，然勿求多余，多余希不为累矣。使其子孙果贤⑨耶，岂蔬

齐家篇

粝布褐不能自营，至死于道路乎？若其不贤耶，虽积金满堂，奚益哉？多藏以遗子孙，吾见其愚之甚也。然则贤圣皆不顾子孙之匮乏邪？曰：何为其然也？昔者圣人遗子孙以德以礼，贤人遗子孙以廉⑩以俭⑪。舜自侧微⑫积德至于为帝，子孙保之，享国百世而不绝。周自后稷、公刘、太王、王季、文王，积德累功，至于武王而有天下。其《诗》曰："诒厥孙谋，以燕翼子。"言丰德泽，明礼法，以遗后世而安固之也。故能子孙承统八百余年，其支庶⑬犹为天下之显，诸侯棋布于海内。其为利岂不大哉！

[选自〔宋〕司马光著：《家范》，内蒙古人民出版社1999年版，第36～38页]

注释

①遗：留，留给。

②阡陌：田界。

③义方：做人的道理。

④充：满足。

⑤阴：暗地里。

经典悦读

⑥困绝：昏厥。
⑦遂：于是。
⑧讦（jié）：揭发，攻击。
⑨贤：贤能。
⑩廉：廉洁。
⑪俭：俭朴。
⑫侧微：卑贱。
⑬支庶：嫡子以外的旁支。

（编者注）

  为儿孙积钱财，不如给后代留功德

  作为人的先祖，没有不希望能够造福后代的。可是真正能够造福于后代的人却很少。为什么这样说呢？因为当今为后代谋利益的人，只知道多积钱财留给后代子孙。田地连成片，商铺遍布街巷，粮食堆满了仓库，财物装满了箱子，仍然觉得不够，还要费心谋求。这样他们心里就怡然自得，以为子子孙孙、世世代代都享用不尽了。但是这些祖辈们不懂得用做人的道理来教育子孙，也不懂得用礼法来治理家庭。他们几十年辛辛苦苦积累的财富，却被子孙们在短时间内就挥霍殆尽。子孙们反而讥笑自己的祖辈愚蠢，不懂得享乐，还埋怨祖辈吝啬小气，曾经对自己不好，虐待了自己。那些没有得到良好教育的后代子孙，大都一开始欺骗盗窃，以满足自己的欲望，不够的时候，就

齐家篇

向他人立券借债，打算等到祖辈死后再来偿还债务。仔细观察这些子孙们的心思，发现他们只是盼望祖辈早死。更有甚者，祖辈生病了，不但不给治疗，反而在暗中投毒，以求早一点得到家里的财产。那些为后代谋利益的祖辈们，不但助长了子孙的恶行，还给自己带来了杀身之祸。过去有一位士大夫，他的祖先也是当朝名臣，家里十分富裕，但他很小气，连斗升之粟、尺寸之布，都要亲自管理。他还把财宝锁得严严实实，白天把钥匙佩戴在身上，晚上睡觉时把钥匙放在枕头下。后来他得了重病，昏迷不省人事，子孙们就趁机把他的钥匙偷走，打开密室，找到存放财宝的箱子，抢走了财宝。他从昏迷中苏醒过来后，就寻找枕头下面的钥匙，发现钥匙已没有了，于是一气之下死去了。他的子孙们不但没有为他的死而哭泣，反而因为相互争夺、藏匿财产而打斗、诉讼。就连未嫁人的女儿也蒙着头拿着状纸，在公堂之上喊冤，为自己争夺嫁妆。他们的恶行受到了乡里的讥笑。究其原因，大概是因为这些子孙们从小到大只知道追逐利益，不懂得讲道义。生活中所用的钱财物资，本来是人所必需的，但是也不能过分贪求。钱财一旦过多，就会成为累赘。如果子孙们确实贤能，难道他们连粗食布衣都不能自己谋得，会冻死饿死路旁吗？如果子孙们不贤能，即便金银堆满屋子，又有什么用呢？祖辈们积累财富留给子孙后代，我看他们十分愚蠢。难道古代那些先贤都不关心他们的子孙后代的穷富吗？有人问：他们为什么不给后代留下很多财产呢？因为

经典悦读

古代圣人懂得留给子孙后代高尚的品德与严格的礼法熏陶，贤人们传给子孙的是廉洁的品质和俭朴的作风。舜出身卑贱却能够努力修养品德，终于当上了帝王。他的子孙们继承他的高尚品德，统治国家历经百代而不灭。周朝从后稷、公刘、太王、王季、文王开始修德积功，到了周武王的时候，终于推翻了殷商夺取了天下。《诗经》里说："周文王谋及子孙，扶助子孙。"指的就是周文王积累恩德，申明礼法，并且将这笔财产传给后代，使得国家安定、社稷稳固。因而他们的子孙后代能够统治国家八百多年，他们的那些旁系亲戚也成为天下的望族，被分封的诸侯遍布海内。周家祖先留给后代的利益难道不大吗？

（编者译）

知识

司马光（1019—1086），字君实，号迂叟，陕州夏县（今山西夏县）涑水乡人，世称涑水先生，北宋政治家、史学家、文学家。司马光最大的贡献莫过于主持编纂了294卷近400万字的中国历史上第一部编年体通史《资治通鉴》。他把1362年的史实，依时代先后，以年月为经，以史实为纬，按顺序记写；对于重大历史事件的前因后果、与各方面的关联都交代得清清楚楚，使读者对历史的发展能够一目了然。此外，他在文学、经学、哲学乃至医学方面都进行了钻研和著述，主要代表作有《翰林诗草》《注古文学经》《注太玄经》《注扬子》《书仪》《游山行记》《续诗治》《家范》《涑水纪闻》等。

这篇选文主要讲述了司马光在治家方面的一个重要主张——遗德不遗财。司马光在文中首先阐明了若想真正地造福后代，就要培养子孙们良好的德行，让他们接受严格的礼法熏陶，而不是留给他们用之不尽的财物。司马光在文中分别举了士大夫和周朝的例子，进一步说明德行要比钱财重要的道理。小到一个家庭，大到一个国家，修养品德、申明礼法才是最值得传承的财富。文章简明扼要，引经据典，说理透彻，对于当今的家庭教育仍然有积极意义。

德胜于才，谓之君子；才胜于德，谓之小人。

——司马光

曾国藩治家二则

曾国藩

一、兄弟要互敬互爱

我去年曾与九弟闲谈，云为人子者，

若使父母见得我好些，谓诸兄弟俱不及我，这便是不孝；若使族党称道我好些，谓诸兄弟俱不如我，这便是不弟。何也？盖使父母心中有贤愚之分，使族党口中有贤愚之分，则必其平日有讨好底意思，暗用机计，使自己得好名声，而使其兄弟得坏名声，必其后日之嫌隙由此而生也。刘大爷、刘三爷兄弟皆想做好人，卒至视如仇雠。因刘三爷得好名声于父母族党之间，而刘大爷得坏名声故也。今四弟所责我者，正是此道理，我所以读之汗下。但愿兄弟五人各各明白这道理，彼此互相原谅。兄以弟得坏名为忧，弟以兄得好名为快。兄不能使弟尽道得令①名是兄之罪。弟不能使兄尽道得令名是弟之罪。若各各如此存心，则亿万年无纤芥之嫌矣。

注释

①令：美、好。

齐家篇

我去年曾经和九弟闲谈,讲到做儿子的,如果想让父母亲偏爱自己一些,认为兄弟们都比不上我,这就是不孝;如果想让家族的人和乡亲们多夸赞自己一些,认为兄弟们都比不上我,这就是不悌。为什么这样说呢?因为如果使得父母亲心目中对儿子们有了贤愚之分,使得家族和乡亲们对一家兄弟的议论有了贤愚之分,那么他平时一定有故意讨好的意思,暗中使用心计,使自己得到了好名声,而使他的兄弟们得到了坏名声,他和兄弟们之间的矛盾以后一定会因此而产生。刘大爷和刘三爷兄弟俩都想当好人,最终发展到和仇敌一样。这是因为刘三爷在父母和家族乡亲那里得到了好名声,而刘大爷却得到了坏名声的缘故。现在四弟之所以责备我,正是因为这个道理,因此我读着流下了汗来。但愿我们兄弟五个每人都明白这个道理,彼此之间互相原谅。哥哥要为弟弟得到坏名声而忧虑,弟弟为哥哥得到好名声而欢喜。哥哥不能让弟弟发挥才能而得到好名声,是哥哥的罪过;弟弟不能让哥哥发挥才能而得到好名声,是弟弟的罪过。如果每个人都能这样想,那么在一起相处时间再长也不会有丝毫的猜忌了。

(选自《曾国藩家书》,陈霞村等译注,山西古籍出版社2004年版,第33页)

二、要切实讲求孝友二字

孝友①为家庭之祥瑞。凡所称因果报

应，他事或不尽验，独孝友则立获吉庆，反是则立获殃祸，无不验者。

吾早岁久宦②京师，于孝养之道多疏③；后来展转兵间，多获诸弟之助，而吾毫无裨益于诸弟。余兄弟姊妹各家，均有田宅之安，大抵皆九弟④扶助之力。我身殁之后，尔等事两叔如父，事叔母如母，视堂兄弟如手足。凡事皆从省啬，独待诸叔之家则处处从厚。待堂兄弟以德业相劝、过失相规，期于彼此有成，为第一要义。其次则亲之欲其贵，爱之欲其富，常常以吉祥善事代诸昆季⑤默为祷祝，自当神人共钦。温甫、季洪两弟之死，余内省觉有惭德⑥。澄侯、沅甫两弟渐老，余此生不审能否相见。尔辈若能从孝友二字切实讲求，亦足为我弥缝缺憾耳。

（选自《曾国藩家书》，陈霞村等译注，山西古籍出版社2004年版，第276页）

①孝友：孝敬父母，友爱兄长。

齐家篇

②宦：出外做官。
③疏：疏漏，做得不够。
④九弟：曾国藩之弟曾国荃，字沅甫，在兄弟中排行第九。
⑤昆季：兄弟。
⑥惭德：由于做事有缺点而内心惭愧。

（编者译）

译文

孝敬父母、友爱兄弟是家庭吉祥的象征。凡是所说的因果报应，其他事有的不能完全应验，只有孝敬父母、友爱兄弟，就能立即得到吉祥幸福，与此相反，就会立即遭受灾祸，没有不应验的。

我早年长期在京城里做官，没能尽到孝敬赡养父母的义务；后来辗转于战事中，得到了诸位弟弟的很多帮助，可是我对诸位弟弟却没有一点补益。我们兄弟姐妹各家，都置下了田地住宅，大抵说来都是九弟出力帮助的结果。我身死之后，你们兄弟应像侍奉父亲一样侍奉两位叔叔，像侍奉母亲一样侍奉叔母，像对待自己亲兄弟一样对待堂兄弟。所有事情都按节省俭朴的原则办，唯独对待诸位叔父家却应处处按优厚宽裕的原则办。对待堂兄弟们在道德学业上互相劝导，在过失上互相纠正，希望彼此都有成就，要把这当作第一原则。其次，就是亲近他们，想要他们地位尊贵，疼爱他们，想要他们家庭富足，常常用吉祥善美之事代替诸位兄弟默默祈祷祝福,当然定会得到众人敬佩、鬼神保佑了。温甫、季洪两位弟弟的死,我内心反省,自己深感惭愧。澄侯、沅甫两位弟弟渐渐变老,我这辈子不知道能不能再与他们相见。你们兄弟如果能从孝敬、友爱两条切实讲求起来,也完全可以替我弥补缺憾了。

(编者译)

知识

曾国藩(1811—1872),字伯涵,号涤生,宗圣曾子七十世孙。中国近代政治家、战略家、理学家、文学家,湘军的创立者和统帅。与李鸿章、左宗棠、张之洞并称为"晚清四大名臣"。官至两江总督、直隶总督、武英殿大学士,封一等毅勇侯,谥号文正。在文学上,曾国藩继承桐城派方苞、姚鼐而自立风格,创立晚清古文的"湘乡派",成为湖湘文化的重要代表,所为古文,深宏骏迈,具有雄奇瑰玮的意境,为后世所赞。在治家方略上,曾国藩认为最重要的就是要在家庭成员中树立人人孝悌的原则。在"和以治家"的宗旨下,还特别强调"勤以持家"。主要著作有《读书录》《日记》《奏议》《家书》《家训》等,后人编有《曾文正公全集》。

解读

以上两则选文分别是曾国藩写给弟弟和儿子的。第一

齐家篇

则中,曾国藩主要对兄弟之间如何相处进行了反思,他认为兄弟之间应该和睦相处,休戚与共,相互扶植。只有兄弟之间的感情处理得当,家族才能兴盛。第二则写于天津教案发生后,曾国藩奉命去处理此事件,他担心意外发生,遂写信给自己的两个儿子。选取的这一部分内容是曾国藩在教导自己的儿子要孝敬父母、友爱兄弟,尤其嘱托儿子要孝敬两位叔叔,尽心尽责,不要懈怠。曾国藩对孝悌的重视通过从容的行文表现出来,语言挥洒自如,看似平淡却不失其深刻的道理,情感细腻而又真挚。

家勤则兴,人勤则健;能勤能俭,永不贫贱。

——曾国藩

袁氏世范

(节选)

袁 采

睦邻里以防不虞

居宅不可无邻家,虑有火烛,无人救

应。宅之四围,如无溪流,当为池井,虑有火烛,无水救应。又须平时抚恤邻里有恩义,有士大夫平时多以官势残虐邻里,一日为①仇人刃②其家,火③其屋宅。邻居更相戒曰:"若救火,火熄之后,非惟无功,彼更讼我以为盗取他家财物,则狱讼④未知了期。若不救火,不过杖一百而已。"邻里甘受杖而坐视其大厦为煨烬,生生之具⑤无遗。此其平时暴虐之效也。

[选自〔宋〕袁采撰:《袁氏世范》,上海人民出版社2017年版,第106~107页]

①为:被。
②刃:这里用作动词,用刀砍。
③火:用作动词,用火烧。
④狱讼:讼事,讼案。
⑤生生之具:生活用具。

(编者注)

译文

你居住的家,周围不可没有邻居,否则,一旦发生

齐家篇

火灾,就没有人来救应。住宅的周围,如果没有溪流,应当挖掘水池和水井,不然,一旦发生火灾,没有水来灭火。平时,应该和邻居和睦相处。有一位士大夫平时依仗权势残害邻里。一天,有仇人来砍杀他家的人,烧他家的房子。邻居们没有相救,反而相互告诫说:"如果大家去救火,火被扑灭之后,不但没有功劳,反而还要被诬陷盗窃他家的财物,这样的讼事不知道要打到什么时候!如果不去救火,也不过被打一百杖而已。"邻居们宁愿被打一百杖也不愿意去救火,眼看着士大夫的家化为灰烬,生活用具全部被烧光。这正是他平日残害邻居的报应。

(编者译)

知识

袁采,(?—1195),字君载,信安(今浙江省常山县)人。宋孝宗隆兴元年(1163)进士,官至监登闻鼓院,淳熙五年(1178)任乐清县令。其为官秉性刚正,颇有政绩。袁采自小受儒家之道影响,为人才德并佳。步入仕途后,以儒家之道理政,以廉明刚直著称于世,而且很重视教化一方。他撰写《袁氏世范》一书,用来践行伦理教育,美化风俗习惯。《袁氏世范》共分三卷:睦亲、处己、治家,内容多涉及读书修身、敬业、重贤、尊老爱幼、治家理财、人伦之道、处世之道等方面,是中国家训史上一部十分重要的著作。

　　《袁氏世范》共分为三卷，本文是第三卷"治家"中的一篇。在此篇中，袁采根据自己持家兴业的经验，提出住宅的选择要靠近水源或者挖掘水井以防范火灾的发生。更重要的是，袁采提出邻里间要和睦相处，平日多加抚恤，有事才能相互照应。袁采举一士大夫的例子来说明邻里和谐的重要性。本文语言质朴通俗，有理有据。作者对邻里关系的重视和对整个社会风俗的关注，表现出了强烈的社会责任感。

　　孝子事亲，不可使其亲有冷淡心，烦恼心，惊怖心，愁闷心，难言心，愧恨心。

——袁采

凌云家风　志存高远

示儿女
一九六一年
陈 毅

其一

此身常想向天游,无奈双脚被地留。
踊跃奔驰离不得,九州万国共一球。
九州万国共一球,东方自在西方囚。
安得一夜似电变,人间净化塑琼州?
人间净化塑琼州,万方亿兆喜心头。
应知人定胜天定,看我中华跃上游。
看我中华跃上游,革故鼎新事事佾。
共产主义飞天外,万国岂必共一球?
万国岂必共一球,太阳之外太阳稠。
谁能给我新世界?宇宙红光照上头。
宇宙红光照上头,理想现实两相投。
不要空言不事事,不要近视无远谋。

齐家篇

其二

宇宙无穷大,万国共一球。
展望天外天,想作逍遥游。
后羿夸射日,羲和逐光流。
人类百万年,实为地之囚。
生命世代续,知识无尽头。
科学重实践,理论启新猷。
应知重实际,平地起高楼。
应知重理想,更为世界谋。
我要为众人,营私以为羞。
人人能如此,世界即自由。
所恨剥削辈,坐食汗不流。
所恨压迫者,役人如马牛。
更恨说教者,实与强暴侔。
铲除旧制度,革命志勿休。
嗟余一老兵,六十去不留。
接班望汝等,及早作划筹。
天地最有情,少年莫浪投。

[选自中共中央文献研究室编:《陈毅诗词集》(下),中央文献出版社2011年版,第535～537页]

知识

陈毅（1901—1972），名世俊，字仲弘，四川乐至人，中国共产党党员。无产阶级革命家、政治家、军事家、外交家、诗人，中华人民共和国元帅（十大元帅之一）。中华人民共和国成立后，先后任国务院副总理、外交部部长、军委副主席等职。代表作品有《陈毅诗词选集》。

解读

陈毅作为一名无产阶级革命家，一向严于律己，对子女更是严格要求。在这组诗篇中，陈毅告诫子女要发扬革命的优良传统，谦虚谨慎，加强修养，不畏艰难险阻，不断磨炼并全面发展自己。一言一行都要落到实处，"不要空言不事事，不要近视无远谋"。他鼓励子女要有远大的抱负，希望子女重知识、重实践、重理想，努力成为合格的社会主义接班人。诗中还引用了后羿射日、羲和观天象等典故来激励子女们要奋发图强。诗歌语言明白晓畅，诗体舒展自如，感情真切，真挚感人，将陈毅的爱与严格的要求化作期望与鼓励，展现了一代革命家的家国情怀。

警语

九牛一毫莫自夸，骄傲自满必翻车。历览古今多少事，成由谦逊败由奢。

——陈毅

齐家篇

座右铭

陈子昂

正文

事父尽孝敬,事君端忠贞。
兄弟敦和睦①,朋友笃信诚。
从官重公慎②,立身贵廉明。
待士慕谦让,莅民尚宽平③。
理讼惟正直,察狱必审情。
谤议不足怨,宠辱讵④须惊。
处满常惮⑤溢,居高本虑倾。
诗礼固可学,郑卫⑥不足听。
幸能修实操,何俟⑦钓虚声。
白珪玷可灭,黄金诺不轻。
秦穆饮盗马,楚客报绝缨。
言行既无择⑧,存殁⑨自扬名。

[选自〔唐〕陈子昂撰:《陈子昂集》(修订本),徐鹏校点,上海古籍出版社 2013 年版,第 282 页]

注释

①敦和睦：忠厚诚恳，使之和睦。
②公慎：公正谨慎。
③宽平：宽厚平和。
④讵：岂，表示反问的副词。
⑤惮：害怕。
⑥郑卫：郑卫之音。
⑦俟：等待。
⑧择：挑剔。
⑨存殁：生死。

知识

陈子昂（659—702），字伯玉，梓州射洪（今四川省遂宁市射洪县）人，唐代诗人，初唐诗文革新人物之一。光宅进士，历仕武则天朝麟台正字、右拾遗，后世称陈拾遗。陈子昂在文学上的主要成就是扭转了唐初沿袭六朝余习的绮靡纤弱的诗风，以其进步、充实的思想内容，质朴、刚健的语言风格，对整个唐代诗歌产生了巨大影响。其诗风骨峥嵘、寓意深远、苍劲有力。存诗共100多首，其中最有代表性的是《感遇》诗38首、《蓟丘览古》7首和《登幽州台歌》等。

齐家篇

侍奉父母要尽力孝敬,侍奉国君要正直忠贞。兄弟之间要忠厚诚恳、和睦相处,朋友之间要诚信坦诚。做官要注重公正谨慎,立身贵在廉洁清明。对待读书之人,要仰慕、谦逊、礼让,管理老百姓要宽厚平和。处理诉讼案件要公正,审察案件必须实事求是、合情合理。对于别人对自己的批评指责不要怨恨,不论宠辱都坦然面对。器皿装满了液体,常常担心其溢出;站得高,就要忧虑跌倒下来。诗礼固然可以好好学习,但郑卫之音不可听。最好的诗修养自己的真实操守,不必去沽名钓誉。白玉上的斑点可以磨灭掉,但一诺千金,不可以轻易失信于人。秦穆王与偷自己马的人一起饮酒,楚庄王宽恕调戏自己爱姬的人,后来得到了回报。言行都无可挑剔,不管生死自然会受到世人称颂。

(编者译)

这篇《座右铭》是陈子昂用来自警自励的格言诗,全诗采用五言古体诗的形式,语句对仗工整,文字简洁质朴,运用了许多典故,体现了陈子昂风骨峥嵘、寓意深远、苍劲有力的诗风。内容上记述了陈子昂在修身齐家、待人处世、为官从政等许多方面对自己的要求。在家庭中,要孝敬父母,与兄弟和睦;身居官位,要公正廉明;

待人处世,要谦逊礼让;要居安思危,有忧患意识。陈子昂用来警戒和激励自己的这些话语,对于当今的人们仍然具有积极的意义。

警语

感时思报国,拔剑起蒿莱。

——陈子昂

骄儿诗

李商隐

正文

衮师①我骄儿②,美秀乃无匹。文葆③未周晬,固已知六七。四岁知姓名,眼不视梨栗。交朋颇窥观,谓是丹穴物④。前朝尚器貌,流品方第一。不然神仙姿,不尔燕鹤骨。安得此相谓?欲慰衰朽质。青春妍和月⑤,朋戏浑甥侄。绕堂复穿林,沸若金鼎溢。门有长者来,造次⑥请先出。客前问所须,含意不吐实。归来学客面,闒败

齐家篇

秉爷笏。或谑张飞胡,或笑邓艾吃。豪鹰毛崒屴⑦,猛马气佶傈⑧。截得青筼筜⑨,骑走恣唐突。忽复学参军,按声唤苍鹘。又复纱灯旁,稽首⑩礼夜佛。仰鞭冒⑪蛛网,俯首饮花蜜。欲争蛱蝶轻,未谢柳絮疾。阶前逢阿姊,六甲颇输失。凝走弄香奁,拔脱金屈戌。抱持多反倒,威怒不可律。曲躬牵窗网,略唾拭琴漆。有时看临书,挺立不动膝。古锦请裁衣,玉轴亦欲乞。请爷⑫书春胜⑬,春胜宜春日。芭蕉斜卷笺,辛夷低过笔。爷昔好读书,恳苦自著述。憔悴欲四十,无肉畏蚤虱。儿慎勿学爷,读书求甲乙。穰苴⑭《司马法》,张良黄石术。便为帝王师,不假更纤悉⑮。况今西与北,羌戎正狂悖。诛赦两未成,将养如痼疾。儿当速成大,探雏入虎窟。当为万户侯,勿守一经帙⑯。

(选自周振甫选注:《李商隐选集》,上海古籍出版社2012年版,第191~192页)

经典悦读

注释

①衮师：李商隐的小儿子，生于大中元年（847）。
②骄儿：骄纵的孩子。
③文葆：有纹绣的包被。葆，同"褓"。
④丹穴物：指凤凰。这里比喻衮师。
⑤妍和月：温暖的季节。
⑥造次：匆忙。
⑦刿屴：高耸。
⑧佶傈：健壮。
⑨筼筜：竹子。
⑩稽首：叩头至地。
⑪罥：挂。
⑫爷：父亲。此乃对着儿子自称。
⑬春胜：古时在立春这一天，士大夫家里剪彩绸做成小幡，上写"宜春"二字，挂在花枝上，叫作"春胜"。
⑭穰苴：春秋时齐国的名将，喜欢研究兵法。
⑮纤悉：细微，这里指烦琐的儒家经书及其注释。
⑯帙：书衣。

（编者注）

衮师啊，我最爱的骄儿，你漂亮秀气，没有人能够比得上！裹在绣褓中未满周岁，你就已经知道"六"和

齐家篇

"七"。四岁便知道自己的姓名,不再眼睁睁贪馋梨栗。朋友们常暗地里观看你,说你是凤凰般的人物。说在重视仪容风度的六朝,这孩子的品级一定是第一。说你要不就是神仙般的风姿,要不就是燕颔鹤步的骨相。朋友们怎如此夸奖你呢?无非是想宽慰我这衰老无用之人。孩子们在这美好温暖的春日结伴嬉游,不论辈分高下。绕着厅堂追逐,又穿过树林,闹声像铜锅中的开水翻溢。每当门前有大人来访,衮师便急忙抢先出外迎客。客人上前去问他想要些什么,他却隐藏心意不把实话说出。送客回来就学客人的样子,破门而入,拿着阿爸的朝笏。有时嘲笑客人像张飞那样的大胡子,有时嘲笑客人像邓艾那样口吃。他像雄鹰般张开翅膀,又像骏马般雄壮威武。有时砍下了青竹子,骑上竹马恣意冲撞。忽然又学做参军戏,压低嗓子呼唤"苍鹘"。又走到纱灯旁,学人叩头拜夜佛。举起鞭子牵动蛛网,低下头来吸食花蜜。要跟蝴蝶比一比谁更轻盈,要和柳絮赛一赛谁更快捷。在台阶前遇到了阿姐,跟她赌赛六甲总是输掉。硬要跑去翻弄她的妆奁,把匣子的铰链一下拉脱。抱开他还反复挣扎,威吓他也无法约束。弯着身体去拉窗户的网格,把唾沫吐在琴上拭亮表漆。有时看父亲临写碑帖,挺直站立不移动两膝。拿来古锦要裁制书衣,见到玉轴也想要讨乞。请求阿爸书写春幡,知道春幡最宜春日。未展的芭蕉,像那斜卷着的笺纸,含苞的辛夷,像他递来的毛笔。阿爸从前喜欢读书,勤奋刻苦独自著述。如今憔悴衰老年近四十,身上无肉特别害怕蚤虱。儿啊,

经典悦读

千万不要学阿爸,读书求得进士及第。应去学学司马穰苴的兵法,还有黄石传给张良的战术。只要这样就能做帝王之师,而无须凭借琐细的学识。何况现在国家的西北,羌戎正在叛乱。征讨或安抚都毫无成效,姑息放纵终成痼疾。儿啊,你要快快长大成人,为探得虎子要深入虎穴。应当用武功去博取万户封侯,不要一辈子死守着一部经书!

(编者译)

知识

李商隐(约813—约858),晚唐著名诗人,字义山,号玉溪(谿)生,又号樊南生。唐文宗开成二年(837)登进士第,曾任秘书省校书郎、弘农尉等职。与杜牧合称"小李杜",与温庭筠合称"温李"。李商隐的咏史诗和爱情诗都有很高的成就。他的咏史诗着眼于借鉴历史的经验教训来指陈政事、讥评时世并加以补充发挥,使咏史成为政治诗的一种特殊形式。无题诗是李商隐独具一格的创造。以无题为名的爱情诗,写得缠绵悱恻、优美动人、广为传诵,但他的无题诗具有"朦胧"的特点,旨意隐秘。在清代孙洙编选的《唐诗三百首》中,收入李商隐的诗作22首,数量仅次于杜甫、王维、李白,居第四位。其主要作品收入《李义山诗集》。

解读

这首诗是李商隐写给儿子李衮师的。写作此诗时,李

齐家篇

商隐已年近四十,当时政治腐败,李商隐在仕途上十分不顺,陷于困顿之中。诗人处于不得志的境遇之中,想到自己的小儿子,爱怜之中透着期望与担忧。整首诗大致可分为三部分:第一部分从开头到"欲慰衰朽质",主要写爱子的聪明伶俐以及亲朋好友的夸耀赞美,洋溢着诗人的惬意与自豪;第二部分从"青春妍和月"到"辛夷低过笔",记录了爱子生活中的点点细节,描绘了其天真活泼的形态;第三部分从"爷昔好读书"开始,主要是诗人结合自己的现实处境而抒发的感慨,对爱子充满了期待,将希望寄托于年幼的爱子。整首诗采用叙事笔法,语言朴素生动,感情丰富,展现出一个慈祥可爱的父亲形象,一个饱经风霜、历尽坎坷的诗人形象。

春蚕到死丝方尽,蜡炬成灰泪始干。

——李商隐

弟子规
(节选)
李毓秀

冠必正,纽^①必结^②,

87

袜与履③，俱紧切④。
置冠服，有定位，
勿乱顿⑤，致污秽。
衣贵洁，不贵华，
上循⑥分⑦，下称⑧家⑨。
对饮食，勿拣择，
食适可，勿过则⑩。
年方少，勿饮酒，
饮酒醉，最为丑。
步从容，立端正，
揖深⑪圆⑫，拜恭敬。
勿践⑬阈⑭，勿跛倚⑮，
勿箕踞⑯，勿摇髀⑰。
缓揭帘，勿有声，
宽转弯⑱，勿触棱⑱。
执虚器，如执盈⑲；
入虚室，如有人。
事勿忙，忙多错，
勿畏难，勿轻略。
斗闹场，绝勿近；

齐家篇

邪僻事,绝勿问。

注释

①纽:衣纽。
②结:打结,系好。
③履:鞋。
④切:贴切,合适。
⑤顿:安置。
⑥循:遵循,符合。
⑦分:身份,等级。
⑧称:相称,合适。
⑨家:指家庭条件。
⑩则:准则,规章。这里指应当遵从的饮食原则,即饮食要适量适度。
⑪深:指够深度。
⑫圆:完整。
⑬践:踩踏。
⑭阈(yù):门槛。
⑮跛倚:偏倚,站立不正。语出《礼记·礼器》:"有司跛倚以临祭,其为不敬大矣。"
⑯箕踞(jī jù):两脚伸直叉开的坐姿,形似簸箕。
⑰髀:大腿。
⑱宽转弯:指转弯角度要大,不要急切抄近、慌张冒失。
⑲勿触棱:不要撞到家具物品的棱角。

⑳盈：满。

（选自李逸安、张立敏译注：《三字经·百家姓·千字文·弟子规·千家诗》，中华书局2011年版，第184～186页）

知识

李毓秀（1647—1729），字子潜，号采三。山西省新绛县龙兴镇周庄村人。清初著名学者、教育家。年轻时，李毓秀师从同乡学者党冰壑，游学近20年。科举不中后放弃仕进之途，终身为秀才，致力于治学。李毓秀一生潜心教学，"听者屡满户外"，著有《训蒙文》，后来经过贾存仁修订，改名《弟子规》，成为一本启蒙、教育子弟尽人伦本分、忠厚生活的读物，被誉为"开蒙养正之最上乘者"，有"人生第一步，天下第一规"之称。《弟子规》全文仅1080个字，以三字一句的形式编撰而成，内容浅显易懂，通俗押韵，易于读诵，至今仍然是广为流传的儿童启蒙读物。李毓秀的著作还有《四书正伪》《四书字类释义》《学庸发明》《读大学偶记》等。

译文

帽子应该戴得端正，衣服必须把扣子扣好，袜子要穿平整，鞋带应该注意系紧。

衣帽鞋袜脱下来，要放在固定的位置，不可乱丢垃圾，以免弄脏弄乱。

穿衣贵在整洁，不必追求奢华，衣着要符合自己身

齐家篇

份，还要考虑家境。

饮食应当全面均衡，不能挑三拣四，注意适当有节制，不要过量。

如果年龄还小，切记不要饮酒，不然一旦喝醉了酒，失态的样子最丑陋。

走路要从从容容，站立要端端正正，施礼作揖时前身要弯下去，成深圆形；行拜见礼时要恭恭敬敬。

不该进去的地方，不要进去。站立时不要把重心放到一条腿上，另一条腿斜伸着。坐的时候不要叉开双腿而坐，不要摇摆髀骨。

进门掀门帘候要慢一些，不要有声音。转弯的话应该转大弯，不然的话会碰到墙角物棱。

手拿空的器皿，像拿着装满东西的器皿一样小心谨慎；进入没有人在的房屋，如同进入有人的房屋一样。

做事不要急急忙忙、慌慌张张，因为忙中容易出错。做事不要畏苦怕难而犹豫退缩，也不可以草率、随便应付了事。

凡是容易发生争吵打斗的场所，要勇于拒绝，不要接近；一些邪恶下流、荒诞不经的事也要谢绝，不要好奇地去追问。

（编者译）

以上文字选自李毓秀的《弟子规》。在这段文字中，

李毓秀对儿童的饮食、坐姿、站姿、走路方式等都有详尽的要求。这仅仅是《弟子规》的一小部分，在整部《弟子规》中，李毓秀对儿童的学习方法、待人处世、礼貌常识等方面都列述了应该恪守的规范，对儿童的启蒙、良好品格的养成、忠厚家风的传承都有积极意义。语言上采用三言韵语的方式，流畅自然；语言质朴，简洁易懂；说理透彻。整部书所讲到的如何对待父母、如何为人处世等，作为中华民族的优秀传统文化，对现代人而言仍然有很大的价值。

父母教，须敬听；父母责，须顺承。

——李毓秀

创造一个四通八达的社会
——给文渼的信
陶行知

渼妹：

前在安庆接到家书，承嘱于修改后奉还，此事拟于到武昌后办理，一二日之内

齐家篇

即可寄出。家中所需物品可以带京,请函冬弟购办。

知行一点钟内可以抵汉,拟于二十三日回安庆,二十四日赴芜湖。回京日期当在十二月初。

知行近日买了一件棉袄,一双布棉套裤,一顶西瓜皮帽,穿在身上,戴在头顶,觉得完全是个中国人了,并且觉得很与一般人民相近得多。

我本来是个中国的平民。无奈十几年的学校生活渐渐地把我向外国的贵族的方向转移。学校生活对于我的修养固有不可磨灭的益处,但是这种外国的贵族的风尚,却是很大的缺点。好在我的中国性、平民性是很丰富的,我的同事都说我是一个"最中国的"留学生。经过一番觉悟,我就像黄河决了堤,向那中国的平民的路上奔流回来了。

平民教育的宗旨是要叫种种人受平民

化。一方面我们要打通层层叠叠的横阶级。如贫富、贵贱、老爷小的、太太丫头等等，素来是不通声气的，我们要把他们沟通。又一方面我们要把深沟坚垒的纵阶级打通。纵阶级的最昭著的是三教九流七十行，江南江北、浙东浙西、男男女女等等都有恶魔把他们分得太严。这种此疆彼界也非打通不可。民国九年，南京高师办第一次暑期学校的时候，胡适之、王伯秋、任鸿隽、陈衡哲、梅光迪诸先生和我几个人在地方公会园里月亮地上彼此谈论志愿，我说我要用四通八达的教育，来创造一个四通八达的社会。我这几年的事业，如开办暑期学校、提倡教职员学生之互助，提倡男女同学，服务中华教育改进社，都是实行这个目的。但是大规模的实行无过于平民教育。我深信平民教育一来，这个四通八达的社会不久要降临了。

我这一个多月来随便什么地方都去宣

齐家篇

传平民教育。四天前,我到南昌监狱里去对四百个犯人演讲,我说人间也有天堂地狱。若存好的念头,心中愉快,那时就在天堂;若存坏的念头,心里难过,那时就在地狱。我说到这里,忽然得到一个意思。这个意思就是天堂地狱也得要把他们打通。后来我想了一句上联送自己:"出入天堂地狱。"下联没有想出来,请你给我对起来罢!

这次在轮船上觉得很安逸。记得前年我们到牯岭去,轮船上一夜数惊。我们生在此时,有一定的使命。这使命就是运用我们全副精神,来挽回国家厄运,并创造一个可以安居乐业的社会交与后代。这是我们对于千万年来祖宗先烈的责任,也是我们对于亿万年后子子孙孙的责任。

这时我在汉口南洋宝酒楼。这是个徽州馆。我在这里吃牛肉面,吃得饱得很,只费了一角五分钱。

再过半点钟,我就要渡江到武昌去了。我现在康健快乐!敬祝你和全家康健快乐!

十二年十一月十二夜写起,
十三日早晨写了。

[选自陶行知著:《陶行知文集》(上),江苏教育出版社2008年版,第110～112页]

知识

陶行知(1891—1946),安徽歙县人,教育家、思想家、伟大的民主主义战士、爱国者、中国人民救国会和中国民主同盟的主要领导人之一。先后任南京高等师范学校、国立东南大学教授、教务主任等职。陶行知为中国教育改造事业作出了突出的贡献。1926年起发表了《中华教育改进社改造全国乡村教育宣言》。先后创办晓庄学校、生活教育社、山海工学团、育才学校和社会大学,提出了"生活即教育""社会即学校""教学做合一"三大主张,生活教育理论是陶行知教育思想的理论核心。著作有《中国教育改造》《古庙敲钟录》《斋夫自由谈》《行知书信》《行知诗歌集》。

解读

这封家信是陶行知写给妹妹陶文渼的。信中他向妹妹讲述自己的行程安排和一些生活细节,朴实而又亲切。当

齐家篇

时正值中华平民教育促进总会成立之时,陶行知开始大力推广平民教育,所以在信中更多地谈及自己对教育理念的一些想法。我们可以看到陶行知想通过向大众普及教育,用四通八达的教育,来创造一个期盼已久的四通八达的社会。陶行知的家信一方面用平实质朴的语言写出了亲切的兄妹之情,另一方面又用理性的思维表达了自己的理想抱负。他的目的不仅仅在于创造一个温馨的家庭,还要用自己"创造教育"的理念去改造社会,让整个中华民族能够永远屹立于世界先进国家之林。

千教万教教人求真,千学万学学做真人。

——陶行知

附　　录

拓展阅读书目

袁采著：《袁氏世范》，上海人民出版社2017年版

朱用纯著：《朱子家训》，延边大学出版社2002年版

李毓秀著：《弟子规》，河南人民出版社2007年版

张英、张廷玉著：《父子宰相家训——聪训斋语　澄怀园语》，安徽大学出版社2015年版

颜之推著：《颜氏家训》，庄楚点评，中国华侨出版社2014年版

曾国藩撰：《曾国藩家书》，岳麓书社2015年版

梁启超著：《梁启超家书》，中国青年出版社2013年版

丰子恺著：《子恺画集》，海豚出版社2013

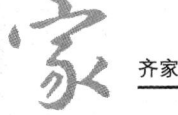

齐家篇

年版

傅雷著:《傅雷文集·傅雷家书》,江苏文艺出版社2010年版

吴青岩主编:《品味红色家书》,中央文献出版社2006年版

编写说明

"齐家"一词出自《礼记·大学》,"齐"乃治理、整理之意,"齐家"的理念在于使家庭成员能够齐心协力、和睦相处;在《礼记·大学》中,"齐家"涉及"孝、悌、慈"等基本素质的培养与训练;在当今,"齐家"体现在对家规、家训、家教、家风等多个方面的重视与传承上。

本篇分为四个部分。"亲情伦理 齐家之本",着重表现家庭成员之间的深切情感,或怀念,或爱惜,或赞美,每一篇选文的字里行间都洋溢着浓郁的爱;"万金家书 情真意浓",展现了家书的珍贵,这些家书虽写作背景、写作对象各不相同,但信中的一字一句都传递着写信人内心的深情,有寄托,有期待,也有思念;"家教有道 家国同运",选文的主题更加突出,无论

齐家篇

是个人成长、家庭和睦,还是家风严谨,无一不与国家的繁荣兴盛息息相关,即家强则国家强;"凌云家风 志存高远",选文强调优良家风的重要性,注重个人修养,传承家庭美德,树立良好家风,每一个小家就是一个和谐的社会细胞,小家的和睦有利于良好社会风气的形成。

最后,编者希望借助本册选文,让您开拓视野,体会浓浓亲情,感悟家国情怀,沐浴优良家风。

编者
2018 年 8 月